磐石

唐竹英◎著

百花洲文艺出版社
BAIHUAZHOU LITERATURE AND ART PRESS

图书在版编目（CIP）数据

磐石 / 唐竹英著. -- 南昌：百花洲文艺出版社, 2022.2
ISBN 978-7-5500-4589-7

Ⅰ. ①磐… Ⅱ. ①唐… Ⅲ. ①长篇小说－中国－当代
Ⅳ. ①I247.5

中国版本图书馆CIP数据核字（2021）第279724号

磐石
PAN SHI

唐竹英　著

责任编辑　胡青松
书籍设计　李秀娟
制　　作　李秀娟
出版发行　百花洲文艺出版社
社　　址　南昌市红谷滩新区世贸路898号博能中心一期A座20楼
邮　　编　330038
经　　销　全国新华书店
印　　刷　济南普林达印务有限公司
开　　本　880mm×1230mm　1/32
印　　张　10.125
字　　数　318千字
版　　次　2022年2月第1版第1次印刷
书　　号　ISBN 978-7-5500-4589-7
定　　价　58.00 元

赣版权登字　05-2022-14

邮购联系　0791-86895108
网　址　http://www.bhzwy.com
图书若有印装错误，影响阅读，可向承印厂联系调换。

（一）

杨莫羽凭着内心的警觉，迅速地把十八个孩子转移到了安全地带。

她准备再下去搬运东西时，校舍訇然倒塌。孩子们没有喊，也没有哭，他们被眼前的这一变故给吓懵了。

这场雨下得前所未有的大，至少在杨莫羽二十一年的人生中，没有见过。

“你这老师是怎么当的？让娃娃们淋着雨！”一个穿着雨衣的男人边跑边吼，声音大得像打炸雷。杨莫羽意识到那人在骂她时，怒气陡然横生，仰头迎向如泼大雨，也怒吼道：“我当得不好，你来当啊！”声音不亚于他的，不仅如此，她还拖长了声音，仿佛后面那个“啊”字，是从她喉咙里拉出来的一条长绳，就要把他五花大绑。

他一时愣住。孩子们指了指眼前的校舍道：“杨老师刚把我们全部救出来，教室就塌了！”

夏初阳顿时意识到自己冤枉了眼前这位性子泼烈的老师，却没说“对不起”。他看了看周围没有避雨之处，便把自己的雨衣脱了下来。十八个娃娃，一件雨衣怎么够！

就在这时，村里参加抗洪抢险的其他人也赶了过来，大家来不及检查受灾情况，就抱的抱、扛的扛、背的背、拖的拖，把十八个娃娃转移走了。雨还在下，杨莫羽还愣在原地。夏初阳催她快走，她却对他不理不睬。

“你这个娃娃老师比那些娃娃还不听话！”这话还在雨中

撕扯着，杨莫羽已被一双铁钳般的大手搂了过去。她这是生平第一次被人扛在肩膀上，感觉像是被土匪给劫了。雨如盆浇，她的喊叫声，震荡天地。她发现他的肩膀像那个人的肩膀一样结实，那个人也曾扛过她。肩膀如此像，被扛的感觉也如此熟悉。倾盆大雨中，她被人倒扛着，陷入某种回忆当中，顿时没了声响。她叫是正常的，她不叫反而不正常。夏初阳意识到这一点时，已经把她扛进了一户老乡家。大家都在这里，村部已经被洪水包围回不去，这里就成了临时指挥部。那些房子处于安全地带的村民，已经接走了自家的娃娃。大人们惊慌失措，嘈嘈杂杂，孩子们倒镇定自若，安安静静。夏初阳把此时也安静异常的杨莫羽放了下来，安置在一张蒙着旧毯子的竹椅上。她闭着眼睛，像是睡着了。你倒好，竟然心安理得地睡着了。夏初阳心想道，我的任务如泰山压顶呵。

这时，有人唤他。他走过去，听那人交代几句后，便行色匆匆地朝山下奔去。他走后，那人才惊叫道："雨衣！雨衣！"声音淹没在雨声里，除了他自己，没有人听见。

圩垸告急！圩垸告急！

雨没打算停下来。到了傍晚时分，还在下，而夏初阳和战友张小磊已经浸泡在水里七八个小时。除了他们，堤岸上密密麻麻都是人，大家都在灌沙包、扛沙包，他和张小磊负责把递过来的沙包码在堤坝上。一包包，一层层，眼看着堤坝慢慢地高了，可水平线的上涨速度远远超过沙包的增高速度。浑浊的水面荡着树枝树叶、死猪死鸡，还有各种别的污秽之物，发出难闻的恶臭和腥味。

但是，他们似乎没有闻到。其实，他们已经麻木到了鼻子失灵的程度。他们发现，除了鼻子失灵，耳朵也开始失灵，手脚也开始失灵。待他们觉出疲惫的不可对抗性时，队友们发现他们已经睡着。半个身子淹在水里，头枕在沙包上。他们呼喊他们，但没用。队长杨豪心急如焚，派人把他们拽出水面，拍打着他们的脸："夏初阳！张小磊！"夏初阳那干裂得起了血泡的嘴角动了一下，做了个艰难的吞咽动作，杨豪含泪而笑："就知道你小子是装睡蒙我哩。"张小磊则哼哼了一声，像是个嗜睡的孩子没有服从母亲唤他起床的命令一般。杨豪道："你啊，就当这里是家里舒适的席梦思吧。"当他的目光一触及两位战士裸露的小腿以下，这个硬汉就再也忍不住地号啕大哭起来。周围的战士以为两位战友已经牺牲，不由都围过来，焦急地想瞧个究竟。"瞧什么瞧，还不赶紧把他们俩抬到卫生院去！再不抬他们俩就真的要成烈士了。"队长很少开玩笑，听他如此声色俱厉地怒吼，大伙就都知道眼前这两位战友的情况的确非常严重。负责抬脚的战士刘关张瞅着夏初阳那双惨白发涨的脚，心中一阵恶心，竟要作呕起来。那上面水泡连着水泡，密密麻麻，整个脚完全变形，体积变大一倍。确定那是一双人脚吗？怎么看怎么都不像。他又怪自己不该如此形容自己的战友，于是，咬了咬唇，奋力抬着向位于高地的卫生院走去。

这个高地卫生院是为救治伤员而临时搭建的医院，此时，天色近黑，卫生院帐篷里已经亮起了灯光。在白炽灯的照耀下，两位白衣天使就显得更白。除了衣服的白，她们的脸也是白的，惨白惨白。几位战士把夏初阳和张小磊抬进帐篷，放在病床上，刘关张大声道："医生，你看看他们还活着不？"其中一位女医生，白了他一眼："说什么话呢！"眼神里全是不屑和不满。刘关张知道自己说错了话，便噤声不语。再往身边一看，其他几位负责抬人的战友已经离开帐篷，他也准备离开。"等会儿，你没看到这里只有我们两个人啊，你得留下帮把手。"刘关张指了指自己，瞪大眼睛，张着嘴，以示惊讶和确认。"不是你是谁？他们都执行任务去了，就剩下你。""我也有任务！于是，你的任务就是留下给我们帮忙！"

"哟！怎么是他？"女医生拿过酒精准备为夏初阳的脚做消毒处理时，无意中瞅了一眼他的脸。"杨莫羽，你认识他？"

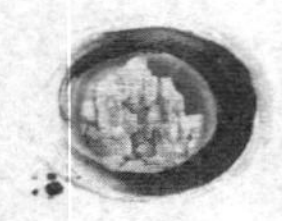

龙菲菲问道。“上午见过，他去了我们学校。”她脸一红，省去了他把她扛回老乡家的事情。龙菲菲抿了抿嘴唇：“他是我同学，是从特种部队调过来的。”“哦。这样啊。”她本来就对夏初阳心怀不满，于是就把给夏初阳消毒的任务让给了龙菲菲，自己去照管张小磊。张小磊此时已经醒来，那双泡得肿胀的脚被酒精一抹，直痛得他龇牙咧嘴，不由张口就说：“你们是专业的医生吗？痛死我了！”龙菲菲一心在为夏初阳上药消毒，哪里想理他。再说了，帐篷上面雨声嗒嗒，听不清别人说话也是正常的。

张小磊见为他消毒的人是村小老师杨莫羽，于是又道：“你不专业就是不专业，当老师也许还行，这当医生你就外行了。”张小磊数落着杨莫羽，杨莫羽却并没有回应，只干脆利落地做着一系列消毒、上药、注射的动作。“哟，还要打针啊！”张小磊故意做出夸张的动作。刘关张看不下去了：“你的脚都泡成那样了，你还怕痛？”张小磊笑笑：“麻木了。”“那你还怕打针那点痛？大片大片的肉烂了你不痛，这么个小针管钻进去你就痛，你是被吓大的吧？”张小磊还要说什么，杨莫羽已经把针扎进了他的胳膊。“哎哟，疼死我了。”“你啊，是很久没见到娘了，把这医生小姑娘当娘了吧。”“去，滚一边去。”张小磊用棉签捂住针眼道。他还想说些什么，却发现杨莫羽又拿着充满酒精味的棉签站在了眼前。“嘴，别动！”“嗞，好痛！”他一边享受着酒精沾在嘴角裂开处的清凉之感，一边继续做着怕痛的动作。“你就不能帮我先洗洗吗？”“你看这里有水吗？”“没水，没水我们来这干吗？外面漫天漫地的都是水！”

此时，天已全黑。雨声愈加响亮。一个闪电溜进帐篷，一个炸雷紧随其后。这鬼天气！

外面人声喧闹，想是圩垸情况告急，又加派了人手。

“我们这是在哪里？顶住，顶住，千万别放松！”夏初阳猛然惊醒，做出往上扛沙包的动作。“我们在这里躺着干什么？人家外面都在拼命抢险，我们不能当逃兵。”说着，他就要扯扎在手上的吊水针头。“你给我躺着，别动！”龙菲菲声色俱厉，声音如划破长空的炸雷劈在夏初阳的脸上。如果你还要活命，就给我好好接受治疗，同时也别给领导们添乱。“我们不能当逃兵！”夏初阳也声色俱厉。“谁让你当逃兵了？伟大领袖曾说过身体是革命的本钱，没有本钱你怎么去完成你的光荣使命？”声音发自对面那个动作利索的医生，夏初阳侧身望着她，等见到了她的脸：“哦，原来是你啊？”杨莫羽没理他。

“夏初阳，你这双脚已经变成这样子，就别再硬逞强了，一会儿医院的救护车就到，你们两个会被送往医院去做进一步的治疗。”“什么？你们凭什么送我们去医院？”夏初阳大吼道，他想让自己的声音盖过铺天盖地的雷声。

“我们这里只能做简单的伤口清理，真要保住你们的腿，留住你们的命，还得去医院。”杨莫羽道。“你个实习老师懂什么，这里没你说话的份儿！”夏初阳没好声气地回答。

“夏初阳你怎么变成这副德性了？你啊，嘴太损！”“我损什么了？本来一个实习老师来当医生就是滥竽充数，还喜欢瞎起哄，我说两句还不行么？”

对面床上的张小磊笑了，龙菲菲道：“你别笑，小心被他带坏了。”“你怎么就知道是他带坏我，而不是我带坏他？”张小磊嘴角咧开一道血口子，笑得有些悲怆又有些调皮。

外面又溜进来一个火闪，紧接着又是一个炸雷。

“不行！我得加入战斗，这雨越下越大，搞不好要坏事。”夏初阳从简易病床上坐身而起，把脚外移，着到地上，就要站起，却发现脚掌根本就用不上力。

“我这是怎么了？”他不得不做出妥协却又不甘心的样子。

“你上午不是能健步如飞吗？”杨莫羽没好声气地说道。

“你个当教师的，怎么能讽刺人呢？你知道我是谁么？你

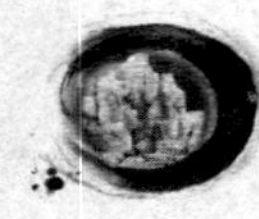

知道我这双脚跑过多远的路么？现在这种危急时候，让它歇着，它愿意么？”

“可是，你问问它愿不愿意再受你的指挥啊？它是由骨肉构成，它会受伤它会累，它有时也不会受你钢铁般意志的指挥。”

“我得罪你了吗？你怎么老跟我过不去？”“是你自己跟你的脚过不去！”

哗！外面突然发出巨响。

“看来圩垸是保不住了。幸好下午已经把老百姓全都转移到了安全地带，不然这黑灯瞎火的。”刘关张听外面像是堤坝溃决，絮絮道。

“刘关张，正好你在这，快扶我出去吧，我得加入战斗。”夏初阳咬紧牙关，撑起自己的身体，抬起脚艰难地往外挪动，却忘记了手上还扎着针。但他好像麻木了疼痛一般，不在意。

张小磊见夏初阳要出去，也勉强撑起身，要下床。“我给你们注射的镇静剂难道就一点效果都没有？”龙菲菲凑过头去，皱着眉头说道。

“你、你——”感觉她说的话比那镇静剂还管用。不相信似的说了两个“你”字后，夏初阳和张小磊终于感觉到了困顿。“刘关张，你把夏初阳扶床上去。”刘关张哎哎地应着，把此刻格外听话的夏初阳扶上了床。回头一看，张小磊已经被杨莫羽安顿妥帖。“没想到你力气还蛮大。”刘关张对杨莫羽说道。“我没花啥力气，是他自己倒下的。”“好了，别说了，救护车马上就到，得把他们转移到镇上医院去。”龙菲菲边说边收拾医疗器材。“我们也得走？”杨莫羽道。“没错，这个地方已经不再安全，趁下面道路尚未被水淹没之前，我们得赶紧撤退。”

外面人声喧哗，救护车闪着灯呼啸着凑近帐篷。大家手忙脚乱地把夏初阳和张小磊抬上救护车。“你们也得马上撤退，洪峰就要过来了。”救护车司机临走前特意把头伸出车窗嘱咐道。

“好的，不过，我们还不能回医院，我们得转个地方继续战斗。”龙菲菲道。“好的，听从安排，注意安全！”司机道。

待救护车亮着灯走远，刘关张道：“那司机挺神气哦，那声调，那口吻。”

“他是我们院长，医院人手不够，他被充作了临时司机。”

一觉醒来，已是第二天早晨八点半。夏初阳与张小磊在同一间病房。他瞅了瞅仍在熟睡中的张小磊，发现对方换了病患服，不由一惊，朝自己身上一瞅，见也是的。“我们这是在哪儿？她们怎么给我们换了病患服？我们难不成就成伤兵了？怎么可能？战斗，我们需要随时准备战斗啊！”他下意识地动了动脚，却发现自己的脚被什么东西给牵住了，根本就不听自己的指挥。“这是怎么回事？来人啊，来人啊！”他不由张嘴大喊道。“来了，来了！”护士推门而入。

“我这腿是怎么回事？”他觉得自己受了侮辱，因此说话的语气有些呛，“你给我说说，你们这是什么意思？给我绑上了还，是怕我当逃兵还是咋的？”夏初阳忍住满腔的怒气，明眼人都可看出，他那是颗炸弹准备爆炸呢。医生说：“你的脚受了感染，需要治疗，不然……”护士小心翼翼地说道。“不然怎么样？不然怎么样？”他觉得不就在水里浸泡了十多个小时，有这么严重吗？

“不然会变残疾，会留下后遗症，会让你当不成英雄。”小护士不知从哪里学来这几句话，应对夏初阳的追问。“谁想当英雄了，我们干的都是一个当兵人的本分。真正的英雄此时都在堤坝上抗洪抢险呢，我这个样子让人看了会被当成狗熊的。”夏初阳摇了摇头，觉得这小护士有些不可理喻。当然，他知道他被弄成这个样子，一定与龙菲菲和杨莫羽有关。“去把龙医生叫过来。”“哪个龙医生？”“龙菲菲！”“她昨晚

一直在抗洪前线，没回来！”“那杨莫羽呢？”“你是说那个实习老师？她啊，也没回来。”“你们怎么能够把个实习的娃娃老师弄来当医生呢？”“哦，你有所不知，她本来就是学医的。她白天在学校上课，晚上过医院来帮忙。”

小护士介绍着杨莫羽，夏初阳越听越觉得有意思。呵，原来这样啊！他对自己的脚被绑的事情似乎没有那么大的怒火了。他笑笑道：“我想上厕所。”小护士一时没反应过来。“解开我的脚。”夏初阳道。待小护士反应过来，一只便盆已经摆在了床前的地上：“你看着办吧！”

夏初阳无奈地笑了笑：“你们这些护士都这么鬼灵精怪么？”

夏初阳的脚直到第三天才可下地走动。张小磊返队了，夏初阳无论如何也不想在医院里呆了。他忍痛偷偷地跑出医院溜到了抗洪一线，发现水位并没有下退。战友们嘴干唇裂，倒在防洪工事旁原地休息。他觉得内疚万分。鼻子一酸，就要淌下泪来。话说男儿有泪不轻弹，只是未到伤心处。此时，他不是伤心，而是自责。怎么就不能和战友们同甘共苦呢？怎么能中途当逃兵呢？

此时，太阳已出，洪水却仍有上涨之势。他想，万一洪水涨上来，熟睡的战友们没有发觉那就糟了，就让我守住他们吧。正如此想着，却见有个娇小的身影出现在堤坝尽头，看上去那么熟悉。是杨莫羽。她来干什么？

他准备喊她，却见她做出嘘的动作。他懂她的意思。战友们决战了几天几夜，实在太累，需要休息。

她看着年轻的熟睡着的战士们的脸，不由伤心难过。一眼见着夏初阳直挺挺地站在那儿，又掠过一些犹疑。她心中有事。夏初阳想道。

他朝她走去。果然，她心中有事。

只听她小声地嗫嚅道：“你可以帮我去救个人么？”“救

人，好呀！”一听救人，夏初阳就热血贲张。“我们到这儿就是来救人的。他在哪儿，我们得快点！”杨莫羽听他答应得如此爽快，感觉有些惊讶。他不是讨厌她吗？怎么这么快就答应了她的请求？

“他在哪儿？我们得快点！”夏初阳有些迫不及待。杨莫羽有些犹豫地说道：“他被埋在学校的砖头下面了。”然后，可怜巴巴地望着夏初阳那喷出怒火的眼睛。“你这时候才说倒塌的学校里还埋了人？你怎么不早说？你为什么不早说学校下面还埋着人呢？你为什么不早说呢？你知道吗？这时候，人或许早没了。”他话说得很冲，语气很急，简直把杨莫羽当作杀人犯来对待了。“你这是杀人，你知不知道？”他伸出食指点着杨莫羽的鼻头说道，“你这是杀人！”

他鼓着腮帮，气冲冲地又说了一次。然后，不管不顾眼泪满面的杨莫羽，朝村小所在的方向，狂奔而去。她看见，他的脚一拐一拐的。

到了才发现，那里仍和几日前一样狼藉，断壁残垣，碎瓦遍布，泥水冲刷的痕迹清晰可见，看起来，根本就没人来动过。“里面还有人，你怎么不早说？大家都忙着堵圩垸，没顾得上这里，可是，人命关天，你怎么不早说？”夏初阳红着眼睛道。睛前的情形让他清醒地意识到，就算里面有人，搜救出来的也不可能是活人。他咬了咬牙根，冲杨莫羽怒骂道：“你这是故意杀人，知不知道？你为什么不早说啊？里面埋了人，你竟然不说。”边说他边脱掉外套，开始徒手搬砖，见杨莫羽还愣着，便大吼道：“你快点打电话喊人啊，这么一大堆碎砖烂瓦，凭我们两个人行吗？”杨莫羽拿出电话，却没打。“怎么？怕了？要是老乡家的孩子缺少一个，你这辈子就完了。怎么派你这么一个毛孩子来当老师啰，少了一个人竟然都不知道。真是蠢！”

夏初阳一把夺过杨莫羽拿着的手机，拨下了黄江村村支书的电话号码，可是没人接。这些村干部也真是，少了一个人竟

然没察觉，不过也难怪，现在灾情这么紧急，谁还顾得了这个小学校。夏初阳苦笑笑，然后把手机还给杨莫羽："大家都很忙，就我们两个了，挖吧。"杨莫羽道："用什么挖？""用什么挖，双手呗。"

两人赤手空拳地在一堆断砖烂瓦里忙活了半天，除了拉出来几张课桌椅之外，没有任何收获。"但愿是你记错了，但愿这里面并没有人。"夏初阳边擦汗边说。这时，本来现出点太阳光的天空又暗了下来。夏初阳看了看天，看来又要下雨了。"这该死的天，到底是怎么了？"他轻骂了一句。然后又对着眼前的断砖烂瓦大喊道："有人吗？有人吗？"喊过后，又贴耳听了听。一片寂静，什么声音也没有。

"看来，就算是有人，也没救了。四天，四天了吧？四天里，你就没喊人来救？你今天才想起里面还有人？你真是无可救药。"他摇了摇头，低下头去，继续翻砖瓦。杨莫羽发现他的手出血了，心内涌出一股愧疚感，于是轻声道："对不起啊。""你对不起谁啊！你对不起谁啊？要说对不起，你也是对不起埋在这下面的人。你这心粗得可以啊，里面埋着个人，你竟然现在才想起。"夏初阳道。

"算了吧，我们不挖了。"杨莫羽神色黯然道。"不挖怎么行呢？只要有一线希望，我们就要不惜一切代价把他搜救出来。"夏初阳咽了一下口水，抬头擦汗。

"别挖了，挖出来也没用了。"杨莫羽呆呆地视着前方道。夏初阳发现杨莫羽在哭，于是道："你哭也没用！先把人搜救出来，你再去向大家解释吧！年轻人犯错并不可怕，怕的是不思改进。再说这学校倒塌又不是你的错，你把那十八个娃救出来已经很不错了。"

"别挖了，真的别挖了，他已经死了！"这次杨莫羽是带着哭腔说的，说完又大声地哭起来。她一哭，夏初阳就慌："你哭什么呀？能把人哭出来？"

这时，天色愈暗，火闪裂裂，雷声大作，雨随之落下。夏初阳望了望四周青山：“不行，这里很不安全，说不定会发生塌方。我们得走！”这次杨莫羽却又不干了：“要走你走，我还想在这儿呆一会儿！”雨很快就浇灌在二人身上，只一阵就把他们浇成了落汤鸡。“不行，必须走！这周围根本就没有避雨的地方。”不待杨莫羽反驳，夏初阳又一把搂过杨莫羽，把她扛在了肩膀上，朝安全地带走去。这次，杨莫羽明显地感觉得到，夏初阳的气力大不如四天前。他还有些行动不便。想起他的那双脚，杨莫羽就心痛不已。“放我下来，我自己会走！”她挣扎了一下道。“别动！”夏初阳的声音比炸雷还响。

杨莫羽不再说话。她贴近他的肩膀，感受着他肩膀的结实有力，感受着他的心跳声和喘气声。这个人与那个人一样，都能带给人安全感。他们都是一样的热血男儿。

到了上次那个村民家里，夏初阳把杨莫羽放下。“你就在这里坐着，别动！搜救人的事情，我会带人去做。”“不用了！”杨莫羽道。“怎么不用了呢？那里可是埋着个人啊！”夏初阳用手划了一把脸上的汗水道。他的汗水在空中留下一道抛物线。“真的不用了！也许是我记错了！里面根本就没有埋人。”“记错？这么大事情你竟会记错？”“是的，是的，一定是我记错了！”

夏初阳无奈地看着杨莫羽：“但愿你真是记错了。”“我就是记错了，那里根本就没人。如果真有人，老乡们还不得到处寻找，谁家的娃在谁家的娃不在，难道还没个数？”杨莫羽很有把握地说道。“你真是这么想的？你不是现在才这么想的吧？如果你一直都这么想，又怎么提出要我去帮你救人呢？你害怕了么？”

“我害怕，我是很害怕，我害怕他孤独，害怕他说我没去救他！”杨莫羽的表情突然变得虚无起来，眼睛里空洞无物，整个人似乎陷入了某种别样的情境之中。“别想那么多了！我

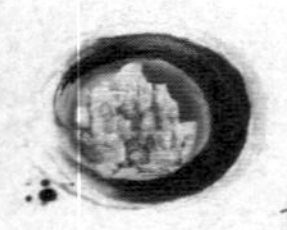

也没时间跟你纠结这个问题了。这样吧，你在这里呆着，我现在喊人去学校那边。”“不用了！真的不用了！我看到他了，他就躺在你翻开的断砖下面，坛子也破了。”“你说什么呢？我怎么没看到呢？你搞什么鬼？”“我看到他了，我看到他了。他已经不在了！”杨莫羽瘪着嘴，幽咽着，那样子比大声哭闹看了还让人难受。

“你别给我提鬼的事情啊，我们是唯物主义者，不信那一套的。”杨莫羽说出的话和表现出来的状态，阴恻恻的，在这雨天里令人毛骨悚然。夏初阳虽然不怕，但来自她心灵深处的那股幽暗，仍令他震惊不已。他甚至觉得杨莫羽有些精神不正常。难道里面埋有人，只是她的精神臆测，只是她的胡言乱语？他观察着她的一言一行，一举一动，这么个年纪轻轻的女子竟然有精神方面的疾病？

“你走吧。他说他已经很好了，就在那里挺好的！他说埋了就埋了，埋在那里挺好的，那里是我工作过的地方，他喜欢！”

“你发烧了吧？他摸了摸她的额头。净说胡话呢！”

此时，她的手机铃声响起。“杨莫羽你去哪里了？我这里急需人手，快点来帮忙啊，有村民受伤了！”“我马上就来！”杨莫羽站起身，神色恢复正常，动作颇为麻利。

见夏初阳直愣愣地看着自己，杨莫羽淡然一笑：“愣着干什么？你跟我回医院去！看，你的脚又出血了。不听医生话的人就是这个下场！”“我——我怎么就不听医生的话了？你咋这么说人呢？”

二人各从老乡家拿了一个斗笠，冲进雨中。走到村口岔路处，夏初阳耍了个小动作，没再跟杨莫羽走。待杨莫羽发现时，他已经跑上了河堤。见大家都在堵沙包，他二话不说又跳进了水里。杨莫羽远远地见着，抿了抿嘴唇，说不出话来。她知道，那是战士的使命。她这个小医生，没有权利阻止他们去完成使命。

奋战了一天一夜过后，夏初阳终于又可以上岸稍事休息。他倒在泥岸上，仰望着乌云弥漫的天空，眼皮渐重，呼噜声随之响起。他的衣服还是湿的。他做了一个梦。梦也是湿的。不知睡了多久，忽然听到有人大喊，他猛然惊醒。洪水又如猛兽般袭来，刚修筑的子堤又将经受新一轮考验。他又接过战友肩上的沙包，扛在肩上，再次跳入水中。所有的人都和他一样，进入紧张有序的堵漏防溃工作。大家红着双眼，紧咬牙关，做好了以肉搏洪的准备，全然不顾生死。

“一切洪水猛兽都是老百姓的敌人！老百姓的敌人就是我们的敌人，对待敌人要毫不手软！”

队长杨豪用嘶哑的喉咙吐出铿锵的话语，为大家鼓劲助力。

乌云下沉，又开始蕴酿一场阴谋。果不其然，那些自天而降的小妖们，一个接一个地落在了水面上，荡出一个一个的圈，像极了它们得意的笑脸。

“这鬼天气，这鬼雨，真是！”张小磊不知何时跳入了水中，站到了夏初阳身边。

“你怎么来了？”夏初阳问。面对夏初阳的随口一问，张小磊也随口一答：“你来得我就来不得？再不来，我恐怕要对不起爹娘了！”“这与爹娘有什么关系？”夏初阳突然觉得身体有些不舒服起来，但该说的话还是得说完，“爹娘又不叫老天爷下雨！”

张小磊叹了口气，扫视一眼防洪现场。茫茫泽国，稻禾不见，房屋漂浮，不禁感叹道：“做儿子的保卫不了家园，无脸见江东父老啊！”“你小子境界高啊，我可没想那么多。”夏初阳道。“你不用想那么多，你做得够多的了！你可以啊，自己跑到这里来了，也没跟我说一声，搞得我像个懒兵逃兵一样！”张小磊使劲接过一位战友递过来的沙包，把它码在合适的位置，一边做一边说。语气里颇有些不满的味道。

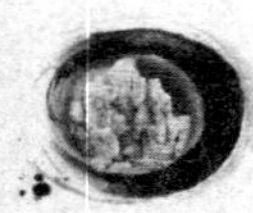

夏初阳虚着劲，笑了笑，没说什么。张小磊望着他的脸，明显觉出了不对劲，于是道："夏初阳，别以为自己是百炼金刚，刀枪不入，有啥不适不要硬撑着啊！"张小磊刚一说完，就见夏初阳脑袋蔫了下去。"你怎么啦！别睡啊，你醒醒！"

夏初阳再一次被送入医院，这让龙菲菲对杨莫羽心有怨言。"你真以为一个特种兵就无所不能啊！夏初阳身体并不好，却又事事争先，这样下去，会把身体搞垮的。你让身体还未痊愈的他陪你去刨人，而后又不把他带回医院，你这是让他去送死。"龙菲菲边配药边数落杨莫羽。杨莫羽面带愧色，默然无语，给她打着下手。龙菲菲白了杨莫羽一眼，对她自以为委屈的样子产生反感。龙菲菲将吊瓶理好，看着夏初阳苍白的脸色，又数落起杨莫羽来。杨莫羽突然忍不住反驳道："干革命不是吃饭绣花，哪有不牺牲人的？"语气还挺呛。

龙菲菲像是不认识她似的，以一种陌生的犀利的眼光打量着她，轻蔑一笑，道："你真是傻过头了！"

"我并不提倡无谓的牺牲，可一切为了人民利益的牺牲都是值得的！你别不信，等他醒了，你亲口问问他！"杨莫羽义正辞严道。

龙菲菲又是轻蔑一笑。她不想听这个比她小六岁的小妹子讲什么大道理。

"我信！她说得对！"声音来自眼前躺着的这个人。夏初阳并未睁开双眼，只梦呓似的说了一句，然后，用力咧了咧嘴唇。龙菲菲似信非信地看着夏初阳，对杨莫羽道："刚才是他说话了？"杨莫羽点了点头道："他只是太疲倦了，给他补充点营养，让他好好休息一下吧。休息好了，他才好去完成他的使命！"

第二天，夏初阳在晨曦中醒来，见杨莫羽守在病床边，他第一句就问："那个人救出来了没有？"杨莫羽一愣："你说哪个人？"夏初阳说："那个被坍塌的校舍埋了的人。""哦，那个啊。他说他就埋那里算了，那里挺好的。”杨莫羽故作轻松地说。“不行，我们得去救他。”夏初阳挣扎着又要自病床上起来。“不用了，他早死了！”杨莫羽大声道，“都埋这么些天了，早死了！”她的神情又有些恍惚起来。“你为什么不对别人说？是怕别人追究责任么，毕竟人命关天！”夏初阳语气严厉。

杨莫羽盯着夏初阳射过来的犀利目光，反倒淡然一笑：“我只说埋了一个人，又没说是埋着一个活人！你要我担什么责任？”

她的话令人难以理解，夏初阳也不例外。他认真地看着她，又从她的眼神里读出那份神秘来。“你这话怎么说？”夏初阳紧盯着她的眼睛不放。杨莫羽没有逃避他的目光，反倒瞪大眼睛，凑上来道：“那个已死之人和你一样都是不怕死之人，从来都不把死放在眼里，所以最后得偿所愿，扔下活着的人独自死去了。你觉得一个死过一次的人还怕死第二次么？”

杨莫羽净说些莫名其妙的话，他开始怀疑她的神经、她的健康、她的人格。“我没问题，我很好！”杨莫羽做出一个夸张的表情，解答着他的疑惑。夏初阳第一次觉得眼前的这个女人不简单，一定是个有故事的人。

喝了点稀饭后，夏初阳又背着医生跑去了抗洪一线。见战友们仍在堤坝上忙碌着，他不由恨起自己的身体来，怎么就不能坚持到底呢？他正准备去扛沙包，却被一个人给拉住了。“你若不想给大家添麻烦，就请快点跟我回医院！”不用转身，一听便知后面那个声音是杨莫羽的。“你们领导说了，不能再让你上一线，你再这样固执，莫说我，就连你的老同学龙菲菲也要挨批评。”“你好意思这样说？你看看这百里泽国，那里没有抗洪者的身影，就我的命那么金贵吗？你不是说，革命难免牺牲吗？怎么这时候却来当拦路虎呢？我不上战场，那我该上哪儿，你说！”

夏初阳声色俱厉，本想把杨莫羽吓哭后，彻底解决这个障碍，谁知杨莫羽不仅不惧怕还不依不饶：“你这话曾经有人跟我说过，只是，很不幸，他不在了。他和你一样，是个很好的战士，不怕牺牲，冲锋陷阵，可是，由于高估了自己的能耐，低估了火场的危险程度，在一次化工厂爆炸起火的救援工作中，一去不返。”

此时，天又开始下雨。

“你知道吗？他那年才十九岁！”杨莫羽流着泪水，语气平淡，泪水交织着雨水，泪水与雨水混合着流进她的眼里和嘴里。

“她也姓夏，叫夏晓阳，他是我男朋友！”

夏初阳全身一颤，没有回头，顿了片刻，他绝情道：“你不能因为你男朋友牺牲了就阻止一切英勇的行为，你那叫自私！在这里参加抗洪的，哪个不是别人的爱人、亲人或朋友？你去问问，他们来这里后悔么？你甚至可以问问你那个男朋友，看他后悔不？”

“他当然不后悔，他现在就躺在坍塌的村小里，你可以去问问他！”杨莫羽厉声道。

雨下得更大，还亮起了火闪，打起了雷。夏初阳仰望了一下天空，回头道：“我没空！”

然后，又投入了抗洪战斗中。在一旁一直没作声甚至被他们两个视而不见的张小磊此时从泥水里蹚过来，对杨莫羽道：“杨老师，别管他了！你让他去吧！”

杨莫羽擤了一下鼻涕，咬咬下唇，道：“他有严重的低血糖，一旦晕厥，很容易被洪水给冲走的！”顿了一下，又道：“他这么个体质，怎么会被调来这里？”

“是他自己申请来的，他是特种部队的，与我们不同编！这里还有很多与他一样的战士，没有接到抗洪的任务，是自己申请来的！”

杨莫羽若有所悟。她突然觉得自己的格局很小。她决心不再阻止他。不仅不再阻止他，还决心同他一道战斗。然而，她才和当地村民抬了几袋沙包，就被队长杨豪赶下了堤坝：“胡闹，简直是胡闹！你弄伤了，谁帮我们救治伤员？”

杨莫羽回到医院，洗尽泥巴，走入工作间。龙菲菲正在清洗医疗器械：“听说你去抗洪一线了？你这不是去给他们添乱吗？你想当英雄一定得去堤坝吗？这里也可以的！哪个部门哪个行业都需要有人做出牺牲！哪个领域都有自己的英雄！”

杨莫羽没有反驳。因为她刚刚讲的这些，正是她要对她讲的。想起昨天龙菲菲责骂她的话，便觉得人都是矛盾的，今天讲的话就可以和昨天讲的不一样。昨天龙菲菲还责怪她，说她不顾夏初阳的死活，今天却又大谈特谈英雄理论，大谈不怕牺牲之类的话，这不是自相矛盾又是什么？看来她也懂用这些高调的理论来教训人，只是，一旦落实到夏初阳身上，就又不一样了。杨莫羽猛然醒悟，龙菲菲是喜欢夏初阳的。可一想起自己刚刚也阻止过夏初阳，便觉得自己也是个矛盾的人，也是个有些私心的人。甚至，也变成了关心夏初阳的那类人。她看了看成熟与美丽兼具的龙菲菲，不由自惭形秽。

洪水退去后的那个下午，坍塌的小学校舍被人清理停当，除了从中挖出些课本教具和破烂罐罐之外，没有挖出别的什么。“就说里面没人嘛！要是有人，村里人还不急着找？”奋战了十多个昼夜的官兵战士，终于露出了疲惫的笑容。“回村指挥部休息！”杨豪嘶哑着喉咙对大家道。

终于可以睡个好觉了！

堤坝上顿时安静了许多，夏初阳红着眼睛，走在堤坝上，见洪水越退越远，只留下它曾肆虐过的痕迹，默然不语。这是一场阻击战，一场异常激烈的阻击战，敌人强大无比，以势必要吞没一切的威力整体推进，步步为营。你的精力有限，它的精力因得到大自然的支持而变得强大无比，现在退去了，也颇

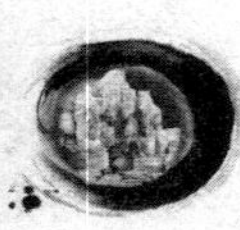

显不甘。他感叹着这些由天灾带来的人祸，思绪有些飘渺。他差点就被洪水吞没，差点就败了。在与坏人斗争时，他从来都未曾败过——哎，人终究难以胜天——可不也胜了吗？思来想去，他感慨万千。百里长堤，这不是一个人的战绩；洪水退去，这不全是人为的结果。难道不是吗？它望着天边，那里有着无数朵唯美夺目的火烧云。火——烧——云，他突然想起了自己的弟弟，那个生命止于十九岁的烈火少年——夏晓阳！

杨莫羽竟然说是弟弟的女朋友，还嘟囔了那么一些奇奇怪怪的话，也不知她说的是真是假。现在坍圮的校舍已经清理完毕，应该让她清醒清醒了。他拔腿就往医院奔去，全然不顾及自己的身心俱疲。

他被告知，杨莫羽不在。

那她一定去村小了！他想得没错。他到达村小的时候，只见她正蹲在地上捧着一个藏青色的瓷坛子哭。他看清楚了，那是用来装骨灰的。这骨灰坛和家里弟弟的那个骨灰坛何其相似。只是，一个里面装的是真骨灰，一个里面装的不知是什么东西。不妨这样看，无论它里面装了什么，杨莫羽都把那些东西当成了她男朋友夏晓阳的骨灰。想至此，夏初阳的泪水像那泛滥的洪水一样，立马涌出了他的眼眶。谁说男儿有泪不轻弹？不泪岂是真男儿！在离她两米远的地方，他站立着，看着她，看着她手中的瓷坛子。时光像凝固了一般，只有弟弟夏晓阳成长的画面像一帧帧照片一样在他脑海里次第呈现。晓阳是他的弟弟，是他至亲至爱的手足，从某种角度来看，也是情深谊厚的战友。如果不是两年前的那场火灾，今天他的弟弟或许也会加入抗洪救灾的队伍，和他并肩战斗。哪里需要去哪里，要有担当精神和责任感，这是母亲传授给他们的当兵经。

母亲有两个儿子，一个当了特种兵，一个当了消防兵。母亲有一个丈夫，也就是他和晓阳的父亲，那也是个当兵的人，是个有公安情结的人，四十五岁时牺牲在了“多管闲事”上。

一家四口，就有三个是当兵的，而今去了两个，就只剩下一个兵和一个留守老人。想起母亲，他内心疼痛加剧，不由皱了皱眉头。他觉得母亲承受了太多。母亲也曾像眼前这个女子这般年轻过，这般痴情过，只是岁月无情，给她留下了太多的忧伤。然而，他却从未见母亲埋怨过岁月的不公，也从未见母亲号啕大哭过。而眼前这个女子，捧着一个残缺的瓷坛子哭得正伤心，且惹得他这个七尺男儿，也默然泪下。母亲不是不痛，而是暗暗地痛，想到这一层，他对母亲油然而生敬意。

“你哭什么？你知道我在为谁而哭么？”杨莫羽自地上站起，紧抱着怀里的瓷坛子，生怕它掉下去。那个不大不小的瓷坛子竟然是她拼合在一起的，也就意味着，它破了。难怪她抱得那么严实。夏初阳为自己的发现感到吃惊。

“要不要帮忙？”

“不用！”

“我可以帮你找个人把坛子补好！”

“不用了！他不需要坛子了，他获得他想要的自由了！”

夏初阳捂着心口，把头别向一边，满脸痛苦。他清楚那里面并非真的装着弟弟的骨灰，弟弟的骨灰当初已由他陪同母亲去殡仪馆领回家了。那个瓷坛子莫不是杨莫羽的主观臆想？

看她的情形，他估摸着自己是猜对了。眼前这个女子似乎受过很大的打击，有点沉浸在自我的世界里。如果真是因为弟弟殉职的事，那她也真算得上是一个为情痴狂的女子了。

他对她心怀敬意，也心怀歉意。

三天后，洪水再次来袭。他与战友们一起，又在大堤上奋战了三天三夜。

杨莫羽则开启了复课模式。白天她在一个处于安全地带的老乡家给那十八个孩子上课，晚上再回到镇医院帮龙菲菲打下手。龙菲菲看着她连轴转疲惫的样子，不时提醒她道：“要注意身体啊！”“我能行！”杨莫羽总是笑笑道，露出自信的表情。

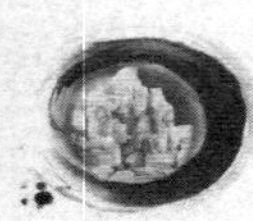

好在上课地离医院不远，她倒腾得过来。

转眼半个月过去，龙菲菲与杨莫羽在这期间一直没见到夏初阳。当然，没有见到也是好事，说明他身体无恙。她们两个也是真的忙，根本没空去看他。她们明白，他比她们更忙。最近洪水退去，据天气预报，今后很长一段时间，本地将不会有强降雨。官兵们开始帮助本地百姓实施生产自救，对于进洪不是特别严重的水田，他们只需铲掉沙泥，扶正禾苗；对于遭灾特别严重的水田，他们得抢抓季节重新栽插秧苗。当前最重要的就是，与时间赛跑，争取最大化地补救损失。抗洪场面转变为生产场面，带给人的又是一番充满希望的图景。

大家都很忙，休假自然难能可贵。这天，轮到龙菲菲休假，她决定去田间地头看看夏初阳。她兴冲冲而去，却意冷冷而归。心情失落至极的她跑到杨莫羽上课的地方，不顾还有学生在，就抱着杨莫羽哭了起来。杨莫羽见一向持重的她竟然如此情不自禁，还以为是出了什么大事。扶她至备课间，给她倒上一杯水，让她喝，她却不喝，只是哭。

“你这是怎么啦？好不容易休息一天，该高兴才是呀！”杨莫羽轻声安慰。

“夏初阳，”龙菲菲此时泣不成声，“他、他走了！”

“谁走了？”杨莫羽神色一凛。

“他回去了，招呼也不打一声！”龙菲菲的补充让杨莫羽舒下一口气。她戳了下龙菲菲的胳膊，埋怨道：“你吓死我了！我以为——”她顿住，又道：“你啊，是爱上他了吧！”

龙菲菲喝了口水，表情里尽是委屈与忧伤，缓缓道：“如果不是因为他，我何苦从省城医院来这里工作？”“你来这里也只是暂时的，不过是对口帮扶而已，过段时间就又可以回去了，别伤心！”杨莫羽道。“我不是因为这个而伤心，而是因为，他不懂我！”龙菲菲道。“你可以告诉他你喜欢他呀！有些感觉是必须说出口才能变真实的！”杨莫羽道。“我怎么说出口？

难道要我学电视里的小女生，张口就说‘我爱你’？我们到了这个年龄不会去做那么幼稚的事情了！”

还不幼稚，那要怎样才算幼稚？杨莫羽深吸一口气，没再说什么。她知道，说再多也没用。龙菲菲只是想找个人倾诉一下而已，她没事。她又想，现在通讯如此发达，与人联系那么方便，怎么就不知打个电话给他，却跑到这里来哭诉呢？真是有点令人匪夷所思！归根结底，龙菲菲只是在乎失去自己所想要的，而不是在乎她爱谁。

三天后，龙菲菲来向杨莫羽告别，说要回省城了。杨莫羽禁不住问了声：“夏初阳在省城吗？”龙菲菲笑笑道：“他志在乡村，作为他的同窗，这一点我还是知道的。”杨莫羽道：“既然如此，那你为何回去？”龙菲菲道：“人各有志！”

“那你知道他去了哪里吗？”杨莫羽问。

“不知道！”

龙菲菲转身而去，杨莫羽似有所思，追上去，大声问：“你觉得我当教师好，还是学医好？”

“遵从自己的内心吧！”龙菲菲远远地回答道，没有回头。

（二）

澹县县委书记突发脑梗猝逝的消息占据了本地新闻头条，大家都深表遗憾，有的甚至还难过得号啕大哭起来。都说王书记是个好书记，为老百姓办了很多实事。他在澹县这些年的政绩有目共睹，而且不是浮夸的面子工程，而是利于一方发展、益于百姓生活的实打实的基础建设。他想民之所想，急民之所急，每天待在办公室里虚谈的时间少，待在田间地头、村寨里弄实际调研的时间多，他有句名言就是“要想百姓生活好，就得多往他们中间跑”。他认为只有了解了群众的真实生活状况，了解了群众的真实需求，才能有的放矢，才能真正做到执政为民。他做的每一件事，都是站在百姓的立场上的，百姓得利了，高兴了，他就觉得自己做对了。

“这么好的书记怎么就走了呢？唉，这也太突然了吧！”沙岗村驻村第一书记张小磊边浏览手机上的新闻边摇头唏嘘，“才四十九岁，英年早逝，天妒英才呵！”

然后，他算了算自己的年龄，又嘀咕道：“我今年三十岁，如果像他这个年纪去世，还剩十九年。十九年，我能做到县委书记？我能为百姓做这么多事？”嘀咕完后，又摇了摇头道：“我做不到。我真的做不到！我能做到的，就是把眼下这个第一书记做好，然后就是活得久一些！能在平凡的岗位上发尽余光、散尽余热！”

王书记的每一张照片都是和百姓在一起的，要么是在刚刚动工起修的公路上，要么是在竣工的大坝上，要么是在春耕的田野上，要么是在丰收的垄亩间，要么是在百姓的院落里，要么是在落成的校舍前。每一张照片里都有他，也都有百姓，他与老百姓微笑地交谈着，老百姓则目光切切地注视着，认认真真地倾听着。

坐在村委办公室电脑前浏览网上消息的石岗村驻村第一书记夏初阳，看着一张张照片，脸色铁青，沉默不语。忽然，手机铃声响起，刺耳的声音让他受了一惊。一看，是张小磊打来的。

"晚上咱们一起去镇上吃个饭吧，我请客！"

好不容易把手头的工作做完，夏初阳收拾好办公桌上的文件，骑上那辆二手摩托车，就向镇里出发。二十分钟后，夏初阳到达镇上与张小磊约好的"张记餐馆"前。习惯把时间精确到分的夏初阳，又看了看手表，六点过五分。但是，张小磊还没来。他小子总爽约，习惯了。他给张小磊发了条信息："我到了，先点菜了，老三样，不超支，不请客，AA制！"张小磊没回信息，等了十五分钟仍没回。于是打他电话，竟然无法接通。这个张小磊，玩什么把戏。他一边嘀咕一边把目光扫向街边每一个人，突然发现了一张似曾相识的面孔。那不是通缉犯徐陶吗？他一个激灵，奋身而起，在行人还没反应过来之前，就把那人制服在地。他反剪了那人的双手，厉声问道："徐陶，你哪里逃？""你都把我这样了，我还能逃吗？"那人苦着脸道。

几分钟后，张小磊带着两个公安人员气喘吁吁地来到跟前，把徐陶押解而去。

夏初阳拍了拍手，像是要拍掉手上的灰尘一般，其实，他手上啥东西也没有。别人说动作干脆利落，说的就是夏初阳这类人。不仅干脆，而且干净。

"你怎么样了，夏初阳？"张小磊伸过来一张带着憨厚表情的脸，眉宇间流露出关切，显然，这种关切有些过于夸张，甚至有些自作多情。"什么怎么样了？不就是一个罪犯吗？能

把我怎么样？”果不其然，他的问候得到了夏初阳这样的回答。张小磊仍旧一脸憨厚，笑笑地看着夏初阳，夏初阳起初没意识到，直到他把脸伸过来，就要贴着他的肩膀了，他才抬起头来道：“你小子这是干什么？”张小磊嘻嘻道：“你没看到我满头大汗吗”“你满头大汗与我有什么关系？”说出这句后他立马意识到了什么，于是正儿八经地看着他道：“你小子吃饭迟到，是不是与这徐陶有关？我说你怎么迟到呢，原来是追犯人去了啊！”张小磊笑笑：“你不觉得我警惕性提高了么？不过，也是我运气好，竟然能碰上一个通缉犯。”“也是他犯的罪不够重，自己不太放心上，真要是犯大案要案的通缉犯，他敢这么抛头露面？”张小磊听夏初阳如此一说，也觉得有些道理。

二人走进饭馆，坐在靠窗的桌子边，喝了几口茶后，服务员就把菜端上来了。两荤一素，素的既是蔬菜也是汤菜。二人边吃边继续谈论着通缉犯徐陶的事情。“你说这人也真是奇葩，竟然把女朋友家养猪场的猪给放跑了，猪跑了就跑了，他自己也跑了，这本来没个事，最后还被镇派出所通缉，你说值不值？”张小磊边使劲嚼着菜边说。夏初阳停下筷子，看着他说：“别说不是个事呵，人家损失了近两万元，两万元是个什么概念你知道么？”张小磊道：“你说那些猪怎么就找不着了呢？都说活要见人，死要见尸，那也得活要见猪，死要见猪尸吧？”夏初阳伸过筷子敲了他一下头道：“你傻呀，猪死了变成了猪肉，你到哪里去找啊。”

张小磊瞧了瞧碗里的青椒炒猪肉，笑了笑。“你啊就是个憨憨子，竟然把寻人的思维用到寻猪上来。”听夏初阳这么一说，张小磊又变得不好意思起来。不过，他又想到了什么：“那些捡猪的人也是犯法的，怎么不去抓他们呢？”夏初阳道：“他们当然也是违法的，他们也都承认了，但猪已经成肉了。”“那可以赔钱啊。”“赔了，赔完后养猪的还是亏了。一头本来能长两百多斤的猪才长到一百多斤就被人宰杀了，你说他亏不亏？”张小磊点了点头，若有所悟：“原来是这样啊。”又道：“这通缉令是我们来余镇之前张贴上去的，‘放猪案’也是两年前发生的，你怎么知道得那么清楚？”夏初阳道：“你不也很清楚么？不然，怎么有那么高的警惕心，竟然认出了那个通缉犯。”张小磊道：“天天往电杆上看，天天往派出所的工作群里看，那个通缉犯的样子早已烙印在心，一见着就认出来了。”“看来你这个协警不是白当的。”夏初阳笑笑。

“你说这徐陶也真是傻啊，”这是张小磊第二次说他傻，“赔点钱不就得了，还跑什么跑！”夏初阳道：“他要是有钱他那女朋友会跟他提分手么？就因为他娶不起人家，又不愿跟人家分手，才产生报复心理，把人家养猪场的猪给放了。”“唉，可怜之人必有可恨之处。”张小磊叹息道。

这一叹息，二人就都陷入了沉默。

两个壮汉吃到第二碗饭时，发现饭盆里的饭见底了，于是大喊着要服务员加饭。服务员走过来端走饭盆，嘴里嘀咕着：“菜没点几个，饭倒是吃了一大盆。”夏初阳道：“我们都是猪八戒变的，能吃，多打点饭来啊。”张小磊道：“我们的饭量把她给吓到了。”说这话时还忍不住笑了笑。“人家村干部下馆子是可以报销的，可以多点几个菜，我们是自报自销，哪能像他们一样啊。”夏初阳道。“不仅是自报自销，还是AA制呢。”张小磊又补充道。

这次是店老板亲自给他们端饭上来，他比服务员会做人，只一味地笑着说：“管吃饱，管吃饱，不够再盛啊，你们都是我店里的老顾客了，哪有不让你们吃饱的道理？那个小姑娘是我请的临时工，不懂事，你们多担待啊！”张小磊道：“我们饭量其实也不大，不过就是在饭前抓捕了一个通缉犯，用了些力气，所以得多吃点补充一下能量。”“哟，你们敢情还是英雄啊！那你们得多吃点！不过，不知道你们抓捕的是哪个通缉犯啊，本地通缉犯太多，我搞不清楚哪个是哪个啊！”张小磊道：“你

店门前电线杆上贴着的那个。”“哟，那不是放猪娃吗？”“放猪娃？”“对呀，我们余镇的人都管他叫‘放猪娃’。你们说他缺不缺德，人家女孩子不愿意嫁给他，他就把人家养猪场的一百多头猪给放跑了。虽然后来追回了几十头，可也损失了不下二十头。哎，那样的人谁敢嫁啊！真个是谋财害命啊！”

“原来这样啊！”张小磊瞅瞅夏初阳又瞅瞅店老板。待店老板走进后厨之后，张小磊道：“看来还是当地人更了解案情啊。”夏初阳道：“所以说我们来到这里做事必须要和群众打成一片，要走到群众中去，他们总会给我们惊喜。”两人又说了些干群关系的话。第三碗饭下肚，店老板又端出来一碗回锅肉，边走边道：“我请客我请客！这道回锅肉本来是准备招待下一波客人的，但是我改主意了，送给你们吃，不要钱。”张小磊颇觉意外，问道：“为什么呀？”店老板说：“因为你们是英雄啊。我们余镇治安差，犯事的人多，逃跑的犯罪分子也多，就缺少像你们这样的英雄，你们来了，我们余镇就会越变越好了。”

二人对视一眼，夏初阳低头笑了笑，没说话。张小磊道：“没想到老板您还是个有英雄情结的人啊，不过，我们可不敢称自己为英雄，也打心底里没觉得自己是英雄，当然也就不能享用你这一碗红烧肉了。你这碗红烧肉的价钱应该比我们这三道菜都还贵吧？”老板笑笑道：“呵，不瞒你们说，这一小碗是我从那一大盘里面匀出来的，我也不亏钱，反正到时候是由他们结账。他们吃了又不去抓坏人，我匀点出来给英雄吃怎么啦。再说，他们每次都吃不完，剩在那里多可惜，我们又不是不良店家，不做那把客人吃剩的菜择出来再炒给别人吃的事。”

夏初阳没作声，只笑笑，没说接受也没说拒绝。老板把红烧肉放到桌上，转身就要走，张小磊道：“老板我知道你是一番好意，可我们真不能白吃。我们两个的工资也不高，花钱都是有预算的，你这一道菜不在我们的预算之列，要是我们吃了你这道菜，我们就超支了。我们可不想寅吃卯粮。”老板仍旧笑着说："不要你们的钱，不要你们的钱啊。"夏初阳这时开口了："不是我们不领你的情，是因为我们吃饱了，再吃就撑啰。你拿下去吧，自己吃也行，给那小姑娘吃也行，给别的客人吃也行。"他们环视一下，店里竟然没有别的客人。也是，如果有别的客人，老板也不会说出匀别人盘子里的菜的话来。

他们要老板把肉端走，说还想坐下来谈点事情。老板叹了口气，把回锅肉端走了。二人舀了点汤，边喝边聊着别的话题。自然而然也就聊到了王书记去世的事情。夏初阳叹了口气，道："十天前王书记还到咱们村里视察工作呢，他那时看起来容光焕发，精神头十足，怎么就——唉！"张小磊道："王书记还那么年轻，就这么走了，真是可惜了。"他突然想起了什么，对夏初阳道："你不是王书记亲自指名点的将么？你对王书记的感情应该比我深。"夏初阳道："别这么说，咱们都是革命的砖，哪里需要往哪里搬。""虽然咱们都是从县局机关委派下来的，可你不一样啊，夏初阳，你是特种兵出身，把你下派到这里来，是委以重任啊！"

夏初阳低下头，沉思着，半晌才说："王书记的追悼会是哪天举行，我想去参加，也算是送老书记一程。"张小磊插嘴道："可惜他还没老就去世了。"夏初阳道："王书记是个好书记，真正做到了鞠躬尽瘁死而后已。他把自己的生命浓缩在了四十九年里，虽短犹长。在我心目中他已经胜过了那些长寿的庸碌无为之辈。"夏初阳喝了口汤，望向窗外。张小磊笑笑："我的觉悟就没你那么高，我、我还是很看重生命品质和生命长度的，或许我就是你所说的那种庸碌无为之辈吧。""张小磊，你就这样看轻自己吧，刚刚，就在刚刚是谁去追通缉犯了？你觉悟还不高，不高么？你啊，比谁都觉悟高，比谁都积极。你那沙岗村治理得还不赖，比我那石岗村可强多啰。"

张小磊红了脸，抿了抿嘴唇道："我那是运气好，接了个好一点的盘，沙岗村原来的班子比较给力，不像你，原来的班

子把个村治理得要死不活的，村支书张昶还卷着一笔巨款跑路了。不仅如此，他还愣把个村子搞成了黑势力团伙，那个村支书就不是什么好鸟。要不是你来了，那个村还不乱到底？有胡乱吃低保的，有截留扶贫款的，都搞公器私用，胆子也太大了吧。”“这不单纯是胆子大不大的问题，”夏初阳低声道，“这是法律意识不强、思想觉悟不高的问题，他们用搞黑社会那套来治理村子是要不得的。”张小磊道：“这两年要不是有王书记为你撑腰，要不是你这个打铁匠自身硬得很，怕要被他们搞下台来。何止是搞下台，怕是连人身安全都无法保障吧？”夏初阳听张小磊如此一说，倒是有些不以为然：“你说得太严重了，石岗村是有一股黑恶势力，可他们都已被打压了，况且那也只是一小部分，大部分村民都是很好的。这两年没有他们的支持，我的工作开展不来。要记住，越是到基层工作就越是要搞好班子关系和干群关系。”

张小磊把碗里最后一口汤倒进了自己嘴里，咂了咂嘴巴道：“你说得对，这个我也深有体会。没有当地群众的大力支持，就凭我们两个当兵的，能把村子治理得那么好？”说完又爽朗地笑了笑。夏初阳看着他大口喝汤、大幅度咂嘴的样子，不禁笑笑道：“要不要再点个菜？”“不能！坚决不能！咱们是铁规矩，下馆子虽然用的是自己的钱，但也不能超标，再说了，我已经吃得很饱了。”张小磊擦了擦嘴唇，憨厚地笑笑。在说笑间，二人各自掏出了钱包，准备AA制付款。“老板，买单！”张小磊声音爆得天响，像个喝多了酒的醉汉。其实，他们俩滴酒未喝。

应声走出来先前那个小姑娘，她一改前面的态度，笑着说道：“我们张老板说了，不收你们的钱，以后也只管来吃，不收你们的钱。”夏初阳道：“你们老板不讲理，你也跟着不讲理啊。”小姑娘一听急了，道：“你说谁不讲理呢。我们老板可讲理了，这乡里街里的，谁不知道我们老板最讲理啊。他不收你们的钱，你们倒还说他不讲理，哪有这样的道理啊！”“小姑娘啊，你说我们吃了你们老板的饭该不该给钱呢，该是不是？如果我们吃了饭不给你们老板钱，那就是我们不讲理；而你们老板给我们饭菜吃，却不收我们的钱，那就是他不讲理。吃了你们老板的饭，我们就得给钱，你们老板就得收钱，这个道理你懂不懂？”夏初阳说完，与张小磊对视而笑，把各自的钱放在了桌子上，每人十五元，一分不多，一分不少。他们点的老三样就值这个钱。

二人走到街上，张小磊道：“那老板还真是不错呵，慧眼识英雄，真心敬英雄。”夏初阳道：“再怎么敬英雄他也得吃饭对吧，他无依无靠的，不就指望着这个饭店生活。”“你怎么知道他无依无靠？”张小磊道。“我们在这吃了一两年饭了，我怎么就不知道？”夏初阳笑笑道，“他是我们村原村支书张昶的爹。”“啊，不会吧！他儿子可是通缉犯啊！我们竟然还跑到通缉犯家里来吃饭？”

夏初阳立即纠正道：“他儿子是通缉犯，可他不是，这点你得搞清楚了。他是他，他儿子是他儿子，这两年我观察过了，他和他儿子不是一类人。”“他还把别人碗里的回锅肉匀出来给我们，还说他是个好人。”“你又没看到，你怎么知道他那碗回锅肉是从别人碗里匀出来的？”张小磊拍了拍脑袋：“是哦，我们又没亲眼看到。”突然又想起了什么，道：“你两年来一下馆子就约我来这儿，是不是有别的什么企图？”

夏初阳笑笑，没理他。余镇街上灯火辉煌，广场舞音乐像海浪一样此起彼伏。忽然不知从哪个舞池里飘出来了一位漂亮姑娘，满头大汗，喘着粗气，从背后叫住了二人：“夏初阳，张小磊！”二人回头一看，愣了，眼前这不是龙菲菲吗？

“没想到会在这里看到你们。”龙菲菲朝夏初阳伸出手来，夏初阳愣了一下，把自己的手往衣襟上擦了一下后伸了出来。龙菲菲注意到了他这个细节，笑笑道：“老同学怎么还这么讲究呀，我的手心里可都是汗啊。”张小磊道：“看到美女就紧张，这是大龄剩男的通病，我也不例外。”“哟，你们都还没结婚么？”龙菲菲道。张小磊随即问道：“难道你结婚了？”龙菲菲道：“当然，我都结婚两年多了。”夏初阳手一抖，就缩了回来，龙菲菲道：“你怎么啦？”夏初阳道；“没想到你会这么早结婚。”“早吗？还早吗？哈哈，我今年都快三十一了。我二十八岁结的婚，那也不算早了吧。”张小磊道：“那你爱人是做什么的？”龙菲菲道：“他是做生意的，来余镇考察项目，我觉得好玩，也就跟着来了。”“哦，你嫁了个大老板啊，不错不错！”张小磊说得酸溜溜的，笑得也很勉强。“哪是什么大老板啊，不过就一混饭吃的。对了，你们应该认识他啊！”夏初阳哦哦了两声，似乎对龙菲菲的老板丈夫是谁并不感兴趣。

“我爱人过会儿要去饭店吃饭，你们也去吧。”龙菲菲看了看手表，又叹息道，“他啊，什么都好，就是没什么时间规律，常常误了饭点。本来说好早点吃饭的，你们看，忙到现在都还没空吃饭。都说有钱人好，不知道有钱人也是不好当的，他们啊最对不起的就是自己的身体。你们两个先在这儿等着啊，我得去对面的酒店催催他。”夏初阳忙道：“对不起，我和小磊刚刚吃过饭，正准备回村里去，饭我们就不去吃了，得先走了。”龙菲菲道：“回村里去？你们难道都住在村里么？”张小磊道：“是啊，他住石岗村，我住沙岗村，两个村子挨得很近的。”龙菲菲道：“你们两个不都在县城里工作么？怎么会住到村里来，是不是临时驻村什么的？”张小磊笑笑道：“是，又不是，我们是来这里长期工作的。”龙菲菲露出不敢相信的表情道：“你们被贬了么？”夏初阳道：“我们是自愿来这里的，你不觉得这里很好么？”龙菲菲道：“这镇上是好，可那毕竟是村里。”“村里怎么啦？你不也是农村出来的么？”龙菲菲听夏初阳语气里有些执拗与气愤，便尬了脸色，轻声道：“我不是那意思。”看二人明显露出鄙夷自己的神色，龙菲菲又道：“其实我爱人老家就在石岗村，他明天还要带我回老家去看看呢。”

夏初阳似乎对她那个有钱的爱人是哪个村的人也不感兴趣，示意张小磊走人。龙菲菲没想到自己与心爱的男人隔了几年再见面会以如此方式收场，心情不免有些沮丧，想尽力挽回颓局，于是绞尽脑汁。忽然灵光一现，喊住夏初阳道：“你还记得那个杨莫羽吗？她也在这里，就在余镇人民医院当医生。”

夏初阳一愣，转而回过头来，道：“不记得了！”

两天后，夏初阳和张小磊去县城参加王书记的追悼会。参加追悼会的人很多，多得超出他们的想象，澮县太平山殡仪馆纪念厅里里外外全站着人。当时出着很大的太阳，大家就那么一声不吭地被太阳曝晒着，表情沉重。夏初阳与张小磊来得早，站在了屋檐下，没被晒着，但没过多久，太阳就照过来了。参加追悼会的人，除了他们俩是村干部，还有很多人也是，显然被王书记看重的人不止他们俩，这不难想象。澮县这些年的发展，很大程度上依赖于基层干部，几乎所有的驻村第一书记都是经过县组织部认真考核过的，甚至都是经过王书记亲自审查过的。打铁还需自身硬！打铁还需自身硬哪！王书记对中央领导的话深表认同，并不断把它内化成为自己选拔干部的标准。选干部就得选自身过得硬的干部，自身都是泥菩萨，好看不中用，放到基层去难保不会出问题。所谓泥菩萨过江自身难保，老祖宗总结出来的谚语，还是挺有道理的。

夏初阳还发现，王书记选用的干部中，很大一部分都是当过兵的，像他这样的特种兵还不在少数。王书记如此选人用人自然有他的道理，澮县前些年经济相对落后那是有原因的，大部分原因就在于各地黑恶势力猖獗，地方保护主义严重，给社会治安带来了严重影响，发生了很多不利于社会经济发展的事情。老百姓有苦难言，有怒难发，感觉不到公平正义，做起事来也就缺乏信心和干劲。事在人为，事在人为！那些不正义的事情是坏人干出来的，那么，由谁去匡扶正义呢，当然也得是

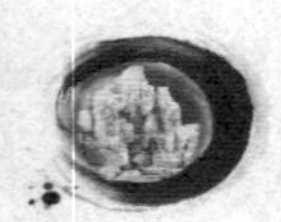

人！王书记在选人用人上是作了深思熟虑的，当兵出身的他，最信任的还是兵。于是，他从退伍转业军人当中遴选了一批人，安排到基层去工作，让他们把在部队里练就的本领用到工作中去。这些人一到基层，原来那些作恶的原著居民有的闻风而逃，有的暂时收敛起了作恶的手脚，端着一颗心，颤颤兢兢地观望着过日子。当然，他们也是存有侥幸和挑衅心理的，要么侥幸遇见一只纸老虎，要么向不知真假的老虎发起挑战，称称对方的斤两。有些人居然成功了。当他们知道有些当兵回来的只是纸老虎后，他们又开始兴风作浪起来。当然，自从那些当兵回来的第一书记都兼职镇派出所的协警后，他们又开始有所敬畏。他们终于明白，他们中的某个人或许是纸老虎，可一旦融入集体，有了后盾，他们就变成了比老虎还要凶猛的醒狮。而石岗村的第一书记夏初阳又与别人不同，他融入集体是猛虎，单打独斗也是猛虎，要是惹毛了他，他就是狮子王。

有些村子里的黑势力知道自己再在这片土地上撒野绝没有好果子吃，于是就借着打工的名头开溜了。但是，人走了账还是要算的。这些当兵出身的第一书记们为了以儆效尤，又协同镇派出所对那些背负着罪恶之债的人通通贴了照片，描了罪过，张贴在电线杆和其他可张贴的墙上石头上，全村告之，全镇告之。那些犯了小罪小恶的人为了顾全颜面，自愿回村来交代过错，该交罚款交罚款，该赔礼道歉赔礼道歉，以示虔诚改正之心，请求本村第一书记去派出所道情说理，把他们的“通缉令”给撤下来。毕竟，他们跑了，他们的父母孩子还要在此地生活下去呀，正所谓跑得了和尚跑不了庙。

这一招还真管用，那些犯了点事的小混混还真回来了不少，被撤掉了“通缉令”的他们转而变成了知过能改、支持乡村建设的好人。人都是需要正能量激励的，他们也不例外。他们为社会制造了许多负能量，待他们有心悔改，社会再以德报怨地给他们一点正能量的东西，他们竟然就改邪归正了。

他们可没那么好的良心来改邪归正，那是邪不胜正，他们扛不住了，又想死皮赖脸地活下去，不改过来，行么？夏初阳常常这样想。不是东风压倒西风，就是西风压倒东风，要治住他们那一股子邪气，社会没有两板斧正气那可怎么行！这也是澹县所有驻村第一书记都是军人出身且都兼任各镇派出所协警的原因。

一边治邪气一边树正义，一边抓经济促发展带领村民脱贫致富，成了夏初阳这两年的常规工作。他来了之后，石岗村无论从社会治安，还是从村容村貌，还是从人均收入上来讲，都有了质的转变。他是把自己当成一块石头来砸的，要么把石岗村里面藏着的硬骨头给砸烂砸碎，要么被石岗村的顽疾旧痼反弹回去，弹至无底深渊。

死算不算是无底深渊？瞻仰王书记遗体时，夏初阳突发奇想。王书记现在死了，他是不是被澹县那些一时难以治愈的顽疾旧痼给反弹至无底深渊的？他看到王书记身上盖着党旗，神态安详地躺在鲜花丛中，心底突然涌出一股深深的哀愁。这样的感觉是不对的，他内心此时应该充满一种悲壮慷慨的感情才对。风萧萧兮易水寒，壮士一去兮不复返。是的，就应该是这样的感觉。当年弟弟牺牲时，整个人全都烧得变了形，亲人都不让看。没人知道他临终前一刻究竟是怎样的。他流泪了吗？他说什么话了吗？这一切都无从得知。王书记突发脑梗，去世前倒是没有体会到多大的痛苦，可是晓阳呢？晓阳是被活活烧死的啊！他十九岁的年轻躯体被烈火烧炙，一米八几的个子被烧成了蜷曲的一团，多么惨烈啊！

他突然忍受不住回忆的煎熬，情绪变得异常激动，泪水疯涌而出，往两腮流淌，浑身颤抖，犹如筛糠。站在他身后的张小磊注意到了他的异常，扯了扯他的胳膊肘，轻声道：“你没事吧？”夏初阳没有作出回应。“这不像平常的你啊，夏初阳你注意点，很多人都看着哩。”张小磊明知道自己的劝阻是多此

一举，但还是忍不住说了。他以为夏初阳会引来别人异样的眼光，可没想到，大家在他的感染下，竟都开始唏嘘流泪。灵堂上的哀泣之声与哀乐相伴相和，气氛陡然变得悲怆起来。大家似乎都沉浸在了对王书记的深切悼念之中，都想起了他的好，他的清廉为官，他的勤政爱民，他的锐意进取，他的率先垂范。

出了灵堂，张小磊见夏初阳仍沉浸在悲伤的心境里无法自拔，不禁摇了摇头，嗔怪起他来："你到底怎么啦？王书记对你是很好，可你用得着如此激动吗？你知道别人背后会怎么议论你吗？他们会说你为失去了靠山而伤悲！"他都说到这份儿上了，一般来说也会"一语惊醒梦中人"，可夏初阳没被惊醒。岂止是没被惊醒，简直是没被激起半点涟漪。他像发了痴癫病一样，不住抽动着身体，耸动着肩膀，根本无法抑制自己的感情。

"他怎么啦？"一个温柔的女声从张小磊身后传来。

"不知道！他悲伤过度，突然变傻了！"张小磊没好气地回答道。

"他该不会是睹物思人了吧？头一回见一个男人哭得这么惨兮兮的呢！"

张小磊听闻女子这么一说，不禁回头一看。一个女子娉娉婷婷地站在那里，头发丝随风飘扬，白净的脸上长着一双黑如巨峰葡萄的眼睛，明澈闪光。这个漂亮的女子好眼熟！张小磊此时全然不去理会夏初阳的沉浸式悲伤，一双眼睛紧盯着眼前的这位姑娘，一颗心也全扑在了对这个女子的猜测当中：她是谁呢？我们见过吗？

女子不理会他的迷茫与猜测，如风一般地掠过他身边，径直走到夏初阳面前，拍了一下他的肩膀，道："抗洪英雄，你也喜欢流泪么？"夏初阳抬起头来，擦了一把眼泪，动作有些粗鲁，像是被惹毛了一般。他没好气地盯着说话女子的脸看，却并没有要责备她的意思。人就是如此矛盾。其实，也没什么，不过就是被她看透了心思而已。

“夏初阳，你这泪真是为我舅舅而流？不会吧？看起来不像！”女子道。

“谁是你舅舅？”张小磊冲上来道，“谁是你舅舅？你是谁啊？”

女子没看张小磊，这让有些主动的张小磊左右不是，尴尬起来。他摸了摸头，又拍了拍夏初阳的肩膀，又冲女子道：“你舅舅是谁啊？不会是王书记吧？”

夏初阳咽了一口唾沫，喉结猛然动了动，然后盯着女子的脸道：“这还用问吗？她说的就是王书记。”然后，又擤了一下鼻涕叹息道：“真没想到王书记会是你杨莫羽的舅舅！”

杨莫羽见夏初阳认出了自己，不由笑笑道：“你竟然认出我来了。”夏初阳道：“这有什么奇怪吗？”他打量了一下眼前的杨莫羽，见她穿着虽然素净却也明艳动人，比起几年前那实习老师的形象又多了几分成熟与妩媚，心里不禁微微一动。心一动，脸也就有些灼热起来。

“杨莫羽这个名字怎么这么耳熟，哥们，我们见过她么？”张小磊似乎有些不服气，谁叫夏初阳先叫出了眼前女子的名字呢？

杨莫羽也没理睬张小磊，只径直对夏初阳道：“一直以为你是个硬汉子，没想到你也会流泪。”夏初阳道：“没想到会在这里遇见你，更没想到王书记是你舅舅。”

杨莫羽笑笑：“他是我的亲舅舅，活着是，去世了也是。”又自顾自地叹息道：“其实，舅舅早就想到自己会有这么一天的，只是没想到会来得这么快。”

张小磊道：“王书记是位好书记。”杨莫羽道：“我知道舅舅是个好人，是个好官，可惜没有一个好身体。”夏初阳似乎嗅到了什么，试着问道：“难道王书记早先就发现了自己身体有恙？”杨莫羽道：“是啊。现在人都没了，也没什么好隐瞒的。

他早就被查出患有心脑血管方面的疾病，只是不听医生的劝阻，不肯放下工作去治疗。”

二人登时沉默。杨莫羽道：“这就是舅舅的宿命。当然，他和你们一样，有自己神圣的信仰，不信命。可现在呢，不由他不信——不过呢，我却不那么伤心，反倒替他感到高兴。”

夏初阳道：“他都去了，你还替他高兴？你什么意思？”杨莫羽道：“不是每一种死亡都必须用哭泣来悼念的。他去了对他来说是一种解脱。对于一个每天睡眠时间不足四个小时的人来说，死亡就是长眠，让他睡一个饱饱的觉不是很好么？”说着，她竟然笑笑道：“他太累了，需要休息。”

夏初阳见到杨莫羽在笑，顿觉有些不适应，他心想，王书记真是他亲舅舅？张小磊此时的想法和他一样。两人不禁相对而视，眼神里传递着一些不可思议的意味。要么就是这个女子有些不正常，是个神经病，要么就是她说了谎，这个王书记根本就不是她舅舅。哪有自己的亲舅舅去世了，还笑得出来的？杨莫羽全然不理会二人眼神里流露出来的疑惑，仍自笑着，并且边笑还甩了甩自己的头发，像是要迎风起舞的样子。夏初阳与张小磊更加疑惑了，二人不约而同地问道：“王书记真是你亲舅？”杨莫羽笑笑道：“如假包换！”看二人还有一些疑惑，于是道：“你难道不觉得我长得和他有些像么？”二人又不约而同道：“不像！一点也不像！”

王书记那沉痛的追悼会，就因为杨莫羽的出现，而让夏初阳沉痛不起来。他其实也没那么沉痛，要说他沉痛，也是因为他想起了自己的弟弟——烈火少年夏晓阳。

他没想到王书记是杨莫羽的舅舅，就像当年他没想到杨莫羽是自己弟弟的女朋友一样。弟弟牺牲时也才十九岁，他难以想象十九岁的弟弟会有一个大他两岁的女朋友。弟弟牺牲时那么年轻，竟然也谈过恋爱了！他突然理解了弟弟的悲壮与英勇。

杨莫羽被一个中年妇女叫走了，那人长得与王书记有几分相像，应该是她的母亲，也就是王书记的亲姐姐。杨莫羽离开前，仍旧笑笑地对夏初阳道："我知道你在为谁哭泣！你哭起来的样子真的很搞笑啊！"

杨莫羽走后，夏初阳问张小磊道："我的样子很搞笑么？"张小磊道："你的样子很感人！"

王书记追悼会结束后，夏初阳被县长陈秋明单独叫到一边，说了很久的话。县长是他的老乡，和他是同一个镇的，知道他家的情况。他们夏家也算是一门忠烈了。夏初阳的父亲、弟弟都因公殉职，一家四口，只剩下了两个，一个在家乡成了留守老人，一个在他乡被委以重任。陈县长每次回到家乡，都会去探望夏母，在他心里，夏母可不是一个寻常女性，值得敬重。

陈县长表了态，虽然王书记殉职了，但他原来的工作思路不会改变，他这个做县长的会一如既往地照着老书记的工作思路去开展工作，特别是让退伍转业军人下基层去任驻村第一书记这个做法，他仍旧会予以坚持。他特别交待夏初阳，要一边扫黑除恶，一边搞脱贫攻坚，只有搞好社会治安，才能搞好社会经济。他说这个因果关系坚决要理清，否则将挨手挨脚，一事难成。他肯定了夏初阳下乡这两年干出的成效，鼓励他要坚定信心，稳扎稳打，继续打赢一场场硬仗。

"咱们当兵的就不怕打仗！陈县长，您放心！"他本来还想要学着别人表表决心什么的，但话到嘴边又咽下了。农村基层工作，具有很大的复杂性和可变性，并不是你对着领导表表决心就能做好的。与其向领导表决心，还不如脚踏实地、排除万难地去干，所谓遇到问题解决问题，遇山开山，遇水架桥。至于最后得到领导怎样的评价，那是后话，起步去干事时完全没必要放在心上。再说了，他夏初阳对领导的评价从来都不太在意，他在意的是百姓们能否得到实惠。至于有少数人对他产生不满之意，他也不太在乎。在进行改革、扫除黑恶、发展经济的时候，伤及一些人的既有利益、得罪几个人那是再寻常不

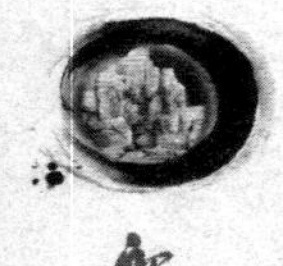

过的事情。村干部处理问题时要尽量做到一碗水端平，可是，就是这个“端平”会损害原来那些强势者、多占者的利益，让他们心怀不满，成为下一步工作的绊脚石。然而，他从来都不怕那些绊脚石，他要把那些绊脚石变成“搬起石头砸他们自己的脚”。在支持者眼中，他夏初阳是个温和派；在反对者眼中，他夏初阳就是个货真价实的强硬派。

这两年来，石岗村在他的带领下发生了翻天覆地的变化。最为明显的变化就是，那些常常和村干部唱对台戏的“硬把子”蔫阵了，那些想称霸一方阻止改革的“黑势力”瓦解了。那些“硬把子”“黑势力”私下里说着“现在胳膊拧不过大腿，等这阵风过了，咱们再卷土重来”，可要不了多久他们的这些私话就传到了夏初阳耳朵里，他点名道姓地指着说这些话的人，骂他们个个是怂包，真有那本事还不如发展产业，提高经济收入，存点钱娶媳妇呢。想在村里跟着他夏初阳干的留下来，觉得跟他干没前途没出路的出去打工也行，至于那些触犯了法律、有案底在身的人最好去自首，争取宽大处理，改过自新。重新做人可以，但要卷土重来，没门！你们卷哪里的土啊，哪里有土供你们卷啊？犯了国家的法，还要卷国家的土，哪有这么如意的算盘让你们打呢？你们想多了！

一个驻村第一书记把话说出了将军的气概，这十里八乡除了夏初阳怕是没有第二个。一年前，村里有人想试试夏初阳的锋芒，故意纠集一群混混到村部闹事，夏初阳二话没说报了警，自己也穿上了协警服装，出现在众人面前。待警笛声在村外响起，那些附众闹事的人赶紧做鸟兽散，而带头闹事的那几个人见到那阵仗也慌了神，互相指责着、推诿着想要溜。夏初阳堵住了他们，想走，没那么容易！他指着从外面开进来的警车道：“看见没，我不是一个人身入虎穴，我后面站着一群虎呢！你们几个小狐狸就想占山为王，眼里还有没有王法呢！”

他用十足的中气把那个“呢”字说得震耳铄目，令那几个小恶霸浑身一颤。余镇派出所民警到了，夏初阳指了指那几个混混，又指了指自己身上佩戴的执法记录仪道：“人证物证俱在，抓他们几个没错！”听说自己要被抓，那些人精神上顿时就蔫了，但煮熟的鸭子嘴硬，他们还在挣扎着，大声为自己辩解，说自己才来到这里什么也没做。夏初阳指了指边上跳广场舞的妇女们，道：“你们纠集了一伙人，气势汹汹地来到村部，骂骂咧咧，伸拳踢腿的，敢情是和这些妇女们争跳舞场地来了？”那些妇女们一听他这么说，倒是乐了。纷纷指着村里的混混们道，某某娃们，你们可要讲道理，村里就这么几个人，你们蹬破了天，地还在，蹬破了地，窝还在，蹬破了窝，你们家里老的老小的小，人往那里搁呢？你们欺负小夏，干扰他的工作，不就因为他是个外乡人么？可是，没有金刚钻不揽瓷器活，他能到咱们这里来当第一书记，能不带金刚钻来么？

“他不就是有派出所和县里的人为他撑腰么？有什么了不起！”其中有个叫作刘迟的混混不以为然地说道。夏初阳道：“你还别说，我最了不起的地方就是有人为我撑腰，因为我做的全是正当的事情。既然你这么说我了，那我也想问问你们，你们平日里做这些下三烂的事情有谁帮你们撑腰呢？你们欺善怕恶，欺软怕硬，横行乡里，聚众闹事，阻碍乡亲们走致富路，那又是谁给你们撑腰呢？”见那些人无言以答，他又道：“是你们的私心在为你们撑腰，是人性的恶在为你们撑腰，是你们见不得别人比你们好的嫉妒心在为你们撑腰！大家穷了，你们就乐了；大家怕你们了，你们就得意了！住在这个村的，大都沾亲带故，你们损来损去，还不是损自己人的利益？”

“我们损谁的利益也不会损到你，你一个外乡人，到这里镀完金就拍拍屁股走人，拿着这里的政绩去升官发财，谁能损你的利益？你口口声声说是为我们村里好，真要为我们村里好，就把张昶那小子抓回来。他把村里的公款卷跑了不说，还把我们集资的二百多万工程款给卷走了！”刘迟说，“再说了，我

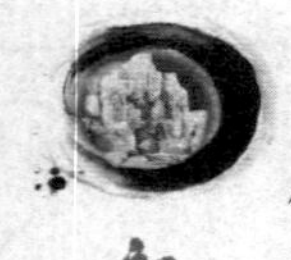

们怎么知道你与张昶那小子不是一路货色？想当初，我们那么信任张昶那个混蛋，把自己辛辛苦苦赚来的血汗钱都交到他手里，他怎么着？竟然全都私吞了！他可是要了我们的命啊！”

夏初阳听了，却轻描淡写道：“你们还蛮有本事嘛，竟然能赚二百万回来！有那个本事，为什么不出去再赚个二百万回来啊！这个村子还这么穷，你们赚个几百万回来，搞搞基础建设不比‘等靠要’要强？”

“你说得倒轻巧！那可是我们这些人打了十多年工才积蓄下来的钱，其中一部分还是我们向工厂老板借的。现在，我们还不起老板的钱，也不好意思去那里打工了。你要我们怎么办？我看村里那些坏人做了坏事，也没人把他们怎么样嘛。他们跑到外面去，过得逍遥快活，你们还不是不能把他们怎么办！原以为派了一个特种兵来当第一书记就可以把那些人抓回来，可是，你们除了贴贴通缉令又做了些什么？”混混张彩月道。

这张彩月是个男人，却取了个女人的名字。他生就两绺倒八字眉，单眼皮，小额头，看上去贼眉鼠眼的。身子肥胖，上身和大腿比例失衡，臀围和腰围倒相差无几，合在一起像个箍得比较匀称的铁桶。就这身材，他还爱穿紧身衣服，尤其是女性的紧身衣服。他常常把自己打扮得像个女人。大概在他看来，父母给他取了个女人的名字，他就该打扮得像个女人，不然就名不副实。夏初阳了解这个人，长得奇形怪状，穿得花里胡哨，说得曲七歪八，做得叛经离道，可心眼并不坏。

“张彩月，我看你和张昶就是一伙的！”夏初阳指着小额头的张彩月道。

张彩月朝地上啐了一口，道：“你放屁！我和他一伙的？我还和他妈一伙的！”从他的表现来看，他着实不齿和张昶沦为一伙。小额头上爆出青筋，眼睛里怒火猛喷，嘴唇猛烈颤抖，说起话来也咬牙切齿，还喘着粗气。

夏初阳见状，又往话里加了些火药，道：“你没和他一伙，怎么会把大家的钱都交给他？你没和他一伙，怎么会在我们都忙着抓他的时候，还带着这么多人来闹事？你这不是存心为他打掩护么？你这不是存心要扰乱我们的视线，分散我们的精力，转移我们的关注点么？把我们搞得精疲力尽了，你们就舒坦了，因为，你们的后台大老板张昶就可以继续逍遥法外了，就可以继续为你们胡作非为撑腰了！难道不是么？难道我说错了么？”

“我们没！”张彩月道。

“你们没什么没？你们没有外面的黑势力撑腰，哪来的熊心豹子胆？光天化日之下，竟敢聚集不明真相的群众攻击村部，你们眼中还有国法吗？谁带的头今天就抓谁进班房，到目前为止，对人对物还没造成实质性的伤害，你们还有退步的余地！如果你们此时退去，我可以请求派出所的警察同志网开一面，既往不咎，毕竟大家都还得在一个村子里呆下去！如果你们还想进行下一步行动的话，那我就劝你们还是谨慎为妙，后面那些全副武装的警察出一次警也不容易，他们不抓几个回去是复不了命的！如果你们想吃牢饭，那你们就看着办！”

后面全副武装的张小磊和一干民警已经严阵待命，只待一声令下，他们就会开始实施抓捕行动。闹事的队伍也早已呈现涣散之态，有些胆小的人早已装作看热闹的群众，偷偷溜走，只有这几个为首的，还在那里硬撑着，如今听夏初阳这么义正辞严地一训，也不由心里发慌，双腿直颤抖。

张彩月和刘迟对视一眼，又朝后一看，两人顿时就蔫了。

“你真的肯放过我们，真的不会秋后算账？”张彩月麻着胆子对夏初阳道。

夏初阳指了指自己身上佩戴的执法仪，笑笑道：“我这里可是佩戴着执法仪的，它不仅记录了你们的一言一行，也记录了我的一言一行，你觉得我会说话不算话么？当然了，我也把话说在前头，如果你们还敢纠集群众攻击村部，我会二话不说，把你们抓起来送进去！我说到做到！还有，张昶去了哪里，我

不相信你们中的某些人不知道。你们哪，对自己的同伙都不了解，却来找村干部的麻烦，我真替你们感到可悲！”

张彩月听他如此一说，转而回头朝自己那伙人吼道：“你们谁知道张昶那混蛋的下落却不告诉我啊，谁啊！”

夏初阳道：“我们迟早会找到某个人的，你放心！我们一直在努力寻找张昶，天网恢恢，疏而不漏，迟早会把他抓捕归案的！”说这话时，他用犀利的目光扫视了一下人群，包括那些跳广场舞的妇女和看热闹的群众。人们一碰到他的目光，就觉得浑身不自在，不由得撤回了自己的目光，那感觉就是，好像自己就是夏初阳心里的那个坏人一般。

“走了走了，散了散了，有什么好看的！难道咱们还跟着一群混混进攻我们的村政府不成？”村里的老人习惯了把“村部”说成“村政府”，在他们看来，既然有省政府、市政府、县政府、镇政府，那就一定也有“村政府”。老人们如此一说，群众们便一个一个地走了。张彩月和刘迟对视了好几眼，眼神里尽是些怂态，却谁也没先说出“撤退”的话。二人怂了一阵，后面的龙奂珠发话了：“你们两人对什么眼啰！要走赶紧走！向夏书记认怂又不是什么丢人现眼的事情，人家至少还是个特种兵出身，他的身手我可是见过的，要撂倒咱们还不容易？”

然后挥手朝大伙道：“散了散了！赶紧走！你们不急我急，我可要回家奶孩子去了！”

龙奂珠边说边朝后面走去，警察也没拦她。大家看她顺利地走出了“包围圈”，也都蔫了头朝后走去。最后只剩下了张彩月和刘迟两个人，他们朝后看了看庄严待命的公安干警，又看了看前面临危不惧的夏初阳。夏初阳道：“你们怎么还不走？想进去是不是？”张彩月道：“谁想进去呀？那进去了还会有好事吗？张昶那小子宁愿跑路也不愿进去，不就是怕遭罪吗？”夏初阳道：“那你还不走？”张彩月道：“这事是我与刘迟牵的头，我们俩留下来想对着你那执法仪说句话。”夏初阳道：“说什么呢？”张彩月道：“我想说我们错了，我们不该与村政府作对，以后我们再也不敢了。过两天我们就要出去打工，你们千万不要把我们当成通缉犯，千万不要把我们的照片贴到电线杆上去。”

夏初阳笑笑道：“你们刚刚还说不敢出去打工，怕老板问你们要钱，怎么这会儿又想着要出去打工了？就不怕老板问你们要钱？”刘迟道：“我们已经给老板说好了，我们不要工资，只要包吃包住就行。”夏初阳道：“哟，你们这想法好！做人就得讲诚信，既然还不起钱，那就以工抵债。对了，你们欠了老板多少钱？”刘迟伸出五个手指头，轻声道：“五十万！”

“五十万？那你们俩一月工资多少？”夏初阳问。“我每月五千，张彩月每月六千，我们俩一月就可以还一万一。”刘迟道。夏初阳道：“这样算来，你们俩要给老板打四年工才还得清债。”张彩月道：“没办法。要不是张昶骗我们说要修建民宿，我们才不会把自己的血汗钱全拿出来！不止我们俩存的七八十万全被他骗了，刚刚那二三十个人的七八十万也都被他骗了，总共骗了我们两百多万。说要让我们当黄世仁的，现在倒好，黄世仁没当到，倒当了杨白劳！”夏初阳道：“吃一堑长一智，知道黄世仁不是那么好当的就行！”张彩月点点头。刘迟则深叹了一口气。后面的张小磊看见两个人还在与夏初阳磨叽，显得有些不耐烦了，大声道：“夏初阳，啰嗦什么？抓还是不抓？”夏初阳挥了挥手道：“你们也撤了吧！我这边没事了！”张小磊道：“你真确定没事了？”夏初阳道：“撤吧撤吧！”张小磊于是对身边一同出警的同志说了句：“你们撤，我留下来！”

警车依旧鸣着警笛沿村部前面的马路驶离，它特有的震慑力，带给这乡村一片详和宁静。

听到警笛声远去，张彩月和刘迟竟朝着夏初阳鞠了个躬。“想不到你还是个很讲义气的人，说不抓我们就不抓我们，那

也就是说，你说过的要把张昶抓回来的话也是算数的啰？”二人道。夏初阳道：“当然，当然算数！我们会加大通缉范围和抓捕力度，只要他还没死，只要他还没走出中国，我们就会把他抓回来绳之以法，给你们一个交代。”刘彩月道：“我们俩相信你说的，看得出来你是个来干事的人。”“我不是来干事的，难道是来打架的？”夏初阳说。他这一说倒让他们俩羞红了脸。二人抱了抱拳，有些江湖气，退后一步说：“我们先走了，有什么事需要做，你叫不动别人，就叫我们俩。”夏初阳笑笑：“好的，不过你们都要出去打工了，叫你们也是白叫”。二人笑笑，还准备说什么。张小磊不耐烦了，道：“你们别啰嗦了，要走赶快走，不然，就你们今天干的那事抓到派出所拘留个十天半个月也说不准。”

张彩月与刘迟点头说着“是是是”，然后，转身走了。张小磊道：“今天你小子受惊不小吧。”夏初阳道：“是啊，真没想到他们身上有这么重的匪气，竟然敢来进攻村部。”边说边关了执法仪，并示意张小磊也关掉。二人走进村部办公室，夏初阳给张小磊倒了杯水，自己也喝了一杯。张小磊道：“这个镇上有很多外来移民，居民结构复杂，而大部分又都集中在咱们这两个村，咱们肩上的担子可不轻。”二人正说着两个村子的情况，石岗村的另外五个干部一齐急火火地从外面走了进来，其中村支书龙奂生擦着汗水道：“听说他们刚刚进攻了村部，你没事吧，夏书记？”张小磊对视一眼夏初阳，表情异样。夏初阳转而扫视一眼面前的五个村干部，叹了口气，道：“要是我有事，还会站在这里吗？”然后，放下杯子，径自走出了办公室，张小磊则白了他们几个一眼，也匆忙跟了出去。剩下那五个嘴巴上还留有未擦净的菜油的村干部面面相觑。张小磊跟在夏初阳后面道：“他们竟然在外面下馆子，并且还没有叫上你；这事他们不可能不知道，竟然等到闹事的人都散了，他们才出场——明显就是孤立你、排挤你，想看你的笑话！”夏初阳沉默着，若有所思。

事情虽然发生在一年前，但如今回顾起来，心里还是有些沉重。他知道，事情解决了一码，又会出现一码，旧问题解决了，新问题又会接着出现。他不敢打包票说能解决好所有的问题，当然也就不能在领导面前信誓旦旦。任何的信誓旦旦，行动上做不到就是谎言。

陈县长见他神情严肃，不由故作轻松道："虽然等在前面的是一场硬仗，可你也不用那么紧张嘛！"说着还拍了一下他的肩膀。夏初阳被陈县长这么一拍才回过神来，猛然发觉，刚刚陈县长说了什么自己竟然一句也想不起来了。这时县长助理小孟走了过来，与陈县长耳语几句，陈县长点了点头，又对夏初阳道："好消息，好消息呀！小夏，你上次千里寻人给县公安局提供的线索非常宝贵，这次派出去的人根据你提供的线索，已经把那个张昶抓到了！""是吗？"夏初阳又是一懵，"是吗？"他重复道，看他表情，不知是悲是喜，竟显得那么茫然。陈县长却显得异常兴奋，他伸出戴着银色手表的手，又坚定而有力地拍了拍夏初阳的肩膀，清了清嗓子，朗声道："小夏，你是功臣，是大功臣啊！"

夏初阳还没反应过来，县长已在助理的陪同下往前走去。走了几步，又回头对夏初阳道："小夏，好好干，你未来可期啊！"夏初阳愣在原地，不知所措地说着："谢谢县长，谢谢县长！"

待陈县长走远，张小磊从不远处走了过来，伸出手学着县长的样子也拍了拍夏初阳的肩膀，道："小夏，什么情况？是要提拔重用了吗？"夏初阳叹了口气，道："你想多了！"张小磊转过脸，正视着他："看你这样子，难不成是被批了？"夏初阳又叹了口气，小声道："张昶被抓捕归案了！""天哪！这么好的消息，你听了竟然没笑出来，夏初阳，你是树蔸变的吧？"夏初阳淡淡道："我早知道有这么一天，但没想到会这么快！"

（三）

三个月前，夏初阳在张昶父亲老张开的“张记餐馆”用餐时，无意中听他说起蜀南竹海是个好地方，那里林深竹茂，适合隐居。夏初阳不知他为何会突然提及那个地方。驻村以来，他常常去他餐馆吃饭，除了图便宜，还试着想从他那里得到一点张昶的讯息。开始，老张并不知道夏初阳是石岗村的第一书记，夏初阳也从未曾在就餐时说起过，他吃饭时向来很安静，直到张小磊同他一起来就餐。张小磊喜欢在就餐时谈工作，张口闭口就是你们石岗村，我们沙岗村，而且声音还很大，没几句就把二人的身份给暴了个底朝天。老张自从知道夏初阳是他们那个村的第一书记，还是个特种兵出身的侦探高手时，曾保持了一段时间的冷漠和沉默。特别是当他看到自己儿子的照片被他们贴在门前的电线杆上时，对夏初阳更有了一种说不出的敌意。

夏初阳心里当然清楚。但他还是与往常一样，一到镇上就上他餐馆去吃饭。别的村干部去他那里吃饭常常赊账，他夏初阳从来不赊。他每次的消费都不超过十五元。按余镇的便饭标准，也就是一荤一素，那荤菜其实绝大部分都是素的。譬如夏初阳常吃的青椒炒肉，肉也就一小撮，大概五六钱的样子，其余的就全都是些辣椒啊，蒜叶啊，姜丝啊，洋葱啊。老张最喜欢放洋葱，无论什么炒肉，里面都会放分量不等的洋葱。当然，如果你点洋葱炒肉，那里面同样也会放蒜叶、辣椒、姜丝等佐料，只是加重了洋葱的分量，让你能明显感觉到洋葱的存在。

他把这些佐料一放，菜的分量就多了起来，给人很实惠的感觉。夏初阳也是这么认为的。他觉得虽然吃不到多少肉，但多吃几样菜蔬，营养同样丰富，更有利于身体健康。

老张开始对夏初阳是怀有敌意的，但是，看到夏初阳到店里吃饭以来，绝口不提儿子张昶，便也渐渐消减了那份敌意。而且他还发现了一个现象，那就是自从夏初阳常常来他店里吃饭以后，来他店子里闹事的人就变少了。以前张彩月、刘迟、龙奂珠等人常常趁着赶集时来趁火打劫，但现在没来了。他们知道他是张昶的爹，一个村子里头的，谁是谁儿，谁是谁爹，能不知道么？所以他们高叫着要他大义灭亲，把张昶的去处说出来。他们甚至还怀疑张昶把钱藏匿在老张店子一二层之间的隔板里，他们打开隔板翻开一看没看到钱，于是又怀疑他把钱放在了腌酸菜的坛子里，打开所有的坛子，捣腾了许久，也没找着半毛钱。他们又怀疑钱放在灶膛下面，于是，又把灶膛捣得乱七八糟。

反正，他们认为老张的店子就是个窝藏罪犯和赃物的老巢，虽然没找到什么，但他们就是那么认为的。他们的逻辑是，张昶带着那么多现金逃跑，为何他却没跑？说白了，就是要替张昶守着窝点，好让他随时可以回来取那些来不及带走的钱嘛。他们也知道几百万现金的重量，那不是随随便便拎个袋子就能装走的。当时，村里人发现张昶跑路后，立马报了警。警察查看了他名下的所有账户，竟然没发现他存钱和转钱的记录，也就是说他压根就没往银行存过钱。他们算了一下，一万块的纸币扎成一沓，大概是二两，十万就是两斤，一百万就是二十斤，七百万就是一百四十斤。他张昶会背着一百四十斤纸币去坐车、坐船、坐飞机？他们一致认为这简直是不可能的事情，那要费多大的劲儿呀？还有就是，他怎么可能过得了安检？那些检查人员也不是吃素的，见你扛着那么多纸币出行，不觉得你有问题才怪！他们觉得你有问题了，还不得好好查查？这一查不就

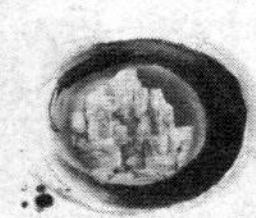

查出问题的答案了？那答案一出来，张昶他还跑得了吗？

依照张彩月他们的逻辑来看，张昶能那么顺利地逃跑，就不可能一次带走那么多现金；如果一次带了那么多现金，那他就跑不了。可他终究是跑了，且已经跑了三年了。他跑了，他父亲老张却没跑，还在镇上开着饭店，这是为什么呢？一定是为了替他保管他当时没能带走的钞票，一定是的！当他们用各种野蛮的方式，把老张的餐馆翻个底朝天，却还没能找到钞票时，他们就对老张实行了恐吓威逼，大吼着要他“子债父偿”。当然，他们吼也只是吼，并没有把老张怎么样！派出所的警察们说了，谁要是敢动老张半个手指头，谁就是犯罪。毕竟没有半点证据能证明老张是他儿子的同伙，他没有犯罪他就是守法的公民，公民在法律面前一律平等。

这简直乱了套了，刘迟朝旁边的电线杆啐了一口。儿子把别人的钱卷跑了，老子却还在镇上开饭店赚别人的钱，这也太不像话了！刘迟骂不出别的有水平的话来，就只能反反复复地骂这几句话。街上的人慢慢地也知道老张有个卷着公款和私款逃跑的儿子了，但这与他做生意有什么关系呢？他是他，他儿子是他儿子，这余镇街上谁家没有个不争气的儿子呢？十家有儿子的，有九家的儿子是爱打架、爱赌博、爱玩游戏、爱放高利贷的。反正大家都在一块儿混，低头不见抬头见，谁干哪样勾当对方心里都清楚！但是见面照样称兄道弟、请客吃饭、敬酒递烟。背了面儿，谁坑了谁，那就管不了那么多了，人就这么多点，不坑你坑谁啊！大家坑来坑去，斗来斗去，日子越过越穷，心气越来越高，终于有些人不想再这么瞎折腾下去了，他们学了电视上黑社会的做法，干了一镖大的，跑了！

余镇最大电器老板肖恩国就是被这么搞垮的。他没有儿子，只有三个女儿，每个女儿都有男朋友，每个女儿的男朋友都是余镇本地人，每个余镇本地人都知道肖恩国有几百万的家产。就在他们三人做着娶肖家女儿刮分肖家家产的美梦时，有人爆料肖恩国在外面还养了个情妇，那情妇还给他生了两个儿子，大的已经上幼儿园了，小的也有半岁了。三人惊讶之余就去打探真相，真相就是：别人爆料的就是真相。三人为这事商量来商量去，觉得把那两个小孩杀死的勾当是决计不能做的，毕竟那样做了自己也是要掉脑袋的。那该怎么办呢？既然他肖恩国不仁，那就别怪我们不义，老大的男朋友说道。不知他们用了什么手段，把肖恩国家的两百万现金骗走了不说，还让他背了三百多万元的债务，传说中的百万富翁，在一年之间就变成了“百万负翁”。“负翁”的女儿知道自己遇到了骗子，骗了自己的感情不说，还骗光了娘家的钱财，气得吐血。开始还想着要替父亲报仇雪恨，可知道了自己的父亲竟然背着她们的母亲在外面包养了情妇，还生了两个儿子以后，三个女儿竟没有一个想要替父亲报仇雪恨的。她们谁也不想沾手父亲的债务，竟悄无声息地离开余镇，到外地打工去了。

这事已经过去六年了，那三个骗子早已在外娶妻生子，钱么，早已花光了。骗子们的父母仍在余镇上生活着，也没觉得自己很丢人。相反，不明真相的人问起他们这事时，他们还理直气壮地说：“年轻人谈恋爱的事，我们不知道。钱财方面你情我愿的，哪个搞得清啰！”说到最后，令外人还错以为是肖家的三个女儿分别勾结自己的男朋友骗走了自己父亲的钱财，最后却又落得人财两空。后面又有人说肖恩国替一个向银行贷款的朋友做担保，最后那个借钱的朋友却卷钱跑了，银行只好找他要钱，他没办法，只得将自己的房子和店铺都卖掉去抵债。大家都猜测，替人做担保的事也是那三个男人做的，也有人猜测是他自己的三个女儿干的，还有人猜测是那个为他养了两个儿子的女人干的。不管怎么说，肖恩国是余镇最倒霉的首富，没有之二。当年那件事曾引起过很大的轰动，最后却又不了了之，毕竟还牵涉到一些男女之间的问题。肖恩国之所以不敢去向警察报案，很大原因是怕自己被认定为重婚罪。他的老婆也

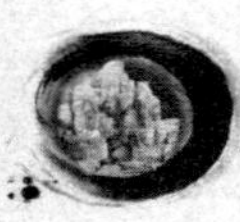

没和他离婚，原因竟是不想好了那个为他生了两个儿子的第三者。

余镇这些鬼打架的事情，真是太多了。所以张昶的爹老张在余镇也没被人们小看，因为那些人自己的子女或是自己也都与张家父子半斤八两。但是，石岗村的人对他们父子的看法就不一样了。儿子是贼，父亲就是寇！虽然他们村里也有坏人，也有杀人犯，但那些人有些不关自己的事，有些与自己有关，但也关系不大，都比不上这与钱有关的事情大。张父常常被石岗村的人欺负，却没有受到余镇人的欺负。所以，他的店子还照常开着，生意也不咸不淡。且自前年下半年这驻村第一书记夏初阳常来店里吃饭以后，村里那些混混也少有来寻事的了。他开始也对这个一心要抓住他儿子的人怀有敌意，但自发现他来此之后竟起到了保护神的作用，便渐渐消除了对他的敌意。他有意无意中听到或见到他抓捕罪犯的事情，也由衷地佩服他，把他当作英雄。他甚至希望由夏初阳出马去把自己那个给祖宗丢了脸的不肖子抓捕归案。但是，他也不知他去了哪里。警察问他时，他说不知道。他也的确不知道。他忽然记起儿子曾说过如果哪天有钱了就去蜀南竹海买所房子定居的话，料想那小子应该是去了那里。但也不敢肯定。于是，他有意无意地把这个信息透露给了夏初阳。

余镇离蜀南竹海有一千多里路，夏初阳出发那天正是夏季的早晨，他开着一辆皮卡车上路了。皮卡车的后面还载着一辆摩托，那是他为上山找人准备的。两天后，他到了那里。可是蜀南竹海不仅美，而且大，大得找个人如同大海捞针。他在那里找了半个月，也没找着人。他不禁笑自己傻。说不定人家就是那么随口一说，你却把它当了真。再说了，这蜀南竹海的确适合隐居养老，老张向往这里也是理所当然的。他的心一下豁然了，多日来的劳累辛苦像山中的蝴蝶一般飞走了。寻到一处旅馆，他痛快地洗了个澡，然后，好好地睡了一个觉。等第二天中午时分醒来，他又觉得自己元气满满的了。然而，在楼下餐厅吃饭时，他又有些懊恼起来，难道就这么无功而返？他用筷子点着碟子里被他夹在一边的干红辣椒和山椒，心游神荡。老张说出这个地方真的没有任何话外之意？难道真是自己心思过于敏感了？他回想着老张说这话时的语气和神态，记得当时他微笑着连续说了两句“蜀南竹海好”，又说了一句“以后我离开这里，如果你们想找我的话，就去那里找吧，我会在那里开一家餐馆等你们”。他若是想来这里开餐馆，为什么不趁现在呢？为什么要等以后呢？他都六十多岁了，还要等哪个“以后”呢？他越想越觉得他的话有问题，越想越觉得老张在暗示他蜀南竹海就是张昶的藏身之处。

他不再那么心急火燎、急于求成，他把自己打扮成一个游客，在山水之间游逛徜徉，见到一些女游客，还故意走上去和她们搭话聊天。每个爱旅游的女人都是天生的侦探，这话倒是一点也不假。她们告诉他哪个地方好玩，哪个地方美丽，哪个地方危险，哪个地方有家餐馆，哪个地方的蜀菜最为正宗，哪家餐馆的老板是哪省人最懂哪里人的口味。她们对事物观察的精细度真是令人叹为观止。夏初阳从她们那里得到的信息，比自己半个月来获得的还多。其中有个女游客无意中说了一句话，引起了他注意。那个女游客是与自己的好友结伴来游玩的，从穿着打扮和言行举止看来，她是个极自负极挑剔的女子，嘴里常常说出一些抱怨人、事、物的话来，而她那个同为女子的朋友，则在一边静静地听着。夏初阳看出那个女游客一定是刚刚失恋，或是失意，只有这两种情况会让一个女子对世界万物看不惯而心生抱怨。

“这么个清丽脱俗的地方，那些餐馆的名字怎么就那么俗气呢？什么李哥饭店，刘家院子，什么永红山庄，真是俗不可耐！这里到处是竹子，该叫‘永青’山庄才对，叫什么‘永红’山庄啰！难不成是想叫一把火烧了才痛快？”女子唠唠叨叨，她的女伴则笑笑地接上她的话头，道："世界上又不止火是红的，那太阳也是红的，不是说鲜红的太阳永不落吗？""那就叫'永太''永阳''永日'山庄好啦，叫什么'永红'山庄啊！""人家有钱，想怎么取名就怎么取，再说了人家不就图个生意红红火火么？你啊，见什么都不顺眼！"

她们还说了什么，夏初阳没有再听下去，他被女孩说的"永日"两个字唤起了丰富的想象。"永日"不就是"昶"吗？老张在余镇开餐馆，保不齐张昶逃出来，也会张罗着开家餐馆哩。他一边玩着文字游戏，一边去寻找那个"永红山庄"，没多久还真给他找着了。山庄还开得有模有样，地儿也选得不错，瞧那地段和规模，不投资个一两百万还真开不起来。一问当地人，说那山庄开了十来年了，从时间上的确有点对不上。但那人又道，中间生意不好关了很长一段时间的门，后面被一个有钱老板接手，才又开了起来，并且还扩建了一幢楼，那人说，自扩建以后，生意好得不得了，不过菜也比较地道，口味好。又道，既然来了，你就去尝尝呗！夏初阳笑笑，听你说得这么好，不去尝尝岂不遗憾？他进去才点了两道小炒，就花了一百多元，这让他心痛得不行。平日里，十多块钱一餐就已经动了他的血本，这两道菜一百大几十元，可真是要他的命。既然花了大价钱，那就得获取点有用的信息才行，不然，真是暴殄天物了！

老板是外地人，几年前来这里接手餐馆，不仅有餐馆还有民宿。平常没见过老板，都是经理在这里打理。这里一年四季生意都不错，特别是旅游旺季，吃饭像是开流水席。工作人员请的都是当地人，当地人要价不高，图的就是个离家近，便于照顾老小。蜀地人纯朴，和她们交谈，她们就会知无不言。夏初阳笑盈盈地听她们讲，她们见他善于倾听，就又说了许多别的。当时，过了饭点，吃饭的人仍陆续到来。那些人与夏初阳聊天着实有些忙里偷闲的意思。她们不敢坐着说，也是怕被管理人员说。夏初阳作出细嚼慢咽的动作，也就是为了延长交谈的时间。打饭的人会和他聊几句，送水的会和他聊几句，负责倒垃圾的也会和他聊几句。清一色的女人。她们似乎也乐意过来为他服务，陪他唠嗑。他吃完饭，去前台结账时，前台收银员终于忍不住对他说道：“你长得可真帅！”然后捂着嘴巴嗤嗤地笑了起来，夏初阳不好意思地低下头，眼睛余光瞥见一群女人挤在侧门边笑，里面还有些大妈。夏初阳心想，爱吃辣椒的女人，就是心直口快，感情表达也这么浓烈干脆。

走出“永红山庄”大门，夏初阳朝后面看了一眼，见还有人跟在后面指指点点，不禁摇了摇头。自己来一次就被关注了，以后还怎么开展调查啊！这“永红山庄”简直就像个盘丝洞，而自己就是那个唐三藏无疑了。能够出得来这个盘丝洞已算万幸。不入虎穴，焉得虎子；不经百难，焉取真经。他突然觉得自己去山庄吃个饭也特具冒险精神。走到一个林荫背风处，他择一平整石头坐了下来，给张小磊打了个电话。那山庄绝对是有问题的，但又不知问题在哪儿，毕竟没见到张昶本人，就不能说他在这儿，或说他的产业在这儿。但那老板接手山庄的时间与张昶携款逃跑的时间的确比较接近。张磊道，你就不看看那山庄的法人是谁。夏初阳道，你觉得一个罪犯会自己做法人来开山庄？他充其量也就做做背后的老板吧？

二人通了会儿话，张小磊又道，这么久不见你人影，原来是去做侦探了啊，怎么不叫上我啊！夏初阳道，搞那么大动作那还叫秘密行动吗？张小磊嘀咕道，既然那么秘密那就别告诉我啊，就不怕我管不住自己的嘴四处嚷嚷？夏初阳来了句“去你的”，然后又平静地说道，你相不相信自己的职业第六感？张小磊道，什么是职业第六感？专门发明一些新名词来标新立异，你真该去写小说。夏初阳没接着他的话说，仍自顾自道，我感觉张昶很有可能就在这里，那种感觉很微妙。老张为什么要在我面前提起这个地方呢？这山庄本来因为原老板经营失利已经关门了，被他接手后却又起死回生，转亏为盈，而且他之

前就鼓动村民们开餐馆开民宿，说明他在这方面的确是有经验的，如此串联起来一想，这永红山庄的复兴史就有点不清不白了。还有这山庄的名字，怎么看怎么有问题。张小磊插话道，有什么问题呀？用“永红”这两字做招牌做店名的多得是，你能说都有问题吗？我看你是想多了吧！你呀，别把在部队上急于表现、急于立功的心态放到工作中来，这样只会让你患上狂想症。你才狂想呢！张小磊，你才狂想呢！别拿部队生活来说事儿，再说了，我那时又没和你在一个部队，你对我的情况几乎一无所知，开口就乱诌这行为可来不得。“昶”字不就是“永日”吗？永远的红日，简称“永红”，用它来做店名多好啊，招财进宝，红红火火。夏初阳道。张小磊听他这么一说，竟扑嗤一声笑了出来，夏初阳的耳膜为之一震，有点受不了，他把电话拿离耳际，放到前面看了看，仿佛能从屏幕中看到张小磊那不以为然的样子。即使远离耳际，扬声器里仍传出张小磊尖利的笑声。夏初阳，你还是回来吧，你这狂想症发作起来可不是一般的厉害，万一迷失在那竹海里，派无人机也找不到你。唉，叫我说你什么好呢？夏初阳，还是从你的名字开始说起吧！你名字中也有一个“阳”字吧，“阳”也就是“日”吧！人家那个“日”字被你牵强附会到“红”字上，那么你的“阳”字也可以，我是不是可以叫你“夏初红”呢？哈哈哈。闭嘴！跟你说真是没意思，挂了！

夏初阳顿时觉得张小磊污辱了他的名字，着实气恼得不轻，也不再自作多情地阐述自己的主张，也不讲那兄弟情谊，近乎蛮横地粗暴地把电话给挂了。此时，微风吹过，竹枝竹叶间碰撞出飒飒的声响。夏初阳仰头迎向那微风，听着那声响，轻轻地发出一声叹息。这么宁静美好的环境，着实令人向往。哪怕一辈子就躺在这竹下的石头上，不用享那茅篷木床，不用吃那竹实清泉，就这么躺着听风听雨，也无憾了。

不知不觉，他就睡了过去。他不知道，就在他入睡的这段时间里，他的好兄弟张小磊已经把他所做的推测当作笑话一般说给他身边的唐建方听了。唐建方是张小磊的战友，也是县公安局情报科的警员。此次来沙岗村，并非为了工作，纯粹是来找张小磊叙旧的。说者无意，听者有心，唐建方回去后，就把这一情况向县公安局的荆副局长反映了。荆副局长听说夏初阳搞千里追捕行动去了，微微一笑，道："这夏初阳还真行啊，冷不防就来一场说走就走的追捕行动，还是一个人，也没向任何部门申请经费，这股子干劲还是值得肯定的。他现在在村子里工作，岗位相对机动，时间相对灵活，行动起来反而还方便一些。"他沉吟着对夏初阳所做的推断做了一番深思后，深叹了一口气："这个夏初阳怕是要立功。不过，照他说的情形看，我们还得放长线钓大鱼。"唐建方道："您是说他的推断还是有一定的道理？"荆副局长面带微笑，不置可否，又做出一番深沉的吟咏之态。然后就下了一道命令，派四位警察着便衣立即赶往蜀南竹海旅游区，做长期"守株待免"的准备。

荆副局长对唐建方道："夏初阳是谁啊，他可是特种兵出身，对罪犯怀有天生的敏感，他可是县委王书记亲自点的帅，没有两把板斧，王书记会让在我们局里工作的他去打先锋？听说过张飞吗？"他问唐建方，唐建方笑而不答，心想，不知道张飞还算是个中国人么？"张飞只会使板斧，却不会用兵法，有勇无谋。"听荆副局长如此一说，唐建方道："您把张飞和李逵弄混了，张飞用的是丈八长矛，李逵用的才是两把板斧，还有就是张飞那人性子是急点，但谋略嘛还是有点的。"又道："局长我不是故意要和你争，我喜欢打游戏，所以知道一点点。"荆副局长一听笑了："没人想要批评你啊，你没必要作自我批评的。再说了，如果这次追捕张昶成功，你也算一大功臣。不愧是情报科的，对信息的敏感度就是高啊。"他又站起来拍了拍唐建方的肩，伸出右手食指摇了摇道："这夏初阳你可不要小看，我对他有信心。这小子心纯，没有官瘾钱瘾等杂念，做

事讲一个‘实’字，我信任他。”他拿起高高的玻璃杯去饮水机边接了一杯水，喝了一口，又道：“你其实也是相信他的，对不？不然，你不会拿张小磊的一句玩笑话当情报来向我汇报。”唐建方笑道：“我凭的是我的职业敏感。”“那就对了。”荆副局长道。

夏初阳在蜀南竹海又呆了三天后，无功而返。他并不知道，早有人接替他，在那里进行着隐秘的“探迹”和“守株”行动。

现在，突然听陈县长说起张昶被缉拿归案，且与自己半年前的追捕行动有关联，他不禁有些惊讶。又听张小磊说自己是树蔸，便不禁仔细打量起张小磊来，眼睛里满含着一些意味深长的东西。张小磊道：“你看着我干什么？你这么暧昧的眼神不该对向我的，该对向那位。”他指了指杨莫羽刚刚呆过又离去的地方。“张小磊，我去蜀南竹海千里寻人的事情，只跟你一个人说起过，现如今他们竟然说张昶抓捕归案与我那次行动有关，你说说到底怎么回事？”

张小磊骨碌地转了转几圈眼球，皱了皱眉头：“我没对人说起过啊！”“真没对人说起过？”“没有！”“真没有？”“说没说过我早就忘了，谁有空跟人说起你的笑话啊！”“我那笑话？这就对了，你最喜欢和人说笑话，不说话就会憋死你，你肯定把我的想法当成笑话跟人说了！”“没有，我没有！我只对县公安局的唐建方说起过，他兴许根本就没听进去！”“对了，你说给他听就对了！他可是一等一的情报高手和电子游戏高手！好吧，如果他们真认为我有功劳，我一定把这功劳分给你一半！”

“吓死我了！”张小磊深叹一口气道，“我以为我泄了什么机密了呢，也不过如此啊！”夏初阳鼻子里冷哼一声：“也不过如此？你真是神人啊，幸好不是处在过去那谍战频仍的年代，不然，你都不知道是怎么把自己的同志给出卖的！”“有那么夸张吗？”张小磊摸了摸头，满脸迷糊，仰头望向夏初阳。而夏初阳的后面正有个人朝这边走来，他指向那个人，夏初阳见他指着自己，不由愣了愣。

“杨莫羽——那个——她好像坐车走了！”

“她走了？”

一辆小汽车在二人的注视下，消失在午后的阳光里。

夏初阳是在十天之后送敬老院的许放归去余镇人民医院住院时再次见到杨莫羽的。杨莫羽穿着一身白衣天使服，挽着的发髻上别着一个白梅花发簪，脸上化着淡淡的裸妆，没有抹腮红，没有描眼影，也没有涂唇膏，整个人看起来清清爽爽，却也了无生机，像生过一场病刚出院的样子。从《红楼梦》里走出来的林黛玉也绝不会是这个样子。她上班时的形象与那日在王书记的追悼会上见到的形象倒有些相似，不过那时似乎比此时要更有活力一些。夏初阳没想到工作中的杨莫羽会是这个样子的。不过，她倒是很负责，自打他窥视她的形貌和举动以来，她一直都在为住院部的病人看病，时而观察，时而问讯，时而记录，时而叮嘱，她倒不像是个对工作、对病人敷衍塞责的医生。

到了许放归的病床边，她照例采用望、闻、问的方法对病人进行了诊查，并嘱咐护士把本院自己研究的感冒药给病人冲一杯喝。许放归听说要给他药喝，而且还是医院自己熬制的中药，不由面露难色，表示拒绝。“那药苦死了，我不喝！”他说。“你老成这样了，还怕喝药？那来住院做什么？你都不想活了，那来住院做什么？”她面无表情地说道。“你怎么说话的呢？你这个当医生的怎么说话的呢？”许放归大声道。“我就是这么说话的！人家那些当兵的娃娃们小小年纪都不怕苦不怕累不怕死，有的还为大家的安全牺牲了自己的性命，你老成这样了还那么怕死，我真是服了你了；怕死就怕死，怕死就得喝药，可你连药也不想喝，那就到家里等死算了，来医院做什么？”杨莫羽边说话，边把挂在右边耳朵上的口罩戴上，只露

出一双表达轻蔑之感的眼睛。许放归一听她这话，早已暴跳如雷，他想一跃而起对这个站着的年轻医生来一拳，可明显地心有余而力不足。他气得剧烈地咳嗽起来，边咳还边用手指着杨莫羽，每条暴突的青筋上都写着“愤怒”两个字。忽然，他哇地一声朝地上吐出一口带血的浓痰，接着又是一阵咳，又是一口痰，直到最后，他把浓痰全部吐了出来，才腾出口来骂杨莫羽。“你不配当医生，我要告你们院长开除你！”

他骂了一连串脏话狠话，杨莫羽却没还嘴，只嘱咐护士，想办法给老头灌一碗中药进去，然后给他打一针镇静剂，让他好好睡一觉。说完她再懒得理他，走了。许放归听到了，又不干了，要死要活地挣扎起来，嚷嚷着要换医生。一向表现得耐心十足的护士听他还在吵，不禁道：“换什么医生啊，她是我们医院最好的医生！目前患呼吸道疾病的人这么多，医生都忙不过来，杨医生能过来给你看病，对你是再好不过的了，你还嚷什么嚷！”“她有多好，她有多好？啊，我看根本就比不上我们村里的赤脚医生哩！夏书记，你说是不是？”刚刚发生这一幕时夏初阳一直在场，但他一直没说话，许放归把夏初阳当作是自己这一边的，见他没说话，便有意将他牵扯进来。“就算是赤脚医生帮你看病，你也得配合吧！要你喝个药都这么难，人家还怎么给你看病啊！”夏初阳话里并没有要帮许放归的意思，反倒有些嗔怪他的不是。护士不由朝夏初阳笑笑，心想，总还有人是明事理的。接下来，夏初阳要护士去拿她们医院自己研制出来的中药，拿来之后，又哄着许放归把药给喝了。待他苦着脸喝完药，夏初阳道：“人家女医生说得对，你啊，就是个不听话的老头子。你不听话啊，这病就不得好，你这病不得好，我就得陪你住院，我陪你住院那谁去抓坏人呢？咱们村里还有些沉年旧案没破，还有那么多坏人没抓到，你又不是不知道！”“我当然知道，我在村子里活了这么久，那些破事我当然知道。”于是，许放归又给他讲起过去的事情来，说来奇怪，他再没咳嗽，说着说着还睡去了。

看他睡去，刚刚清理完地上痰迹的护士脸上露出一丝微笑。“你给他喝了什么药？他这么快就睡去了？”夏初阳问。护士道：“治疗咳嗽的特效药，我们杨博士研制的。”“你说刚才那个女医生？”“嗯嗯。”“她还是个博士？”“嗯嗯。”“这药是她自己研制的？”“嗯嗯，是她带领她组建的团队研制的。”“这个地方有实验室么？”“怎么没有呢，有啊，我们医院有我们全县最好的医学实验室，不然，人家一个名校毕业的博士生也不可能来咱们这个镇医院当医生，你说对不对？”

夏初阳瞄了一眼护士证上的名字：廖静。“廖医生，你刚刚说的这些话可当真？”廖静笑笑道：“别叫我廖医生，叫我廖护士就行，我永远也当不了一名医生，那真是太难了！”“有多难？”夏初阳问。廖静摇了摇头，道：“我当初拿个护士资格证都费了九牛二虎之力，再不奢望去考医生资格证了。再说了，我们学做护士与人家专攻医术那是两码事，区别可大了！”夏初阳只知道特种兵和普通兵的区别，却不怎么了解护士和医生的区别。在他看来，医院里穿上白大褂的都是一类人：医生。

这时，同病室有人喊廖静换药水，她应声而去。忙活完，又转到许放归病床边来，却没见着夏初阳。在病室外的走廊上，她瞧见夏初阳正盯着不远处正在对医护人员进行训话的杨莫羽看，似乎对她很感兴趣。她悄悄地走到夏初阳背后，轻声道：“杨医生什么都好，就是脾气不好，这里有病。”她指了指自己的脑袋，可由于她站在夏初阳背后，他并没有见到。于是，她又道：“听人说她的精神受到过强烈的刺激，所以有点不正常。不过，她医术还是很高明的，还是有些手段的，就说刚刚她逼许老头儿吐痰那一招，要我学就学不来。”夏初阳听她这么一说，倒起了好奇心。于是道：“你是说刚才她是故意那么做的，她使的是激将法？”廖静笑笑道：“当然，她这一招我见过好几回了，屡试不爽！”夏初阳不由笑笑：“那你还说她脑子有

问题，不挺正常的嘛！”“哎呀，我说的不是这个，是另外的事，好了好了，不说了，万一你上去告诉她，我可就玩完了。”廖静仿佛此时才觉察到自己言语失当，忙转身走了。可过了一会儿，她又踅到许放归所在的病房里来，然而没见到夏初阳，却见到了张彩月。“那个高个子呢？”她不由问道。“哪个高个子？”张彩月眯缝着眼睛，有些莫名其妙地看着她。她一见他那样，就不想和他搭话了。“你说的是我们夏书记吧？他去镇里办事了，我来替他照顾这许老头。”

直到第二天，廖静才又见到夏初阳。那时她已经下班，是在医院外的林荫道上碰到夏初阳的。他看得出，她有些兴奋。趁着她的兴奋劲儿，他要她讲点杨莫羽的事情。“你对她感兴趣？”廖静有些沮丧。“不是我，是我那哥们。”夏初阳道。“你是说医院里那个？”廖静当然想起了张彩月的尊容：一身女人衣饰，膀粗腰圆，虎头憨脑。夏初阳不知道她说的是哪个，只“哦哦”地回答着。“他们倒有些登对！两个人脑子都有点问题。”廖静道。夏初阳看了看手表，道：“要不这样吧，现在正是晚饭时间，我请你出去吃个饭怎样？”

坐的依然是老张餐馆靠窗的位置，点的依然是平日里吃的“老三样”。“我就只能请你吃这个了。”夏初阳笑笑道。“这已经很好了，很好了。”廖静轻声笑笑道。她接过老张亲自端过来的茶，拢着手捂杯取暖。自那次蜀南之行后，夏初阳似乎也意识到了自己在女性面前的魅力，作为一个老单身，他也看出年轻的廖静对自己有些好感。老张也是第一次见他单独带女子来店里吃饭，于是替他有些高兴，以至于亲自来为他们服务。按说夏初阳帮助公安机关把他儿子张昶给抓回来了，他应该恨他才对，可他却不恨他。不仅不恨他，还挺感激他。他儿子被抓回来的这十多天，是他这几年以来睡得最安稳，过得最安心的日子。他做起生意来，也比以前更有劲了。

此时，电线杆上张贴的通缉公告已被撕去，这就像治好了他的沉疴一般，令他陡然焕发出了生机。那些家里仍有孩子被通缉的人家，此时倒有些羡慕起老张来。他们同样会来老张店里坐坐，但似乎不同先时一样与他有那么多的共同语言，总是喝喝茶、吃吃饭菜就走了。走时免不了要唉声叹气，说不出是替老张高兴，还是替自己惋惜。老张待他们走后，也不免唉声叹气起来，他的意思不如他们那样模棱两可，再明确不过，他是在替他们惋惜。他不知道，为什么他们要包庇那些造了孽的孩子呢？一个人造了孽还不够，还要全家人都跟着他造孽么？

夏初阳也仍然像往常一样，内心无愧地来老张店里吃饭，两个人心照不宣，谁都没有说破心里的事情。廖静当然不知道这两主顾之间的事情，喝了几口茶之后就开始谈论起杨莫羽来。

“她么？她可真是一大奇葩。一年四季穿戴的几乎是清一色的白，白衣、白裤、白裙、白鞋、白袜、白围脖，就连扎头发的皮筋和别头发的发卡簪花也都是白色的，偶尔嵌有些紫色和蓝色，那就算得上是破规了。虽说我们白衣天使得穿白大褂，可像她那样也真是太过了。工作和生活还得分开，不是吗？像她那样，把工作和生活没有分开的人还真是少见。”老张把菜端了上来，廖静咽了下口水，眼前这道青椒炒肉的品相也太好了。夏初阳给她把饭盛上，让她边吃边说。

“她除了穿戴方面有些奇怪以外，她的其他爱好方面也真有些与众不同。她啊，就爱搞科研搞试验，我们院里有目前全县最好的医药实验室，你没听说过吧。她啊，除了上班之外，几乎全都泡在实验室里，在那里吃，在那里睡，还在实验室里养了几盆水仙草，据说她是不爱花的，特别是红颜色的花。她煮饭，但从不用明火做饭，而是用电。别人都说她怕火。她怕火吧，但做实验用火，她又不怕；烧纸钱生火，她也不怕。”

“烧纸钱？她还兴做这个？”夏初阳问道。“对啊，她这么年纪轻轻的，竟也那么迷信，真是匪夷所思。我们很多人都见过她在医院后面的空地里烧纸钱，但院长不许我们议论她，

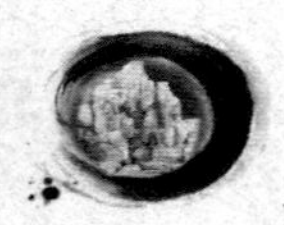

还说为死去亲人烧点纸钱很正常。可是，你不觉得奇怪么？一个医学院毕业的博士生不应该这么迷信，对不对？而且她也不是为她父母烧的，她的父母都还健在，我们都曾见过她父母开车来医院接送她。照说她家的条件很不错，可她为什么偏偏要跑到这乡里医院来上班搞试验呢？我们院长说，那是因为我们这里十多年前曾经暴发过一场流行感冒，死了很多人，当时县里在我们这里搞了一个实验室，想要研制出一批解药来，可是，没成功。但也有人说，差点就成功了。只是，技术上还有难题没有解决。"

夏初阳插话道；"看来你这个小护士还懂得不少嘛，不当医生可惜了。"廖静道："我才不想当医生呢，我爷爷就是当医生累死的。不过，我当护士也不轻松。"夏初阳停下筷子，看着廖静道："你说你爷爷是怎么回事？""不瞒你说，我爷爷当时曾负责过那个实验室的工作，可是，他没能研究出什么，倒把自己给累死了。我爷爷曾说，县里把制药实验室设在我们镇里是有特殊原因的，因为我们镇里出产各种药材，取材很方便。还有就是，我们镇里出现了那种病人，一旦把药研究出来，临床试验很方便，当然，我们知道，我们不能随便就给病人用药的，可是，有时候逢着绝症，咱们不都得死马当成活马医吗？我爷爷自己就曾试吃过药，所以，后来我爷爷到底是累死的，还是被他自己研制出来的药给毒死的，真不能确定。"

"你爷爷都成牺牲品了，那怎么现在又开始研制那种药了呢？"夏初阳问道。廖静抬起头，正视着夏初阳道："话可不能这么说，没有证据说明我爷爷是喝那种药死的。毕竟，我当时就喝过那种药，不也没事吗？还有，你不觉得许老头喝了那药，病好了许多么？"夏初阳一听，懵了，道："你是说昨天杨医生给许老头喝的，正是你爷爷他们研制的那种药？""当然不是！杨医生来了之后，她研制出来的药的药性比我爷爷他们研制出来的可要强多了！她来了不到三个月，就把我爷爷他们原来的药改良成功了，且获得了医院内部临床用药的批准许可。这几个月针对特定感冒人群的治疗效果还是蛮不错的，不然，你待会儿去见见许老头的恢复情况，如果不出意外，他明天就可以出院了。”

“还是说说杨医生吧，作为女人，我还是蛮佩服她的。她怎么就那么爱搞科研呢？她年纪轻轻就成了全国小有名气的呼吸科专家，还真是令人佩服。可我也搞不明白，她为什么肯到余镇这么一个小镇来工作呢？去大城市不好吗？我想除了她自身的志愿在此之外，还有一个原因，那就是我们院长说的，说她是受原县委书记王书记之托来此地工作的。自她来了之后，王书记到我们镇里也来得勤快了。常常来这里视察工作，且常来我们院里视察杨医生的科研进展情况，仿佛她是在研制什么特效药一般。不过，结合十几年以前我们余镇及周边村镇暴发流感、死了好多人的那种旧况，上面领导关心余镇现如今的医疗医药事业也是可以理解的。”

“喝点汤吧。”夏初阳把刚刚端上桌来的三鲜汤给廖静舀了一勺。她说了句谢谢，然后又继续说下去。

“后来听院长说杨医生是王书记的亲外甥女，我们就更弄不明白了，哪有亲舅舅把自己的外甥女喊到偏远山乡工作的道理呢？自从王书记猝逝之后，我们终于弄明白了，他是个没有私心的人，他能把自己的命献给澹县，自然也能把自己外甥女的青春献给余镇。唉唉，我突然又想起我爷爷来了，他也是个没有私心的人。说到私心，我倒觉得我挺重的。我可不愿像我爷爷和王书记一样，把命献给自己所从事的工作，总觉得那样太不值得了。你、你呢，你是怎么想的？对了，我都还不知道你姓什么呢？”

“我姓夏，是石岗村的驻村第一书记，你叫我夏初阳就是。”

“哦，夏初阳啊，好名字，光听这个名字，我怎么就觉得你跟我爷爷和王书记他们是一类人啊！”说这话时，她看着夏

初阳，脸上泛出一抹红光，不知是被热汤烘的，还是被心情漾的。夏初阳咂巴了一下嘴巴，道：“到了关键时刻，我们都会变成和你爷爷，还有王书记他们一样的人。对了，还是说说杨医生吧，看得出，你对杨医生的评价还是蛮高的嘛。”

“杨医生这人还真不好说，她平日里很少和人说话的，但她在病患和她的学生前面总有说不完的话，简直像个啰嗦老太婆。你没想到她还是个老师吧？她来医院没多久，就负责带了很多学生，有年轻的，也有年老的。别看那些老医生挺有经验的样子，可说到理论方面，他们就完输杨医生。那些人中，有很多人完全就是躺在经验簿上吃饭，缺乏现代医学理论的指导，看病是老一套，开药也用老处方。杨医生说他们这样子是要不得的，他们就和杨医生吵，说杨医生是纸上谈兵。杨医生说，病种在变化，细菌在异化，医生看病开方也得与时俱进。他们不服，杨医生就亲自演示给他们看，让他们知道对症下药和精细用药的重要性。还真别说，杨医生那人还是有两把刷子的。别看她年纪不大，但她在医学方面简直就是个行家里手，是个天才级别的人物。现在初露端倪，以后，我们应该可以看见她在这方面取得的巨大成就。当然，也有可能她会像我爷爷一样，穷其一生，也做不出什么来。对了，据说她房间里还放着一个装骨灰的青花瓷坛，这对于见惯生死的医护工作者来说不算什么的，你说对吧？据此我们倒可以推断她是为谁烧纸钱，一定是为青花瓷坛里躺着的那个人烧的，这也符合逻辑和人物心理，对吧？唉，夏初阳你的脸色怎么这么难看呢？你怎么啦？是这几天照顾许老头累着了吧？”

夏初阳好半天才反应过来，嚼了嚼口中衔着的饭菜，不好意思地笑笑道：“不好意思，我走神了。”廖静笑笑：“没什么的，常人听到一个年纪轻轻的女医生竟然有这么多与众不同的癖好，都会产生这种反应的。”然后又继续说道：“她啊，是不打算把自己嫁出去了，到现在为止，好像没有出现半点有关于她的绯闻，当然，一个当医生的要传出绯闻也不容易，比如我，对吧？”她看着夏初阳，脸上又涌出一抹红晕。“杨医生啊，她年龄比我是小两三岁，可也不小了啊，她父母催没催过我不知道，我们院长倒是开过她一句玩笑，但她说她不想谈。她是不想谈，我呢是想谈却没对象谈，我们镇上这些年轻人，坑蒙拐骗样样在行，我看不上。学校和机关里的那些人，要么太中庸，要么太圆滑，也不是我的菜。至于咱们医院那些医生，见了他们就像见到了镜子里异性的自己，除了烦腻那是一点别的感觉都没有的。”

“唉，跟你说了这么多，真是不应该啊。还是说说杨医生吧，她平日里除了工作和搞研究以外，很少出来，但余镇赶集的日子，她是会出来的。她好像特别喜欢赶集。赶集那天，她会穿着一身白色的套装，走进担山货来摆地摊的农民中，和他们交谈，并从他们手中购买一些山货和草药。要是哪个农民给她找来了些稀奇古怪的植物，她就欢喜得不得了。有人说她在找寻那种可以制造治疗当年那种怪异病菌引发的感冒的药的原材料，而那种原材料就是余镇本地乡下的一种植物，有人说李时珍的《本草纲目》上曾经提到过，不过，很稀少，可遇而不可求。后来，她总算找到了一种可以制造那种药的原生植物，但并不是她所需要的那种，她说药效远不如她所预想到的，充其量只能作为替代品用着。就算如此，那种植物的量也是有限的，所以，她流转了很大一块土地，发动村民进行栽种。效果不算理想，但也成活了不少。她最害怕的就是，栽种的不如野生的药性好。但这一顾虑马上被她的实验结果给打消了：它们的药性是一样的。”

“她这一做法，倒是让那些农民找到了商机，他们便开始主动栽种那种药材，结果你看，咱们镇上有多少药材基地哦。规模不大，栽种点却很多，毕竟大家也都处在观望阶段。杨医生呢，也说服了我们院长，让他收购农民种的药材。你们不是

在搞脱贫攻坚么，我们医院为本地农民将来实现脱贫可是做了贡献的，当然，这功劳归根结底还是要给杨医生的。她研制的中成感冒药，经过临床验证确实功效显著，成为了我们院里的独门秘药。我们院长说了，这种药暂时不向余镇以外的人出售，也不向别的诊所和医院出售，一是出于医院效益考虑，二是药品量有限，毕竟还没投入大量生产嘛，你说是不是？至于以后会不会大量生产，现在还说不定。”她越说越起劲，看得出，她对自己院里能生产出治疗感冒的特效药还是挺自豪的。

她还想继续说下去，夏初阳的手机却响了。“不好意思啊，我接个电话。”电话是医院打来的，医生说许放归病好了很多正闹着要出院哩。夏初阳对那边说了句“我马上就到”后就挂了电话。他把电话里的情况复述给廖静听，廖静放下筷子噗笑出声，道：“我说吧，那药特管用。”

夏初阳给老张结了饭钱，就准备和廖静往医院去。在他走出餐馆前，老张叫住他：“小夏书记，等你有空，我想和你扯扯我家张昶的事情。”夏初阳点头应了声“好”。

二人赶到镇人民医院，只见里面闹哄哄的，原来是许老头和张彩月吵了起来。一个要出院，一个拦住他不让出院。你要出院也得等夏书记来吧，我没钱给你结账啊。张彩月此时正大声说着话：“你又不是我爹，这钱不能叫我出吧！”夏初阳一听，不是个味，走过去道：“你有钱还轮不到你呢！”张彩月一听是夏初阳的声音，不禁回头嘿嘿一笑。许放归见到夏初阳就像见到了救星一般，浑浊的眼睛里竟然射出一道亮光来：“夏书记，你带我回去吧，我约好了几个老朋友打牌呢，这医院一点也不好待。”夏初阳边摇头边道：“不行啊，你那病还没全好哩，忘记自己喘得肺泡子都要掉出来的痛苦劲儿了？”“我、我全好了呀，你瞧，我不咳了呀！”许放归清了清喉咙道，“大家都说我喝了医院的特效药，好得快。”“哪里有什么特效药啊！如果你还想活命的话，就赶紧到病床上呆着去！”一个清脆的声音自身后传来，大家一看，说话者正是年轻漂亮却又严肃认真的杨医生。许放归见是杨医生，一改昨天那敌对的态度，换了副笑颜道：“吃过你开的那些苦得要命的特效药，我好多了，你看，我都没咳了。”杨医生道：“世上哪有什么特效药？只不过是药用得对了症状而已，就算是对了你的病症，但也没能治到根本。你肺部受到感染，需要静养吊水，如果你不想死的话，就继续住两天院吧！”“唉呀，杨医生，你年纪轻轻的，说什么死呀活呀的呀！”杨医生正色道：“你觉得在死亡面前能论年老年少么？年老的会死，年少的也会死，不是所有人都会活到高寿的。如果你想死的话，回去可以！”说完，她白了一眼夏初阳，然后转身就走了。她这一个白眼，可伤了夏初阳的心。他知道，她对他弟弟夏晓阳的死仍无法释怀。“作为一个医生，她怎么能这么对我一个老头子说话呢？”许放归跑到夏初阳正对面，向他埋怨杨医生道。夏初阳情绪受到影响，正没好心气，于是吼道：“对于一个不爱惜自己性命的人来说，你要她怎么说话？难道要她求你别走？”许放归被夏初阳吼得一时无话。张彩月趁机道：“许老头你不好好治病，要是回去传染给那些与你玩得好的老太老头们，他们不怪死你才稀奇哩！你啊，就是想当那传染源，去祸害别人！”夏初阳对他使了个眼色，以表示对他说这话的赞赏。张彩月得了激赏，就继续活动起他那三寸不烂之舌来，七哄八逼地说服了许放归，让他回到了病房。

到了病房，许放归因为刚刚吹了风的缘故，竟又剧烈咳嗽起来。护士于是又让他服了些药，且继续为他注射消炎药水。许放归望着满满三大瓶药水，直叹气。邻床的患友轻声道：“你啊，就别给他们年轻人添乱了，好好治病吧，这病来如山倒，病去如抽丝，没那么快治好。”许放归刚刚折腾了一阵，又咳嗽了一阵，身子有些虚，再加上药水催眠，也没多大力气辩驳，只微声道：“什么特效药嘛，治标不治本。”患友道：“知足吧，

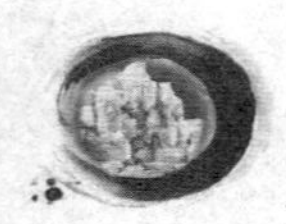

这药见效挺快的，我看你啊，比起进院时好太多啦！”

夏初阳见许放归打着吊瓶安静地睡去，交代张彩月几句后就准备离开医院，临走时又说：“你自己休假回来治病，病才好，又帮我照顾许老头，真是辛苦了，也要多休息！”张彩月道：“吃了杨医生的药之后，我的病全好了，您放心，我没事！”夏初阳指了指病房里的另一张床道：“你睡会儿吧！”张彩月点了点头，道：“是得睡会儿，不然真没精力对付这个倔强的许老头！”

夏初阳走出病房，来到医院门口，见廖静还等在那里，于是道：“你怎么还没回去？”廖静道：“等你呀！”又道：“刚刚杨医生说的话我全听到了，你别放心里去，她就是这样的，正常起来比谁都正常，不正常起来比谁都不正常。据说她有间歇性精神病，刚刚这种表现还算是理智的，她失起智来，比疯子更可怕。”夏初阳停住脚步，道：“不会吧，如果她有精神病那怎么当医生啊？国家再怎么缺人才也不会让一个疯子来当医生吧！”廖静又笑笑道：“好多天才都近乎疯狂，难道你没意识到这个么？”

夏初阳忽然回忆起自己几年前跟杨莫羽去垮塌的学校废墟里徒手刨人的事情，那时，她硬说里面埋着一个人，最后，才得知只是一个骨灰坛子。现在想来，那时的她精神就有些不太正常。他又想起她在王书记追悼会后笑着说话的情形，那哪里像是死了亲舅舅的样子啊？杨莫羽难道真的是廖静口中所说的精神病患者？他不敢相信，可是，她见到他时那时而熟悉时而陌生的表现，又真让他产生怀疑。她是不是时而认识他，时而不认识他？照说几年前大家在一起相处了那么久，也该有些情谊才是，怎么倒像是不太认识一般呢？虽说隔了这么几年，但也不至于那么陌生啊。说陌生吧，那次王书记追悼会之后，她还主动和他说了话。这个女人真是令人搞不懂。

“你想什么呢？难以接受是吧？杨医生的确就是天才与疯

子的结合体。你别不信，她还有梦游的毛病呢！有人曾看见她半夜起来，穿着一身白色的睡衣在医院后面的空地上跳舞，而且还很有节奏的样子，像是伴随着音乐而跳一样。我们院长巡夜时曾碰到过她，叫她她也不应，第二天问她，她竟然不记得跳过舞和碰见过院长那些事。给人的感觉倒像是，做梦的是别人而不是她。你说怪不怪？我们一度以为，她这人会在工作中搞出失误来，可并没有。她在工作中的状态完全让人看不出她有精神病，奇怪吧？还有奇怪的呢，她竟常常抱着那个青花瓷骨灰坛睡觉，有人曾问过她，她说她没做过那样的事——她竟然一点都不记得了。”

二人说着话，不知不觉已经走到了人来人往、灯火辉煌的余镇街上。廖静看了看手表，道：“时间不早了，我要回家了，不过去我家有段黑灯瞎火的路要走，要么，你送我回家吧！”夏初阳道：“好吧！”在送她回家的路上，她仍旧对他谈着她们医院的天才兼疯子医生杨莫羽。她爱听音乐，爱唱歌，有时候，听到有人唱歌，她还会应声起舞，不管不顾地跳起来，那样子就像是梦游。“我刚刚不是说过她喜欢梦游吗？当初别人说起时我还不太相信，可见她在大庭广众之下起舞的样子，我就信了。哪有一个正常的人会一闻歌就起舞的呀！她那舞蹈没多少变化，常常就跳那一支，那舞姿倒像是一团燃烧的火焰，在随风飘扬，上升上升，直燃到天际。那感觉与杨丽萍的孔雀舞有些像，但明眼人一看就知道那不是孔雀舞，那是火焰舞。你说一个女人要受多大的刺激才会做出如此反常的举动呢？真是难以想象！我听院长说，她的男朋友以前死于火海，所以她才会变成这样，也不知是真是假。好了，我快到家了，就不用你送了。本来想请你到家里坐坐的，可这么晚了，也不好意思再留你。”廖静在离家还有五十米远的地方对夏初阳说道。夏初阳还沉浸在杨莫羽的故事里没出来，一时没有反应。廖静只好又说了句“我到家了，你也回去吧”。夏初阳这才反应过来，道：

“好吧。”

看到廖静进入家门后，夏初阳才转身往回走，在路上又遇到了余镇人民医院的廖院长。他看到夏初阳时有些吃惊：“夏书记你怎么会在这里？”“我送人回家！”“送人？”廖院长看了看夏初阳又看了看不远处自己的家，却没问什么。夏初阳问：“你来这里做什么？”廖院长笑笑道：“我回家呀，我的家就在那里，要不要过去坐坐？”夏初阳忙道：“不了，我还得返回村里去，明早有会要开。”二人说了些道别的话后，夏初阳就快步往镇上医院走去，先去看了一眼张彩月和许放归，见到二人并无异样后，就去医院门口车辆存放处取了摩托车，连夜赶回村里。

回到村里，稍微洗漱一下，就困倦地躺倒在床上。入睡前一刻，才意识到廖静很可能是廖院长的女儿。他怪自己太迟钝，然后，就渐渐进入了睡梦中。在梦中，他看见了那个一身白裙的女子在空阔的夜空下起舞。

（四）

张昶被抓回澹县的消息很快就传到了石岗村。村里沸腾起来。大家情绪都很激动，纷纷表示要把他押回村里来，交给村委会查办，让他吐出那些钱。夏初阳听到他们那些不过脑子的言论，不觉哑然失笑。心想，难怪他们会受骗，原来脑子如此简单，公安机关审他查他都不行，还要放村委来审，村委有那么大的权力？村委就有办法让他吐出那些钱？他任凭他们情绪激动地想办法，出主意，掀起集体讨伐张昶的言论高潮，就是不出声。

他们说着说着，怒火愈发不可遏制，完全失去理智，终于开始飙脏话，既而又飙出欲食其肉、欲啖其髓的狠话，而且是一个比一个狠。在他们眼里，张昶已经不是一个人，而是一头被抓回笼中的曾经咬伤过他们的野兽，原来他们只是传说它的可恨，现在，他们开始考虑如何宰杀它了。

他们的心情他都可以理解，张昶变成野兽他也可以理解，他们在猎物面前同样变成野兽，他还是可以理解。“夏书记，七百万啊，他吞了我们七百万啊，上面给村里拨发的移民款、低保钱、扶贫金，还有我们打工挣来的血汗钱，我们恨不得把他碎尸万段啊！他不死不足以平民愤，对了，他死前必须把那些钱给还回来，不能让他死得那么痛快。”刘迟说。天空开始飘雨，像是村里人的泪。十一月份的村子，显出些又冷又热的迹象。夏初阳觉得有些疲惫。最近他被敬老院的几个老头闹得慌，又被扶贫工作搞得焦头烂额，现在，他实在是没气力去应

付眼前这一群失去理智的蛮子了。“夏书记，你是我们村的一把手，也是警察，你去给县里说说，把张昶押回村里来，让我们当面和他对质，要他把那些钱给吐出来，我们可是有借条的，就怕他要赖。”龙奂珠一边奶孩子，一边对夏初阳说。她的说话声和她的奶水香味几乎同时刺激了夏初阳的听觉和嗅觉。他红了脸，不敢看她，但感觉得出，她的眼里闪着火光，是愤怒的火光，也是热浪的火光。这个未婚先育的单身女人，总有股辣辣的青春气息裹藏不住。

见夏初阳没有理她，她又抱着孩子走近了些，夏初阳眼睛看向一边，捂了捂鼻子，又摇了摇头，阻住她的话头，道：“几年以前县公安局就曾立过案，他卷了大家多少钱，县公安局那里都有档案可查，这个你们不用担心。只是，他有没有偿还能力，能偿还大家多少，还要等县公安局审理了之后才可知晓。相信大家说要把他押回村里来审的话都是气话，没人会真这么想，看电视也知道，村里没这个权力。有些人甚至想出了私设刑堂的鬼把戏，那更加行不通。不然，这还叫什么法治社会？你们还叫什么守法公民？话说了也就说了，不就是出出气嘛，我能理解大家，但也请大家理智些，不要做出违法的事来。不然，张昶那案子还没搞清楚，你们中的某些人又要被公安带走了。我相信大家也并不真想张昶死吧，要是他真死了，大家的钱可就真要不回来了。只要他活着，该他还的，我们还得找他还。所谓冤有头债有主，要是他死了，你们问谁要债去？还有就是，张老爹那里，你们也别去闹！这事情一码归一码，别弄混啰！”大家听夏初阳如此一说，也觉着有道理，便都散去。散去之后，也还在议论，只是话语中多了些能拿回钱的愿景。慢慢地，大家的神经由愤怒变成了亢奋，就好像他们村里来了个大老板，而大老板能为他们还回失去的钱财一般。

夏初阳貌似不关心村民们的瞎闹哄，背地里却去了一趟县城，找到县公安局的荆副局长，把村民们的意愿委婉地转述给他听。他说："村民们最为强烈的意愿是，要张昶把钱吐出来，有多少吐多少，吐完钱之后，你们再怎么量刑那是你们的事情。只坐牢不还钱，便宜了张昶不说，老百姓那里真没法交代。大家企盼了这么多年，他们最关心的不是罪犯本身，而是他们的钱。不还他们的钱，你跟他们去讲法治、讲公平、讲正义，他们不干。"正午时分，阳光普照，办公室外明里暗，荆副局长坐在靠窗的位置，桌上保温杯口上升腾起热气，荆副局长的脸隐于热气之后，似乎含着笑意。但是，他并没有说话。夏初阳又道："他好歹也是个老板，那饭店的生意一直不错，我就不相信他没钱，他把钱还给百姓对他判罪量刑也是有好处的，对吧，难道他就没想过要把钱吐出来保命？"

夏初阳大道理小道理地对着荆副局长讲了一大堆，最后，荆副局长慢条斯理地啜了一口茶，道："没想到你夏初阳最爱谈的还是钱啊，真没想到啊！"夏初阳听他如此一说，急了，红着耳根道："我那又不是为了自己，我是替民传声，为民请命！作为石岗村的第一书记，我是肩负使命的，其中一项使命就是把张昶缉拿归案，追回钱款，这是公事，不是私情，这个可要搞清楚。那些钱追回来是要全部归还给村民的，我一分都不会沾，你别想歪了。再说了，石岗村至今还那么穷，与失去这笔巨款也不无关系，你想想看，七百万对于四百多户村民来讲意味着什么？意味着能让他们摆脱目前的贫困状况，意味着他们有钱搞建设、搞投资。最为关键的一点是，这能让他们摆脱这些年来的消极心态，更有劲火去赚钱。你别不信，村里那伙老大不小的混混，原来出外打工都是一把好手，自从张昶把他们的钱骗走之后，工也不敢去打了，怕被老板逼债，因为他们交给张昶的钱里不仅有他们的血汗钱，还有他们向老板借的钱。我好不容易动员他们中的一部人出外去打工，结果现在外面的工也没原来那么好打了，胖子张彩月还因为前段时间身体不好被老板嫌弃，辞回来了，现在天天在我身后跑前跑后的，像个

跟班。可我也没钱给他开工资啊！人家当年可是交给张昶几十万啊！他打工不发狠，能挣下几十万？他还说要通过打工还老板的钱，现在，我看啊，真是悬！”

荆副局长被夏初阳阻住了话头，只能听他滔滔不绝地讲前讲后、讲东讲西。听夏初阳讲得差不多了，他猛然问道：“口渴不？喝水吗？饿了不？去不去食堂吃饭？正是饭点，再不去，食堂可没吃的了！你那么节约的人，难道舍得去外面下馆子？”夏初阳愣住，抿了一下嘴巴，顿觉口干舌燥，腹内空空。二人去食堂吃饭，路上碰到唐建方要向荆副局长汇报工作，夏初阳想要回避，荆副局长指着夏初阳对那人道：“小唐你讲给他听。——要么你也去食堂，我们边吃边聊。”

听到唐建方报告的情况后，夏初阳食不甘味，意兴懒懒地吃完一盘饭菜，招呼也没打一个就匆匆走出了食堂。所谓仓禀实而知礼节，他夏初阳正闹饥荒呢，哪里还讲得了什么礼节？刚刚吃饱了饭就闹饥荒，没道理啊！跟犯罪分子讲什么道理！他冷哼一声，张昶你个龟儿子，竟然愿意坐牢也不愿意吐钱，良心也太坏了！你卷走了大伙多少血汗钱，真以为坐坐牢就可以抵消罪孽，老天不会放过你，我夏初阳也决不会放过你！MD，他连续骂了好几个，还不解恨，又啐了一口。你说你没钱，你说你那山庄就一空架子，骗谁呢？然后，又想起了荆副局长那副事不关己的样子，就想连他一起骂，但终究不忍心，毕竟荆副局长对张昶这事一直很上心，在没弄懂他的真实态度之前，他决定不骂他。他一边咒骂着张昶一边想着张昶那话的真实性，不信，就是不信，你说你挥霍一空，谁信呢？如果你是赌徒，你不创业，我也许会相信，可你明明有实业在那里，鬼才信！

他气愤难抑地走出县公安局，然后冲动地走入了县委大院，正碰上县委开常务会议，想见陈县长也见不着。就在大院里等，等吧，又坐不着，总忍不住逛来逛去。这时县长助理小孟走了过来，把陈县长的意思跟他说了。他顿时喜笑颜开。看他那兴奋劲，简直是把去见罪犯张昶当作去相亲了。来到县公安局羁押所，又碰到了荆副局长，他笑着对夏初阳道：“就知道你会去找陈县长，怎么，得到许可了？”夏初阳猛然醒悟，道：“我说陈县长怎么知道我想见张昶呢，原来是你向他汇的报呀！”荆副局长道：“人家领导忙，哪有时间管你想见谁呢！不过，你的事领导都关心，谁叫你是未来的县公安局局长、我未来的顶头上司呢？”听荆副局长这么开玩笑，夏初阳可笑不出来，他正了正色道：“我在下面把第一书记干好了，算我及格；干不好，及不了格，县公安局的门槛我也不配进了。我本来就是您手下的一个兵，任您如何处置都行，您开那样的玩笑，敢情真是拒绝我再回来了啰！”

他着实没想到向来严谨的荆副局长竟会在众人面前开这样的玩笑，谁不知道职务升迁是严肃的政治问题，轻意开不得玩笑呀。荆副局长笑笑，凑近他在他耳旁道：“我和李局长都只有三年就要退居二线了，澹县县情复杂，不找个身体素质好、政治觉悟高、有责任担当的人来担任这公安局的局长，那怎么行呢？难道你就看不出领导的意图？”夏初阳摇了摇头，大声道：“我只想当一个马前卒，其他的一概不想！”“夏初阳，你当兵履历上那些赫赫战功就只能证明你够当一个马前卒吗？你想辜负老王书记的重托吗？”说起已故的老王书记，夏初阳就有些伤感，进而又想到了王书记的外甥女杨莫羽，想到了自己的弟弟夏晓阳和自己的父亲夏致远。他们都是为事业不惜牺牲一切的人。由此他也想起了自己的使命，于是道：“荆副局长，你说这些干啥呢？我今天只是来见见张昶而已，扯远了吧？”荆副局长笑笑道：“是有点扯远了，不过，今天我说的可不是玩笑话，你好好干！”然后拍了拍他的肩膀，嘱咐站在旁边的唐建方带他去见张昶。无论夏初阳怎么说，张昶一口咬定，除了那个饭庄，他别的什么也没有。他表明了，自己愿意接受法律的

制裁，愿意坐牢，但就是没钱赔偿村民的损失。他的表现让夏初阳怒火中烧。他想：“我就不相信一个这么精明的人会没有财产积蓄。”

见过张昶之后，他连夜去了蜀南。四天后，他打听到了张昶以女友的名字在某三线城市购买房产和豪车的消息；八天后，他获取了张昶房屋和女友、子女的照片；十二天后，他进入了他女友的生活中。他没想到，他今生竟然要利用自己的外貌来破案。

他接近张昶女友吴茜，情节与电视里演的差不多，无非就是英雄救美，无非就是制造几次偶遇。比起个子矮小、其貌不扬的张昶，夏初阳简直就是天王明星般的存在。光有外貌的吸引还远远不够，还得有故事。夏初阳告诉吴茜，他的女友廖静背叛了他，然后，说起了他与廖静之间的桩桩件件，而偏偏那个时候那个被他编入故事却毫不知情的廖静又天天给他打电话过来，跟他说杨莫羽的事情。“你听听，她真的好无聊啊，明明是她背叛了我却倒打一耙说我与那个杨莫羽有私情，这日子我实在是过不下去了！要么，你帮我怼回去吧！”夏初阳可怜兮兮地对吴茜道。那吴茜不知哪里来的自信，竟自称是夏初阳的现任女友，把廖静骂了一顿，搞得廖静莫名其妙，委屈万分，直骂夏初阳和这女人都是神经病！

之后，二人颇有了些情分。夏初阳请吴茜出去吃饭，吃的仍是他的“老三样”，那吴茜竟也没有嫌弃。交往了一段时间，互相挺谈得来的，但他始终无法从吴茜口中得知关于张昶的任何消息，只知道她房子的房产证上写的不是她的名字，也不是张昶的名字，而是一个叫做“李坤凤”的人的名字。这个还是夏初阳自己去当地房产局查出来的。他又赶紧去查“李坤凤”名下的财产，结果不出所料，这个人名下有三栋房子和三张银行卡，总资产大约在五百万左右。得到这些信息，夏初阳笑出了声，直呼老天有眼。他们庆幸张昶还不是个十足的败家子，庆幸他娶了两个老婆、买了三套房子，庆幸他两个老婆的房子和他自己的房子、两个老婆的银行卡和他自己的银行卡，用的都是一个名字。然而，这李坤凤又是谁呢？

回到余镇的夏初阳迫不及待地找到老张，老张表示愿意配合他们破案。当夏初阳问到李坤凤时，老张沉默了，半晌他才颓然道："那是张昶亲生母亲的名字。"夏初阳道："我还以为张昶娶了两个老婆——"老张没听明白夏初阳的话，又重复了一遍："李坤凤是张昶的娘！"原来，老张移民来此地之前，他的老婆李坤凤和外地一个做生意的男人跑了，并卷走了他的第一笔移民款十万元。"你看她造的什么孽，孩子没受到好的家庭教育都变成了什么样，张昶携款逃跑当了罪人，现在，李坤凤那个坏女人还帮助儿子犯罪，真是可恶啊！听人说她逃出去后在蜀南做生意，我也没去找过，不知道真假。当初张昶跑后，我也怀疑过会不会去了那里。"听他如此一说，夏初阳道："所以你那次是有意对我说起蜀南竹海的，对不对？"老张道："我也不敢肯定，也就是说说，没想到你会去。"夏初阳笑笑道："有你这样的爹，张昶不该那么混蛋啊！"老张忿忿然道；"别忘了他身上还有一半坏籽是他娘种下的！"又道："你把他抓回来，可了了我的心愿啰，不然你不知我这心里有多难受，夜夜睡不好觉。被人骂、被人恨的滋味真不好受！那畜生该坐牢坐牢，该枪毙枪毙，与我没关系了！"说着，老张又老泪纵横起来。夏初阳知道他也就说说狠话，心里并不是这么想的。突然，他又问老张道："那你和李坤凤离婚了么？"老张道："到哪里去找人回来离婚？"夏初阳又道："那结婚证还在不在？"老张道："在又有什么用？"夏初阳道："当然有用！"老张似乎想到了什么，轻声道："子债母偿？"夏初阳笑笑道："明摆着，张昶是把那些现金存在了他母亲的账户上，名下的房产也都挂在了她的名下。再说了，子债母偿也未尝不可，如果你有钱，子债父偿也行！"老张道："我只剩下一把老骨头啰！"

夏初阳从张昶那里为石岗村村民追回五百多万巨款的事情，一下传遍了整个余镇、整个澹县，他简直成了大家心中的英雄。张彩月、刘迟这两个混混也决心改头换面，重新做人。然而，他们很快就又恢复了混混本色，召集起几十人，又准备去村部找夏初阳的麻烦。原因在于，夏初阳把那五百万作为当初的移民款、低保钱和扶贫金全分给了村里人，而他们三十多人那两百多万的集资款仍旧没有着落。但是，他们没闹成，因为，他们被其他村民给围住了。现在，大家的心全向着夏初阳，听说他们要去找夏初阳的麻烦，全都拿了家伙什出来，看谁去闹事就给他一家伙什。关键在于，那些村民中很多都是那三十个人的家属或亲戚。你们不能这么不讲理，小夏已经帮咱们追缴回来这么多钱了，你们还想怎么样？你们谁找小夏的麻烦就是和张昶一伙的，也该送公安局去。大家七嘴八舌地议论着，说他们都是些忘恩负义没良心的东西，都是些没脑子的混账东西。骂得多了，张彩月他们也觉得自己的确做得有些过火了。唉呀，都是冲动惹的祸。夏初阳收了其中一个村民的一把家伙什，说了些感谢他们对他的信任和支持的话，同时也请求他们不要添乱。

等闹事的人们头脑冷静下来，夏初阳才不急不缓地说出了自己的打算。他首先问张彩月愿不愿意做生意，张彩月懒懒道："没本钱啊。"夏初阳又问他愿不愿意当老板，张彩月冷笑道："生意做不成怎么当老板？"夏初阳再问他："是准备等靠要呢，还是准备自力更生？"张彩月有些火了："你钱都不分给我们，我们怎么自力更生？"夏初阳摇了摇头，叹息道："以为你变好了，没想到你还是老样子，我倒是怀疑你们原来那些钱的来路了，真的是自己赚来的么？""夏初阳你什么意思？你难道以为我们那些钱都是骗来的？我们可都是老老实实赚来的！"

听到张彩月吼自己，夏初阳也火了；"既然你那么会赚钱，为什么不自己去赚啊！你不是答应过我要通过打工去还你老板的钱吗？怎么又干不成了？”张彩月道：“老板的生意也不好做，他也快干不下去了，不怪我们！”夏初阳道：“那让你自己当老板成不成？”不等张彩月反驳，夏初阳接着道：“你去蜀南接管张昶的‘永红山庄’成不？”张彩月一时愣住，世上竟有这般好事？“本来准备把那山庄拍卖掉来还你们的集资款，但卖不起价钱，就算卖了也还不起你们的钱，所以，我想了想，不如让你们去管理山庄，去挣些活钱，你们本来不就是想开饭店和民宿的么？这倒可以满足了你们的心愿。再说了，人家那里是景区，生意比咱们这里要好得多，据说，一年挣个三四十万没有问题。”夏初阳道。

张彩月听他这么一说，不觉精神一振，他拍了拍自己的脑袋，不敢相信会有这么好的事情落到自己头上。当夏初阳问他去不去时，他便满口答应下来。张彩月有过做老板的经验，在夏初阳心中，他是接手“永红山庄”的最佳人选。在做好一切准备后，张彩月就与刘迟出发了，出发前，夏初阳特别交待，饭店所有人员都不能辞退，必须保持原班人马；张昶原来的经营理念保持不变，不要让员工觉得无所适从。夏初阳说，张昶人品不行，但做生意是把好手，他能把“永红山庄”经营得风生水起自有他的一套办法。又说，张昶那人鬼点子多，不当村支书真是可惜了，要他不动那笔款子的主意，而是利用那笔款子带动大家创业，那石岗村说不定早就脱贫了。

张彩月觉得他说的有道理。张彩月与刘迟刚出发不久，龙奂珠抱住孩子也来了，后面还有人帮她提着行李，她气喘吁吁地对夏初阳说道：“他们两个做生意不如我内行，为何不选我去？更何况我以前在外面做的就是餐馆生意，有这方面的经验。”她的话倒让夏初阳大吃一惊。她又道：“别那么看着我，要不是我与一个夸我的菜炒得好吃的顾客发生关系怀了孩子，我不会把餐馆转掉的。要不然，几年前我怎么会有钱拿出来集资？虽然被骗了，但我能挣钱却是事实。”夏初阳道：“那里的厨师都很好，暂时不需要更换厨子，我们派去的是管理人员，是去顶替张昶的，你不合适。”“可是，我孩子很快就没奶粉钱了，我又没工作，可咋办啊？”夏初阳转身去了办公室，待他出来时，手上拿着一沓钱，道：“这是分到最后剩下的六万元，全给你，算是替张昶还了你当年的集资款。”龙奂珠一时热泪滚滚，抱着孩子就要下跪。夏初阳道：“三十个人中就你一个是女人，所以，分款后剩下的这点钱就给你，毕竟你还有个孩子要养。留在村里吧，等孩子大点，你同样可以在村里找到事做的。我们村里准备搞规模种植产业，你一定有用武之地的。”龙奂珠擦着眼泪，点头答应。然后，在夏初阳拿出的收据上签下了自己的名字。

处理完村子里的事情，夏初阳又约上张小磊去了镇上，他想去看看老张。老张在对待张昶这件事情上，表现出了难得的深明大义。如果没有他出面作证，追回那笔巨款恐怕要困难许多。余镇近来在搞街道基础设施改造，原来的人行道被挖开，下面在铺设新的排水系统。一堆堆新翻出的土，排在坑道两边，坑里仍不断有人在往外抛土。老张店子外面也正在施工，停车不太方便。夏初阳找了个比较远的地方把摩托车放下，四处张望了一下，张小磊还没到。他看了看手机，离预定的时间还有半个小时，也好，正好可以利用这点时间去和老张谈谈。午后的太阳有些炫目，与余镇热火朝天的劳动场景互为映衬，夏初阳有种回到过去某个年代的感觉。当然，那个年代他没经历过，只在电视电影上感受过。可人有时就是奇怪，明明不是自己经历的，却总感觉曾身临其境。

走到老张店子前，他才在门口叫了一声“老张”，眼睛就搜索到一道仇恨的目光。是廖静！她正坐在里面靠墙的位置，正对视着他，满脸愠色，她对面还坐着一个白衣女子，背对着夏初阳。不用猜，是杨莫羽。不知为什么，他心内一阵热乎，像刚吃了一碗热汤面一般，脸上竟起了汗。他警告自己，她是弟弟的女朋友。既而又为自己突发的警告而感到好笑。他迎着廖静仇恨的目光走过去，才发现她眼里有泪，好像正在向人倾诉心事。“师父，打听你隐私、欺骗我感情的就是这个男人！”廖静对杨莫羽说的话把夏初阳吓了一跳。如此说的话，刚刚这两个女人谈论的话题一定与他有关，一下就得罪了两个女人，他不由感到头皮发麻。杨莫羽却并不像廖静一般横眉冷对，怒语相向。她回头朝夏初阳看了看，脸上还带着微笑。“哦，我们的抗洪英雄、追逃英雄、破案英雄原来是这样一个不太正经的男士啊？”她语气温柔，像三月的春风，若不是语气中带有那么一丝丝令人不易觉察到的嘲讽，夏初阳一定觉得这个女人对自己其实是心怀好感的。伴随着她这话音的，是她眼睫下问询的目光。这种话音与目光，应该只有对待老熟人才会有。夏初阳一个堂堂七尺男儿，一个站着的英雄汉，竟被两个女人莫名其妙的话语搞得无所适从，杵在那儿，像根贴着通缉令的电线杆，尴尬异常。

“老张，老张呢？”他朝里吼了声，老张系着围裙走出来，一见是夏初阳，忙道：“老三样？”夏初阳没反应过来，嗯了一句，突然想起张小磊还没来，又道：“不急，我还要等人，你先去帮她们炒菜吧。”老张嗯嗯了两声，道：“那我先去炒菜，有什么话我们待会说。”说着扯了张餐巾纸擦了擦汗，然后去了后厨。看来，盼望老张来解围也是不可能的了。他本想走，可不知为何总有一种力量吸附着他的心，使他不能远离。他找了张靠窗的桌子，拉条凳子坐下，仍没接那两个女子的话茬。这一来，倒像是他理亏似的。谁知，廖静竟跟了过来，在他对面坐下，用手指敲打着桌面，瞪着夏初阳道；“你约的那个女人怎么还没来呢？她骂我骂得那么凶，我倒想看看她长什么样，是不是凶神恶煞！”夏初阳顿时觉得好笑，原来廖静还在记恨吴茜骂她的事情。不过冷静一想，确实是自己做得不对，到现在都还没跟人家一个恰当的解释。于是，他清了清嗓子，一本正

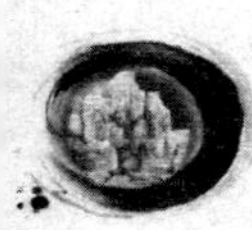

经地跟她讲起了事情的来龙去脉。他刚一讲完，张小磊就像一阵风一样飘了进来。“好香啊！你点了什么菜？”一眼见到夏初阳正与两个女子说话，又道：“什么情况？这是什么情况？你说的有事，就是这事？你约了人，还是两个女人，不会是你一个我一个吧？”他一时兴奋，自作多情起来。他不顾及夏初阳的眼色，指了指杨莫羽道：“这个是你的旧相好，我不想抢也不敢抢，那个吗，又看不上我，唉，我还是走吧！”廖静忙道：“你别走！你刚说什么啦？谁是谁的旧相好？”张小磊摸了摸脑门，道：“我乱说的，美女，你别生气，我这人爱开玩笑。”杨莫羽这时也站了起来，神态竟有些痴痴然，道：“我是有男朋友的，张小磊你可不许乱说话。”然后又对夏初阳道：“小静是我徒弟，她人挺好的。”说完，接过老张端过来的菜，自己盛了一碗饭，自顾自地吃了起来。廖静咽了下口水，看着两位男士道：“我师父受不得刺激，暂时不和你们多说了，我也吃饭去。”

刚刚升起的硝烟被杨莫羽的三言两语给清扫一净，取而代之的，是两桌啧啧有味的吃饭声。夏初阳边吃边想，杨莫羽有男朋友吗？他不由又想起了弟弟，想起了廖静曾对他说过的话。他忍不住看了看杨莫羽的侧脸，洁白如玉雕，吃饭的姿势都那么优美，与几年前那个大呼小叫、爱哭爱闹的小姑娘着实有了很大的不同。如果说相同，也许，就是自己对她的感觉吧。他不由地又提醒自己一句，她是晓阳的女朋友。可是，晓阳不在了啊！他的心一阵绞痛！

在他低头愣神间，有双手轻轻地拍了拍他的肩。是杨莫羽，她正看着他笑：“夏初阳，你吃饭时的习惯真的与我男朋友很像啊，他也喜欢把不吃的辣椒和辣椒籽夹到桌子上，摆成一条线，喜欢左手拿勺子右手拿筷子左右开弓般地吃饭。”夏初阳一愣，这习惯他还是跟弟弟学的啊，当时弟弟还小，吃饭也喜欢玩新奇，所以，他也跟着他玩，渐渐地就成了习惯。这样的小细节都被杨莫羽发现了，可见，她始终没有忘记弟弟。他们之间究竟有怎样的故事，他们到底爱得有多深，这令他充满好奇！他想了解，迫不及待！他把目光投向廖静，廖静正含情脉脉地看着他。要了解杨莫羽必须从廖静入手，想到这一层他不由对廖静笑笑道："小静，你师父不愧是师父，观察力惊人呵，连我吃饭的这些小细节她都观察到了。"廖静笑笑道："你们不是旧相好吗？"说着又看了看张小磊，张小磊看了看夏初阳的脸色，不由打哈哈道："我乱说的，别当真！"

大家看杨莫羽时，她已走出门去。廖静对夏初阳道；"这顿饭你请客，我走了。"说时，还给夏初阳抛了个媚眼。夏初阳的待遇比刚进门时不知好了多少倍！女人，真是善变！他也看得出，廖静走在大街上，姿势都变了，像只欢喜雀跃的小鸟。张小磊道："那个女人喜欢你。"夏初阳道："有女人喜欢总比没女人喜欢好。"张小磊道："感觉不到你有多开心，毕竟要多出好几十元钱。"夏初阳道："你请我的客，我请她们的客，我就不亏。"张小磊道："就你会算计！"

二人吃完饭，又和老张说了会话。这时，老张店里进来了一波客人，夏初阳和张小磊便和老张道了声别，走出店门来。

天色渐暗，余镇街上却还没有亮灯。节约用电总归是好事。夏初阳与张小磊走到少有车辆经过的弄堂里，谈论着两个村近来正开展着的工作。两人都觉得自己的群众基础是没问题的，就是班子成员多少存在些问题。夏初阳叹一声气，道："他们几个喜欢抱成一团，明面上应付，背地里瞎议论，工作上持不配合也不反对的态度，每次有事情，都是你在前冲锋，他们在后观望，没当助推器，也没拉后腿。"张小磊道："那是你威力太大，他们怕你。"夏初阳道："他们怕的不是我，是村里那群混混。""所以他们就把你当作盾牌了。"张小磊道。"有时候，我倒觉得村里那群混混也没那么混。"夏初阳说。张小磊道："我们村的班子倒没啥问题，他们好说话，凡事有商量，听

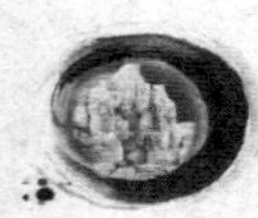

指挥，讲团结，论民主，但我感觉这也只是表面的客气，他们巴不得我们马上滚蛋。”夏初阳道：“我倒没这么认为，他们也许希望我们多待些时间，他们也好在大树底下乘个痛快凉。”二人相视而笑。夏初阳看了看天色和渐次亮起来的灯光，深吸一口气，道：“这种繁华真不属于咱们，还是骑上摩托各回各村吧，我今晚准备起草一个整顿班子问题的议案，明天九点召开全体班子成员会议，把张昶那个外部大问题解决了，现在该着手整顿班子内部问题了。”张小磊道：“你别想一出是一出啊，现在正处于脱贫攻坚的特殊时期，你不抓经济促致富，竟搞内部斗争，这可是犯了方向性的错误啊。”夏初阳停下，盯着张小磊道：“思想是本原，本原问题都没解决好，怎么行稳致远？再说了，我怎么就不抓经济，怎么就不带领大家致富了？你哪只眼睛看到我们这个本地人口占四成、外来移民占六成，民情复杂的村子落后于你们村了，你啊，是羡慕妒嫉恨吧！”张小磊笑笑道：“好好好，我不如你行了吧！但是，你也得讲工作方法啊！”夏初阳道：“我们目前最好的工作方法是，不要动挪位置的歪心思，待在这个地方少扯淡，好好干！”张小磊道：“我们早满两年了，想挪也没错啊。”夏初阳道：“张小磊同志，难道你想当逃兵？”张小磊笑着摇了摇头，道：“当逃兵倒不想，只是想成个家，毕竟老大不小了嘛。”夏初阳拍了拍他的肩膀，道：“廖静那姑娘不错，比你小三岁，你可以考虑。”“他喜欢的是你，傻子都看得出来。”夏初阳道：“可我不喜欢她——对了，这话现在不能让她知道，不然，我的计划可能要泡汤！”张小磊酸酸地说道：“你对她还有所图？”夏初阳道：“没你想的那么龌龊，但也没你想的那么单纯。总之呢，以后我与廖静在一起说话的任何情况下，你都不要往男女关系方面想。”张小磊道：“搞不懂你想做什么。”夏初阳道：“不需要懂。”张小磊道：“哪个女人碰上你这个特种兵出身的人，也真是倒霉，恋爱都得要有一套反侦探的本事才行。”夏初阳道：“别这么说，我没你说的那么坏，也没你说的那么神。不过，最近，我对有个旧案的侦察倒是有了一点突破，这突破口还是从那日村民们手上拿的家伙什上寻找到的。”张小磊道：“哪个案子？”夏初阳道：“暂时还不便说。”张小磊道：“那就别说，专门吊人胃口！”

二人趁着夜色又说了会儿其它的话，然后，骑上摩托各回各村，到了分别的时候，二人竟有些依依不舍。然后，心有会意地唱起了“送战友，踏征程，默默无语两眼泪”，歌声在夜色中飘远，飘成了两条河流，在或高或矮的山间蜿蜒流淌。

夏初阳回村后，果真连夜起草了一份整顿班子内部成员思想作风问题的议案，并于第二天一早发布了开会通知。当村支书龙奂生、村长周在桦、支委孟远程、村委陈明辉、妇女主任田维维几个人心生疑惑急匆匆地赶到村部时，夏初阳已经坐在会议室等他们了。他们满面红光，却精神萎靡，声气低下，而他脸色憔悴却精神抖擞，声音洪亮。

“把大家这么早叫来，是想开一个会。”夏初阳开宗明义，不拐弯不抹角，直接说出了自己召开这次会议的意图。他首先拿出一沓他们在余镇各个餐馆聚餐时签下的记账单，让他们一一过目，确认是不是他们的手迹。“‘天高皇帝远，民不告官不管’的时代早就不存在了，现在信息这么发达，电子眼布控得这么严密，你们在哪里做什么，真以为别人不知道？”夏初阳不紧不慢地说道。“你们该确认过，这上面没有一个字是我签的吧？‘四风’建设搞了这么久，你们竟一点都没意识到？是哑了还是聋了？还是，你们把钱都拿去吃饭，没钱交话费了？还是手机只是用来打游戏而不是用来看新闻的？不对呀，你们在村民们面前不是说得好好的嘛，开了那么多次会，你们个个在台上不是说得豪气十足、底气十足么？怎么，轮到自己头上，那些大道理、大理论就不管用了？真以为那些条条框框只是用来管平头老百姓的，对你们就没用？两年吃了那么多餐，聚了

那么多次，你们都在商量些什么呢？你们都吃了些什么呢？当面不说，背后乱说；当面一套，背面一套。当着我的面个个老实巴交，背了我的面划拳猜令、搓麻将打牌。”说着，他又从桌子底下搬出来四盒麻将和十几副字牌，欻啦一下摆开，然后指着他们道：“别告诉我你们没摸过这些，这上面的指纹可是经不起验的，要不要我请县公安局技术科的同志来验一验？”

他这一全套使下来，那几个早已脸色惨然、冷汗涔涔，村支书龙奂生和村长周在桦两人甚至两腿打颤，双手发抖。夏初阳继续说道：“你们把这种方式当成对付这我个驻村第一书记的冷暴力，想用这种方式熬过我在这里的两年。可是呢，两年过去了，我仍旧没走。我今天告诉你们，别说两年，四年、五年我都不会走，想要我走，除非石岗村彻底摆脱贫困，只要石岗村还没摆脱贫困，只要石岗村过去的冤案还有一件没有破解，我夏初阳就不会走！咱们村子东头田军的女儿对吧，十岁被人残忍杀害，至今还没破案，你们不急我急啊。前段时间，我刚解决完张昶的案子，现在，告诉你们，我准备去查那个案子。我今天呢，也没别的意思，就是希望大家能全力配合并支持我的工作，一边协助我破案，一边抓经济搞生产促致富。至于这些票据呢，你们说怎么办就怎么办！”

他刚说完，就听到有人在嘤嘤哭泣，一看竟是田维维。“你哭什么哭？又不是三岁小孩子，犯了错误只会哭！”田维维道：“夏支书我错了，我不该和他们一起去吃饭，我也不愿意啊，是他们硬要我去的。”龙奂生听她这么一说，也激动起来：“我也不愿意，就是他们三个承的头。”他指着周在桦、孟远程、陈明辉三个人，狠狠道：“是他们三个拖我下水，让我犯错误的，我愿意作检讨，也愿意接受组织的处罚。”他们三个听他这么一说，也激动起来，纷纷指责起别人来。会议室顿时乱成一锅粥。夏初阳也懒得劝。他们越吵，二十八岁的田维维就哭得越起劲。“你们别吵了！夏书记是个好官，他为我们办了很多实事，你们又不是瞎子，难道就没看到吗？”田维维边哭边骂。突然，她跪在了夏初阳面前。“你干啥哩，还兴封建社会那一套？有错就承认、就改啊，犯不着这个样子吧！”陈明辉说着又正了正色，看向夏初阳，郑重地说道，“我已经决心改了，再不犯这样的错误了，如果夏书记能不向上级反映，我们一定好好改正，不搞小圈子、小团伙，不搞私人聚会，不搞内部分裂，好好搞好班子团结，另外，我准备自己掏钱把自己在餐馆欠的钱还上，请夏书记饶过我们这一回。”

陈明辉说完，跪在地上哭着的田维维说话了：“夏书记，你一定要替我小妹做主，她死得很冤啊！我们都知道你是特种兵出身，是破案高手，你一定要把杀害我妹妹的凶手给找出来啊！十年了，十年了，凶手仍没有抓到，我妹妹死不瞑目啊！”夏初阳早前已经知道那个死去的小女孩田明明正是田维维的妹妹，但他从来不曾提起，只在心中默默留意。他扶起田维维，说道：“我从进村的第一天起，就有关注这个案子，只是，村里陈案太多，得一件一件地来破，一件一件地来了，现在，张昶携巨款潜逃案已经办得差不多了，我将着力侦办你妹妹的案子。我的精力有限，还得请同志们配合我啊！毕竟，作为县里派下来的驻村第一书记，肩上除了查案办案的担子，还有维稳扶贫的重担，而且后者还是最为主要的。这两年来，大家也配合夏某为百姓做了不少实事，这百姓也是有目共睹的，但是，咱们得扪心自问，我们真的尽全力了吗？没有消极怠工吗？没有敷衍了事吗？真的做到光明磊落、心底坦荡、大公无私了吗？”

田维维缓缓站起来，仍没停止哭泣。龙奂生和另外几个低着头，表情尴尬。夏初阳停顿了一下，又道：“你看外面的阳光多好，这样的天气我们就该出到田间地头去考察，看看老百姓在做什么，他们缺少什么，我们能为他们做什么，哪些土地可以种植经济作物，哪些土地适合养殖家畜水产，哪块土地被闲置了，我们可以把它利用起来，种点什么或者采用土地流转的形式承包出去，搞点规模产业。作为最基层的干部，我们不应该坐在餐馆里吃香喝辣，不应该坐在村部办公室里指手画脚，更不能呆在自己的家里谈天说地，我们应该走到田间地头去，走到老百姓家里去，去了解这块土地，去了解我们的老百姓。我希望大家能够主动一点，而不是被我牵着走。这两年大家也跟着我干了很多事，可是，是跟着我干，而不是主动去干啊！我知道大家对我这个外来的不速之客有情绪，巴不得我赶快走。今天在这里我明说了，驻村工作年限到了，我也不会走，我要在这里继续干下去，直到带领大家走出贫困，直到把村子里的那几件旧案全破了。”

几人听他这么一说，倒是有些意外。陈明辉道：“夏书记，别人传说你马上就要回去当县公安局局长哩，你真不走？”夏初阳看着他，笑笑：“你希望我走呢还是不走呢？”穿着一件休闲灰色夹克的陈明辉抬手搔了搔头发，略作思考，道：“说实话，如果我是你，我就一定走。”夏初阳也故作思考，然后摇摇头道：“我不会走，除非今天你把任命我当县公安局局长的红头文件当着我的面读一遍。”几个人略一会意，觉出了夏初阳的幽默，不由都笑了起来。夏初阳却白了他们几眼，然后表情严肃地指着那一沓票据道：“不当县公安局局长，就凭这些票票，我也可以把你们几个弄到派出所去住几天，你们信不信？只要那几个餐馆的老板联名告你们几个骗吃骗喝、强拿强要，不信派出所的民警不来查办你们。”夏初阳说这话时，还用右手指关节重重地敲了敲桌面。这一敲，声音响亮，他们几个就像听到了惊堂木发出的声音一样，心慌起来。“陈明辉已经表过态了，你们几个呢？”夏初阳道。田维维看了看夏初阳，目光里掺着泪水，轻声道：“我愿意改，愿意跟随夏书记好好做人、好好做事。”龙奂生沉重地叹了一口气，道：“对不起，以前都是我的错，是我没带好头，我作出深刻检讨，如果夏书记要处罚，那就罚我吧！甚至撤了我的职我也愿意！”夏初阳冷笑道："好啊，要是我有权撤了你的职，那我昨天就把你给撤了还等今天做什么！看来，你这态度有问题啊，你这是犯了错误不仅没勇气承认还要撂挑子、拍屁股走人啊！好，太好了！既然你不愿意干了，那我就要把你们的情况如实向上级反映，让他们来着手调查你们的事情，不仅是这件事，以前做的件件桩桩都要查，至于最后是撤你们的职还是抓你们去蹲牢房，那就不是我所能考虑的事情。"

"别、别呀，夏书记，我们不想被撤职，我们只想跟着您好好干。"一直沉默着的周在桦、孟远程说话了。夏初阳看了看龙奂生，龙奂生道："夏书记，刚才我说错话了，对不起！"

"对不起什么呢？哟，你们在开批斗会啊！"随着一个女人闯入村部会议室，夏初阳精心准备了一夜的村支两委班子内部整顿会宣告结束。夏初阳听声音也听出来人是谁了——龙菲菲。龙奂生一见到龙菲菲，两眼顿时放出亮光来："哟，是财神来了呀，快、快坐，维维倒茶！"田维维瞅了瞅龙奂生又瞅了瞅夏初阳，尴尬道："还没烧茶哩。"夏初阳则笑了笑道："还不快拿这些废纸去点火烧茶去。"田维维一听，笑了。周在桦、孟远程、陈明辉、龙奂生几个也听出了他的话音，于是，大家都会心地笑了起来。气氛顿时变得轻松，倒像是龙菲菲给这办公室捎了一缕春风进来，融化了冰雪。

龙菲菲瞄了一眼大家，然后看着夏初阳道："我这次啊，是来谈上回谈过的那个项目。"夏初阳一愣："哪个项目？"龙奂生上前一步，道："是这样，你去县里参加王书记的追悼会那天，龙老板和她先生杨老板来过我们村里，谈了关于在我们村投资建造农业生态园的事情。"夏初阳看着龙菲菲道："是吗？怎么想起来我们村里投资了？是看在我是你老同学的面分上吧？""你说呢？"龙菲菲笑笑，化着浓妆的脸上泛出了两朵桃花，一边一朵，很对称。夏初阳笑笑道："我记得你上次说过你先生是我们石岗村的人，我倒没注意我们石岗村竟然有那么

财大气粗的大老板。”他转向龙奂生：“龙支书，你对本村人员的情况应该比我更清楚，能说说是哪家的儿子么？”龙菲菲道：“我爱人他老家是石岗村的，现在在外地定居，他当过兵，说不定你们还认识哩。”夏初阳道：“当过兵的老板，那就更厉害了。别卖关子了，说说是哪位吧？”

“你那双泡烂的脚好了吗？还痛吗？”一个浑厚的男中音自会议室门口传来，一个中等身材、明显发福的中年男人站在门口，脸带微笑。夏初阳看着那人，有点面熟，但一时记不起是谁，就那么愣愣地看着他。“这是我爱人！”龙菲菲迎了上去。她拉着他的手，来到仍在发愣的夏初阳面前，道：“六年前的那次洪水，不会把你的脑子也泡得不灵光了吧？”夏初阳摸了摸脑袋，憨厚一笑，道：“对不起，杨老板，我、我的确不记得您是哪位了。”然后，伸出手去，想要和对方握手。杨老板深叹了一口气，道：“这手不握也罢。我伤心得连握手的力气都没有了！”又道：“夏初阳，你小子六年前参与我们的抗洪抢险队伍，一直冲锋在前，做起事来，那简直是不要命啊！你没说你有低血糖，发起病来，差点淹死在洪水里啊！要不是我命人把你及时送进医院，你早就没命了！怎么，连救命恩人也忘了？——看什么看，我是当年的抗洪抢险救援队的队长杨豪啊！”

夏初阳听他这么一说，便盯着他仔细看起来。他怎么也不敢把眼前这个有着大圆肥脸和细小眼睛的男人与当年那个精瘦干练、双目有力的杨队长放在一起比较，真的是伤不起。岁月是把猪饲料的谐语又在他思维里流淌，若不念他是当年的领导，他一定会开着玩笑说出来。“是杨队长啊！”他笑着伸出手去。他对眼前这个人很陌生，但对当年的杨队长还是比较熟悉的，但如果要说熟悉到何等程度，他也说不上来，只记得他后来因为抗洪有功而受到了嘉奖。

“终于想起来了啊！我变化有那么大吗？我们当时在一起

也有一个多月吧？你不记得我，我可记得你，那个有着低血糖的特种兵！”听杨豪老是拿“低血糖”来说事，夏初阳也只好笑笑，这也不是什么丑事。也许他记得他，正是因为这“低血糖”吧。“没想到你会来我家乡当父母官，我得替乡亲们感谢你啊！”杨豪的表情里和言语里都透露出浓浓的官腔和商腔。人是会变的，变的不止是体形，还有思想和为人处世的方式。“欢迎回家！”夏初阳紧紧握住对方的手，发现他的手好软。有人说，当兵人的手是握枪的手，是干事的手，要有点老茧，要有点硬度和力度，一个人当过兵，那他的手一世都是当兵人的手。可是，他从杨豪胖胖的手上，摸不出半点曾经当过兵的痕迹。如果能摸出什么，那就只有肥厚的脂肪。

二人在龙菲菲的掺和下寒暄了一会。田维维早已为三人端来了茶水。会议室由批判室变为商谈室，龙奂生趁机把那些票据收了起来。其余几个也都围坐在他们身边。他们感谢杨豪这个财神爷的到来。

谈话一直持续到中午。夏初阳示意田维维去外面买几个盒饭来，杨豪却说他早已在他兄弟开的杨家饭店订了一桌饭，饭菜早已备好，只等过去吃。夏初阳道：“那怎么行？哪有你来我们村做客还要你请客的道理？”杨豪却说：“谁说我是客人啦？这可是我的家乡，虽然老杨家已经搬出去快四十年了，但家乡终归是家乡，我对家乡是有感情的，我几乎每年都会回乡来，有些年还会回来好几次。”“是你的家乡没错，你对家乡有感情也看得出来，可再怎么着也不能搞铺张浪费啊！”夏初阳的思维似乎又回到上午的批判会上了。“又不用你公款报销，你急什么嘛！”描眉涂眼的龙菲菲朝夏初阳飞出一个媚眼，“今天这项目还有很多事情要谈，边吃饭边谈不好么？”夏初阳咽了一下口水，风味菜的味道在他的想象下刺激着他的味蕾，撩拨着他的胃口。他没吃早餐，他突然想起。不过，无论如何，他都不能去吃他们的大餐。他一个多小时前还在训别人，现在

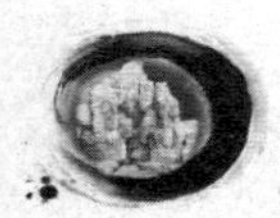

自己又去犯错，这多滑稽！“吃个饭怎么啦？干工作还不准人吃饭了？”龙菲菲见夏初阳办事如此呆板，不由心生不快，“这样下去，我们的生意怎么谈嘛！”夏初阳看了龙菲菲一眼，觉得眼前的这个女人也变了。这人一有钱或是遇到有钱人怎么就都变了呢？龙菲菲见夏初阳如此看着自己，就又换了笑脸，道：“不就是老同学老战友一起吃个饭吗？有那么严重吗？”

夏初阳仍坚持不去。最后，大家都吃了个盒饭了事。边吃饭还边聊项目的事情，吃完饭后，夏初阳他们又带着杨豪和龙菲菲一起去村里进行了考察。杨豪看着故乡的村庄，这里指指，那里点点，说这里熟悉，那里去过，又说这里可以建点什么，那里可以种点什么。一路下来，全都是空话套话，不像是来考察项目的，倒像是来视察并指导工作的。夏初阳开始还对他表示客气，忍到后来，他不愿再看他画饼充饥，于是道：“杨总，你对这村子比我要熟悉，你觉得该怎么做，我们就都听您的！”说到正事上，杨豪却没有立即表态，只是笑着点点头。然后，继续这里指指，那里比比。冬日的村庄有些萧条，遍地是枯黄的茅草。这是一片有待开发的土地，但由于外来移民居多，大家都不太善待这片土地，没能好好地加以利用。这两年来虽然有所改观，但仍没有达到预期的效果。这是一片能给人们带来富裕生活的土地，只是还没有找到能开发利用它的途径。夏初阳上午跟杨豪说到建大型种植基地的事，杨豪却并没有表态，现在在村子里考察时，他却指点得饶有兴味。“我老家后面那几十亩荒地，完全可以用来种葡萄嘛！种辣椒也可以，现在超市里辣椒可值钱了。那边可以栽点花卉，现在人们物质生活丰富了，都在追求精神生活，买花的人可多了！那河边的稻田一年能打多少谷子啰，还不如用来养青蛙，现在人们进餐馆都喜欢吃青蛙火锅。那山脚下可以建个养猪场，现在猪肉稀缺，能卖个好价钱。”一路下来，杨豪给石岗村画了N个饼，听起来相当美味，直引得龙奂生、周在桦、孟远程、陈明辉四个人垂涎三尺。而龙菲菲则一直以一个欣赏者的姿态，目光炯炯地看着她的丈夫。她对她的丈夫近乎崇拜。夏初阳不禁想起龙菲菲说过的喜欢他的话来，女人可真是善变啊。不过，好在自己对她也没什么感觉。他与她就是同学关系，很纯粹。

直到送走杨豪和龙菲菲夫妇，村里这几个干部才发现，他们辛辛苦苦陪了一天的杨总，最终也没说出到底要做什么来。他们向夏初阳说出了自己的疑惑，夏初阳也没说什么，只是打一个哈欠道，我想好好睡一觉，如果你们想去镇上下馆子，那就去吧。孟远程说："那好呀。"说出来才发现自己说错了话，其余三人都对他使起了眼色。夏初阳道："我知道杨总请你们几个去镇上吃饭，但你们几个碍于我有言在先不敢去，但背着我，你们还是会去的。告诉你们，你们去是可以，但自己也得掂量着这鸿门宴的后果。"夏初阳上到村部二楼去睡觉了，龙奂生几个人交换了一下眼色，便都各自回家里去。

夏初阳躲进村部二楼自己的起居室，却并没有休息。他打开锁柜，拿出手提电脑，立马在网上对杨豪展开了调查。他在"天眼查"网站上，根本就没查到那所谓的"世豪集团"，除此之外，任何官方经济网站都没能查到他公司的相关资料。只在一些引擎网页上查到了一些关于他们集团的零碎资料，或是公司开了个什么会，或是公司老板参加了一个什么项目的剪彩仪式。什么乱七八糟的新闻，没有实际价值的多多少少有一些，关于公司的建制规模、经营状况等却避而不谈，也就是说，那所谓的集团根本就没有自己的官方网站。难道是出于对商业机密的保护而故意为之？可是，公司介绍与商业机密根本就是两码事。现在正儿八经的公司在网站上都能找到相关介绍条目，有些是公司自己挂上去的，有的是民间写手编缉上去的，就这"世豪集团"什么正经介绍都没有。网站上能查到的那些消息，很可能还都是杨豪在自己的社交网站上发布的。

他怀疑杨豪根本就不是什么富豪商人，或许就是个投机客。

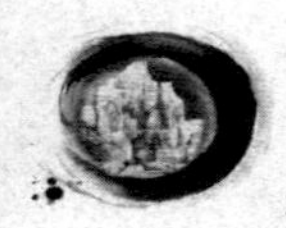

抱着这样的疑虑，他请求县公安局经侦科的同志查查杨豪经济方面的问题，结果显示他曾在澹县某银行贷款两千万，还款记录正常，看不出他有什么问题，毕竟商人投资搞项目向银行贷款并不是什么稀罕事。查来查去，并没查出杨豪这人有什么问题，但夏初阳就是有种说不上来的感觉，就是觉得杨豪和他的公司都有问题。“杨豪的公司并没有开在澹县，但在澹县有房产有项目，所以他能贷到款。”帮他查找信息的人这样回答他的疑惑。这是什么话嘛，现在有些人只要有关系，就能搞到贷款，管你有没有项目，有没有实业，有没有资质。人情比实力重要，这样的信条在社会的某些角落里大行其道。夏初阳对官方的查询结果并不满意，他决定亲自去省城杨豪公司所在地查查他。结果还没动身，龙菲菲的电话就打过来了。她要约他见面。

夏初阳把地点定在老张餐馆。这次他打破了自己先去餐馆等人的惯例，到了也没进去，只远远地在外面观察。龙菲菲自己开车，到达后，把车停在离餐馆尚有两百米的地方，那里比较宽敞，可以跳广场舞的。上次他和张小磊见到龙菲菲，就在那附近，那时她刚刚跳完广场舞。龙菲菲下车后，拿出手机打了个电话，从她那神态来看一定是给杨豪打。夏初阳依据她的情态和口型以及隐约闻到的片言只语，可以推断，她是在和杨豪争论有关他夏初阳的事情。“他就是这样一个人，学生时代就是这样的，如果他像你，我还会嫁给你么？”“你到哪里投资不是投资，干吗偏偏要到这个地方来，民风剽悍，除了街上女人漂亮点，我看不出有什么好！”夏初阳依据可资借鉴的条件，还原了她向电话那头说出的话。

深秋的天气有点冷，那个打电话的女人，说话的口吻比这天气更冷。看来，龙菲菲跟着杨豪，日子混得也并不是很美好啊。见龙菲菲挂断电话，然后又开始拨打电话，那应该是给他打了，夏初阳心想。果不其然，他的电话响了起来，他接下电话，道了句“我马上就到”。话虽这么说，但他却并没有马上行动。因为，他见到廖静与杨莫羽也正向“张记餐馆”走去。远远地就看见龙菲菲和杨莫羽打起了招呼，而杨莫羽又把廖静介绍给了她，然后她们一起走进了餐馆。三个女人一台戏，但他并不喜欢看女人们演的戏，所以，他决定晚点进去。

他可以利用这段时间去“参观”一下杨豪镇上的住处。按他的推断，杨豪应该就住在镇上最豪华的酒店龙悦大酒店里。现代人想当皇帝想得贼凶，当不了也要做做皇帝梦，店家把酒店取名为“龙悦”啊，“龙尊”啊，“金龙”啊，“祥龙”啊，“神龙”啊，等等，就是为了让那些有想法的人走进来之后，好躺在床上做做那虚无飘渺的梦，满足一下他们的私欲。而店家收获的自然是可观的收入，在店家心里，钱袋子鼓起来才是王道。来到龙悦酒店门前，夏初阳却并没有走进去，说实话，他来此地两年从来没住过这样的酒店。他没有皇帝的梦，也没富人的钱，所以，没产生过要住这样的酒店的想法。但他到过酒店里面几次，是作为协警跟着镇派出所的人一起去酒店进行突击检查。当然几乎每一次都有收获，要么是抓获几个赌博的，要么是抓获几对嫖娼的，要么就是抓获一对拐卖儿童的夫妇。当然，每次行动都不是盲目的。要么是事先踩好了点，要么是接到了线人或群众的举报。所以，没有无缘无故的出警，一出警必有所获。就算有时扑了个空，至少也可以带给不法分子很长一段时间的震慑力。

他望了望酒店豪华的外包装，不禁发出“越是豪华之地越是藏污纳垢之地”的感慨。他又想，说不定昔日的杨队长如今的杨富翁就是那不为人知的“污垢”呢。他在外面望了酒店一会儿，却没有进去。他只是给张小磊打了个电话，交代张小磊几句。过了会儿，就有派出所的过来调取了龙悦酒店的住客资料，其中并没有杨豪的入住记录。但他有注意到，那上面却有镇扶贫办主任尚某的名字。他本人就住在镇上，还用得着来开

房？他隐隐觉得杨豪来此地办厂的目的有些问题，也觉得当地某些当权者与商人之间的关系有些纠缠不清。

就在夏初阳深思间，龙菲菲打电话过来了。她埋怨他迟到。他推说摩托出了点故障，又承诺马上就到。然后，撒开腿朝张记餐馆跑去。路上碰到了廖静和杨莫羽。只见两个女子都注视着向她们迎面跑去的他。廖静张大了眼睛，满脸惊喜；杨莫羽则神情呆痴，若有所思。他在两个女子面前停下，招呼道："你们怎么也在这里？"廖静道："这话该我们问你才是。""我来办事！"夏初阳回答得简单直接。然后，他又看着目痴神呆的杨莫羽，道："你、你也出来了？"杨莫羽这才把视线从他的眉心移开，然后又打量了一下他的全身，轻声道："你们当兵的都是这么跑步的么？""都是这样的，怎么啦？不过，我早就不是兵了！"夏初阳笑笑道。

杨莫羽轻声哼了一下，也笑笑，不过，笑得很勉强。此时，她内心想着一个人，那个把生命的休止符写在十九岁上的烈火少年夏晓阳。那时，夏晓阳每次向她跑来，用的姿势和刚刚夏初阳跑的姿势几乎一模一样。他们俩不只名字像，连动作也很像。不过，长得不太像。夏初阳其实也意识到，她一定又想起了他的弟弟晓阳。晓阳的牺牲对他这个当哥哥的来说，是一场永远的痛。而对于眼前的杨莫羽来说，也是。他没想到她会是如此一个长情且专情的女孩子，她越是这样，他的心越痛。他突然产生了一种想法，要代替弟弟去爱她。"你们、你们不是要去吃饭吗？"心神不宁中他脱口而出。"你怎么知道我们要去吃饭？是不是跟踪我们？"廖静反应迅速。"没、没有，只是——"他迎视着杨莫羽的眼神却回答着廖静的问题，显然有些难以应对。"我们还有工作要回去做，所以打了包带回医院。"廖静说着举了举手里装着饭盒的塑料袋。"我早就看到了，所以才问。"这反倒给他找到了回答她问题的答案。"医院食堂的饭菜口味不错，为什么要来这里吃？"夏初阳问道。“因为更喜欢吃这里的饭菜！”这回是杨莫羽回答。她突然笑了一下，又道：“我和我男朋友喜欢吃的菜，这个店子都做得出！特别是那道折耳根红椒油渣，味道跟我们原来吃的像极了！”“那道菜是我和弟弟晓阳都喜欢吃的，所以，我教会老张炒法了。”夏初阳默然于心道。他突然想哭，替弟弟哭，也替杨莫羽哭。弟弟啊，你遇到了一个怎样纯情的女孩子啊，可惜你无福接续缘分啊。杨莫羽啊，你怎么就生活在过去的幻境里出不来呢？你不知道人世间还有很多美好的事情等着你吗？电话铃重又响起。他向两位女孩说了声不好意思后，就朝餐馆跑去。他知道，他身后一定有一双关注的眼睛，因为，他跑起来的背影和弟弟晓阳的也很像。

气喘吁吁地跑到张记餐馆，进门就见到一桌子菜，龙菲菲就坐在那桌子旁边。“迟到了啊，这可不像你的风格，当年在班上你何曾迟过到？”夏初阳笑笑：“当年上课也不骑摩托车啊！”二人不禁大笑起来。“人无再少年，还是读书那时候好啊！”龙菲菲感慨道。“现在不好吗？”夏初阳带着笑容坐在龙菲菲对面道。龙菲菲瞬间又振作起精神道：“现在也很好啊！”然后又道：“先吃点饭吧！我们边吃边聊！”夏初阳看了看满桌子的菜道：“这也太浪费了，趁还没下筷，要老张撤掉两个吧！”“我都给钱了，撤什么撤，难道还要人家还钱不成？”老张此时就站在旁边，对着夏初阳笑了笑。“你可以少吃点，我多吃点行不行？读高中那会儿家里给的钱不够，我不敢多买菜吃，这会儿自己有钱了，还不让自己多吃？”龙菲菲气鼓鼓地说道。“好好好！你想多吃就多吃吧！反正你跳一场广场舞可以减几斤肉下来！”夏初阳笑道。龙菲菲反应过来，忍不住伸过拳头轻捶了下夏初阳的胳膊。

二人开了会玩笑，就开始边吃饭边谈事情。龙菲菲告诉夏初阳，她老公杨豪想在村部的马路边上建一个五金塑胶厂，这样可以帮助一部分村民解决就业问题，并说订单不是问题，他

们公司那边可以负责联系提供。夏初阳一听，看了看窗外，眼眸深处涌出一抹担忧，但让人难以察觉。他想，如果杨豪带领村民实打实地搞养殖、搞种植，他还觉得有些靠谱，可如果是办工厂，他就觉得有些悬。县经济开发区修建了那么一大片厂房，外观设计整洁漂亮，几乎清一色的园林式设计，里面配套设施齐全，几乎全是现代化的办公设备，可就是没有几间厂房被利用了起来。县里招商引资是引来了一批商人一批资金，可真正办厂的人很少，真正把资金用上的人更少。他们大多怕亏损，所以，宁愿租用了厂房也不招工开工，毕竟租用厂房的钱微乎其微，有些甚至都不用租金。他们不开工做什么？据说，他们是拿这些项目来套国家的钱，至于是怎么套的，夏初阳不清楚，但总之，获利的是商家，对老百姓来说，一点好处也没有，至多有几个人能得到保安的工作。那种空手套白狼的把戏夏初阳还是略有知晓的，他怕的就是这个。

龙菲菲见夏初阳没有作声，有些不满，问道：“你不赞成？”夏初阳看了看她，她浓妆艳抹的脸上，写着“生气”，不禁又是笑笑。“这你有什么担忧的？土地属于租用，是要给大家租金的，工厂两个月就可以建成，建起来之后马上就可以投入生产，大家也就可以在家门口就业了，这对于脱贫不是一件好事么？你还担心什么？”龙菲菲说着，生气的面容上挤出一丝笑意，涂得过红的腮帮夸张地鼓出来，像是一个里面没熟而外面晒红的石榴。她原来不是这样的，夏初阳不动声色地思虑着，同学时代的龙菲菲不是这样的，当医生时候的龙菲菲也不是这样的。这和商人在一起的女人，心思变了倒可以理解，为何连外貌也都变了呢？

“是好事！”夏初阳道，“但我认为我们村更适合搞农业种植和畜牧养殖，周期短，收益快，老百姓容易见到钱。这两年，大家已经在后山搞起了水果种植，第一年就挂了果，虽然收成不是好，但也见了钱，明年是第三年，按经验，挂果率应该远远高于前两年。另外我们还流转土地种植了辣椒，建立了辣椒种植基地，打通了辣椒销售渠道，第一年老百姓就获了利，不过，也只有少部分人获利，大部分人不敢放开胆子干，还处在观望阶段。”“你要靠那些小果小辣椒什么的来带领大家脱贫致富？这是天方夜谭吧？除去成本，除去年成因素，你能获利多少？夏初阳，你这种小农意识怎么就不能改一改呢？改革改革，改革了这么几十年，怎么就不能革新你的思想呢？”夏初阳抬了抬眉毛，故意露出惊异的神色，认真地看着龙菲菲道：“我还真不觉得我的思想落后，所以也不需要革除掉。”然后，用筷子夹起一片肉放进嘴里，嚼了嚼，若有所思地，道：“如果杨总真要投资，就到我们村里建一个葡萄种植基地吧！西山麓有一大片向阳的土地，适合栽种葡萄。”龙菲菲立马眉毛倒竖，红腮帮子更加鼓起，眼里含怒，道：“夏初阳，你眼光怎么这么短浅？你真想靠那些小果小粒来带动村民致富，摘掉贫困的帽子？”夏初阳耸了耸浓密的眉毛，继而又点了点头，目光坚毅地对龙菲菲道：“我还真是这么想的。要是老同学能说服杨总跟着我们一起干，我想我们一定能够心想事成！”龙菲菲犹豫了一下，接着叹了口气，又摇了摇头，道：“我想我们家老杨是不会答应的，他志不在此！”夏初阳笑笑道：“能理解！这样吧，你还是回去和杨总说说我的想法！至于他的那个建厂计划，对不起，我第一个就不赞成！”“你？夏初阳，你思想怎么这么不开通呢？你这是要错过一个大好时机，要知道我们家老杨是不会轻易投资的，若不是看在这是他老家的分儿上，他是绝不会把钱投在这里的！”“我没有拒绝他的投资，我们也需要并欢迎他回来投资，只是，我们不需要在村子里建一个厂。如果他真要建五金塑胶厂，完全可以去县工业园租赁厂房，等工厂开工了，我们负责在我们村里务色一批工人去他那里打工！”龙菲菲听他那么一说，没有立即表态，端起茶来喝了一口。

二人兴意懒冷地吃完饭，也没话什么同学情谊，各怀心事

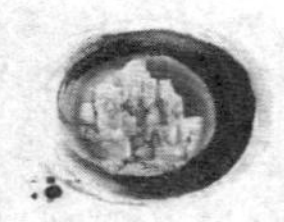

地就分了别。目送龙菲菲的车远走后，夏初阳又走进了老张的饭店，老张走出来，边收拾碗筷边叹息道："唉！那杨总不就是看上了咱们村马路边上的那条河？"夏初阳一愣，觉得老张考虑问题也比较深入，于是道："那在您老看来，这厂子建不建得呢？""这还用问，当然建不得！我已经失去了一个家乡，可不想失去第二个家乡！"他把用过的碗筷收起来之后，又对着一桌子或没剩多少或没吃多少的菜发呆，夏初阳笑笑道："把那没怎么吃动的菜给我打一下包吧。""就知道你舍不得扔！"老张笑笑地摇了摇头，然后进到收银台后面，拿了两个打包盒出来。一边打包一边道："夏书记啊！现在他们手里已经得了一笔钱，你再要他们出来做工，怕是有点困难啊！"夏初阳知道他讲的是石岗村追缴回他儿子张昶卷走的那笔钱的事情。"那点钱平摊到每户也没多少，再说了那毕竟是死钱，稍微动一动，搞点建设，买点东西就没了。再说了，又不是每户都有！我就不相信有活钱他们会不挣！要是发点钱就摆脱贫困了，那国家还花那么大的力气扶贫干什么？"夏初阳说完，接过老张打好的包，又道："您说是不是？"老张笑笑。夏初阳又道："最近您去探望张昶了吗？"老张低下头，神色有些黯淡，许久才道："上次去，见了一面。他，被判了七年！"说着眼里又要落泪，夏初阳道："您老就不要悲伤了，这结果不算太坏，如果在里面表现得好，过个四五年就回来了！"老张勉强笑笑，道："就怕他回来不认我这个爹。"夏初阳道："他得感谢您！要不是您，他会比现在重判得多！"老张也认为有道理，就点了点头，也没说什么。夏初阳握住他的手道："您放心！我在这里呆一天，就会照顾您一天，万一张昶不认您，我认您！"

他离开张记餐馆后，老张坐在店子里发了半晌呆。

（五）

夏初阳最终辩赢了各级领导和身边的同事，让他们放弃了在石岗村建设五金塑胶厂的想法。但是，张小磊这一次没和他站在同一条战壕里。同样作为杨豪战友的他，很友好地接纳了杨豪，并且同意他在沙岗村投资建厂。于是，杨豪的五金塑胶厂很快就在沙岗村东头的马路边上奠了基。两个月后，新厂建好。过年的时候，那些在外面打工的人都回了家。张小磊就给大家做起了思想工作，大力陈述在家乡做事的好处。那些在外面打工的人却都摇了摇头，道："好是好！就是工资太低！我们在外少说都有四五千，还有周末；这里底薪一千八，一个月才休息一天，累死累活地加班也才两千多块钱，不干！"当然，还是有很多人愿意留下来在这个厂子里做事，因为大家说是说，其实心里也明白，现在外面很多工厂并不景气，外面的工其实并不好打。大家衡量来衡量去，觉得在家乡干活也不错。石岗村也有很多人去厂子里应了聘。于是，"鑫源五金塑胶厂"在机器还没运进村的时候，人员就已经招聘满了。不仅是这两个村子的人，其他村子里的人也都来了。于是，有了在家乡就业的机会的人们，盼望着工厂早日开工。

在杨豪建设工厂的这段日子里，夏初阳带领全村人们，把村子田亩里的机耕道修了好几条，解决了肥料难送进去、果蔬粮食难拉出来的问题；把那些第二年准备种西瓜、葡萄、辣椒的土地，该盖大棚的盖了大棚，该垫地膜的垫了地膜。年轻人在等待工厂开工的日子里，都跟着夏初阳一块儿干。边干活，

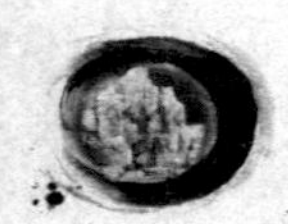

还边向夏初阳打听他追查通缉犯的事情。有些人甚至还把自己怀疑谁谁谁是哪桩案子的犯事人等心里话都掏出来，讲给夏初阳听。这些喜欢读网络侦探小说的年轻人，与夏初阳一样富有想象力和推断力，他们对案情的分析，在夏初阳听来，还真有很强的逻辑性。他们中有些人是曾经跟随着张彩月他们闹过事的，现在，由于劳动和谈论案情的关系，却与夏初阳走得越来越近。他们也跟夏初阳谈起张彩月和刘迟在蜀南经营山庄的事情，生意已经没有原来张昶做老板时好了，但也还过得去。夏初阳说他知道，而且说，不管怎么样，得让他们坚持下去。村里的人要从事各种各样的产业，这样才会有出路，全都在外打工没人建设家乡不行，全都留在家里，没人出去打工做生意也不行。只有大家努力在各条致富的路上奔跑，生活才会充满希望。大家对夏初阳的致富理念很是认同。

那个年大家都过得很好，毕竟很多人袋子里有钱了。除夕那天上午，夏初阳仍在田野上忙碌着。天空飘起了雪，有好些人家放起了爆竹，他们开始迎神祈福。张彩月和刘迟则给他发来了拜年的视频，并告诉他，很多城里人都来他们这里住宿过年，他们山庄的房间和餐位全提前被人订去，这个时候是他们最忙的时候。夏初阳这点却没想到，他还在担心他们过年这几天没生意可做呢。“怎么可能啊！现在城里人平时都很忙，过年放假就那么几天，逢上天气好，大家都时兴边出游边过年，既可以观光，又可以享受美食。”张彩月在视频里说。看到夏初阳的背景是田野，张彩月道：“夏书记，您老可别把过年的规矩给带坏了！要是大家都不兴吃过年饭，都跟着您去田里干活，我们这些做饮食生意的可怎么活！”听他说“您老您老的”，夏初阳颇有些忍俊不禁，他知道张彩月并不是说他老，而是觉得他亲。能把张彩月和刘迟这两个混混束上正道，还真不容易。现如今二人俨然一副大老板的派头，可见思想教育和现实利益的激励的确能改造一个人。

和他们聊完视频，天空的雪飘得愈加浓密，夏初阳望望天，又望望枯寂的田园，他仿佛看到了春花烂漫。如果不是廖静的声音打破他的幻想，他也许会把自己当作一株树，坚守在那里。“夏初阳，寻了你半天，原来你在这儿啊！”廖静一见面就开始数落。“你怎么和我那个小师父一样啊，都没有过年的概念，都是工作狂！一个在实验室里出不来，一个在田野里不肯回！唉，这田里有什么啊，蛤蟆都没一个，你看什么呢？盯着油菜看，它就开花了？再瞧瞧你们支起的那些大棚，下起雪来还不得压趴下！”夏初阳根本就没把她的胡话放在心上，笑笑道：“你来做什么？”廖静道：“去我家过年！”夏初阳吓了一跳，道：“我凭什么去你家过年啊！”廖静道：“凭你没地方过年！”“我怎么没地方过年？村部就是我的家！”“村部啥都没有，只有一个老阿姨在那里刷锅子！”“那是我妈！”

夏初阳没时间回家，就让自己的母亲赶过来过年了。其实，他还有个想法，就是想让母亲出来散散心。

“啊！你妈过来了，你竟然不陪？太不孝顺了吧！”廖静吼起来。

夏初阳走过来，道：“你不是也没回家？”刚说完，就见廖静的小车上出来了两个人，一个是张小磊，一个是杨莫羽。杨莫羽破天荒没有穿白色衣服，而是一身红。她就像冬天田野里开出的一朵芍药，婀娜多姿。夏初阳愣住。她不是最怕红么？怎么，又不忌讳了？他的眼神停留在杨莫羽身上，如同阳光专著于一朵正盛开的花。杨莫羽视线与之相对，突然觉得那眼神好熟稔。多年前，曾有个少年的眼神，暖暖地朝她投来，让她感到纯真与美好。就因为耽溺于那眼神的美好，她彻底地迷上了他。而他则天真地对她说，他喜欢比自己大的女孩子。她笑了，我可比你大呵。他也笑了，女大三抱金砖。她是一个大学生，他是一个消防兵。他说他不爱读书，但是喜欢当英雄。她说，那你也得赶紧长成一个大人才是。十八岁的他说，我已经

长大了，初中毕业都三年了。她说，不就相当于一个高三的学生么？他说，我中专毕业就算是社会上的人了，而你还是个学生，所以，我要保护你。虽是这么说，可她知道，他仍旧是个大孩子。她向他要一个吻都那么难，有时候，她甚至觉得自己怎么好向一个大孩子索求一个贪婪的吻和一种安心的保护。她和他相处的过程中，又常常会笑出声来，她发现他在充当一个大人，一个她的保护神，尽管行为显得幼稚而生涩。夏晓阳，如同他的名字一般，性格开朗，阳光灿烂。他会学来许多笑话说给她听，把她甜蜜的谛听当成一种享受。她咯咯地笑了，他就越讲越起劲。他们常常约会，在春天的田野里，在夏天的电影院里，在秋天的山间，在冬天的城市商场里。是的，他们相爱也只有一年，属于他们俩的季节也就一轮春夏秋冬。准确地说，上天还多赐了一个春天给他们，那个春天，他们俩去游了公园，划了船，他还替她打了一架，把非礼她的两个小青年打得满地找牙。我读书不行，但打架是行家，他说。但她知道，他也受了伤，只是没说。他的脸被人划出了一道口子，还在流血，她凑近他，为他擦去血迹，然后，顺势吻了他，把自己的初吻献给了她心目中的英雄。那一刻，时光仿佛凝固了一般。他轻说道，那也是他的初吻。两个月后，夏晓阳牺牲。他在那次扑救化工厂大火中变成了真正的英雄。

夏初阳从她的眼神里看到了她回忆弟弟的影子。对于他们两个而言，弟弟是心中永远的痛。那一刻，他想把她当成自己的女朋友来疼。他们坐进廖静的车里，在后排。张小磊坐在副驾驶位上。看得出，廖静有些不高兴。她本想让夏初阳坐那儿的。她也没把夏初阳往镇上自己家里带，而是把车开入了村部。村部厨房屋瓦间已冒出了炊烟，是夏初阳的母亲在做年夜饭。廖静把车停好，要张小磊打开后备箱，从里面捧出两个大塑料箱子，直接送入厨房。夏初阳过去帮忙，张小磊告诉夏初阳，里面全是打包的好饭好菜。廖静和杨莫羽两人拿着饮料走进厨房，和夏母寒暄起来。杨莫羽的目光在触碰到夏母的脸时，又是一阵愣：这张脸与夏晓阳长得实在是太像了，无论是脸型还是五官，简直就是一个模子刻出来的。夏母却并未在意。她只是没想到这个除夕会有这么多人在一起过年。而从两男两女的数量比例，她似乎也乐于发挥自己的想象：这应该是两对。她被自己的想象激得热乎起来，但却不知道谁和谁是一对。张小磊对小廖好，小廖却对夏初阳好，夏初阳却似乎更关心小杨一些。她在灶间热着菜，他们则张罗着桌椅和碗筷。她不时朝他们看过来，却常常只迎上小杨的目光。难道是小杨？可小杨似乎对自己的儿子夏初阳并不感兴趣。

就在把菜热好，只管围桌吃饭的时候，廖静又从车里拿出了爆竹。过年也要像个过年的样儿吧？她竟像个大男人般，点燃爆竹放了起来。张小磊道，应该我们来放才对。廖静道，谁说放爆竹一定得是男人？又看向夏初阳问道，你说是不是？夏母笑着看了看廖静，眼里满是满意之态，她是过来人，看得出这小廖喜欢自己的儿子。于是，她笃定要让小廖和夏初阳走到一起，毕竟夏初阳已经老大不小了，而从那一大桌菜的张罗来看，小廖又是个很细心、很会过日子的女孩。这女孩不错，夏母笑笑地看向廖静。

正当大家谈论着放爆竹的事情时，龙奂珠背着孩子提着个大桶子走入了村部。“这么热闹啊！我也来凑凑！”她边走边道。“你提着什么呢？”夏初阳迎了过去，接过她的大桶子，发现里面也摞了一碗一碗的菜。龙奂珠笑着对夏初阳道：“来和你一起过年！”夏初阳脸一红，没说话，这大过年的，真不好说什么。夏母一看那架势，发现男女比例有些失调，心里不由有些失落。她又看出那个背孩子的女人对自己的儿子夏初阳也是蛮好的。这可怎么办呢？她心里不由有些焦急。她上前去接过女人放下来的孩子，抱在怀里，显出欢喜的样子，私下里却问夏初阳，这女人是谁？夏初阳道，是村里的单身女青年。那

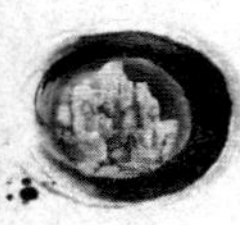

这孩子呢？夏母问。夏初阳道，孩子的父亲跑了。夏母于是稍稍放下心来。

大家才开始盛饭，田维维又从外面风风火火地走了进来，手里端着一大钵红烧猪膀腿。这男女比例越来越失调，夏母不由叹了一口气。田维维冲着夏初阳甜甜地喊了一声夏书记，夏初阳只点了点头。

终于可以吃饭了。这本来只有母子二人过的年，一下子变成了男女老幼一桌八人，气氛不可同日而语。席间大家谈论的却并不是情感之事，谈的是张小磊他们村的工厂，是夏初阳开春的打算，是龙奂珠、廖静、杨莫羽的工作，田维维则像讲述别人家的故事一般讲起了自己妹妹遇害的事情，使得这团年聚餐变成了故事会。于是，大家又都像福尔摩斯般，对这案情进行了推断。回到原点，夏初阳提出："当年你父母得罪过什么人没有？"田维维道："他们说没有。"夏初阳又道："我看了当年的案卷，里面录入了一些人的口述，发现他们都说你父母常为没能生儿子的事情大打出手。"田维维红了红脸，道："是的。他们在生下我三妹田明明后常常吵架。那时候我已经长大明事，知道他们是想生儿子却没能如愿。"夏初阳道："在你妹妹遇害后，你父母又生下了你弟弟，对吧！"田维维道："是的。那时候，他们借妹妹遇害心情不好为由，跑到外面打工去了，在外面生下了弟弟。"夏初阳道："你家的邻居李全林那时候也出去了，并且一直没有回来，对吧？"田维维道："你是怀疑我们邻居李叔叔一家？"夏初阳道："据我这些天的研究，大致可以推断，李全林不是害死你妹妹的凶手，而是目睹你妹妹遇害经过的见证人！"大家一时陷入沉思，田维维也放下了手中的碗筷，动作迟缓，目光凝滞，有种不安聚上眉梢。

夏母一看情势不对，忙道："大过年的，别让人家小姑娘不高兴！逝者已逝，生者得生！"夏初阳知道母亲对生死已看得很开，倒不用担心母亲难受。但也不想依母亲的意思，避谈田明明的死。他对田维维道："今晚上，你仔细观察你父母的行为，看他们有没有给你妹妹烧纸钱，看他们烧纸钱时都说了些什么。"大家都被夏初阳的话搞得一头雾水，稍一领会，便惊愕不已。"不会吧？你不会是怀疑田维维的父母就是害死他们女儿的凶手吧？"廖静第一个提出惊人之问，龙奂珠也惊目圆睁。田维维倒异常冷静，想了想，道："其实我也有所怀疑！自从妹妹去世后，我伤心得要死要活，他们却并没有表现出失去孩子应有的伤悲，而弟弟的到来，让他们完全忘记了妹妹遇害带来的疼痛！说实话，自从弟弟到这个家之后，这个家就不属于我和我二妹了！这也是我和我二妹早早嫁人的原因！"夏初阳若有所思，大家从他眼睛的眨动频率可以看出，他在进行剧烈的思索。夏初阳道："千万不要这样怀疑你的父母。你这样做是不对的。"没想到，他思索的结果就是这么一句话。

吃饭继续，大家都有点食不甘味。夏初阳道："我得自我检讨一下。刚刚我们谈论了不该谈论的话题，话题只能到此为止，就当是听了个故事。"他斟了一杯酒，对田维维道："一切都会好起来的，你放心！"田维维心事沉重，只点了点头。此时，她心想，如果真是自己的父母害死了三妹，她也决不放过他们。整个饭桌上，就龙奂珠的孩子和杨莫羽最安静。夏初阳不由逗了逗龙奂珠的孩子，问道："你叫什么名字啊？"龙奂珠笑了笑道："人家还不到一岁，还不会说话呢？"夏初阳尴尬地笑笑，又望向杨莫羽，道："杨医生好像没几年前那么爱说话了啊！"廖静侧脸看向杨莫羽，问道："师父，你们以前认识？"杨莫羽看向夏初阳，脸上漾出一丝红，与衣服相映成晕。怎么不认识？她记得他肩膀的力量，也记得他那双被洪水泡烂的大脚。夏母听说以前他们就认识，不由心生好奇，对着杨莫羽看了又看。张小磊道："他们不仅认识，还是一对相好！"杨莫羽白了张小磊一眼，道："别乱说，我有男朋友！"廖静一愣，迅速反应过来，道："对，我师父是有男朋友的！"杨莫羽竟朝她笑着点了

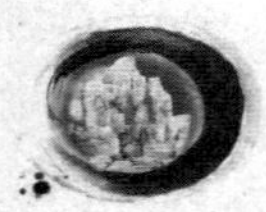

点头，颇有点对她的补充说明表示鼓励和赞赏的意味。夏初阳的眼角流露出一丝心酸，这一点被敏感的夏母给捕捉到了。她明白，自己的儿子是喜欢上那个有男朋友的小杨姑娘了。而她喜欢的是小廖，小杨有男朋友这事对她来说是好事。经过这一番对话，她总算弄明白了，适合做儿子女朋友的只有小廖。于是，他对廖静格外热情。廖静也明显觉得夏母对自己有优待，于是和她说起话来。

张小磊有些尴尬，不由反问杨莫羽道："你有男朋友，我们怎么都不知道？"杨莫羽道："你不需要知道啊！"说完，又转而对夏初阳道："你们村子里土地多，要是能划出一部分来种药材那该多好！"夏初阳想都没想，道："好呀！我正发愁该种些什么好呢！"接下来，夏初阳就和杨莫羽谈起种药材的事情来。

这顿年饭吃了两个多小时才结束。吃完后，张小磊、廖静帮着夏母收拾碗筷，进行洗涮清扫。龙奂珠则忙着奶孩子，田维维心事重重，带着任务离开了村部。夏初阳和杨莫羽则继续谈论着种药材的事情。晚上八点，大家散去，只剩下夏初阳和母亲留守村部。夏初阳挂念着村里的五保户，又打电话问龙奂生情况，龙奂生说他们今晚是和他们一起在敬老院过的年。如果母亲没来，他也是要过去的，不过，陪母亲也是应该的。毕竟母亲除了他这个儿子，也没别的亲人了。论起来，他母亲也没比五保户好多少。又和龙奂生他们说了几句后，他挂了电话，去看母亲。只见母亲已经在厨房后面的空地上架起了空炭锅，旁边放了一大摞纸钱，看样子，她是准备给爹爹和弟弟烧纸钱了。看着母亲孤独的侧影，不由心中一酸。

晚上十点多，龙奂生和陈明辉过村部来，夏初阳领着他们去村里各处转了一圈，并打电话给各组组长，要他们提防火灾。其实这些他们在昨天的会议上都已作过强调，不过为了稳妥起见，还是得再三提醒，加以防范。晚上十二点不到，村里各处放起烟花，声响此起彼伏，天空绚烂多彩。"今年村民们袋子里有钱了，舍得买烟花炮仗放了。”龙奂生笑笑道。夏初阳深吸一口气又呼出来，两肩随之一耸一耷，有种如释重负的感觉。千家团圆，万家幸福，就是他们这些党员干部的美好心愿。天空中，雪花又飘起来了，越来越密，看样子，地上不久就会变白。夏初阳对龙奂生和陈明辉道：“新年好呀！咱们也回去陪陪家人吧！”二人点头同意。三人仍旧先回村部。在村部门口看到了田维维，他看到夏初阳后，忍不住哭着扑向了他。龙奂生和陈明辉有些意外，田维维也顾不了那么多，靠在夏初阳肩膀上哭着道：“夏支书，看来您的猜测是对的。他们为她烧了很多纸钱，且说了许多忏悔的话，还说怪当时下手太重害死了她。”夏初阳拍了拍她的肩膀，轻声道：“这些并不能说明什么啊！不过，要你去怀疑自己的亲生父母真是太不应该。也许是我错了！”田维维道：“夏书记，我认为您是对的！我越来越觉得您说的是对的，因为，我听我爸边烧纸钱边说‘虽然你不是我亲生的，但你也叫了我十年爸爸’。”夏初阳听到这些话后，也不觉得意外。龙奂生和陈明辉互相对视一眼，道：“搞得我们云里雾里的，你们两个究竟在谈什么事啊！”田维维稍微离夏初阳远了些，侧过脸仍旧哭着，对龙奂生道：“龙支书，我怀疑是我爸害死了我妹妹！”龙奂生一愣，看了看夏初阳，道：“这是怎么回事？”夏初阳仰起头，看了看夜空中飘飞的雪花，道：“还是去村部会议室说吧。”

四人进入会议室，扯亮电灯，打开电炉和空调，身子顿时暖和起来。田维维一直在哭。龙奂生道：“你也不要伤心。事情该是怎样的就是怎样的，总要有个说法。”陈明辉犹豫了一下，对田维维道：“听村中好事的妇女们说，说你妹妹不是你爸的女儿，是你妈和你家隔壁李全林的。不过，乡里的这些杂言碎语信不得。”田维维竟也道：“我也听到过类似的流言蜚语，但总不相信。我怎么可能相信自己的母亲是那样的人！”然后又低下头来，道：“但我也没想到，我父亲会知道此事，并且迁怒于

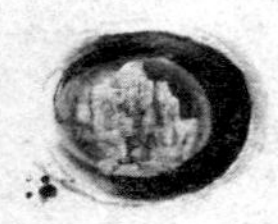

我妹妹。”夏初阳深思了一会儿，道：“这些都只是揣测，并不能因此就断定是你爸爸害死了你妹妹！”田维维却丝毫没有要维护自己父亲的意思，道：“我觉得就是他害死了我妹妹！不然，他烧纸钱时不会显得那么良心不安！他就是嫌弃我们三姐妹是女儿——可是，不管怎么样，这些年来我从未怀疑过他！虎毒不食子啊——不过，如果我妹妹不是他亲生的，那就说不定了！唉！想想都可怕，这要让我们以后怎么活！”田维维哭得越发起劲。

龙奂生看了看夏初阳，道：“这事情，可不能乱来，夏书记，您说呢？”夏初阳点了点头，又道：“说实话，自我进村前拿到案卷翻阅之后，我就猜想有可能是亲情犯罪。从我进村的第一天起，我就在观察田家的每一个人，之后，越来越肯定自己的想法。”田维维抬起头来，道：“原来，您早就怀疑了，可为什么没有行动呢？”夏初阳道：“因为我没找到犯罪动机，直到听到那个流言。”陈明辉道：“流言也可作为证据么？”“流言当然不能作为证据，可从他们自己嘴里说出来，就不一样了。”夏初阳道。“所以，你就要我趁今晚去观察他们会不会烧纸，会不会说什么。”田维维道。“对不起，我知道这样做对你来说很残忍，可是，没办法，有些事，真得由你自己去做。”夏初阳道。龙奂生深叹一口气，道：“既然这样说了，那我也说一句吧。其实，村里也有人怀疑田明明是被她父亲打死的。不过，这只是大家私下里说说而已，当不得证据的。”夏初阳问田维维道：“你父亲打过你吗？”田维维道：“怎么不打？狠得很！刚开始只有我一个人时还好，自从有了二妹和三妹后，他打起人来可狠了！打了我还不够，还打二妹三妹！但他不至于把三妹打死吧！”陈明辉道：“你父亲就是想生儿子想疯了！有人说，他嫌自己基因不好，老生女儿，所以才要你母亲去偷个儿子来。”田维维哭着道：“他简直就不是个人！”陈明辉道：“可是，当时别人看到你妹妹是被人用刀砍死的，不是用棍棒打死的啊！”夏初阳从文件柜后，拿出一个戴着木鞘的棍子，棍子显得很重。这是石岗村人用来砍伐山林灌木的刀具，刀面很长很窄，套上刀鞘，就成了打蛇打狗用的粗棍子。他抽出刀鞘，就露出了里面的刀刃，他又套上木刀鞘，试着朝桌子打去，打着打着，刀鞘甩掉了，刀刃便砍在了桌子上。“当时，你父亲应该是边打田明明边和人说话，而那人应该是劝你父亲别下那么重的手，你父亲眼睛瞅着那人手却没停，刀鞘掉了，也没发觉！”夏初阳道，“而劝说你父亲的那个人就是隔壁的李全林！正因为是他劝，所以你父亲就更来气，下手也就越重！结果砍死了幼小的田明明。李全林是知道真相的，但他选择了沉默，选择了隐瞒，选择了搬家。”大家听完他的话，顿感背上涌出一股寒气，且觉得浑身哪哪都痛，仿佛那些刀子都落在了自己身上。而心里，也落下了一道令人恐惧的阴影。

田维维愣怔在原地良久，突然“哇”地一声，痛哭流涕，冲出门去。陈明辉要去追，被夏初阳拦住了：“随她去吧，她只不过是去帮我们验证一个猜想。”

第二天清晨，也就是大年初一早上，田维维的父亲田军去镇派出所自首，说是自己当年误杀了三女儿田明明。田维维打电话告诉夏初阳，她父亲当时的作案过程与夏初阳推想的并无二致，还说是她督促父亲去自首的。夏初阳问她后悔吗，她说不后悔，只是觉得对不起母亲，以后不知该如何与她相处。听说田军就是杀害田明明的凶手，整个石岗村都沸腾起来，这个消息比昨晚放的所有的爆竹堆在一起炸出的声音都要响。又听说是田维维大义灭亲配合夏初阳破的案，就更感震惊。大家借着给夏书记拜年的由头，纷纷涌向村部，想听夏初阳说说破案的具体经过。然而，没看到他。村部大门紧闭。又有人说，夏初阳在山野间测绘田土面积。

大家看了看地上的白雪，叹气道，真是“沉冤昭雪”啊，边说又边踩着白雪去了田野里。大家见到夏初阳就向他拜年，

并夸他是神探。夏书记竟然把沉积了十年的案子给破了，真是了不起啊。那些喜欢新鲜热闹的乡里人，精神亢奋起来，早就把昨晚看的春节联欢晚会给忘得一干二净了。那也叫精彩？比起夏书记的破案故事来，那也叫精彩？夏初阳却什么也没说，他的心情有些沉重。大家从夏初阳那里听不到什么故事，就又去田维维娘家。只见她娘家大门紧闭，从里面闩上了。但大家没有听到哭声，一家人好像只是不愿见人，并没有大哭大闹，显得很平静。去田维维婆家，婆家人却说对她娘家的事不关心，大过年的，该热闹热闹，管他那么多干什么？然后，也把门给关了。毕竟是大年初一，大家吃了几次闭门羹，也觉得没多大意思，于是，那股子好奇的劲头被压抑了下去。等过完这个年再说吧。过完年，所有的消息就会像小草一样冒出来的。于是，大家收拾好礼品，去邻村或邻乡的亲戚家拜年了。当然，他们也会把他们村这个令人震惊的消息带过去，以增加席间的谈资。这个年过得可真热闹。

大年初一中午，余镇的天空突然亮起了太阳，可天气却更冷了。融雪的时候，天格外冷。杨莫羽自昨晚从石岗村吃完年夜饭回来后，一直在实验室里加班，偶尔也去了几次病房。这个冬天相对而言情况倒也不太糟糕，生病的人不算多。要是往年，这病床全得躺满。余镇的人也真是奇怪，越是临近过年越是容易生病。不是暴饮暴食，就是疲累过度。天气过冷时，还会害坏一批年老体弱的人。廖院长来巡了几回班，嘱咐杨莫羽稍事休息。杨莫羽没听，揉了揉黑眼圈，又回到实验室去了。到了实验室，才发现自己力不从心，一挨着沙发就睡了过去。之后，廖静带着兴奋劲敲了好几回门，她都没有反应。极度疲惫给了她一个完美的深度睡眠。直到一缕阳光从室验室的西窗斜射进来，照在她的脸部，让她那被眼皮盖着的眼珠受到了光的刺激，她才本能地伸手遮了遮眼睛，然后，打着呵欠醒来。一个呵欠不够，她又接连打了好几个长呵欠，把眼泪逼出眼眶，再深呼吸几次，才有点清醒的感觉。她看了看手腕上的表，才知道已是下午四点，自己足足睡了三个小时。

她站起来，给自己泡了一杯茶，喝了一口。放下茶杯，又揉了揉太阳穴，边揉边理自己的思路，终于接上了。于是，又走到实验桌旁，拿起器皿开始摆弄起来。十分钟后，廖静的敲门声打断了她实验的进程。她稍微一迟疑，锁眼里就传来了钥匙转动的声音。廖静出现在门口，满眼惊愕："师父，你吓死我了！"她以为她出事了么？这个比杨莫羽还大三岁的徒弟，此时有些神经过敏。夸张的表情过后，又是一连串絮叨。伴随着絮叨的，是更为夸张的表情。在她声情并茂的演绎下，夏初阳变成了一个神探。言语中毫不避讳地透露出她对那个神探抑或是男神的崇拜。她实在太想出嫁了，而一直没有合适的人选。此时，她命定了意中人，恨不得立即就出嫁。

"碰巧罢了，有什么好稀奇的！"杨莫羽轻描淡写地给廖静泼了一瓢冷水。这点冷水对兴奋中的廖静来说，根本算不了什么。她又不厌其烦地把故事叙述了一遍，像复述刚看过的一部电视剧。阳光照进实验室，照得那些器皿发出润润的光泽。"师父，你什么时候开始拉开窗帘了，你不是说有些实验品不能见阳光么？""有些或许见得哩！"

若说杨莫羽的情绪没被廖静带动，那是假的。她也开始生发联想和想象。几年前的画面，一帧帧呈现，有的清晰，有的模糊，有的连贯，有的中断，像一部被拍得不够顺利剪接得也不够流畅的电影。她想起了雨中的夏初阳，也想起了火中的夏晓阳，又突然想起了夏母的容颜。她脱下工作服，走出实验室，动作有点迅速，有点莫名其妙。廖静第一感觉就是师父的神经病又犯了，不由跟了出去。

走出医院，站在大门口，杨莫羽望了一眼天空，云层涌起，离太阳已很近，很快就会把太阳遮住。大年初一，就是大年初一。虽然被叫做春节，可是，天气还是冬天的天气。天气真实得让你清醒：今天是人家拜年的日子，你不好好过年拜年，你就是人间的另类。可是，医院里这样的另类太多了！医生和护士基本都是另类，几乎都没有过年的概念。如果概念来自小时候，来自工作以前，那工作以后，概念就远去了，它来时是约定俗成的，去时也是约定俗成的，有些不期然。“师父，你要去哪里？”廖静眼里有着对神经病特有的警觉。一方面她佩服眼前女子的才华，迫于父亲的压力，要向她学一些东西，所以尊称她为师父；一方面却在私下琢磨她的思维，分析她的心理，不知道她哪根神经什么时候又会犯常规，变得与众不同，做出匪夷所思的举动。她心里此时想着夏初阳，如果杨莫羽又要搞出带她去山里采药的举动，她会找出借口予以拒绝。平时也许找不到借口，但今天，大年初一，拒绝她是很在理的。天理有时候也大不过人情，更何况，今天晚上和明天是她休假的日子。这假休得正是时候，却并不是因为他父亲是医院院长而给她优待，而是，真的轮到她休假了。她休假，她的时间也并不全都属于自己的家人，她要把她自己好不容易得来的假期消耗在夏初阳身上。时间消耗在自己所爱的男人的身上，怎么能叫做消耗呢？那应该叫做“欢度”。

“小静，带我去石岗村吧！”杨莫羽的决定似乎是看着天空决定的。不知天空给了她怎样的神谕，使得她突发奇想。“去那里做什么？昨晚不是才去过吗？”廖静本能地反驳，可一想，为什么不去呢？那里有夏初阳啊！于是，又道：“你不会是想去夏初阳那里吧！”她心里又有些酸，不过，瞧师父这样子，她暂时应该不会考虑男女之事。她心里装着她的初恋男友，而迹象表明她短时间内放不下他。更何况，她还是个事业狂，狂到足以让人忘记她还是个女人。“难道你不想去？”杨莫羽看了看手表。“可是，我们没准备饭菜，空着手去不太好吧！”廖静道。她与眼前这个不食人间烟火的医生比起来，更有一份对待生活的慎重，在人情世故方面多了几份经验。“此时去那里，正好是晚饭时间，这大过年的，人家怕是不欢迎我们这样的不速之客呢！他们没有准备客人用的晚餐，我们去了岂不很尴尬？”廖静道。杨莫羽觉得她说的有些道理，于是，又犹疑了片刻。“这样吧！我们去老张餐馆看看！”杨莫羽道。“老张餐馆今天不营业，这大过年的，人家歇息呢！”杨莫羽心里有些失落，这些事情根本就不在她考虑的范围之内。她跺了跺脚，望了望天空，又看了看手表，表现得有些急切起来。不就是去一趟石岗村吗？哪来那么多规矩啊！可这是过年啊！可是，在她心里，自从晓阳去世后，基本就没有了过年的概念，就算她不是医生，也不想过年。她甚至讨厌过年，昨天如果不是廖静和张磊极力撺掇她去石岗村过除夕，她才不会去呢。可是，今天想去那里走一趟，怎么就那么难呢？

“师父，我有个办法，和昨天一样，我又去家里把我妈做的菜打包带走！”说着，她已经拉开了停在路边的小车的门。半个小时后，廖静载着打包的菜出现在医院门口，喊杨莫羽上车，却不见人影。门卫告诉她，杨医生去前面街上了。廖静顺着他的手势望去，见杨莫羽站在几百米开外的批发店门口，红色的衣服格外点眼。她开车过去，见她旁边的地上放着一件牛奶、一袋糖果。亏她还记得这些世俗的礼仪。廖静默默发笑。杨莫羽携着东西上车后，二人急奔石岗村而去。此时，天色渐晚。太阳已早早隐入云层，或许停留在西边的天空，或许已沉入大海。反正是没看到。一路上，两个女人各自想着心事。杨莫羽想问问夏母她和夏晓阳是什么关系，廖静则想快点见到夏初阳，听他继续讲他的英雄故事。

路上的车不是很多，偶尔有几辆，也是赶着去吃晚饭的，或回家，或去亲戚家。她们很快就到达了石岗村村部。夏初阳的房间和村办公室都亮着灯，厨房里也亮着，顶上冒出炊烟。看来他们还没吃饭，如此说来，她们的菜送得还真是时候。但是，走入厨房，却没看到人。灶膛里塞着一块湿木头，被火炭烫出烟来。灶上方挂着两块腊肉，在烟子里熏着。二人受不了那烟气，从厨房里退了出来。在屋檐下碰见了夏初阳。“你们怎么来了？”夏初阳道，“还没吃晚饭吧？我正准备煮呢。昨晚剩了那么多菜，正好可以吃。”眼前站着两个女孩，他一时不知眼睛往哪个女孩身上瞟，于是，显得有些局促。廖静指了指不远处停着的车道：“我带了菜过来，我们一起吃。”说着朝杨莫羽笑笑，眨了眨眼睛，意思是，我没说错吧。杨莫羽会意。“又带了菜过来？你们、你们想得也太周到了吧？”夏初阳有些窘迫，“昨晚吃你们的，今晚还吃，这岂不是从年尾吃到了年头？”杨莫羽笑笑，道：“谁叫你是个帅哥级别的大侦探呢？有人崇拜你，如果你愿意，有人想为你做一辈子饭呢！”夏初阳看向杨莫羽，眼里有一抹羞涩。杨莫羽则看向廖静：“我说的是她！”夏初阳于是又看向廖静，廖静更是一脸娇羞，趁势冲夏初阳道：“还不快点过来拿东西，拿到厨房去热热就可以吃了！”夏初阳过去帮忙拿东西，杨莫羽则移步朝二楼夏初阳的房间走去。

来到房门口，她看到夏母正拿着手帕在擦青花瓷坛，不是一个，是两个。她不由一震，随之胸口剧烈疼痛起来。她只知道夏晓阳的骨灰是用青花瓷坛装着的，于是，她照着买了一个，随处带着，但是，却在支教时被垮塌下来的校舍砖石给砸烂了。于是，她又买了一个。如今，它就放在自己的宿舍里。不管怎样，那都是假的。眼前的这个才是真的。然而，有两个，哪个才是晓阳的呢？她木木地走了进去，讷讷地看着那两个瓷坛，终于，她看到一个标签上写着夏晓阳，一个标签上写着夏致远。

如果她的智力还足够支撑她的形体在世上生存，那么，此时，她应该猜出了这两个逝者的关系。很幸运，她没那么迟钝。眼瞅着嘴里碎碎念的夏母，她一时有些心走神驰。夏母发现了呆立在旁边的她，有些意外，有些不快，显然，她此时不希望有别人来打扰她。但幸好杨莫羽没有开口发问，表情显示，她对她的两位亲人怀着敬重的心情。可是，夏母渐渐又发现，杨莫羽要表达的似乎不是敬重，而是悲悼。她落泪了，抽泣了，鼻子擤动的声音，肆无忌惮地在房间里回旋。她的悲泣倒冲淡了夏母的悲伤，她怔怔地看着杨莫羽，然后，顺手从旁边抽出几张餐巾纸，默默地递给她。她不明白杨莫羽为何会如此悲切，难道是出于对英雄的崇拜？如果是这样，她倒乐意为她讲述她的英雄丈夫和英雄儿子的故事。于是，她就真的说了起来。夏母开始的叙述是低缓的、沉重的，渐渐地，她的情绪变得激动与豪迈，语气也随之上升。讲到后来，她又渐渐变得平静，像是在讲述别人的故事。她把凡人的儿女情长与非凡人的英雄气短，表现得淋漓尽致。她是怎么做到的？怎么能做到的？杨莫羽心想：我怎么就做不到如此淡定自如？我的岁月为何会因为失去自己所爱的人而变得惨不忍睹？

她感觉到，夏母情感里的悲情因子似乎并不多，更多的是自豪与平淡。对于死而向生的悲壮，杨莫羽似乎与夏母一样麻木，于是，那些故事，有的她听进去了，有的她没听进去。但是，有个听进去的故事刺激了她。"我家晓阳当时其实已经平安出来了，要不是为了救一个女孩子，他不会再次冲进火海，那也就不会牺牲了。人们说，他谈过恋爱，我都不相信。你说，为了救自己爱着的女子再次冲进火海，到底算不算英雄？""算，当然算！怎么不算？"

她呆呆地说道，语气平静而坚定。只有她自己知道，她的内心有多么受伤！原来，夏晓阳是为了救自己心爱的女子而牺牲的啊！他当时冲进火海的决心有多坚定，他就对那个女孩子有多爱！她出来了吗？她怎么样了？她难道没出来？或许是因为救她不成他才甘于牺牲，抑或是她已先他而去令他觉出了自己的无能为力而意志消懒，于是决定陪她一起在火海中永生？"算！怎么不算？他本来就是英雄啊！"她重复道，明显有些言不由衷。他为了别的女孩殒命火海，她却用自己的青春祭奠

了他好多年，且要逼自己承认他是英雄。她突然觉得自己很笨，觉得自己的爱特别盲目。如果知道夏晓阳除了她，还爱着别的女孩，她会不会如此痴心以对？

“他懂什么恋爱啊！他还是个孩子！”夏母轻轻地叹了口气，语气仍旧平静。她是个靠英雄之名活着的人，亲人的离去或许曾经给过她撕心裂肺的悲伤，但此时，她只有宁静与平淡。她是英雄的妻子，也是英雄的母亲，而她似乎还乐于把夏初阳培养成下一个英雄。可是，不这样又能怎么样呢？站在夏母的角度想一想，她又能怎么样呢？她重又拿起抹布，想再一次擦拭青花瓷坛，尽管那上面已经丝尘不染，泛着幽光。

“他不是孩子，他是英雄！”杨莫羽停止哭泣，语气变得异常平静。

“我也是这么认为的！所以，他们父子俩走了，我并不感到多么悲哀，因为我觉得，我应该为他们感到自豪！”夏母说时微微笑着。

杨莫羽沉默着。心里一会儿涌出一股悲哀，一会儿涌出一股酸楚，一会儿又涌出一股平静的波澜。夏晓阳的青花瓷骨灰坛，在她面前闪着幽幽的光。“吃饭了。”夏初阳出现在房门口，轻声说道。他把目光从那两个骨灰坛上移到杨莫羽身上。夏母触了触杨莫羽的胳膊，轻声提醒道：“吃饭去吧！不用管他俩，他俩不寂寞。”杨莫羽抬眼望向她的眸子，那里有一抹光，和自己眼中的很像，只是，她看不到自己眼中的光，夏母也看不到她自己眼中的光，不过，彼此可以看到，然后凭感觉加以类比。她侧眼望向夏初阳，眼中多了一份柔情。夏初阳迎接着她的目光，想把后面的黑色天空化作巨大的接受器，以吸纳她眼中的柔情。

天已经很黑了，还下起了雪。风很冷。风中偶尔传来爆竹的声音，或连续不断，或零星支离。那爆竹在天空发出耀眼的光亮，像打火闪。也有烟花，在天空升腾起五彩缤纷的图案，似乎在向人们宣示，这个年才刚刚开始，年味渐浓。杨莫羽在走向厨房的路上，仰脸向上，闭着眼，深呼吸，承接冷风和雪花。夏初阳见她停下来，也立在那里。夏母催促道：“小心着凉！”

来到厨房，烟味淡淡。隔壁是餐厅，一满桌菜，在灯光下闪着悠悠的光泽。岁月正好，风华正茂。为什么不好好吃饭再好好做事呢？大年初一的晚餐仍旧有些隆重，廖静和夏母谈着家常，夏初阳和杨莫羽谈着来年的药材种植计划。吃完饭，夏母与廖静在厨房清洗碗筷，一边洗一边说笑。一系列细节表明，夏母已经认定了廖静这个女子，把她作为了自己的最佳儿媳人选。夏初阳已经三十二岁了，是该成家立业了。没人说英雄不能结婚。在夏母心中，自己这个唯一的儿子也是英雄。就在今天，他破案的故事在余镇已经家喻户晓。

收拾好碗筷，廖静准备听夏初阳为她讲白天在石岗村发生的事情。还没等她开口，她的父亲就打来了电话，催她赶快回家。她气冲冲地对着电话那头的父亲道：“你自己还在医院加班，凭什么喊我回去？”挂断电话，脸上怒气未消，见了夏母，却又勉强撑起一副笑容。夏母道：“天黑路滑，你们还是早点回镇上去吧。这里条件有限，我也就不留你们了。”

二人别了夏家母子，开车前往镇上。路上谁也不说话。

回到余镇，廖静气急败坏地回了家，而杨莫羽则一头钻进了实验室。

杨莫羽心绪难平，没想到她心目中的英雄竟是为救一个女孩子而死。如果不去救她的话，他完全可以活下来的。她一心一意地爱着他，而他却并不一定只爱着她，甚至可能根本就没有爱过她。她突然觉得自己受了侮辱。他说过他想去乡村当老师，但没来得及实现就走了，于是，她帮他实现了愿望。村里的校舍在大雨中垮塌时，她凭着一股子英雄之气，把十多个孩子全部送到了安全地带。她白天上课，晚上还去医院帮忙，为

抗洪抢险的战士们包扎伤口。她内心清楚，她并不爱当孩子王，但为了他，她愿意试一试。当然，后来她还是遵从自己的内心选择了当一名医生。

然而，她又不是一名普通的医生。她不仅要为病人治病，还要研究治病的药。她的导师郑教授一心想研制一种能治感冒的特效药，拉着她在硕博连读期间搞了六年的研究，毕业后，他还希望她继续搞下去。她到余镇来工作，也是导师的安排。导师之所以如此安排，一是因为偶然间来余镇考察，发现了有种珍贵的药材只在余镇及其附近生长；二是因为余镇医院的廖院长是他的同学，愿意四处奔走争取资金为他建立一个实验室；三是廖院长的父亲曾经倾尽心血研制那种药物，但没研制成功就去世了，而他研究的阶段性成果还在那里，正好为郑教授团队的研究打下了基础；四是他自己不能来余镇，只能让他的学生来，而他认为杨莫羽是最佳人选，让她做个实验室带头人，应该不会让他失望。当然，还有就是，廖院长为了让他父亲的遗愿得以实现，表示会全力支持杨医生的工作。实验室建成后，他安排一些医生协助杨莫羽进行研究，且把自己的女儿分配给杨莫羽，名为做她的徒弟，实为做她的助手。

廖院长虽然只是一个镇级人民医院的院长，可他的本事不比他的老同学郑教授差，他竟然把那笔几十万的项目资金给争取到了。他在医学理论研究方面不如郑教授，但他的专业实践能力和社会活动能力却也并不逊色。在他的支持下，杨莫羽的感冒药实验取得突破性进展，没多久就制造出了高效药，并在临床试验取得成功后，作为内部用药在余镇人民医院予以推广，且治疗效果良好。

但是，这离郑教授的要求还很远。郑教授一直强调，这样高效的药世界上有很多，但都与他心目中的特效药相差太多。他心中的特效药是能杀死特殊病菌的。听说他有个亲人在一场流行感冒中去世，他认定是那种特殊的病菌杀死了他的亲人。

作为存活在世的他，有责任针对那种病菌研制出特效药来。至于是他的哪位亲人在那场浩劫中去世，她从来不敢过问。有学姐说是他的妻子，但他是有妻子的，且很美丽贤惠；有学长说是他的母亲抑或父亲，可他双亲都还健在。有人说，死去的其实是郑教授的学生，但似乎又不只是学生那么简单。听说是个年轻的女学生，那时候郑教授还在当本科生导师，那个女学生就是他带的一个本科生。到底是他带的本科生、研究生，还是博士生，没人知道。甚至没人知道，那人到底是男人还是女人，到底是他的兄弟姐妹，还是他的情人知己，反正，大家都是这么传说的。大家只顾传说，没人去弄清楚事实。当然，也没人会在意事实是什么，这样的传说足够成为郑教授坚持做某件事的理由。

据说，他为做那件事情物色了很久的人选，最终选定了杨莫羽。人说郑教授看中的是杨莫羽的天才，也有人说他看中的是杨莫羽的痴呆。很多人都知道她在研究医药方面很有天赋，也知道她的脑子受过伤。至于是头脑外部受过伤，还是脑神经受过刺激，也没人去深究。总之，她常年穿白色衣服是事实，她的房间里常摆放着一个青花骨灰瓷坛是事实，她常常在夜深人静的时候于院子里起舞也是事实，她一头扎进实验室就不分昼夜不吃不喝也是事实。郑教授想要的也许就是这样一个可以把大把美好的年华牺牲在实验室里的傻瓜。不得不承认，她是傻瓜，也是天才。是天才也是傻瓜。她竟然在来余镇不到半年的时间里，就研制出了仅次于郑教授理想中的特效药的高效药。而且，吃过她药的人也没出现副作用。有人曾担心这药会有副作用，或有比副作用更坏的反作用，甚至是有毒。但是，她亲自尝过了，没毒。为了证明药效，她故意穿着单薄的衣服在寒夜里起舞，把自己冻感冒，然后，按剂量喝下自己研制的药。喝第一次，病人感觉如何，她记下了。喝第二次，病人感觉如何，她又记下了。喝下第三次后，她感觉到自己的感冒已经好

了。然后，她又让廖静感了一次冒，结果她喝了三次这药之后，也好了。她笑笑，问廖静的感觉，廖静如实地报告了自己的感觉后，说她想起了她的爷爷。她爷爷与现在的杨莫羽一样，喜欢研制药物，也常常自己试吃。杨莫羽道，她知道，她觉得廖爷爷很伟大，是个英雄。廖院长对杨莫羽试吃药物的行动早有察觉，于是在自己感冒时也特意尝试了杨莫羽研制出的药，觉着苦是苦了点，但效果还真不错。没多久，郑教授团队的检测结果出来了。此药副作用目前尚未明确，但药效显著，可以作为医院内部用药予以售卖。

渐渐地，大家都知道余镇人民医院出了一种自制的特效感冒药，但并不知道它是由一个年龄不到二十八岁的女孩研制出来的。不过，大家并不喜欢喝那药，尽管它见效快。因为，它实在是太苦了。在他们所喝过的中草药中，它是最苦的。现在很多人不愿意直面那中药带来的苦，而愿意吞下那过喉而入的西药丸，就算是要吃中药，也只想吃变成颗粒丸子的中成药。

但是，他们发现了一个问题，那就是那个药在生产之前必须要杨莫羽亲自配方。别人按她的要求进行配方，制出来的药，效果出不来。这个问题，连杨莫羽自己都感到困惑。

廖院长还发现了一个很奇妙的现象，那就是杨莫羽会在每次配制药方的前一个深夜，穿着白色的裙子起来跳舞。跳完舞后，她又会回到实验室去，然后，第二天方子就出来了。医院把那些配好的药材拿去统一煎熬，煎出来的中药冷却后再装袋，之后再拿出来给病人服用。往往只有杨莫羽亲自配好方的药材煎出来的药，效果才会出奇地好。廖院长以为是杨莫羽故意隐瞒了药方，可观察来观察去，仍觉得不太可能。他手里是有方子的，对照过药材和剂量，没错。

廖院长也明问过杨莫羽，但她似乎并不知道自己曾经跳过舞，她只记得自己为了感冒而跳的那次。廖院长早听郑教授团队中有人说过，她的脑子有些问题，现在看来，果不其然。他想，这个女子要么是个天才，要么就是个疯子。在一次与郑教授的谈话中，郑教授却对他说，对于特殊领域的特殊人才，心中得有一份执念，而杨莫羽就是那个有执念的人，有执念的人才会义无反顾，一往无前，才会有突破现实的力量。廖院长似有所悟。

杨莫羽以前常常会半夜起来跳舞，可是，自从这个春节过后，她再也没跳过，就算要配制药方，她也不再跳舞。她显得比以前更加忧伤。

廖静问："师父，你怎么啦？"

杨莫羽没有回答。

那只青花瓷坛被她放起来了。凭直觉，廖静觉得杨莫羽的忧伤与那只青花瓷坛有关。

据说那是她男友的骨灰坛。可是，夏初阳对她说，那不是。

没人知道杨莫羽的悲伤，只有她自己知道。

夏晓阳是为了救一个女孩子而被大火吞没的，这成了她心中的一个结、一道疤、一份痛。他英雄的名号没有改变，改变的只是她心中的爱恨。

那个女孩是谁？长得漂亮吗？她是被救出来了，还是没有？如果她还活着，她是否知道有一个男孩为她牺牲了？

能让夏晓阳豁出生命去营救的女子应该很特别吧？至少，她在他心里是特别的。要么特别陌生，要么特别熟悉。因为陌生而美好，因为熟悉而亲切。夏母说他恋过爱，没错了，那个女子就是被夏晓阳爱着的，而自己什么也不是。

杨莫羽反反复复地拷问自己，拷问老天，才发现自己的一往情深是多么地幼稚与无能为力。

然而，她还是有点不甘心。她得再去问问夏母。然而，当她两个月后去问夏母的时候，她已经回老家去了。她去了夏初阳房间，发现那两个青花瓷坛已经不在那里了。"母亲把父亲和弟弟带回家去了。"夏初阳道。

“我应该联想到的，你和晓阳是兄弟！”杨莫羽满心忧伤地说道。但没有流泪。

杨莫羽似乎已经忘记了自己与夏初阳的约定，但夏初阳没有忘记。他带她到石岗村东边的山间走了一圈，把漫山的药材苗指给她看。她没想到，夏初阳竟然替她种上了药材。

他告诉她，她的事情，他一刻都不曾忘记。

一阵风吹来，药材苗子在风中轻轻摇摆着。杨莫羽从中闻到了香味。是那种她特别迷恋的药香味。

“我应该和你一起种植的，可最近，不知怎么了，我一直在忙。”杨莫羽轻声道。

“没有关系，你已经说得很清楚了，我知道该种些什么。村里也有人懂得种药材，所以，不需你亲自来种。看，我们种得不是很好吗？”夏初阳挥手一指，满是豪迈。杨莫羽没有顺着他手指的方向看去，而是看向他的眼睛。他的睛睛里有三月的药苗和五月的草莓，全是蕴含着希望的喜悦。

电话铃响起。他接电话，她看着他接电话。

是张小磊打来的。他说塑胶厂运行良好，已经拿到一个月工资的村民们干劲十足。

“你后悔么？竟然拒绝了这么一个发展村级产业的机会！”张小磊在电话那头道，“要知道，照这样下去，村民们摆脱贫困指日可待啊！杨队长还像部队一样，能干活肯吃苦，厂子才开工一个多月，就已经走上正常轨道了。我对他充满希望！”

夏初阳没说什么，只是微微皱了皱眉头。

“世上没有后悔药吃。大侦探你可别后悔啊！”张小磊在挂断电话之前说道。

夏初阳收了电话，轻声道：“我不后悔！”

然后，他像从来就不曾接过电话一样，继续带着杨莫羽去看药材苗子。

“等它们成熟了，我们把它们全卖给你们医院，这样可好？”夏初阳对杨莫羽道。

“当然可以啊！”杨莫羽说道，“有了这样大面积的药材种植，我们就不愁没有药材了。”

杨莫羽伸手去抓阳光，但没抓住。但她相信迟早会抓住的。她此时开心地笑着，脸像北方的红高粱般泛着红亮的光，眼珠像葡萄一样滴溜着丝丝甜美。夏初阳也咧嘴笑着，脸被三月并不灼热的阳光晒成了黑褐色，与石岗村的土地倒相映成趣。这块黑褐色的土地啊，孕育着无穷无尽的希望，只要肯挥汗苦干，幸福离期不远。他抬头望向山野，他此时的心情如同这山野一般开阔辽远。

“那边环境比较阴湿，我们计划在秋季栽种枞菌，枞菌味道好、值钱，但不好人工栽种，需要搭建大棚来培养菌丝，还需要放养白蚁群，过程有点麻烦。不过，村里有人在外面种过枞菌，技术还算比较成熟，所以，应该让他试一试。你觉得呢？”他其实根本就不是向杨莫羽征求意见，只是跟她说一说，他心里更踏实一些。

杨莫羽望向北山脚下那片平整的土地，没有表态。

“北山背后是田，那些田被村里人流转下来养青蛙了。当然，现在还没有青蛙，只有蝌蚪。有几个移民户拿回那笔钱之后，又拿了出来，商量着放在一起做点投资。看来，他们不想吃死食啊！当初从张昶那里追回那笔钱，发到他们手上，我最担心的事情就是钱被他们挥霍一空。现在看来，是我多虑了！只要有人指明道路带着他们干，他们就会动起来，不怕吃苦，不怕尝试走新的致富之路！”夏初阳眯着眼睛，像是对杨莫羽说，又像是对自己说，还像是对土地说。

杨莫羽看得出，夏初阳对这片土地充满别样的感情，是一个能为这片土地付出自己全部心血的人。这让她想起她的舅舅。她的舅舅，澹县前县委书记王汉成甚至把自己的生命献给了这片土地。为什么他们都愿意为这片土地付出一切，因为，他们

对这片土地上的人民爱得深沉。她默默地把自己在高中时学过的一句诗修改了一下，又默念了一遍，觉得很应景。

“那边，你看到了吗？南边那片田地，靠近马路和小溪，很多人都想用来建房子，但是上面不批，为什么？因为那是基本农田。现在有政策，基本农田不得用来建造房屋，除非国家征地。要是建了房子那就真的可惜了！那片田地，我也不打算种别的经济作物，就种粮食。有几家人出去打工，地没人种了，我发动别的村民种上了，剩下的三分地，我自己种了，到时候，你过来帮忙插秧啊！”他看着杨莫羽，笑笑道，“我帮你种了这么多药材，你过来帮我插秧，这要求不算高吧？”

“可以啊！到时候，我带上廖静一起吧，不过你别嫌我们插得不好！”杨莫羽满口答应。

“我承诺你的事已经做到了，你今天也要说话算话啊！”夏初阳看着白裙飘飘的杨莫羽道。其实夏初阳也就开开玩笑而已，没有真的打算去种稻子。此时的杨莫羽是微笑着的，那笑容像极了一朵莲花由含苞而逐渐盛开。不知为什么，他的心里涌出一股情愫，想要去掬着那个笑容，抑或是想去抚摸那朵白色的莲花。如果她不曾爱过他的弟弟，如果他的弟弟与这个女孩没有情分，那么，他会毅然决然地爱她、娶她、宠她。然而，他知道她的心是属于他的弟弟的。他看着她，眼光里闪过一丝不自然，恰巧被她捕捉到了。她仿佛发现了他眼神的异样，情绪不由低落下来。她明白，她与他终究还是隔着些什么。

他们默默地走过一段田间小路，谁也没有开口说话。春风也沉默了，沉默得像从来都不会说话。春风应该是会说话的，不说话，怎么与自然万物交流呢？也许，它不用说话，它与自然万物心有灵犀。

遇到一个小水沟时，夏初阳先一步跨了过去，然后回过头，朝水沟那头的杨莫羽伸出自己粗壮有力的胳膊，把手摊开，等着杨莫羽把手伸过来。阳光撒在他的手心里，暖暖的。杨莫羽看看他的手掌又看看他的脸，竟然幻想着是夏晓阳在水沟的那头向她发出召唤：过来吧！

她微笑着，伸出手去，掌心向下，靠近那集聚阳光与力量的手掌。然后，一股暖流涌过全身。再回过神来时，她已经到了水沟的这一头。到了这一头，她才清醒过来，拉她过来的人不是夏晓阳，而是夏初阳。“我应该想到的，他们是兄弟，连名字都这么像。”杨莫羽默然想道，脸上升起一抹红晕。她的思绪很乱，夏晓阳的笑脸与夏初阳的笑脸不断在她脑海里重叠，而他们身上的气息竟然也如此相似，至于他们的手和肩膀给予她力量的感觉，也如出一辙。

忽然，天空飘过一团云，遮住了一片蔚蓝，也在她心里投下阴影：夏晓阳竟然是为救那个他心爱的女人而牺牲的，怎么会是这样？大家不都说你是英雄吗？是，你是英雄，可不管怎么样，你都是一个让我伤了心的英雄。她的思维突然陷入一种无法突围的境地中，有些乱，有些糟。

“夏初阳，”她突然叫住夏初阳，“我、我可以不再爱夏晓阳了吗？”

她的跳脱式思维令夏初阳有些不知所措。走在机耕道上的夏初阳和杨莫羽对视着，一时找不到合适的应答之词。

“我就是觉得很累！我爱了他九年，我突然发现，我爱不动了。我就像一辆拉不动破车的老马，感到力不从心，举步维艰！我可以不爱他了吗？”杨莫羽像是在问夏初阳又像是在问她自己。

她的眼睛里含着泪花，像一朵白色莲花的花蕊被露水打湿，晶莹剔透，楚楚动人。

夏初阳仍然找不到合适的词句来回答她。他怕他的轻举妄动会给她带来更大的刺激。刚刚伸手拉她的举动想必已引起了她的某些联想，那些联想里一定有弟弟夏晓阳的存在，不然，她不会情绪突变，问出这难以回答的问题来。

“我只有在心里腾出地儿来，才可以去爱别人！他不也是为救他所爱的人而赴汤蹈火的吗？”杨莫羽情绪激动，抬高说话的声音，想借助这高亢的声音来说服自己。而在外人看来，她像是在与夏初阳吵架。

夏初阳不知道杨莫羽为什么会做出想要把他弟弟从心里赶出去的决定，但他觉得那是她的权利。她已经为一个逝去的人付出了太多。让一个影子似的爱人占住她的灵魂，占有她的青春，的确是一件残忍的事情。如果她可以忘却晓阳，对她是一件上等好事，对他又何尝不是一件好事呢？他的心竟然一阵惊悸。如果她可以绕过弟弟那道坎，那么，他就可以名正言顺地成为爱她、护她的人。他不觉得自己有多么地对不起弟弟晓阳。

“遵从你的内心吧！如果你发现你爱上了别人，那一定是你发现那个人早先一步爱上了你！”夏初阳颇用心地回答道，他的表情是认真的，说出的话也像是早已印在纸上，并且盖上了印章。

接下来，他仍然语气铿锵地说道：“杨莫羽，你为自己的心腾出一片地，我一定会在那片地上种满你想要种的药材！然后，陪着你一起做实验，直到你研制出那种可以治疗感冒的特效药！你喜欢半夜跳舞，那我也可以为你半夜唱歌！”

“不！是闻歌起舞！晓阳很喜欢唱歌，听到他的歌声，我就想跳舞！你如果能够像晓阳一般轻歌，那我也能为你曼舞！”杨莫羽的眼睛里射出一股灼热的希冀之光。他不知道，在那束光里，是藏着晓阳还是藏着他。

他知道她根本就无法忘却晓阳，只是在做无谓的挣扎。他突然觉得很悲哀，想哭。他环顾一下四周，野旷路长，于是，拖长节奏大声唱起了慢板的《在希望的田野上》。而她竟然真跳起了舞！长长的头发随着白色的长裙一起在风中飘舞，而她陶醉的表情却显示她似乎忘记了白天的白和黑夜的黑。阳光正好，青春正美，轻歌曼舞正当其时。

“我一定会替弟弟好好爱你！”夏初阳边唱着歌边看着她跳舞边下定了决心。当然，他还要替父亲好好爱这片土地。父亲为了还这片土地以清明与安定，在追凶办案的过程中被歹徒残忍杀害。如今他继承了父亲的衣钵，只觉使命在肩，刻不容缓。如果父亲知道他来石岗村不仅办了一些大案，还带领乡亲们逐渐走出贫困，不知会作何感想。父亲生前从来不曾来过这里，但他仍觉得这片土地充满父亲的气息。父亲曾经说过，要把脚下的每一寸土地当成自己的土地来爱，这样你才会为你的付出义无反顾。

（六）

田维维自正月初一把自己的亲生父亲送进派出所之后，就再也没在石岗村露过面，自然也不再担任村妇女主任。现在是龙奂珠代任石岗村妇女主任。田维维当初去了哪里没人知道，直到近日张彩月自蜀南打来电话，夏初阳才知道她去了“永红山庄”。她在那里做服务员，做得挺好，挺安稳。夏初阳不禁笑笑，看来，远在蜀南的那个休闲饭庄，倒成了石岗村人的避难所。夏初阳顺便问了一下那里的经营情况，张彩月乐呵呵地说道：“一切正常！等把我们的钱赚回来之后，就去支援石岗村的建设！”夏初阳也不忘点拨他：“公是公，私是私，账目一定要清晰，千万不要成为第二个张昶啊！”“您放心！绝对不会！”张彩月道。

过了没多久，田维维的婆家人跑到村委会来闹，说是要起诉离婚。婆家人说这样把亲爹供出去的女人，他们家害怕。还说，她是和张彩月私奔了。说的话越来越难听，越来越不靠谱。后来才发现，原来是田维维的丈夫已经看上沙岗村一位在塑胶厂做事的女工了。变心人说别人变心，这人怎么这么坏呢？田维维对这件事情却没有多少言词，在村里人把这件事告知她之后，立即赶回来，快刀斩乱麻，干脆利落地和老公办了离婚手续。他们之间没有孩子，也没什么共同财产，离个婚就和恋人间分手一样简单。离完婚，她倒轻松了。笑着对夏初阳说：“这些年，我一直被妹妹的案子压得喘不过气来，不敢生孩子，不敢离开这片土地，现在，那块石头终于搬掉了。”至于被人损、被人赞，她倒不在乎。

“我不后悔举报自己的亲生父亲！因为，他不仅是我的亲生父亲，还是杀害我同母异父妹妹的凶手，虽然他是失手行凶，可为什么不去主动投案呢？如果当初主动投案，说不定现在早出来了。他一个人承担罪过，总比让一家人、一村人、整个澮县公安系统的人来承担要好得多吧！每个人都得为自己的行为负责，难道不是吗？”夏初阳听她如此一说，觉得她倒是个明事理的人，她不想再任石岗村的妇女主任倒是可惜了。“我这些年留在石岗村也是为了查找杀害妹妹的凶手，现在这情形，你看我还能在石岗村呆下去吗？”她说道。夏初阳道：“我能理解你的心情。你觉得哪里好，就去哪里吧，只要你觉得开心就行！”田维维瞅瞅周围没人，又轻声道：“你呆在这里也要小心才是，龙奂生他们也不是什么善茬！他们现在能勉强配合你，也是因为你不谋私利，也确实给石岗村创造了价值，还听说你上面有人，虽然如此，也难免他们会在背后给你的工作使绊子。”夏初阳笑笑，对她的提醒表示感谢，但也没就这件事发表自己的看法。毕竟，他还得在这里呆下去，三年五载，谁说得定呢？在这里当一天第一书记，就要搞好内部团结。不能从他这里说出不利于内部团结的话。一个村的村支两委班子再复杂，不也就那么些事么？他们想要把他撬走，恐怕也不是那么容易的事情。他行得直，站得稳，做得清白，他们想要从政治上整他，怕也很难。

田维维再一次离开了石岗村。在她离开后的第三天，她的前夫就和沙岗村的那名女工领了结婚证。“这男人怎么就这么坏呢？”龙奂珠在村委办公室当着班子五个男人的面毫不避讳地说道，“他们只管变心，不顾前情，只顾撒种，不管育苗，没杀人没放火，却比强盗还作恶！”村里的几个男干部都知道她被男人伤害过，所以，也没说反驳她的话。她心中有怨气很正常。不过，如果谁反驳她，她就会把怨气撒在谁身上。看到

她成天抱怨男人，他们才发现原妇女主任田维维的好。龙奂珠就像一只盛满炸药的桶，只要一点就会爆炸，不点都令人害怕。而田维维呢，平时温顺得像只羔羊，性子温柔不说，还勤快，端茶倒水可以说是随喊随到。龙奂珠也勤快，但是，她不会无缘无故地勤快，也不是对谁都勤快。他对夏初阳交代的事情很上心，对另外几个交代的事情，就有些漫不经心。她接受夏初阳的调遣，却对他们几个的指示有些置若罔闻。她的这些表现，传到好事者耳中，渐渐就有了些奇奇怪怪的议论，有些人认为她个性太强必定吃亏，有些人认为她这样的性格根本就不适合从事基层工作，有些人还说她是想拍夏初阳的马屁，甚至是想做夏初阳的情人。当然，夏初阳是单身，龙奂珠虽然有了个孩子，但也没有丈夫，如果他们走到一起，倒也无可厚非。可是，若真要走到一起，那就结婚，不然，闹出绯闻就不好了。那不仅是个人作风问题，更关系到队伍的纯洁与社会的稳定，大家怎么能够容忍夏初阳做出这样的事情呢？当然，夏初阳是决计不会的，但龙奂珠可就保不准了。当然，到目前为止，大家还没有抓住他们的把柄。更何况，一个巴掌还真拍不响。一个热情似火，一个冷漠似冰，一个倾向于私情，一个着重于公事，大家看在眼里明在心里。于是，就有人劝龙奂珠要有自知之明，点拨她不要打夏初阳的主意。龙奂珠却说“不想当元帅的士兵不是好士兵，不想做夏初阳妻子的女人不是好女人”。她的这一说法倒很新鲜，不过，没被人认同。

想当夏初阳的妻子，你配吗？村里的人们纷纷议论着，觉得这个女子痴情得有点过分，有些自不量力。乡里人说的话很难听，说什么的都有。他们也知道龙奂珠这人神经大条，承受得起，所以，说起难听的话来无所顾忌。龙奂珠呢，也的确没把他们的话放在心上。他们爱怎么说就怎么说。

她硬是凭自己风风火火的作派把石岗村妇女主任这份工作给干下来了。两个月过后，人们早把先前的妇女主任田维维给忘了，好像石岗村的妇女主任向来就是龙奂珠一样。其实，她不过就是一个临时的替代者而已，还没经过选举任命的。

龙奂生对这个姓名跟自己特别相似，但其实一点血缘关系都没有的女人的做法，早怀有不满，但看在的确没人做事的分儿上，容忍了她。她来了之后村部的显著变化之一就是，厨房顶上常常冒出烟子来，灶膛里也常常是热的，掀开锅盖，总有饭菜。大家实行打卡签到制，每天如政府公务员一般上下班，在村务中心呆的时间比在家里长，火食问题当然也得解决。龙奂珠曾经开过饭店，煮饭炒菜当然是一把好手。过去大家都还会在家吃了早饭再去，可自从龙奂珠来了之后，食堂里竟然有了早餐，于是，大家都早早地往村部赶，反正那里有饭吃。中午也不用再去外面买粉买面买饭，更不需赶回家里去吃，龙奂珠会为大家准备分量不等，口味上佳的饭菜。民以食为天。解决了吃的问题，大家的工作效率陡然高了起来，用来解决实际问题的时间自然也多了起来。石岗村村部出现了前所未有的工作热潮。大家吃了饭之后就奔赴各责任管辖组的田间地头，实地指导村民们种植、养护农作物和经济作物，并就大家提出的实际问题进行现场办公。

杨莫羽也常常带着廖静驱车前来药材基地指导村民，并亲自帮忙祛虫除草。夏日里的田园山野，蚊蚋颇多，但这两个看似娇滴滴的女医生却并不在意。她们身着干活专用服装，戴着手套，在药材地里忙忙碌碌。见草拔草，见虫除虫。大家都道："这些活都是我们的，你们就不用亲自动手了。"杨莫羽笑笑道："这些药材以后都是要卖给我们的，对于你们来说，药材好了，价钱就好；对于我们来说，药材好了，才能造出好药。所以，不管是你们还是我们，都必须把活干好。所以，我们干这些活不仅是帮你们，更是在帮我们自己。"大家都笑笑，觉得杨医生说得在理。

杨莫羽不仅亲自下地干活，还带着笔记本随时记下自己亲

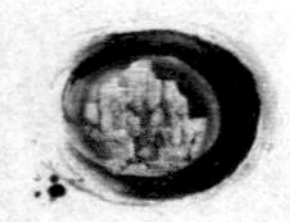

自观察到的许多细节。对于药品原材料的质量，她十分挂意。原材料好了，药品质量才会好，药效才更高。夏初阳在别处做完事情以后，听说杨莫羽和廖静来了，就又往药材种植地这边赶。廖静见了夏初阳，就像向日葵见到了阳光一样，自然而然地向他这边奔。她仰脸望向夏初阳的样子，像极了向日葵朝向太阳，是那样地充满期待与信任。尽管她知道夏初阳对自己的师父有些好感，但她也知道，那种好感也只不过是好感。他们之间是不可能的。她已经知晓了他们之间的秘密。他是杨莫羽已故男友的哥哥，而且是个有着责任心和廉耻感的哥哥。他们之间不会有故事发生。除了工作上的事情，他们不会有其他交集。这一点，从杨莫羽的表现上也看出来了。她痴迷于药物研究，痴迷于发现每一棵具有药用价值的植物，痴迷于对往事和前情的回忆，对自己青春的流逝和自己的终身大事似乎并不在意。

夏初阳正准备过去与杨莫羽打招呼，廖静却已抢先一步，跳跃般地出现在他面前，挡住了他的去路。“夏书记，初阳书记，你又变黑了，瘦倒是没有。”她望向他，一脸天真无邪的关切。夏初阳抬头望了望上空的太阳，叹口气，道：“不晒黑，这太阳没有成就感啊！”然后，神秘兮兮地凑近廖静，道：“你师父最近有没有半夜起来跳舞啊！”他这一问倒把她问愣住了。她努力地回忆着，头脑一片空白。“你等一等，我去打个电话。”过了一会儿，她指着手中的手机道：“我刚刚问了我爸，他说最近他没在意，好像看到，又好像没看到。”夏初阳笑笑：“就知道你是瞎说的。你从来不曾亲眼看到过她跳舞，对不对？你所说的事情，都来源于你父亲廖院长的说法对不对？他说什么，你就信什么；你信什么，就告诉我什么。对不对？”廖静点点头，道：“是的。”然后又想起了什么，道：“但也不是。我以前也曾亲眼见过她跳舞。只是近来，我的确没看到。她这里有问题！”她指了指自己的头，再次强调：“我师父是制药天才，对药物有天生的敏感力，但天才的另一面是白痴，甚至是有病。她越痴迷于某个方面的研究，她的病就越严重。”两人同时朝杨莫羽所在的方向望去，在夏日青翠的药材地里，她一袭白衣白裤，还戴着个白色的遮阳帽，一会儿低头观察，一会儿动手记录，那情景带给人瞬间的梦幻感。这也是夏初阳第一次从廖静口中听到“杨莫羽是天才”的评价。

天才？她是天才么？他不禁对着那道白色倩影笑了笑。

“你笑什么？我们大家都知道她这里有问题。”廖静道。“她跳舞就说明她脑子有问题？这判断也太离谱了吧！”他不禁想起两个月前她在这里随风起舞的情景，那哪里像是一个疯子的舞蹈，那简直像、像一个天才的舞蹈！这一刻，他竟然也用“天才”这个词来形容杨莫羽，看来，他也承认她的确是个天才了。当然，他也感觉到了她的异样。她的确与众不同。上次，他们的关系似乎已经很融洽、很和谐、很自然了，可这两个月来，他们之间竟然没有任何联系。他忙于处理村务工作，忙于带领大家搞生产、抓经济，她呢，简直像消失了一般，一直没有出现。现在出现了，也像陌生人一般，难道她失忆了？

他以为她会一直舞下去，可是，很失望，她没有。廖静说，她没有。

如果今天，她能够在这田野里闻歌起舞，那么，他会欣喜若狂。可是，不会。她是那么沉静，那么专注于手中的事情，她全然不记得当日的舞蹈，也全然不记得当日为她配歌的他。他一边听着廖静的唠叨，一边望向稍远处的她，一层淡淡的迷雾在这四下都是阳光的田野间延伸开来，如梦似幻。“你出汗了！”廖静趁他眼神怔怔的时候，伸手过来替他擦汗，但他毫无知觉。他的眼中，只有那个闪烁在翠绿药材地里的白影。如果说他的眼睛是深蓝的天，那么，她就是一片洁白的云。他愿意为她行云播雨，只要她也愿意。

“该吃饭了！”一个粗犷的声音绕过溪水传递过来，它是战胜了溪水的喧嚣才传过来的，因此，带着骄傲。当然，如果

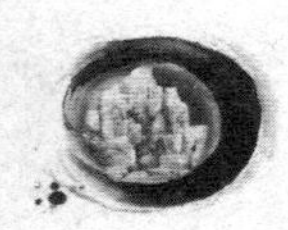

你看到它主人的表情，你就会发现，它里面还带着浓浓的醋味。这声音正好出现在廖静为夏初阳擦汗的时候。“人是铁饭是钢，不吃不喝难逞强！”龙奂珠高举着饭盒，朝这边大喊道，硬生生地把“一顿不吃饿得慌”改成了“不吃不喝难逞强”。有点霸道。她的意思再明白不过，搞浪漫也要吃饱了饭再搞吧？你廖静只知道为他擦汗，何曾想到，他顿顿吃的都是我做的饭呢？

既不是午饭时间，又不是晚饭时间，更不是早饭时间，这龙奂珠怎么就拎着饭来这里了呢？显然，她是来找他的，顺便来搅搅局。听说与夏初阳有些瓜葛的两个漂亮女子全来了药材基地，背着孩子的龙奂珠顿时有些沮丧，但她一想到夏初阳吃的是她烧的饭菜，她就又充满了信心。你们饱男人的眼，那我就饱男人的胃吧。这次她没背孩子来，打扮得漂漂亮亮的。她年龄与她假想中的情敌差不多，只是，她多了一个不明爹是谁的孩子。这令她少了些许竞争力。不过，还得看缘分哩。对，还得看缘分哩。缘分这东西你说得清吗？说不清的东西反而给人带来希望。

她走了过去，夏初阳也接过了她的饭，并热情地对她表示感谢。他是笑着的，言语也是温柔的，看她的眼神也与往常不一样。成熟男子的气息如同这夏日的田园一样，充满热力，充满诱惑。她觉得她来得正是时候。但就在她想入非非时，夏初阳已经拿着她送来的饭，走向不远处的那个白色影子。她和旁边的女子几乎同时意识到，他是要把饭送给她吃。

龙奂珠看看廖静，见她竟无半丝醋意，而她自己气急败坏却又不能明着发作。这夏日的田园，这开着芬芳小花的药材地，不适合一个女子情绪的激烈波动，除非天空下一场暴雨。来一场雨吧，浇湿夏初阳和杨莫羽。但她又马上意识到，如果果真下雨，那他一定会把自己变成一座大棚，为她遮风挡雨。她突然有些羡慕杨莫羽了。

他把饭送给杨莫羽，她却只是懒懒地表示了一下谢意，并没有放下手中的笔记本而来接饭盒。他拿着饭盒陪她工作了十来分钟，她看了看手表，轻声道："我们回村部去吧，我有些累了。"他自然而然地肩负起扶她走出药材地的任务，走到另外两个女子的身边时，只淡淡地说了句："走吧，再不走，你们都要晒成包公了。"廖静的车就停在田地边的马路上。

四人上了车，都没说话。车里太热了。廖静忙开了空调，可是，哪管什么用。夏初阳坐在副驾驶位，不住地看向坐在后排的杨莫羽。她的脸上和脖颈上全是汗，但没说半个热字。另外两个女子此时已经明白了夏初阳的心意，心内翻涌着，但谁都没说话。先前没有醋意的廖静，也明显地酸了起来，开起车来有些心猿意马。谁知车开到村部时，杨莫羽又做出了另外一个决定：要廖静开车回医院。她把饭盒还给了夏初阳。龙奂珠和夏初阳下了车，望着廖静开车载着杨莫羽远去，二人各怀心事。廖静稍微平复了一下心绪，只花了不到二十分钟就把车开到了镇上。杨莫羽在医院食堂简单地吃了些饭食，休息片刻后，又去宿舍洗了个澡，然后，一头钻进了实验室。

夏初阳看到杨莫羽不仅没进村部休息，而且没吃他送给她的午餐，不免有些懊恼。龙奂珠也生着闷气，不声不响把那盒饭抢过来，自己吃了。她也没再给夏初阳做饭。接下来，连续几天，她都没在村部厨房开火。她是真的生气。女人生起气来，问题很严重。夏初阳却不把她的情绪放在心上。她决定惩罚一下夏初阳。女人聪明起来，像山间的流水总能找到前进的方向；女人愚蠢起来，像一块根深蒂固的石头想要风带它去远方。

她在某个夜晚，把孩子送给母亲照管之后，偷偷溜进了夏初阳的房间。她是那么迫切地想用自己的身体去惩罚那个"不知好歹"的"神探"。情况令人哭笑不得。她被夏初阳反锁在了房间里，村部异常宁静，也不知他去了哪里。在里面待的时间一久，就想上厕所，却又出不来。她不敢喊出声，也不敢捶打门窗，只好往夏初阳的洗脸盆里解决了把她撑得脸红的内急。她有想过跳窗，但窗户上都安装了防盗网。半夜里，她想念她

的娃娃了，还似乎听到了娃娃的哭声。没办法，她只好打夏初阳的手机，想求他放她出去。然而，关机。另外几个村干部也有手机，但她不敢打。

她焦急得想哭，但不敢哭。她是想着娃娃睡去的。梦里，她抱着娃娃在田野里奔跑。醒来，天已大亮，而夏初阳还没来开门。她的第一反应就是，完了。于是，大哭起来。过了一会儿，有人来开门了。是她母亲，怀里还抱着她儿子。小家伙圆亮的眼睛直盯着母亲看，嘴里还含着奶瓶。“你真过分，龙奂珠！我的脸都被你丢尽了！”母亲着实有些气恼，脸铁青着。“是夏初阳捉弄我！”龙奂珠变得有些疯狂。“还怪别人！还怪别人！什么时候你才能怪怪你自己！我都替你害臊！”母亲说。忽然闻到了房间里的怪气味，又见到了脸盆里那黄色的液体。母亲更是气不打一处来，捂着脸，抱着孩子跑了。是哭着跑的。

龙奂珠反倒冷静下来。不慌不忙地处理好自己的遗留问题，把夏初阳的房间打扫一净后，回家去了。从此，龙奂珠明白了，他们二人只能如两条铁轨一样，不会有任何交集。她仍旧做她的代妇女主任，他仍旧做他的驻村第一书记。

杨莫羽时常来村里，指导大家为药材祛虫除草，夏初阳始终陪着她，对她言听计从。药材收获季节到了，杨莫羽又和夏初阳带领村民对药材进行了科学收割。廖院长也兑现了自己的承诺，用合理的价格收购了石岗村种植的所有药材。药村收回去后，杨莫羽又带着她的科研团队对药材进行了干燥处理和分类归置。她视这批药材为珍宝，当然也就特别感谢夏初阳几个月以来的艰辛付出。她想请夏初阳来镇上吃饭，地点就定老张餐馆。谁知，没请成。听人说他亲自运送一批蔬菜、大米和鸡鸭鹅等去了蜀南，说是打算要张彩月和刘迟在那边用石岗村自己种的食材。于是，杨莫羽把请他吃饭的事压在了心里，不再提起。没几天，夏初阳兴高采烈地回来了。他跟大伙算了一笔账，觉得很划算。五百公里的过路费加油费，七七八八加起来也就一千三百多块钱。可是，一想又不对劲，回来呢？回来不也要这么多钱么？大家就又都犯起了嘀咕。夏初阳想了想，自己运送不划算，那就走物流。可是镇上基本没有正经的物流公司。夏初阳于是又提议由村民入股成立一家物流公司。村民们摇了摇头，认为这有些不切实际。

这时，他又想到了龙菲菲。杨豪在村里办塑胶厂，他是反对的，但如果他到镇上投资办物流公司，那他举双手赞成。然而，龙菲菲手机关机，根本就联系不上她。再打电话给张小磊。电话那头的张小磊明显有些醉意朦胧。他立马感觉出情况有些不妙。

到了沙岗村，他发现那塑胶厂竟然大门紧锁，有许多工人正在门口闹事。一打听才知道，塑胶厂接不到订单，无限期放假。无限期放假是个什么概念？老板在玩什么游戏？关闭就是关闭，没必要“美其名曰”吧。

夏初阳来到沙岗村村部，那里也围了很多人。但没人接待他们。见到夏初阳，有人认识他，就都围着他来说理。“我们进厂时每人押了三千块钱的，现在，人去楼空，我们该找谁要去？”“我是辞了外面的工回来的，他们答应好了，可以长期务工的。”“厂子关门了，总得给我们一个说法吧，昨天还好好的，怎么能说关就关呢？”他们七嘴八舌，有说不出的委屈和无奈。还有两个老一点的村民，说出了一个可怕的现实。“村里的河流被厂子里流出去的水污染了，谁来帮我们恢复？”直到此时，他们才发现这个最可怕的事实。夏初阳跟他们走到河边，只见河水都变了颜色。幸好石岗村在沙岗村的上游地段，不然，也有池鱼之殃。

夏初阳叹了一口气。他预想到的事情，不幸都发生了。他能对他们说什么呢？他只是个清醒的局外人而已。他不是包青天。

骑着摩托车来到余镇街上，心里还想着办物流公司的事情，看来依靠杨豪来投资这想法是应该打消了。坐在老张餐馆靠玻璃窗的位置，望着外面熙熙攘攘的人群，他突然感到了一丝悲

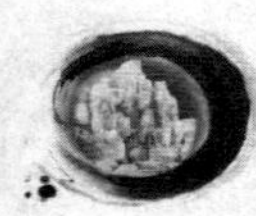

凉。“老三样”端上来了，老张坐在他对面桌边，轻声道：“听说那个姓杨的老板在国家下发的企业扶贫资金到手后，就跑路了。几百万啊，数目也不少，和我家那个败家子卷走的一样多。可是，听人说，他这还算不上犯法。因为，他说的是放假。”说着，他摇了摇头：“唉，这些黑心的奸商，办厂不就是为了套取国家的资金嘛！我听人说，县经开区虽然建了那么多厂房，但真正开工的没几家，全都在搞空手套白狼的把戏。”夏初阳对这些把戏本有所耳闻，但不愿相信，如今看到现实果然如此，不免觉得很不是滋味。

他和老张说起了开物流公司的事情，老张说他不懂，但县城有物流公司，有什么东西可以托他们运出去，没必要自己搞。这倒给夏初阳启发。来到余镇街上，他四处转了转，突然觉得老张的建议是对的，他没必要为了宰杀一头猪而办一个屠宰厂。他来到镇政府，向镇长谈了经济作物生产与销售渠道的事情，以前也谈过，镇长也答应全力扶持他们，建立产销链，做到有产出，就有销售，以促进经济的内循环。第二天，各类销售商就来到石岗村进行农产品成品考察，发现他们种的辣椒、枞菌质量上乘，当即就签下了订购合同。他们上门拉货，这倒省去了一笔物流费。当然，他也打消了把食材拉往蜀南的想法，且觉得自己有些幼稚，靠一个“永红山庄”能消费掉多少蔬果呢？

听说有人上门拉货，他们的产品不用自己再去找下家，石岗村种植户的创业热情顿时高涨，当几辆货车停在田间的机耕道来拉货时，几乎整个石岗村的劳动力都加入了采摘、拉扛和包装的队伍。第一批货拉出去之后，商家赚了钱，第二批货的订单又来了。他们在外面销售这些蔬果时，打着“有机农家菜”的标签，价钱自然也比一般的菜要高，不过，现代人讲究菜品，他们都愿意花高价钱去买。夏初阳觉得他们的菜当得起这名号，的确值那个价钱。但他们没跟销售商抬价，还是依原价销售。毕竟这新鲜时蔬，容易坏，销售商得承担浪费掉一部分的风险。

商家看他为人直爽，会做生意，便也乐得与他打交道，撂下话，一年四季，无论石岗村种了什么蔬菜，他们都愿意来拉货，南瓜、茄子、枞菌、辣椒、芹菜、西兰花都可以，除此之外，水果也可以，肉类也可以。他们看了村民们养殖的青蛙，觉得品相不错，也一并拉去了。“人品决定产品，你人品好，由你亲自监督种养的产品，我们放心！”这话在夏初阳听来很带劲。“廖院长是我们的朋友，他说了，拉你们村里的产品准没错，他信得过你，我们也信得过你！”在村部厨房里，大家喝了几杯啤酒，有人说道。

原来，他们都是廖院长的朋友。廖院长不仅收购了石岗村种植的全部药材，还鼓动他经商的朋友来收购石岗村的时蔬、鲜肉、鲜果，这恩情怎能不报？

听说夏初阳要报自己父亲的恩，廖静笑得前仰后合。她还把这个消息告诉了杨莫羽，并说：“未来的岳父帮助女婿，还用得着报恩吗？他如果真想报恩，就早点来我家提亲。”杨莫羽愣了一下，手中的试管也随着手的抖动而抖动了一下。她正在搞实验。廖静假装没看到，继续说着她对夏初阳的爱慕之情。“夏妈妈每天都和我在微信上聊天，她也怪孤独的。”廖静说。杨莫羽道：“原来，你们一直都有联系啊。”她觉得有些酸，但又不能表露出来。不管怎么样，她毕竟是廖静的师父，她不能争抢徒弟的男朋友吧，再说了，她也没时间陪夏母聊天。廖静道：“你心里还装着晓阳弟弟吧？你也真够痴情的。”然后，做出万般同情的表情。她这是在提醒杨莫羽，你爱的不是夏初阳，而是夏初阳的弟弟。杨莫羽没作声，她不知廖静怎么会知道自己的秘密，一时也想不起自己什么时候说过。脑子一团糟。她得接受一个事实，那就是既然廖静知道了这件事，那夏母和夏初阳也必然知道了。

“师父你房间里的青花瓷坛上写着的名字与夏妈妈那个青花瓷坛上写的是一样的，她说那里面装着一个烈火英雄的骨

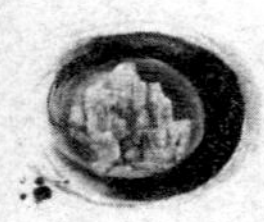

灰——”

“别说了！”

杨莫羽一阵悲哀。

夏晓阳究竟是为救谁而重新扑进火场的？她不得不再次面对这个令她痛不欲生的问题！夏母说，那个女孩是他爱着的，他可以为救她而舍弃生命，那么，她杨莫羽算什么？

她粗暴地赶走了廖静，留自己一个人在实验室里。一关就是三天。

她想去查查那个女孩到底叫什么名字，她想知道她长什么样子，比她漂亮吗？

想累了就跳舞，舞累了就又停下来想。三天过后，她走出实验室时，神情已经痴滞了。

其实，在杨莫羽纠结于夏晓阳到底爱的是谁之前，龙菲菲和她有过一场谈话。

龙菲菲闲来无事，总去跳广场舞。杨莫羽却不同，她常常没有时间，她所有的时间都用在研究治疗感冒的特效药上了。现在研究出来的还只是高效药，离特效药还有一段距离。这距离不能用具体数字来形容，也不能对它予以期盼。因为，一切都还在未知之中。那也就是说，它很有可能被研究出来，也很有可能研究不出来。前人已经做出过努力但也差点前功尽弃。现在，杨莫羽接过了接力棒，凭借着自己都难以察觉到的天分和不太清醒的执着努力向前奔跑着，到底有没有在空间上发生位移都还说不清，说不定，一直都是在原地跑步。但是，她是出了汗的，这一点不可否认。

龙菲菲约杨莫羽出来说话的想头由来已久，上次本来是有机会的，但她跟廖静在一起，本属于两个人的秘密对话，如果旁边有第三个人在，那对话就无法进行。

她好不容易看到杨莫羽从医院里走了出来，顿时有种守株待兔得以成功的窃喜之感。

她迎上前去，叫住了她。杨莫羽看到龙菲菲之后，有些惊讶，轻声道："这么巧啊！"

龙菲菲道："等你出来真是太难了！"

她打量着杨莫羽，一身白色棉纱裙，把她瘦可盈握的身材束裹得匀称有致，脸色显得有些白，里面掺着红，眼睛有些肿，仿佛是没睡够，又仿佛是刚哭过，但没有泪水。有泪水的眼睛会泛红，但她的没有。

摸着她的手，大热天的竟有些凉。她知道这个女孩子准备用自己的青春和健康为医学事业拼搏一番。这也是她龙菲菲当年的宏愿。但是，现在她远离了那个职业，自然也不会把它当成事业。

她拉着她的手，想给她捂热一下。杨莫羽当年选择从医，还是她给她鼓的劲，督促她做的选择。但是，她觉得自己的作用并没有想象中的那么大。其实，她内心早已有了选择，只是需要一个人确认一下而已，而她有幸成了那个点拨她，帮她确认理想追求的人。

杨莫羽当然没有忘记。所以，当两个人坐在老张餐馆靠着玻璃窗的位置喝着余镇的清明茶时，杨莫羽道："你当年说要我遵从自己的内心来确定自己该选择哪个行业，我照你说的做了。那我现在想问你一句，你没有选择夏初阳做你的伴侣，也是遵从自己的内心吗？"

龙菲菲这次找杨莫羽出来其实就是想聊聊这件事情的。

这在她心上像一根软和的刺，看似无伤，其实很痛。

她涂着丹蔻的手指紧紧拽着白色的茶杯，像是捏着一个装着宝物的盒子，却还在纠结着要不要把它打开一样。反复揉搓了一会，然后，望向窗外，轻启唇齿道："我其实并没有爱过夏初阳，我们只是纯粹的同学关系。我想，如果我曾动过心，那也只是喜欢而已。要知道，喜欢与爱恋还是有区别的。"

窗外有只蝴蝶飞过，那飞的姿态像她的眼神一样轻飘飘的。

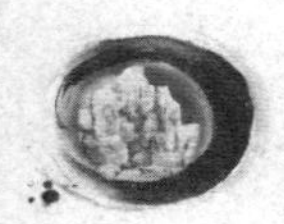

最近余镇街上搞了美化工程，下面的水管铺好后，地上栽了许多绿植，配置了许多盆栽。花盆里的各类植物，不是这个开花就是那个开花，根本分不清自己的开花季节。不知是它们没有遵循规律，还是人们没遵从法则，总之，此时余镇街上，到处可见兰花、杜鹃、雏菊、三角梅等开着花，或少或多，或在枝头，或在叶下。龙菲菲的眼神跟着蝴蝶飞舞，飞到了各色花上，蝴蝶没有单恋哪朵花，她的眼神自然也不会停驻在哪一朵花上面。

没有哪一朵花会有绝对的优势。

龙菲菲突然间哭了。眼泪掉进了茶杯里。茶杯没有拒绝泪水的能力，任其掉落，来者不拒。杨莫羽于是替她回答："其实，你是爱着夏初阳的，到现在也还没放下，对不对？"龙菲菲没有点头也没有摇头，眼泪依旧流淌着，胸脯却没有像别人哭泣时那样汹涌起伏。这个女人已经学会了默然忍受，能做到心平气和地悲伤。这才是最可怕的。

"我一直认为，你会嫁给夏初阳，可是，再次见面时，你出嫁了，但新郎不是夏初阳，而是夏初阳过去的领导。可是，我记得当初我们跟杨队长并没有多少交集啊！"杨莫羽徐缓地说着。她似乎也意识到了龙菲菲想向她说明这件事情的来龙去脉。

"我们是后面认识的。认识他时，他已经不是杨队长，而是杨老板了。那次抗洪救灾，是他军旅生涯中最后一次执行任务，之后，他转业到了地方。但他没有服从分配，没有接受国家给他安排的工作，而是继承家族产业，成为了一名商人。当然，那也是因为眼看着他家的企业快要不行了，他想力挽狂澜。看得出，他是个有志气的人。他想要为振兴家族企业做一番努力，成为家族企业的英雄。他说，他曾是军人，要责无旁贷地扛起重担。我被他感动了。说那话时，他手上还扎着针。那时的他过于心急，累病了，来我们医院治疗。"

"你知道，我从小就崇拜英雄。所以，我嫁给他时，也是基于我对英雄的爱。"龙菲菲道。又苦笑了一下。

杨莫羽喝了一口茶。在龙菲菲说出上述话语时，她的眼睛始终不曾离开过龙菲菲的脸。她有个直觉，龙菲菲在撒谎。

“夏初阳难道就不是英雄么？难道就不值得你去爱么？”杨莫羽的语气仍旧平淡如水，但却显出了几分打抱不平的意味。

“他是英雄。他们一家都是英雄。他爸爸是英雄的公安干警，他弟弟是英雄的消防战士，他母亲也是英雄的女人，可是，你知道吗？他母亲是守着两个骨灰坛过日子的啊！我不想像他母亲一样！”龙菲菲一字一顿地说道。这说明她当时做出选择时，也是经过慎重权衡的。对于跟谁结婚的利与弊，她早进行了加减乘除，算清了账目。

两相权衡，自然趋利避害。这是人的本性。

杨莫羽移开视线，同样也望向窗外，点点头，道：“我懂了！你最后还是选择了有钱的英雄！”龙菲菲没有反驳。杨莫羽继续道：“说实话，我也是一个守着骨灰坛过日子的女人。不过，我的生活中，不仅有那个骨灰坛，更有属于自己的事业。可是菲菲姐，你呢？你守着一个有钱的男人，可你的事业呢？”

龙菲菲擤了一下鼻子，轻声道：“我的事业，就是扶持我的丈夫，振兴他的家族企业。”

杨莫羽道：“你回到这里来，也是这个目的？还是，另有目的？”她看向她的眼睛，道：“菲菲姐，其实你心里一直想着夏初阳，对不对？你是因为他，所以才说服杨豪来这里投资的，对不对？”龙菲菲道：“我承认我有私心，但来这里还真不是我的主意。是他坚持要来的，他说他的老家在这里，他要为家乡的扶贫攻坚做点贡献。”

杨莫羽释然道：“如果真是这样，那我倒觉得杨豪这人还不错，念旧，有责任心。”

龙菲菲道：“可是，也许我错信了人。甚至，错爱了人。”

杨莫羽道：“怎么这么说呢？都是为国家做贡献，杨豪和夏初阳其实都是一类人！”

“不，他们不是一类人！”龙菲菲脸色沮丧，话却说得断然决然，干脆利落。

接下来，她告诉了杨莫羽一个炸雷般的消息。

原来，杨豪来到余镇后，竟然趁龙菲菲出外谈业务时，与酒店的服务员勾搭上了，且多次在他居住的酒店做出了苟且之事。那次，余镇派出所得到举报，执行扫黄打非任务，张小磊作为协警也参加了那次行动。就在那一次行动中，杨豪被抓了现形。据说，公安干警撞门而入时，他和那女人正在做那巫山云雨之事。那场景，令张小磊感到脸红。他没想到自己曾经的领导，军中的铁汉子才退伍没几年就变成了这个样子。这叫什么？这叫腐化，这叫堕落，这叫蜕变。他本全身赤裸，幸亏在匆忙之下扯来一条浴巾，快速系在腰间之后抱头蹲在了床边的地上。他想抬头和其中某个人说话，但大家都带着警帽和口罩，根本就不知谁是谁。哪怕就是当晚和你在一起划拳猜令的酒友，哪怕就是前一刻还在和你称兄道弟的哥们，此时，均与你毫无关系。如果说有，那也是执法者与违法者的关系。你违法了，执法者抓你，那也是天经地义的事情。

“我也是那事发生了好几天以后才知道的，他们封锁了消息，不让别人知道，因为那也关系到镇政府的脸面，毕竟他们引到镇里来投资的企业家，现在在个人作风中犯了那么大的错，是很令他们骑虎难下的。所以，事情被某些人压下来了。然而，世上没有不透风的墙，总有人不守纪律，把那事情说了出来，并传到了我耳朵里。”龙菲菲紧锁眉头，一脸沮丧，语气显得有些凝滞，仿佛一江春水随时要被冻住。

然而，她还是艰难地把倾诉继续了下去。

“我有想过他会生意失败，变成穷光蛋，但我没有想到他会背叛我。知道消息的那一刻，我哭了。有人说男人哭了是因为真的爱了，女人哭了是因为她真的放弃了。我想，从那时起，杨豪已经从我的心里死去了。你说死去了的人还会复生么？”

龙菲菲说得很慢很慢，但不管怎么样，她还是把下一个字再下一个字都说了出来，她怕那条河被冰冻。她不吐不快。

死去的人还会复生么?

这触及了杨莫羽的痛点。她睁大了双眼。如果说，此时龙菲菲的眼里藏着一条冰河，那么，杨莫羽的眼里就分明地呈现出一座火楼来。高楼着火了，即将坍塌，有个年少英勇的男子为着自己心爱的女人，再一次冲进了火海，然后，双双被大火吞灭，接着楼塌了。垮塌的火楼埋葬了他们，也埋葬了杨莫羽的爱情。

杨豪那个油腻的中年大叔还只是肉身出轨，而她心中的少年英雄却是把自己的肉身与灵魂都付诸大火，让它们通通都化成了灰烬。

几年过去了，那团大火一直在燃烧，像是要烧旺她的思念。如果不是夏母的那番话，她和夏晓阳的爱情在她看来就像是个生离死别的童话，凄凉惨烈中透露出美丽的幻想与没有止境的思念。

那个他愿意为之付出生命的女孩究竟是谁?这成了她心中挥之不去的纠结，驱之不散的阴霾，搬动不了的磐石。

知道她的名字也好，看看她的照片也好。杨莫羽是不准备去和她算账的，她都把她的男朋友带走了，如此重大的损失，那账又该如何去算?既然账目大如天文数字，不如彼此见个面，了却前怨，一笔勾销。可是，到哪里去找那个可以和她面对面地算账的人呢?她早就和那个叫做夏晓阳的少年一起飞升入天国，早就忘记她在凡间欠下的债了。或许，在她看来，她无所亏欠。因为，她根本就不知道世上还有一个叫做杨莫羽的人和她一样爱着那个男孩。

不知者无罪，不知者无所谓亏欠。或许，这是真理。

看着杨莫羽的复杂表情，龙菲菲却没有研究她心情的兴趣，更没有要等待她说出答案的耐心，仍自顾自地再次问道：“你觉得他还会复生么?”又自怜自伤地摇了摇头，一脸苦相，道：“我想他算是死透了，烂透了，再也还不了魂了。”

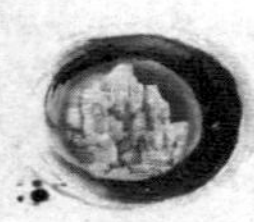

“你就不想去找找她么？”杨莫羽犹豫了一下，轻声道，眼神有些迷离，却又有些坚定。她没有看向龙菲菲，而是看向茶杯，仿佛那个茶杯的釉面上写着她刚刚说出的句子。

“找他？他自己不回来认错，还要我去找他？”龙菲菲语气有些冲，觉得杨莫羽的话简直有些可笑，简直是对她人格的一种侮辱。

“那个女人。我是说那个女人。”杨莫羽轻声道，仍盯着那只白色的茶杯看。

龙菲菲听罢冷笑一声，透着苦味，长叹一口气，道：“那个女人我认识，住在龙悦大酒店的时候，几乎天天打交道。只觉得她热情、漂亮，但没想到她会做狐狸精。”又道：“她也被抓起来了。关了几天后，又放了！”

杨莫羽没想到龙菲菲对那个女人似乎比对杨豪更宽容，她真的就不在乎那个女人么？没有那个女人的诱惑，退伍回来的杨豪会犯全天下男人都会犯的错么？杨莫羽被龙菲菲这种不可理喻的宽容激怒了。

“你应该去找她的！”杨莫羽道。

“去和她打架么？”龙菲菲道。

“难道不应该么？打不过她？”杨莫羽道。

“你以为那全是女人的错么？如果一个男人对一个女人完全不感兴趣，你觉得他们会搅和到一起去么？如果他们发生了那种事，只能说明，那个男人的确是对那个女人动了心！”龙菲菲道。

杨莫羽听她这么一说，顿时变得有些激动，而且是越来越激动。

“那么，那么，一个男人愿意为了那个女人去死呢？”杨莫羽道。

“那只能说明他们爱得刻骨铭心，超越生死！”龙菲菲道。

杨莫羽只觉胸口很闷，还想说什么，但还没来得及张口，就晕倒在餐桌上。

（七）

张小磊的确没想到他的杨队长竟是那样的人。

厂子关闭，他被村民围堵，躲也不是，不躲也不是。杨豪直接关机，消失。那个帮他联系业务的龙菲菲也一并消失并关机了。

张小磊心里苦，却不好意思去找夏初阳说。他到镇上找镇领导，领导却说私营工厂的经营权和管理权全在厂子里，与政府无关，他们何时开工何时收工，何时放假何时结假，都由厂里自主决定，只要不违反劳动法，政府就不得干涉。他们的订单出了问题，你不可能让他们硬撑着啊，那么多人要拿工资，得付出多大的代价。他们有权对自己的生产做出调整，来减少损失。你去外面看看，外面的大多数厂子生意都不景气，这是普遍现象，不止你们村这一家。你得跟村民说清楚事实，而不是一遇情况就往镇里跑，让人觉得好像是镇政府管理不善一样。这样的工作方式可不对。你看待问题不够深入，分析问题不够细致，这一点真不如夏初阳，你得多向他学习学习。

从镇政府大门走出来，张小磊顿觉无比沮丧。他回头，准备瞧瞧刚刚送他出来的镇干部，却只见大门空空如也，一个人影都没有。人家早进办公室里去了。那急于抽身的作派，很有一种送瘟神的感觉。

他不禁摇了摇头，茫然地看着前面的樟树，真想找根绳子了结了自己。

然而，又一想，他们能用这样的话说服我，那我怎么就不

能用这样的话去说服村民呢？换一个角度来想，他们不就是教我如何应对么？

他本来还准备去老张餐馆吃个便饭什么的，现在，竟感觉不那么饿了。

他骑上摩托，飞奔回村，想着，终于知道该怎么跟村民们说了。可是，中途一个不小心，差点被对向的货车撞倒。避开了货车，却没能避开违规超车的摩托。货车上拉的正是从石岗村收购来的蔬菜水果，司机大骂了一句脏话，然后，扬长而去，他从后视镜里看到两辆摩托车相撞也没停车，还诡异地笑了笑："活该！谁叫你开那么快，往鬼门关赶一样！"

他们撞得有些惨烈。

夏初阳听说张小磊出了车祸，忙丢下手中的事情，赶往镇人民医院。到了医院后，他才知道，杨莫羽也病了。他先去看张小磊，可张小磊还在手术室。于是，又急匆匆地去看杨莫羽，却被廖静堵住了去路。

"你找不到她的。"廖静说。夏初阳道："为什么？""因为我不让。"廖静道。她做出一副因吃醋而变得蛮横的样子。"你为什么不让？"夏初阳道。"因为夏伯母说要我管好自己未来的老公，我不会让我未来的老公去见别的女人！"她干脆直白地说了出来。

夏初阳眼珠转了转，明白了是怎么回事，不由苦笑笑。"你笑什么？但凡是一个正常的女人，都会为捍卫自己的爱情而不得不做出一些匪夷所思的事情。就算你见的人是我的师父，我也不会让步，毕竟她是一个比我还小几岁的女人！如果你想见她，除非我们领证！"

夏初阳转过身，仔细看着廖静，道："你是不是想得有点多了？你平日里总说你师父脑子有毛病，你看你也病得不轻！"他显然很生气，眼睛里尽是鄙夷，语气也很重。

廖静却显得很冷静，道："我是有病，还病得不轻，谁叫我爱你呢！”停顿一下，又道：“我爱你，你却爱着杨莫羽，而杨莫羽却爱着你弟弟，你不觉得这很荒谬吗？你不知道，她生病这些天来，睡着醒着都在念叨你弟弟的名字，可见，人家心里根本没有你啊！活着的你算什么？死去的恋人才是她永远的思念！”

夏初阳猛觉若有所失，目光投向别处。死去的弟弟是他心口永远的痛，可心爱的女人仍旧爱着他死去的弟弟，更如同在他伤口上撒了一把盐。痛，是真的痛！原以为她已经放下了，可没想到，她竟如此执着情深！

“晓阳、晓阳、晓阳，这些天里，她一直念着这个名字，在她心里，根本就没有你，你现实点吧！你不会想强行抢占你弟弟在她心里的位置吧，没用的！她已经把你弟弟的名字刻入灵魂了！刻入灵魂的名字远比刻在丰碑上的更深刻更难抹去，这你都不懂吗？”

她一边涌着醋意，一边讲着道理。

“我并不恨我的师父，毕竟她只是个痛失所爱的痴情女子，对我构不成什么威胁，更何况她对我在学业上的确帮助良多，倾心相授，科研精神也是一流的，我只是不想让你陷太深，不想让你成为你母亲心里的痛！你知道她老人家有多么希望你早点成家吗？你是她唯一的希望！你不在她身边时，知道她是守着什么过日子的吗？骨灰坛啊，两个骨灰坛啊！我都不知该说什么好，自从她老人家加了我的微信，我就觉得她满心满怀里装的都是寂寞，她需要人间温情，而不是冷冰冰的烈属称号！她已经失去了丈夫，失去了小儿子，总不至于再让她失去她唯一的亲人吧！初阳，你好好成个家，不行么？好好为你母亲生个孙子去解除她老人家的孤独不行么？你男大当婚，我女大当嫁，我们彼此也不太厌恶对方，为什么就不能走到一起，好好成个家呢？”

说着说着，廖静就哭了。她眼泪汪汪地看着夏初阳，令夏

初阳产生了疼惜的感觉。她说得有理，他认同。他走上前，拿出纸巾为她擦了擦眼泪，然后轻轻地拥抱着她。那一刻，他竟然想要她了。他眼睛望向病房所在的方向，想道，如果单从适不适合当妻子的角度来讲，廖静或许更符合母亲心中的标准。她也许早就认定了廖静，所以才加了她的微信，她们在微信里到底聊了些什么，他不想过多揣测，但有一条他能想到，那就是母亲一定跟她表达了自己的意愿，不然，廖静这次不可能如此大胆直白。如果母亲知道了杨莫羽曾是弟弟晓阳的女朋友，那么，就更不会同意他们往深里发展了。看着亡故的小儿子的女朋友成为大儿子的媳妇，神经再大条的老人也禁受不起思子之痛，以后，他们越幸福，她就越痛。她会想：如果晓阳在该多好啊！那她就是晓阳的媳妇啊！我的晓阳啊！

逝去的那个人永远都会是母亲心中最疼爱的，这一点不仅自己的母亲是这样，恐怕全世界的母亲都是这样。

张小磊没有生命危险，但被撞断了一条腿。他这车祸来得真是时候，使他成功躲掉了村民的围堵问责不说，还无意中成全了夏初阳与廖静的婚姻。夏初阳与廖静领证前去看望了杨莫羽，见杨莫羽的确如廖静所说的那样，一直念叨着晓阳的名字，看那样貌，全然不像是个医药学天才。都说情深不寿，慧极必伤，此话不假。

夏初阳不由心痛，但这世上谁不曾心痛?

去往县民政局的路上，夏初阳对驾驶位上的廖静说：“我希望你以后不要介意我对杨医生的关心与支持，甚至是保护，毕竟她是我弟弟爱过的女子。”廖静看着前面快速掠过的风景，点头道：“好！”

两人顺利地从县民政局领到了结婚证，民政局方局长认识夏初阳，当晚还请他们两口子去餐馆吃饭了。又听说廖静是余镇人民医院廖院长的女儿，更是举杯道：“老熟人，老熟人啦！廖老爷子原来是全县有名的老中医，你父亲也是省城医学院毕业的高材生，如果不是你爷爷偏要去余镇搞什么药品试验，他啊一定会留在县人民医院大显身手，不过，现在服务于基层也是不错的，基层可谓天地广阔，大有作为啊！来，为你们这些服务于基层的国家栋梁干杯！”

一桌人干完一杯，落座。方局长夹了一片菜放进嘴里，咂巴着，边嚼边道：“小夏啊，都说你是未来县公安局局长人选，现在就没有一点别的打算？比如申请回城来工作？你在基层服务期已满，且服务期内取得了令县领导非常满意的成果，就不打算见好就收、趁势而上？”

廖静听他这么一说，两眼顿时放出别样的光芒来。夏初阳却有些尴尬，连连道：“没有的事，没有的事，那纯粹是好事者的传说！”有人忙指出他话中的破绽道：“夏书记破案是一把好手，这说话却不太缜密啊！你的意思是说方局长是好事者了啰！”方局长一听，觉出其中的味来，恍然大悟道：“对呀，对呀！你不仅说我是好事者，还说了陈县长啊！这话可是从陈县长那里听来的！不行，我得立即打小报告去！”他这一说，倒把全桌人都惹笑了。

说完半正经半玩笑的话以后，大家又说起当下的扶贫工作来。夏初阳对这情况最清楚，却说得最少。他们一知半解，却侃侃而谈。廖静听得出神，她想着，以后就常能参加这样的聚会，听到这样的谈论了。说实话，她喜欢这种氛围。如果夏晓阳成为县公安局局长，那么——那种感觉真好得令人说不出啊！

饭局进行到中途，夏晓阳借机把廖静叫了出去，让她去买单。廖静道：“不说好是方局长请客吗？”夏初阳道：“今天这客方局长请不合适，我请也不合适，你请才是最合适的。”廖静听了，虽然不懂他的意思，但直觉告诉她，按夏初阳说的去做应该没错。于是，走过去，悄悄地把单给买了。

饭后，方局长直夸夏初阳老练，不愧是在基层锻炼了那么久的干部。

二人回到酒店，夏初阳才对廖静道："知道为什么吗？因为，既不能让方局长私掏腰包，也不能让他公款请吃，那样都不好。为什么我请客也不行呢？因为别人会认为我是巴结县里的领导来了，为自己以后当公安局长拉关系来了。这样一来，想来想去，就你请客最在情理。你请客只代表一点，那就是庆祝我们领证了！"廖静听了，不由心悦诚服，点头称道："对呀，这样就不会给别人落下话柄了！"她又想了想，道："可是，我们是夫妻了，我请客不就等于你请客么？"夏初阳道："虽然我们是夫妻了，可是，你是廖静，我还是夏初阳！"

廖静无语，觉得有问题，却又无可挑剔，跟夏初阳说"我就是你，你就是我"之类的话显然不合适。再说那也只是腻歪的情话，成了夫妻的两人本来就还都是自己，没变成别人。他说得实在。

夏初阳入睡前又迷迷糊糊道："别听他们瞎说，我对公安局局长的位子不感兴趣，也没有所谓的领导说出的那些话，他们只是拿我开玩笑罢了，你别当真！"

他有些醉。看样子，是不想去洗澡了。廖静也有些累，对平日里那些关于新婚的想象也失去了激情。草草洗漱了一把，就上床睡了。房间里有两张床，夏初阳睡在离卫生间近的这床。她睡靠窗那床。入睡前，她看着窗缝间的城市灯光，笑了。从此以后，她将与自己一见钟情的男人共度余生。幸福的感觉涌上心头。

早晨醒来，却并没有见到夏初阳，卫生间里也没有。打他手机，也关机。她想着，或许他是给她准备早餐去了，在房间里等等他过会就来。可是，等了近一个小时，他还没来。正准备起身出外去找他，却听到有人敲门。她一阵狂喜，开门一看，来人却是服务员。

"您好！您爱人要我给您带话，他有事先回去了，他说看您睡得很香，所以不忍心打扰您！"服务员彬彬有礼地说道。

“什么？他回去了？”廖静又惊又气，还觉得很搞笑。这是什么情况？

“他半夜接到电话，说村里出了点状况，他必须赶回去处理！而电话还没接完，手机就没电了，所以，他要我捎话给您！我昨晚值班，凌晨小睡了会儿，所以直到现在才来告诉您，真是不好意思！”服务员保持一以贯之的笑容，语气徐缓、亲切，体现出极高的职业素养。可是，廖静却并不认同她这一套。她心里有气。

“知道了，你可以走了！”她冷冷说道。颇有些把气迁怒到传话人身上的意味。

世人本来也是，你传喜悦的事情、动听的话语给他听，他会把自己的兴奋愉悦传递给你；你传沮丧的事情、别人的坏话给他听，他就会把自己对事情、对别人的愤怒一股恼儿地全兜售给你，令你感到好像是你得罪了他一般。所以，有些人学乖了，只传好话，不传坏话。哪怕有人要谋害那人，他也决计不会把“别人要谋害你”之类的话传给那人听，因为，很可能被那人理解成“是你要谋害他”。他会说：“谁会谋害我呢？我又没得罪哪个！”那意思就是，他是一个十足的好人，一定是你蒙骗他的！既然你蒙骗了他，那说明你见不得他好，说明你是个小人。世道人心就是这么复杂。

服务员走后，廖静踢了一下床下的拖鞋，大声道：“笨蛋！完全可以把我叫醒，坐我的车回去啊！怕我疲惫，你可以自己开车嘛！把我一个人丢在这大酒店的床上算怎么回事！”

她气愤难抑，真想立马去找他理论一番。但想到他以后就是自己的丈夫了，心中又涌出一阵激动。把他变成自己的男人，这不是自己梦寐以求的吗？自己的男人去做某件事情，自己不应该支持吗？

这样想着，她心里坦然了许多。

“也好，我可以逛逛街，顺便买点漂亮衣服什么的。”她

自言自语道。

石岗村有个养猪专业户，共养了一百多头猪，一夜间死了三头。还有十多头猪，也不吃食，出现喘气困难、咳嗽发烧症状。

“夏书记，这些猪都是我们的命根子啊！本钱全是从银行借的，这猪要是全死了，我怎么去还债啊！”养猪的老李大清早一见到夏初阳就痛哭流涕。他声音嘶哑，面容疲惫，眼睛通红，擦眼泪的手上粘着猪饲料。看得出，他通宵未睡。

“别急，昨晚接到你电话后，我就连夜在县城给你找了个兽医！”夏初阳指着身边那个长得很帅气的年轻男子对他说道。老李指着站在夏初阳身边的那个男人道：“他是兽医？”

他上下打量着眼前的年轻人，眼里充满狐疑。兽医不都是中老年人么？现在的年轻人谁肯去当兽医？就算肯去当，医术上恐怕也不行吧？

夏初阳看出了老李的顾虑，笑笑道：“他是县兽医站的人向我推荐的，代明代医生！”

老李仍旧打量着代明，慢慢走近他，拉着他的手说：“请你快帮我去看看吧！我都快急疯了！”代明轻拍着老李粘着猪饲料的手，柔声说道：“别急，别急哈！总有办法的！”

养猪场就在离老李家不到两百米的山麓，前面有条小溪，跨过一座小桥就到了。他守在养猪场一整夜了，刚刚是为等夏初阳才回家去的。老李的老婆和两个儿子以及村支书龙奂生、村长周在桦、支委孟远程、村委陈明辉，已经等在那里。看到这边人多，有村民也赶过来了。但是，老李不许别人进入他的养猪场里面，平日里也不允许，他认为人多了细菌也多。当然，他最怕的一点就是别人“弄手法”或投毒。人心，老李说，人心才是最可怕的。还说，整个村里，他就相信夏初阳一个人。只有他一个人是外面来的，一心只为大家着想，想着为大家好，让大家摆脱贫困，没有私心。至于那几个村干部，一个个都利欲熏心，表面上看都在干事情，其实都是在谋私利。什么为人民服务，他们把自己当成“人民”了，自然得为自己服务。其实，这次他根本就不打算叫龙奂生他们几个过来，是他老婆嚷嚷着叫来的。所以，从他老婆身边走过时，他白了老婆一眼，并粗暴地对她道：“我们几个进去，其他人就不要进去了！你，也不要进去！”

他老婆只好红着双眼，站在猪圈外。大家见他老婆都被挡在了门外，于是，也都不好意思进去了。自然也有人道：“那里面臭死了，谁想去！”“还有病毒，怕要传染人哩！”“他是怕我们弄手法，养家畜的人最忌讳这个！”“现在都什么年代了，还这么迷信，真以为诅咒两下，猪就死了？”

大家人多嘴杂。老李老婆扫了一眼大家，气愤道：“今天是我家倒霉，明天说不定轮到哪家呢，你们留点口德吧！沙岗村杨老板的厂子说倒闭就倒闭了，你们家大业大，比杨老板还大么？你们就等着吧，有报应要来的！”

龙奂生也对大家道：“你们啊，讨骂！”

听到还有人说难听的话，老李老婆又道：“你们哪个再说，我就把那几头死猪剁烂了，扔到哪家的猪栏里去，看你们的猪染不染得上病！”忽然想到什么，又大声道：“今天我家的猪变成这样，很可能就是因为某些人用心不良，从外面买了发瘟的猪肉，投到我家猪栏或蓄水池了。这是犯法，这是犯法，抓到了是要坐牢的！我要报警，让公安局来查，把那个歹毒的人抓到牢里去！”

她越说越激动，越来越觉得自己说得有眉有眼，证据充足，嗓音也更大了。

村支书龙奂生道：“李家大婶，你家猪出了问题，大家都知道你很难过，可是，就算如此，你也不能乱说话。要知道，乱说话也是要负法律责任的！”

老李老婆见龙奂生说话了，联想到他以前的作为，于是愈

发生气，道："我是不会说话，我就算会说，也只说人话，不像有些人见人说人话，见鬼说鬼话，见菩萨说瞎话。"

龙奂生道："你说谁呢？""你这么有水平，觉得说谁就是说谁！"老李老婆道。

那些围观的人本来对老李老婆有很大的怨言，此时见她如此说龙奂生，竟然有股说不出的快感，不禁对她的怨气少了几分。有人窃窃私语起来。

"他也是个无作为的干部！当初参加竞选时，说了那么多好听的话，结果一件事都没弄成！"

"他后面那几个也是，明知道他与夏书记作对，却从来都不敢说一声，这个村多亏了夏书记，如果不是夏书记，我们能有现在的收入？光追回那笔钱，平均每户增了多少钱，这不用说了吧？"

"咱们村情况复杂，没人想当村干部，当上村干部的都是想要捞好处的！"

周在桦、孟远程、陈明辉三人听了，没说话。

"你们、你们可不许乱说话！"龙奂生说。

"我们说的都是大实话！"老乡们说。此时，猪圈外面的人更多了，大家闻讯，有空的就都凑过来看热闹。

夏初阳与老李、代医生从猪圈走出来，见外面吵吵闹闹，就说："散了吧！大家各忙各的去吧！"大家听夏书记说话了，便都三三两两地走开了。已是早饭时刻，夏初阳对代医生及其他几个村干部道："大家都先去村部吃个早饭吧！"他知道，龙奂珠每天都会准备早饭的。龙奂生他们都说回自家去吃。代医生说："还是陪我先到镇上走一遭吧！我要去师妹那里拿点药，要快点给每头猪进行注射。光在猪食里掺药，效果不会很理想。"

夏初阳用摩托载着代医生来到镇人民医院后，才知道代医生所说的师妹竟然是杨莫羽。提到杨莫羽的名字，他心里竟涌起一股不安。

有人告诉他们，杨医生在查房。她不是病了么，她的病就好啦？夏初阳心想道，脑海里浮现出她生病时痴愣的样子。他很想见到她。二人匆匆在医院食堂过了个早，估计杨莫羽查房也快结束了，就去办公室找她。说到她的办公室，夏初阳竟不熟悉，他好像从没听说过她有办公室，更别提去过了。他以前去找她时，廖静总说她在实验室。她好像就是在实验室里工作的，那就是她的办公室。

余镇人民医院的医疗设备还是很先进的，医院大楼也盖得很气派。代医生说："难怪老师要把研究 M 药的实验室建在这里了。""M 药？"夏初阳笑笑，"这是种什么药？"代医生笑笑："一种还没研制出来的、没有具体命名的药。"夏初阳道："我怎么从来都没听杨医生说起过？""一切都还是未知数，她怎么说？这里管那种药叫治咳特效药吧？"夏初阳笑笑："这倒听说过。"于是又道："你是兽医，应该去兽医站寻药，怎么寻到这里来了？"代医生笑笑："这你就不懂了，我暂时也不能跟你说。"

二人说了会话，不一会儿就有人来叫他们，说杨医生已经到办公室了。

医院有电梯，但杨医生的办公室在二楼，二人决定走楼梯，走楼梯也近。医院的楼梯铺着白色防滑瓷砖，很宽，在声控灯的照耀下，显出肃穆的气氛来。有人走上走下，打破了那份肃穆。医院里一早就来了很多看病的人，大家都忙着挂号、看病、取药，到哪里都可以看到排队的人们。

杨莫羽属于专家号，她外面也排了不少人。这是夏初阳第一次朝杨莫羽的办公室走去，平时都是听廖静讲她的工作情况的。在廖静的叙述中，杨莫羽除了搞实验还是搞实验，仿佛她就是为搞实验而生的。还有就是，她总是生病，且是那种匪夷所思的病。如果说得不好听一点，那就是神经病。

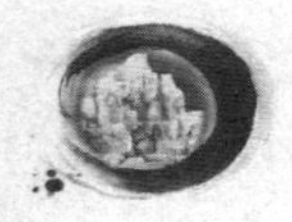

由于事情紧急，他们被人领着越过排队的人群，直接去了杨莫羽办公室。此时，杨莫羽身着标准的医生服，坐在办公桌前，专注专心地对病人进行着望闻问，那情状与平时夏初阳听到的和见到的截然不同。

她真的是那个为了弟弟晓阳而神经错乱、半夜起舞、情绪无法自控的杨莫羽么？

此时的她，正常得不能再正常，与任何一个白衣天使没有区别。要说有区别，那也只是她，容貌漂亮，动作娴熟，全然不像一个刚走上工作岗位不久的医生。

见到代医生，她眼睛一亮，道："代明，你怎么来了？"

又一眼看到了夏初阳，不禁喜笑颜开，热情道："你怎么和他在一起？"

代明向她说明了来意，她向同时坐诊的医生打了个招呼，便同二人走了出来。

夏初阳听代明说要从杨莫羽这里拿药，有些不解，道："这给猪治病，用人药，能行么？"

代明道："现在很多时候动物的病不是也可以传染给人么？人药怎么就不可以治动物的病了？"

杨莫羽也道："对呀，我们的观念就得改，我从来不觉得我研究出的药只能救人而不能救动物！"

接下来，杨莫羽把代明和夏初阳领进了她的实验室，但也只限于进到实验室的外间。

"抱歉，里面我不会让团队外的任何人进去！"杨莫羽笑容粲然，说话的语气也出乎寻常的温柔，根本就不像一个搞科研的铁娘子。

夏初阳打量起她的实验室来，宽敞明亮，窗子朝西。里面有序地摆满各种桌子，陈列着各种柜台，柜台里嵌着水槽，水龙头晶光闪亮，各种大大小小、形状不一的玻璃器皿摆放得整整齐齐。这是个思维清晰、做事严密的女科学家无疑了。这样的实验室，夏初阳还是第一次看到，当然，实景是第一次看到，至于电影里曾经看到过的，那充其量只能算是虚景吧。

夏初阳盯着其中一台机器发了会儿愣。他实在想象不出，一个柔情似水的女孩子成天对着这么台冷冰冰的机器，会是一番怎样的情景。

代明和杨莫羽说着话，二人谈的都是医学专业方面的，他这个外人有点听不懂。

杨莫羽听着点了点头，然后，走到里间去，拿了一个沉沉的大纸盒子出来。代明接过来，对夏初阳道："就你力气最大，拿着！"夏初阳道："这是什么？"杨莫羽道："治病的药！"

夏初阳感觉里面装的应该是用来注射的药水。

代明对夏初阳道："我已经说服她跟我们去老李家走一趟了！"

夏初阳道："她？她可不是兽医！"

代明道："但如果我说，她比我这个兽医更懂治动物的病，你信不信？"

三人走出医院，见夏初阳竟然是骑着摩托车载代明来医院的，不禁道："我们怎么走？"意思是，连上药，他的摩托车根本就无法搭载。

"廖静呢？廖静有车，让廖静开车送我们去吧！"杨莫羽道。

夏初阳心里头一咯噔，便涌出一股酸水，就像女人怀孕时的状况一般。不知为何，面对着杨莫羽，他对自己与廖静领证的行为感到羞愧。

他看着给廖静打电话的杨莫羽，取下医护帽的她，一头秀发垂下来，是那么娇美。天气有些冷，外面起霜了。她嘴边吐着热气，似花上带着的露雾。她分明就是一朵美丽无渍的花呀。

"她电话竟然打不通。好几天没见着她了，该不会休假了吧。"杨莫羽收起电话，笑吟吟地对夏初阳道："只好麻烦你载

我们了！不过，因怕这药被摔，我得坐中间。”

代明道：“你是女孩子，我们就该保护你！”

杨莫羽道：“你得离我远点！反正我背上会背个包包，你休想占我便宜！”

说这话时，她还带着几分娇嗔，那姿态让夏初阳怜爱不已。

原来，杨莫羽还有这么一面。他早应该想到的。

临上车时，杨莫羽突然又改变了主意，道：“我还是坐最后吧。”她或许想到，那中间是最尴尬的位置。代明和夏初阳同时一愣，脸上分明写着些许失望。

夏初阳把头盔给了杨莫羽，道：“天气很冷，你戴上吧！”杨莫羽甩了甩长长的秀发，道：“不用！”接着，又从包包里拿出一条红色的围巾，随意地围在脖子上，然后又拿出三个口罩，给了他们每人一个，自己也戴了一个，道：“全副武装啦！”

冬天的天气着实有些冷，但好在还是晴天，头顶不管怎么样都挂着一个太阳。三人同坐在一辆摩托车上，穿行在余镇通往石岗村的公路上。杨莫羽略微攀着代明的衣服，以保持平衡。代明搂着那个装着玻璃药瓶的纸盒子，有些小心翼翼，但也不忘提醒杨莫羽要坐好。夏初阳开着车，想从反光镜看杨莫羽，但隔着代明，根本就看不到。

初冬的田野，被阳光照着，翻着一层黄一层绿，让人分不清那是春天还是冬天。山间的枫叶被风吹红了脸，与黄色的银杏叶交相辉映。林子里颜色极富层次感的各类植物，把冬天涂抹成了一幅名家手下的油画，给人一种美不胜收、价值连城的感觉。夏初阳与代明此时的心情都是愉快的，美景固然能给他们带来愉悦，但美女也功不可没。杨莫羽，像是一缕温馨的春风掠过，让这山间充满了生机与活力。她的身上散发着淡淡的香水味，也散发着淡淡的药味，这些味儿时刻提醒着夏初阳，她不仅是个年轻的女子，更是一名优秀的医生。

杨莫羽却一路上都在想着夏晓阳。那个英俊的少年，也曾用摩托载着她，驶过田野，穿过山间，跨越桥梁。和他在一起时，她可以抱着他那独属于少年的多筋骨少赘肉的腰，大声地唱啊，叫啊，笑啊。夏晓阳一脸灿烂地笑着，像个孩子一样。他把自己武装成一个骑手，载着心爱的公主，去闯荡，去流浪。那时候的他，浑身洋溢着青春的气息，很英俊，但称不上英雄。说实话，她根本就不想他成为英雄，要成为，就成为她一个人的英雄好了。骑着摩托车的他，就是一个不折不扣的英雄。那个英雄，带着一位心智略微成熟的女子，在天地间好好地看过一回风景。

回想至此，杨莫羽认为夏晓阳是爱她的。可他为何又要返回火场去救另一个女孩呢？他为何为救她连自己的生命都不顾惜了呢？他心里到底深爱着谁？坐在摩托车后座上的杨莫羽想着想着，不禁泪流满面。

她希望夏晓阳只做她一个人的英雄。甚至，她想做他的英雄。如果机缘允许，她愿意与那场火来一个约会，让火吞没她，放过他。

虽然隔着口罩，伴着风声，可代明已经听到了杨莫羽的哭声。夏初阳由于戴着头盔，没有听到。代明知道他的师妹又想起了某些事情，不由默然神伤。他在等她，等她从心魔里走出来。

摩托直开到老李家养猪场外面的马路上才停下。此时人群早已散去，龙奂生他们几个村干部也都忙各自的工作去了。夏初阳陪着杨莫羽与代明进了养猪场，里面老李两口子正在抹眼泪，见到杨莫羽，老李站起来，满脸狐疑，指了指杨莫羽，又指了指夏初阳，道："这、这不是给人治病的杨医生吗？你让她来干什么？"夏初阳道："给猪治病。"代明也笑笑道："别看她平日里只给人治病，其实，她猪病也治得挺好。是我叫她过来的，她是我师妹。她比我更内行！"

老李半信半疑，老李的老婆也半信半疑。

杨莫羽却不管不顾他们的怀疑，从工具箱里拿出手套戴上，就开始着眼于给猪看病。她像给人看病一样，望一望、摸一摸，还轻声和猪说话。走了一圈之后，她回头问代明："量过体温了吗？"代明说："量过了，确实有点发烧。"又问老李最近给猪吃了什么没有。老李说就给吃了些猪饲料。水呢？她又问。老李说，自己在养猪场后面打了口沉井，埋了管子，接进猪圈，装了自吮龙头，由猪自己咬水喝。杨莫羽点了点头，又四处看了看，道："你这猪圈建在敞阳处，冬天里，白天暖和，晚上寒冷，昼夜温差大，这水泥地又比别处更冷，猪怎么可能不感冒。"又道："我得和代医生商量怎么给猪治病，请你们先出去吧！"

待夏初阳他们出去后，杨莫羽悄声对代明说："我研制了一种新药，想在猪身上做做实验，你肯配合我么？"代明说："师父先前已经对我说过，但凡要治疗动物的病，都可让你先用药试试。以前咱们在学校不也是这么做的吗？"杨莫羽道："如果这药在猪身上起了效，那么，下次我们就可以试着用在人身上了。当然，每次尝这药的人都是我们。"说时笑着轻打了代明一拳。代明轻笑笑，低下头，然后又抬起头用灼灼的眼神看着杨莫羽道："为了我们的理想，我愿意与你同行！"杨莫羽嘻嘻一笑，道："是生死与共！"代明道："对，是生死与共！"

二人开始忙碌起来。他们试着给其中一头病得最厉害的猪喂食并注射了新研制出来的药丸和药水，然后，开始观察并测量体温，二十分钟后，他们发现，猪的症状有所缓和。他们继续观察，发现猪竟然睡着了，呼吸均匀，偶尔发出咳嗽声，但咳嗽声显然没那么浑浊了。此时，猪圈顶正当着太阳，圈内暖融融的，吃过药、打过针的这头猪睡相安稳，而其他的猪则显得烦躁不安。杨莫羽与代明一商量，决定给其他的猪都进行同样的治疗。于是，他们喊来老李两口子和夏初阳帮忙，给猪们逐个喂食了药丸并打了针。做完这一切，杨莫羽累出了一身大汗。夏初阳从外面井水里给她舀来一勺水，她轻抿了一口就还给了他，他仰脖就喝下了。杨莫羽不禁有些好笑。夏初阳也是满头大汗，见杨莫羽笑了，他也憨憨地笑了。杨莫羽道：“接下来，该你感冒了！要知道，你这样猛喝冷水，最容易得病！”夏初阳道：“没事，我皮厚肉糙的，没那么娇贵！”

杨莫羽竟然道：“你的皮比这猪皮还厚么？”

说完才发现自己比得不准确，于是，低下头去，不再说话。她脸上沁着汗水，微微发红，显出娇嫩的模样，像极了初冬时节开得欢快的变色木芙蓉。都说云想衣裳花想容，那此时的夏初阳，你又在想什么呢？

他正看着冬阳下的杨莫羽发呆。

那边，代明正在交代老李，要他给猪圈做一些保暖措施。老李点点头，立马打电话给在镇上开店的侄子，让他带来了几大卷塑料膜和十多个风扇状和鸟笼状的电暖器。老李说，只要不死猪，他付出多大的代价都愿意。老李家兄弟也为他拖来了十几捆稻草，要他用稻草来做保温层，并对老李说：“幸好不是猪瘟啊！”

晚饭过后，杨莫羽和代明在大家的帮助下，又给猪喂食了一次药丸，并注射了药水。接下来两天，杨莫羽和代明都把自己的工作重心放在了老李家的猪身上。到了第三天，猪们好得差不多，又开始嗷嗷地叫着催食了。老李两口子心里自然乐开了花，为表示感谢，给代明和杨莫羽两个一人塞了个两千元的大红包，却被他们拒绝了。

代明回县城之前对杨莫羽道：“等哪天我感冒了，我要试吃你研制的药！”

杨莫羽调皮一笑，道：“不用了，我已经试吃过了。事实上，在把这药用到猪身上去之前，我已经试吃过了，效果还不错！”

“什么时候？”代明问。

“就在你和夏初阳来找我之前。大家不都说我生病了吗？”杨莫羽道。

“你是说，你是故意把自己弄生病，然后再来试吃这药的？”代明感到了这个女子身上的可怕之处。然而，毕竟不全是可怕，还有可敬。因可敬到极致而令人生畏。

“那倒不是。我不会傻到草菅人命的地步。我还要活着去弄清楚一些真相！”杨莫羽脸上露出一片详和的光，似希望的火苗在那里燃烧。顿了顿，她又说：“我想知道他最爱的人到底是谁，我想知道，是什么样的力量使他在最危险的时候再次返回火海。”说到这里时，她脸上的火苗不见了，那眼中降下的春露浇湿了脸颊，也浇灭了那娇红的火苗。

代明愣了愣，没有说话。陪着她哭，陪着她笑，是他向来的使命。他想，只有哪一天她从那个噩梦里走出来了，他才会走进她的另一个梦里。他给她的梦，将会是不一样的，是一个全新的梦。

如果没有记错，他已经暗恋她六年了，从他们成为同门师兄妹开始，从他们在导师的书房里见第一面开始。

但他觉得这个夏初阳对杨莫羽似乎有特别的感情。

“这个夏初阳，人不错！”他对她说起这话时，心里隐含着一股酸味，但把语气和表情处理得恰到好处，不着痕迹。

“他也是个英雄！抗洪英雄、扶贫英雄、侦探英雄，他与他弟弟不一样的地方在于，他还活着，但感觉他时刻准备着，要学他的父亲和弟弟，做一个彻头彻尾的英雄！只有盖棺才能定论，难道不是吗？”杨莫羽说这话时，语气淡淡的、悠悠的，像是在肯定一个人，又像是在否定一个人，像是在赞颂一个人，又像是在讽刺一个人。

“哦！原来是这样啊！”代明小心翼翼地说着，他在她面前习惯了小心翼翼。只有小心翼翼，才能拥有和她在一起的希望。总不能把她那易碎的玻璃心打碎了，再高喊着“我爱你”

三个字，强迫她接受自己吧！代明抿了抿嘴唇，内心竟涌出一股说不清、道不明的喜悦感：原来，夏初阳竟是夏晓阳的哥哥啊！

“小羽，下次研制出新药，可不能傻傻地自己先试吃啊！那样不但会试出病来，甚至还会要了你的命！”代明道。他清楚她这样做的后果是什么。这才是令他真正害怕的。

“其实，也没什么。我只是吃过有些药以后，会控制不住自己，听团队中的人说，我还会梦游，还会在梦中跳舞。”杨莫羽道。脸上依旧风平浪静。她总是这样，把关乎自己生死的问题看得云淡风轻，却把自己男友为谁而生、为谁而死的事，看得比天还大，比地球还重。

代明怜惜地看着她，不由自主地靠前一步，伸出双手，轻轻地拢住他苗条的身子，戚然道：“那是试药后遗症，你读研究生时，我就看到过，你在半夜起舞。”

“是吗？为什么你们不告诉我？”杨莫羽道。

“我们告诉你，你就会停止试吃药吗？”代明道。

杨莫羽没有说话。代明抚摸着她的头发，道：“如果最后总有一个人要为师父的研究付出生命的代价，我希望那个人是我，而不是你！”

杨莫羽猛然推开代明，大声地、几乎粗暴地说：“不！”

代明木然而立，轻声嚅吟：“你不知道，我有多爱你！”声音小到，甚至连自己都听不到。

张小磊自受伤以来，躲避着一切来看他的人，其中当然也包括夏初阳。

作为好朋友兼竞争对手，他特别怕夏初阳笑话他，或者怕在夏初阳面前认栽。

他一直以为自己在某方面是比夏初阳优秀的，譬如接纳新事物、与三交九流的人打交道、更懂得变通等。他向来认为夏初阳机智有余，变通不够，属于那种死脑筋、一条道走到黑的

人，但这次，他不得不承认，那些自认为是自己优点、是夏初阳缺点的，恰恰反了个个儿。他不由感叹自己太急功近利，太急于求成，以至于接了一盘烂棋当好棋，不仅没盘活，反而让它加速变成死棋。

他信错了人。这些天，他躺在病床上，不住地唉声叹气。他最终归结于，之所以会有这样的结局，是因为自己信错了人。

他没想到先前在部队里一身正气的杨豪队长，转业没几年就变成了一个奸商。人说无商不奸，奸也没什么不好，只是，他不应该到自己的战友面前奸。

他相信他，包庇他，在宾馆执行任务时，撞见他与酒店服务员的丑事，他也为他保了密，还替他做了很多善后工作，因了那点事，他答应把资金投到沙岗村来，在沙岗村建造一座工厂，以帮助沙岗村脱贫摘帽。这事镇里也是认可了的，还说他比夏初阳更识时务，更懂抢抓机遇，可现在，厂子倒闭了，杨豪跑路了，镇里也没人出来帮他说话，他就变成了替罪羊。

然而，事情好像并没有他想象的那么糟糕。这些天里，既没有上头的人来兴师问罪，也没有下头的人来吵闹滋事。他躺在医院的病床上，也没人把他当成一个身负有罪的人来对待。

一切都静如无风之水。

他这时倒很希望夏初阳来看他，希望他来告诉他，这到底是怎么回事。然而，他没来。

夏初阳没来，但是，廖静来了。这令他感到相当意外。

“初阳没空来，他村里最近发生了一大摊子事，他分身都来不及，所以，也就没空来看你。不过，我来看你就等于是他来看你，毕竟我和他是一家人嘛。”廖静一边把袋装的水果放在旁边的桌子上，一边笑吟吟地说道。她分明是在向张小磊阐明什么。张小磊已经感觉到了。但他没问。

两人一时竟没有话说。因为，廖静本来是想让张小磊问出“为什么你会这么说”之类的话，她好接着往下说的。但他没问，所以，她竟然不知该如何往下说。

“最近我也办事去了，所以没来看你，咱们医院的工作人员没有亏待你吧？”廖静这么一问，倒让张小磊记起她是院长的女儿来。

他动了动身子，回答得有些随意：“亏待？我交了钱的，他没理由亏待我啊！”

张小磊对廖静是很有好感的，甚至，甚至想入非非，想和她发展对象，可没想到，被夏初阳捷足先登了。此种境况下，他不禁对夏初阳涌出了一股恨意。他看向廖静，希望她刚刚说的话，不是他想的那个意思，也就是说，她并没有与夏初阳怎么样。毕竟，时间也不过才过去了几天，他们的关系不可能发生什么质的变化。再说了，他们之间还有个杨莫羽呢？夏初阳能越过杨莫羽那一关而与廖静成为她口中所说的“一家人”？

“你和初阳认干兄妹了？”张小磊自以为聪明地问道。他看着廖静的眼睛，在她抬头望向他的那一瞬间，分明感觉到她眼睛里泛出了柔情的光。她笑笑，没有立即回答，颇有些欲说故遮的意味。没说是，也没说否。这种等待，在张小磊想来是十分无聊的。可是，又不得不等，毕竟自己喜欢着眼前这个女子呢。这几年来，廖静是唯一一个让他心动的女子，而她在他最落魄的时候来看他，是不是也意味着她对他也有点什么心意呢？

然而，他所有的幻想瞬间就被击破，击得支离破碎。

“不！我们不是兄妹关系，我们成了夫妻！”廖静仍旧笑着，沉浸在幸福中，“我和初阳已经领了证，不久后，还要做酒呢！到时候，请你来喝喜酒啊！”

廖静的话像个拳头一样，重重地砸在了张小磊已经摔断却又在愈合中的大腿上。

他有些痛，但又不能丧，脸上仍旧保持着尴尬的笑容，轻声道：“原来这样啊！恭喜你们啊！”

夏初阳不总把自己当兄弟吗？他竟然在兄弟遭遇人生滑铁

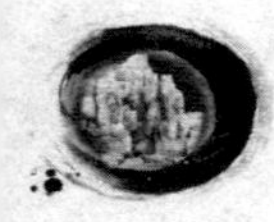

卢的时候，悍然娶妻，娶的还是这个兄弟钟意的女人。关键是，夏初阳喜欢廖静，他怎么就没看出来呢？他能看出来的就是，他对杨莫羽有很深的眷恋，而杨莫羽对他似乎也是怀有好感的，他怎么会突然娶了廖静呢？这不像是夏初阳处理情感的方式啊！

他陷入混乱的逻辑中，一时分神，廖静说了些什么，他全然没听进去。廖静什么时候走的，他也没注意到。他望向窗外时，天色已黄昏。他抓起自己关机多时的手机打给夏初阳，电话接通时，他劈头盖脸地数落了他一通，然后质问他：“你为什么要娶廖静？你为什么要娶你兄弟喜欢的女人？你怎么这么快就和廖静领了结婚证？谁允许你这么做的，夏初阳？”

电话那头一直保持静默，后来忽然传来一个女人尖利的声音：“你是哪个神经病？”

接下来，电话就挂断了。他看了看自己拨下的号码，是夏初阳的，没错。难道，他连号码也换了？他简直没法想下去，气得很。他的肺气到快要爆炸，但他的腿却表现出无动于衷的样子。它断了，它还能怎么样？要是在平时，张小磊一定会撂起它，就给夏初阳一脚，可是，就算是平时，他也撂不过他。这一点，他有自知之明。

“夏初阳，你在干什么？”他用近乎咬牙切齿的姿态，狠狠地嚼着这句话。

他不明白，为什么夏初阳会让一个女人接电话。而那个女人似乎还对他怀着敌意，如果不是夏初阳的示意，那个女人会骂他是个“神经病”？

他望向天花板，眼前一片空白。

夏初阳回到村部，见龙奂生、陈明辉等人站在办公室门口抽烟，脸色有些凝重。他也不在意，最近村子里事情很多，大家都忙得一塌糊涂。村部前面绿化地带的月桂开着米粒般的小黄花，发出浓郁的香气，夏初阳深深地呼吸几口，一方面是为了洗洗肺，一方面是为了提提神。他有些累，但还有很多事情需要处理，今晚，他还得加班。

他没有与龙奂生他们打招呼，也没有直接走去办公室，他准备去厨房，看看龙奂珠给他做了什么好吃的。他所指的好吃的，并不是什么大鱼大肉，只要清淡可口，能填饱肚子就行。再说了，龙奂珠本就开过饭店，炒出来的菜，还真不赖。但是，快到厨房时，他没闻到炊烟的味道。他有种预感，今晚厨房里没有开过火。推开门，果不其然，里面洁净得很，并没见到灶上升腾出细烟，往常龙奂珠会把菜放在掺水的锅里，往灶膛里塞些柴火，用温火或火子为他热菜。冷灶冷锅的，不像做过饭。他一阵失望。龙奂珠怎么了？

联想到刚才龙奂生和陈明辉的表情，他想，她一定是出什么事了。他快步走到办公室，才发现，另外两个村干部也在，龙奂珠也在。她衣服像是被人扯烂了，脸上也有些伤，他望向她，正迎着她仇恨的目光。那目光令他凛然一颤。他预感到，她变成这个样子，一定又与自己有关。

“她与廖静打架了！”孟远程道。

“什么？”夏初阳惊呼，“她怎么会跟廖静去打架呢？那廖静呢？”

“廖静没事。打她的是廖静的司机，男的，力气还蛮大！”孟远程道，言语之间颇有些讥讽之意。

夏初阳立即感觉到了在场人对自己的仇恨与讥讽。顿时，孤立无援。

“你都结婚了，这么大的事情，怎么也不跟大伙说一声，都好几天过去了，是吧？你娶了医院院长的女儿，这事还不值得庆祝么？”龙奂生道，“你又不是大明星，搞什么隐婚啰？你看看，你的粉丝龙奂珠都伤心成啥样了！”

原来如此！想来应该是龙奂珠得知自己与廖静结婚的消息，竟去找廖静打架了。他知道她的性子烈，但没想到会烈到仇恨他的结婚对象这个地步。

“对不起，我只是太忙了，还没机会宣布结婚这事。男大当婚，女大当嫁，相信大家也都能够理解。再说了，最近大家都很忙，我不想拿这点小事去麻烦大家！这毕竟是我个人的事情，对吧！”夏初阳声音有些小，倒像是自己结婚结错了，有些理亏似的。

“什么时候做酒呢？这个也不想告诉大家吗？”龙奂珠问道。她是笑着问的，脸颊上还挂着泪，因此，这样的笑给人一种诡异之感。

村部办公室苍白的灯光之下，几个人沉默着，显得有些压抑。夏初阳不知自己做错了什么，也沉默着。做酒？他从没想过自己结婚会做酒，当然，此时的他，对自己已经领证结婚这件事也有些惘然了。

那晚之后，龙奂珠正式辞职，不干村妇女主任了。大家在一起共事时，气氛有些僵。村里不时有销售商来收购鸡鸭鱼和各类蔬果，大家知道自己家的产出都能卖出去，心里当然高兴，做事的热情自然高涨。他们才不管你这个驻村第一书记娶了谁呢，他们只管袋里的钱。老李家的猪病也治好了，病后的猪吃得比往常更多，因此，正往疯里长肉呢。大家听说是镇人民医院的杨医生治好的，不住赞叹“杨医生医术真是高明，不仅会给人治病，还会给猪治病！”“杨医生那个人慈眉善目，一看就是菩萨心肠！”“杨医生那人可好了！镇人民医院那个治感冒的特效药就是她发明的哩！”

在石岗村人心里，杨莫羽已经变成了神医般的存在。冬天里，大家生个什么病，去医院时，都想着找杨医生，但大部分时间，杨医生都不坐诊。大家见不着她的人，也不埋怨。有人说，杨医生还在研究另外一种比特效药更好的药呢。于是有人问，比特效药更好的药是什么药呢？不知道，说话的人摇了摇头。不管怎么样，大家都相信有比特效药更好的药存在，只是还没被研制出来。

（八）

夏初阳结婚的事情，大家慢慢地也都知道了。廖静那边已经选好了日子，准备操办喜事。事不宜迟，元旦就是好日子。夏初阳平时雷厉风行，挺有主见，可操办婚宴这事，自己竟做不了主了。他反复强调不要做酒不要做酒，然而，廖院长不同意。他只有这么一个女儿，不办酒对不起女儿，更对不起祖宗。在这样的新时代，看着那个懂科学的廖院长，不时把祖宗挂在嘴边，夏初阳确实有些意外。母亲也主张做一回酒，她说自他父亲和弟弟成为烈士后，她已经很多年不曾快活过了，要趁他结婚做酒时快活快活。以前母亲从来不会说这样的话，现在能够说出来，也一定是受廖静影响。母亲已经认定廖静是儿媳了，现在他娶了廖静，也的确顺了母亲的心愿。如果在做酒这事上，违逆母亲，就总给人一种好人没有做到底的感觉。但是，上面有规定，党员干部是不能大操大办红白喜事的，明知故犯等同于顶风做案。夏初阳动之以情，晓之以理地对母亲和廖静还有廖院长讲过，但无济于事。廖院长最后道："我就这一个女儿，我就嫁一次女，叫我不做酒，那可做不到！你我是国家干部，没错；不准我们做酒，却有碍情理。做酒是要做的，但我只请客不收礼！给大家伙说好了，我廖某嫁女，只请客吃酒，绝不收取任何礼金！"

尽管如此，喜帖发出去之后，夏初阳还是有些不开心。

夏母早元旦节几天就从老家赶了过来，然而，过来之后也没事可干，新房被安排在廖院长家的别墅里，自然早有人布置

好了。她也没别的地方可去，况且还带着两个骨灰坛，去哪里住都不方便，就只好在夏初阳村部的宿舍里住下了。夏初阳也没把结婚的事放在心上，只一心往村民中间跑，而村里似乎也有做不完的事情，不是这家有事，就是那家有事，要么就是上面又下了个什么任务，让你永远钻在繁琐的事务中出不来。廖静也没来村部打扰他，自从上次她来村部被龙奂珠打了一耳光之后，她就再没来过村部。上次她来之前喝过酒，酒兴起时，她就想来见见夏初阳，于是就找了个朋友当司机。也幸好有朋友在，不然，她非被那个泼妇龙奂珠打死不可。朋友替她挡了拳头，替她打了回去，且反应相当迅速，在那个泼妇被打倒在地一时爬不起来之时，拉着她开车迅疾离开了那里。如果真要是招来那些乡民，那就真是秀才遇到兵有理说不清。

廖静站在自家别墅的窗前，端着一杯红酒，看向窗外，身后，一堆闺蜜在为她整理婚礼用品。明天，她即将成为她最爱的男人的新娘。想着夏初阳高大帅气的模样，她忍不住笑了。她一直认为人都是现实的，果不其然。

此时，微信消息提示音响个不停，她看看，能回的全都回了。其中有几条是夏母发过来的，她没有一一回复，综合一下内容，统共只回复了一条。

对于夏母，她有自己的打算。她是绝对不会跟一个守着两坛骨灰的老人生活在一起的。绝不！她仰脖喝下小半杯红酒。外面，午后的阳光，暖意融融，上天有意要赐给她一个温暖的元旦，一个红火的婚礼。阳光透过落地窗前的纱帘，撒在原木色地砖上，感觉美极了。

此刻，她的师父在做什么呢？那个不食人间烟火的女子，一定还在实验室里摆弄自己的瓶瓶罐罐吧？她摇了摇头，发出轻微的叹息："瞒了她这么久，也该让她知道我要结婚的消息了！"她拨下杨莫羽的电话，却被告知无法接通。拨了几次，也都如此。她突然觉得自己很搞笑，有必要把她当成自己的情敌吗？你哪只眼睛看到她喜欢夏初阳，又哪只眼睛看到夏初阳喜欢她了？他所说的要帮她的话，大概也纯粹只是出于事业上的帮助吧，而这种帮助也是因了他弟弟夏晓阳的缘故吧！

廖静突然觉得自己想多了。

给夏初阳买的西装倒是挺合他身的，当夏初阳穿上站在穿衣镜前时，廖静着实觉得挺有成就感的。

他平时就很阳刚、很帅气，此时，穿着价格不菲的西装站在她面前，整个人呈现出来的气质不亚于电视明星。廖静也已把自己的新娘装穿好，化着典雅妆容、戴着金链玉镯的她，又何偿逊色于那些电视明星呢？她往夏初阳身边一站，穿衣镜里就映现出一对金童玉女来。她伸出手，搂住夏初阳的腰，摸出了他肉少骨多的质感，他从里到外透露出的刚健之气，顿时把她征服，她望向他，顿时无法自已。她想让他立即拥她入怀，紧紧地抱住她，给她一个深情的吻。但是，他仿佛天生对这一点缺少灵犀。她只好伸出双手去，拥抱了他，贴着他的深灰色西装，深深地呼吸。

夏初阳的电话铃响了，他开始接听电话。这电话让廖静的深情拥抱，变得有些生硬。因为，她的深情没人回应。她专注着拥抱他，他却专注于打电话。

第二天就是元旦，天气突然变冷，一大早刮风下雨的。但天气预报说过应该是晴天的。应该是晴天的，廖静坐在化妆镜前，望望窗外，想道。

但是，直到她被自己家替夏初阳安排的小车接至酒店，雨也还没停，风也还没停。

风雨没停也没多大关系，关键是新郎夏初阳竟然在婚礼即将开始时还没来。

“他接他母亲去了。”张彩月道。在蜀南经营“永红山庄”的张彩月是特地赶回来参加夏初阳的婚礼的。他得知消息倒不是夏初阳本人告知的，而是龙奂珠。他有些奇怪，为什么夏初

阳娶的女人不是杨医生？

夏初阳在大家期盼的眼神中，扶着母亲从车里走出来。下车后，他和母亲又转身去后备箱里取出了两个用红布盖着的东西，一人抱了一个，朝“多喜悦”酒店大厅走去。廖静在门口嘟囔了一句：“你差点迟到！”夏初阳“哦”了一句，不再说话，也没有看廖静。

看着满大厅的客人，夏初阳有些头重脚轻。他搀扶着母亲走到礼仪厅，找位置坐下，郑重地放下手中的东西。一回头，见廖静朝自己走来。他迎了上去，只听廖静问道：“你们抱着的是什么东西？”夏初阳道：“我的家人！”廖静顿时明白过来，气得脸色煞青，透过浓浓的粉底，也能见出那抹青色。她嘴唇颤抖着，轻声道：“你们抱着两个骨灰坛来婚礼现场？你们真觉得非常合适吗？为什么不考虑一下我的感受呢？”说着，自怜自伤起来：“这是我的婚礼啊，夏初阳！”泪水洇湿了眼睛，马上就要糟蹋睫毛膏。她强吸一口气，平复激动的心绪，把眼泪硬生生地忍了回去。

“这是我母亲的主意，想让我爸和我弟见证我们的婚礼。”夏初阳上前一步抓住廖静的手，轻声道，声音无比温柔。

廖静沉重地叹了一口气，道：“好吧！”看得出，她很委屈。夏初阳没想到这事会给她这么大的刺激。从母亲那里了解到的情况，与廖静的表现完全不同。来之前，母亲说：“不用跟那孩子商量，她很懂事。”

这就是母亲所说的懂事？他这时才发现，自己其实对廖静一无所知，充其量也就是从母亲那里听到了些对她的评价。母亲实在太想让他找个人成家了，而他竟然也一时头脑发热，说起要娶她就和她领了证。

婚礼开始了，隆重而繁琐，所有的程序都走得符合常规。廖院长说过他嫁女只请客不收礼，果然收到请帖的人都来了，连远在处省甚至边境地区的朋友都赶过来了。除了石岗村的那几个村干部，夏初阳对济济一堂的客人基本都不认识。西装革履的廖院长已经看不到半点当医生的影子，像个当官的，又像个当老板的。从他的穿着打扮来看，他十分重视女儿的婚礼。夏初阳顿时觉得这场婚礼有了一种真实感。来的客人越多，这种真实感就越强烈。这些客人与其说是来吃酒的，不如说是来作证的。众目睽睽之下，他夏初阳与廖静就要成为夫妻了。证也领了，婚礼也举行了，法律保护了，大家见证了，谁还能反悔呢？

他心里居然涌出了“反悔”这个词。

他是正人君子，他的父亲与弟弟都是英雄，他们的骨灰坛就在母亲独坐的那张小桌子上，和这些熟悉的、陌生的人们一起，为这场婚礼作证，容不得他反悔。正人君子，就算做出了错误的决定，也决不反悔。

他给自己打了打气，让那种真实感在自己心里得到了放大。

婚礼在吵吵嚷嚷中进行着，他的确觉得很真实了。忽然，他触碰到了一双忧郁的眸子，它们就在第一排某个桌位边忽明忽暗地闪烁。

这样的双眸只适合长在杨莫羽脸上。她的脸在他面前清晰起来，还挂着泪。

他突然意识到自己犯了个天大的错误，而这种错误已经无法弥补。

他久久地望向她，呼吸突然变得急促。人群也如同他的呼吸一样，躁动不安！突然就有一个声音传来：“有人跳楼了！”

夏初阳没想到，自己的结婚仪式会被如此掐断。不过，也好。

跳楼的是龙奂珠。她是从酒店的顶楼往下跳的。酒店共三层，顶楼却在三层半，因为上面还有一个隔热层。楼不是特别高，却足以让一个往下跳的女人香消玉殒，足以成就一个女人为情而死的悲壮。没有人知道她是怎么爬上顶楼的。那里一般

人上不去，上得去的不是一般人。隔热层与三楼之间是加了防固门的，门上除了常规的铁闩锁之外，还加了一条铁链子。酒店开在余镇这鱼龙混杂的地方，不能不把防盗措施做得妥帖些。他们也许防犯了盗贼，但没能防住一个想死的女人。

龙奂珠悲悲壮壮地从“多喜悦”酒店的顶楼跳下来了！高度足以让她死得很精彩，但是，她却没死成，充其量也就摔了个半死。余镇收垃圾的车恰巧开过来，停在那里，把跳下来的龙奂珠给接住了，而垃圾车里堆满了泡沫、废纸、废渣和一个个装满生活垃圾的塑料袋。龙奂珠当时直接就被垃圾车送进了余镇人民医院。大家纷纷议论起这个女人跳楼的原因来，就有人说道：“她是为情自杀！那个男人抛弃了她，今天在酒店与别的女人结婚了！”

余镇不算大，谁不知道今天是石岗村驻村第一书记夏初阳与余镇人民医院廖院长唯一的千金结婚？

自杀之事向来为人们所好奇，为情自杀则更能引起人们探究隐私的兴趣。于是，有人就把龙奂珠私生子亲爹的帽子移花接木般地戴到了夏初阳头上。好一个陈世美不认前妻！好一个无情郎遗弃多情女！

街头巷尾的人都围在医院外面，交头接耳地议论着。石岗村那些对真相一知半解的人却都保持沉默，没人替夏初阳分辩半句。感觉好像这场婚礼瞬时就把夏初阳所有的功绩都抹去了一般。那个好人呢？那个昨天还在为他们村创造财富的夏书记呢？仅仅因为他穿上西装当了新郎，仅仅因为一个单恋他的女人跳楼自杀，就被刷去了好感，抹去了功绩！

龙奂珠没死成。夏初阳的婚礼也没办成。龙奂珠从麻醉中醒来的第一句话，竟然是：“夏初阳为什么没娶杨医生？”

她的这句话在余镇不胫而走！

夏初阳为什么没娶杨医生？元旦节的下午，这句话从余镇人民医院传了出来。人们这时才知道，原来，夏初阳喜欢的人是杨医生，娶的人却是廖医生，那个叫龙奂珠的女人跳楼竟然是替杨医生打抱不平！

世上哪有这么荒谬的事情？

杨莫羽听到这样的传言，冷冷一笑。她不明白龙奂珠为什么会给自己的跳楼殉情找这么一个不合逻辑的借口。她只感到很冷。她眼前闪现的，仍然是把夏晓阳毁了的那片火海。夏晓阳的骨灰坛用红布罩着，被夏母放在了夏初阳的结婚现场，婚礼打断后，又被他们运回了石岗村。她倒不想追着一个骨灰盒去倾诉思念。她的晓阳已经从她的心里慢慢擦去，渐渐变得模糊。她的心里只留下了那片火海，它分外清晰。他到底是为了谁而甘愿再次扑入火海的？这个结缠绕在她的心里，缠得她生疼。他甘愿为那个女人葬身火海，这就说明，她杨莫羽在他心中无足轻重！

这些天，她做了很大的努力来擦拭夏晓阳的名字，只有擦去那个名字，她才能装下另一个名字。她才能在面对另一场爱恋时，心安理得。可就在她做好迎接新的恋情时，那个男人却娶了别的女人。她才萌发恋情，别人却直奔婚姻而去了。她只知道她的徒弟廖静喜欢夏初阳，但并不知道夏初阳也喜欢廖静！如果夏初阳一开始就喜欢廖静，那他对她的那些明里暗里的表示又算什么？就如同当初夏晓阳与她相恋，她以为他爱她爱得很深，可最后却为了别的女人而放弃了自己的生命，那么，她杨莫羽算什么？他们之间的爱情又算什么？还算是爱情吗？她感觉到，她被夏家两兄弟给骗了！

杨莫羽身着医务服站在医院的门廊下，望着黄昏的天宇，深吸了一口气。此时，大家都在传说龙奂珠自杀的原因。她却兴味索然，只觉得无聊！

无聊的不仅是龙奂珠的托词和人们的传言，还有廖院长父女对她的戒备。人都是自私的，尤其是在男女情感方面。她突然想透了一般，不想被卷入其间，只想一头钻进实验室里，去

寻找心里的平衡，抑或是去寻找心中的乌托邦。

此时，她却想起代明给她说过的一句话：“我永远都是你的高老庄，如果累了，就回来吧！”

关于乌托邦或高老庄，她已经放在一起吟味了很久，有点意思，但究竟有什么意思，她没弄清楚。

进入实验室需要一种仪式，她用近乎虔诚的态度，为自己披上一件铿锵玫瑰般的外衣。一旦手里把弄起那些瓶瓶罐罐，那些化学分子式，那些自神农那里传下来的复杂原理，就会把她卷入一个虚拟而真实的世界。在那里，没有爱恨。

她已经穿好服装，戴好口罩和手套，就如同一个外科医生准备进入手术室一样，万事俱备。

有人喊：“杨医生，有个病人说想见你！”

杨莫羽没有转身，此时，她不想分心，世上没有一件事比进入实验室更能让她专心以对。

“那个跳楼的女人醒了！”护士弱弱地说道，声音里带着怯懦。知道此时那个女人是杨医生心中最大的忌讳！自己爱上了那个男人，却不敢承认；那个男人娶了别的女人，自己想不开，打算死，却把跳楼的原因说得奇奇怪怪，竟至牵扯上一个无辜的人。

“知道了！”杨莫羽停下整理衣服的动作，思索片刻，轻声道。

“对于那种人，您是可以不理睬的！就算我没有传达到吧！我可以对她说，您不知去了哪里，找不到您！”护士道。

“她在哪里？”杨莫羽转身，脚步已开始移动。

“您真的不用去！”护士再次轻声道，眼眸里尽流露出对杨医生的同情。

龙奂珠僵直地躺在病床上，浑身都是绷带，只有眼睛和嘴巴露在外面。她此刻躺在生死之间。她为何要这么做？好好的，她为什么要这么做？杨莫羽忌讳死，但却并不害怕死，但她还是弄不明白龙奂珠为何要去死。为什么在没死成的情况下，说出“夏初阳为什么没娶杨医生”这样的话。莫名其妙地，就把她的死和她杨莫羽联系在了一起。自己最近才把龙奂珠儿子的咳喘病治好，难道她是用这种方式报恩？这不叫报恩，这叫恩将仇报！

“杨医生，你来了！”龙奂珠嘴里发出不完整的字音，很轻，像蚊蚋嗡鸣。病房里静悄悄的，这是与死神挣扎过后的不寻常的寂静。浓重的接筋合骨的药水味充斥在空气里，让人觉得窒息。然而，她已经闻惯了。甚至，她对那些药味产生了依赖。这种依赖超乎女人对香水的依赖。她是为药而生，为药而死的人，她不怕那药味。

杨莫羽以悲悯的眼光看着龙奂珠。孩子病才好，她这个做母亲的不应该在孩子最需要她的时候，做出伤害生命的行为，纵使是伤害自己也不行。她不仅是她自己，她还是孩子的母亲。就算她爱夏初阳爱到死去活来，也不应该以这种极端的方式来表达。死去活来显示的是情深，要死不活显示的是愚蠢。她简直愚蠢至极！

“虽然我、我也喜欢夏初阳，可我更、更希望他娶你！而、而不是娶——”龙奂珠中爱情之毒实在太深，此时她竟然还在拿爱情说事。关乎生死，爱情算什么？可是，杨莫羽又心痛了，她的晓阳不是为救别的女人而死么？看来，爱情在有些人那里的确超乎生死！

杨莫羽忽然能理解龙奂珠的心了！她深爱着夏初阳，在得知他娶了别的女人时，心死了，于是，肉身也不想留于世上，这与晓阳当时扑进火海的心情何其相似！都是为逝去的爱蹈死不顾！

然而，她连死也找不到借口，因为，她是个失身的单身母亲，在世人眼中，她是没有资格爱夏初阳的。没有资格！

于是，她说出了那句“夏初阳为什么没娶杨医生”的话。

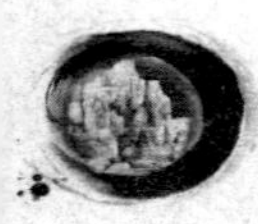

她不过是拿她杨莫羽当殉情的借口罢了！杨莫羽此时，竟也自怜自伤起来。她好不容易勉强放下夏晓阳，就是为了接纳夏初阳，可没想到——

她望着龙奂珠，轻声道："你真傻！"忽然又顾及到另一方面，于是又道："你这样会毁了夏初阳！他的人生里有比爱情更重要的东西，如果他认为爱情很重要很重要，就不会这么快地步入婚姻之门。他有他的责任，他的责任在这片土地上！而我也没你想的那样看重爱情，我也有我的责任！"叹了一口气，又道："别人都知道自己的责任之所在，可惜你忘记了自己的责任，你不是个好母亲！"

"好好养病吧！只有你活得好好的，夏初阳才能继续带领石岗村的老乡们脱贫致富！世界上总有比爱情更重要的东西！看来，你太不懂夏初阳了！"杨莫羽话说得很轻，但落得很重。

她不打算再说下去。如果龙奂珠真是个迷途知返的，有她这一番话，该好好配合医生疗伤了。她为龙奂珠抻了抻被角，龙奂珠吃力地说道："我错了。"杨莫羽神情凝重，没说话。

走出龙奂珠的病房后，杨莫羽穿过医院长长的走廊，再拐过弯弯绕绕的楼梯，直奔自己的实验室。唯有那里，才能容纳她的所有悲喜。

她一走进实验室就是半个月，吃住拉撒都在里面，负责给她送饭菜的小护士，逢人就道："杨医生真可怜，她那哪是搞实验，简直是生生地把自己给活埋了。"

半个月里发生了很多事情，但她都不管不顾。她需要用一种近乎残忍的方式，把另一个男人的影子从自己的心窝子里剔去。由她自己的痛苦程度想开去，她觉得夏初阳也是个无情之人。既然心里早有所属，为何又要给她杨莫羽以热情、以暗示、以希望？早知道他那么用心地为她种药材，只是完成工作而已，她又何苦另作它想？

她想多了！她的确是想多了！以为夏晓阳爱的是她，他却是为了救他心爱的女子而死；以为夏初阳爱的是她，他却在神不知鬼不觉的情况下娶了别的女子。

她忽然笑了，看着手里的药瓶笑了。

她的研究似乎成功了！只要有一个人感一场奇怪的冒，然后喝下它，就可以检测它的效果。寒夜里，她在实验室外的走廊上，再一次迎风起舞！感冒吧，发烧吧！

夏初阳没想到龙奂珠会因为他结婚而跳楼自杀。幸好，她没死成。他也没想到龙奂珠自杀的理由，竟然是他没有娶杨莫羽为妻。坐在阴暗的房间里，临着窗口，他想借黄昏的天光，想清楚一些事情。

他的事在余镇引起了不小波澜。他由神探，由驻村好干部，变成了生活作风不检点、私生活混乱拎不清的问题男人。县里领导已经约谈过他，他也已经向上级证明了自己的清白，可是这种证明，又是多么地无力。荆副局长给他倒了一杯茶，在茶水袅袅的热气中，轻轻安抚他，并说相信他是清白的，但是，又善意地提醒他："作为一个有着远大志向的年轻人，这些方面还是注意点好！"他的意思就是，他有些方面不太注意。夏初阳不想解释过多，因为，他不能说出他只爱廖静一人，而对别人不怀任何好感。他甚至都说不出对那个和自己领了证的女人的喜欢，因为，他似乎并不是因为喜欢她而和她结婚的。当然，也不讨厌。那么，不讨厌就是喜欢。

他甚至搞不清楚为什么要和一个与自己感情基础不牢的女人结婚。

他为什么要结婚？如果不结婚，那龙奂珠就不会爬到酒店楼顶去自杀，他也就不会引来这么多的风言风雨了。

陈县长也找他谈了话。他没表现出对他的失望，也没表现出对他的同情，更没表现出对他几年来政绩的肯定。话说得很笼统，很官样，比起平时，他注意拉远了说话的距离，有些公事公办的味道。陈县长和他谈得最多的，还是石岗村脱贫摘帽

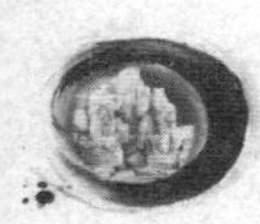

的问题。他说："你们村已经有贫困户去镇里说了，请镇里帮他们摘去帽子，说他们不愿意再当贫困户。比起作为贫困户所受的照顾来，他们更看重名声，怕这个帽子影响他们的子孙恋爱成家！对这个问题你怎么看？"夏初阳没作声，因为，此时他就是个名声不好的人。

一个名声不好的人，对一个关乎名声评判的问题是没有发言权的。他缄默着。

"这样吧，你自己的事情还是要注意点好。回去之后，好好反省反省，村里的工作呢，也不能撂手不管。一切如常吧！"陈县长像是要结束谈话。这样结束谈话的方式千篇一律，俗不可耐。

自龙奂珠在他的婚礼当天自杀的事件发生之后，夏初阳感觉到他以前的所有功绩仿佛都被抹杀，竟而至于一切归零了。

村里人这一年创了收，得了实惠，袋子鼓起来了，这是每个人心里都有数的。在夏初阳被私事搅得一塌糊涂时，龙奂生带着陈明辉、周在桦、孟远程几个已经做好所有的资料，准备等待上级来进行脱贫验收。

就在他回到石岗村那天黄昏，有人告诉他，验收通过，石岗村脱贫摘帽。

他们几个又去镇上聚餐了。没人叫他。

被摘掉贫困帽子的石岗村，还是石岗村，冬天里一片肃寂，除了油菜在地里风长，看不出来年会是个什么样的年景。那些地里还会长出药材来吗？还会长出枞菌来吗？还会开出忍冬花来吗？他望着这片既熟悉又陌生的土地，深深地叹了口气。

在村部闲着没事，就准备去镇上走走。他拨通了张小磊的电话。张小磊已经出院，但腿伤仍没痊愈，拄着拐杖，还是能走路的。

夏初阳开车把张小磊接到镇上老张的餐馆里。开始两人谁都没说话，只喝着热茶。老张上来问他们吃什么，他们也都只说："你看着炒几样吧。"没说"老三样"之类的话。他们之间终归隔了点什么。

但他们有一样是相似的，那就是，都遭受了挫折，都受了伤。

他们都是失败者。

他们以前是不喝酒的，但老张给他们整了一小瓶上来，于是，也就喝上了。

喝了两杯小酒，他们于是又打开了话匣子。

张小磊骂沙岗村的人没良心，叹自己白白地辛苦了："我辛辛苦苦地带他们做这个做那个，让他们的钱袋子渐渐鼓了起来，关键时候却没一个人理解我，支持我。有钱赚的时候，大家共同分羹；被人骗，亏了钱的时候，就让我一人顶汤锅。真是没良心，没良心啊！"

自伤自怜地同时也不忘责怪夏初阳："你、你也是个没良心的，在我被车撞断了腿之后，你不仅没来看我，还跑去和女人结婚。你和谁结婚不好，偏偏要和我最爱的女人结婚！你不知我的心有多痛，有多痛啊！腿被撞断了，心也被撞碎了！夏初阳，你知道哥们我有多痛吗？差点死了，你知不知道？"

夏初阳一时愣住，他没想到，廖静竟是张小磊最爱的人。

"老天真是有眼，让你们结不成婚，可见老天也是公平的，不可能让你快活到底！"

听张小磊这么说，夏初阳也忍不住了，道："我从来就不曾快活过！别以为结婚就很快乐，我到现在都不明白，自己为什么结婚！"

张小磊眼睛一亮，道："难道不是因为爱情？"

"不是！"

"你不爱廖静？"

"不知道！"

"那你为什么娶她？"

“她那么爱我，我不娶她，那我该娶谁？”

“你该娶的人是杨莫羽！”

“他是我弟弟的女朋友！”

“可是你弟弟已经死了，死了好几年了！”

“可在她心里，我弟弟永远都是活着的！我不能娶我弟弟的女朋友！”

“你真够义气啊，兄弟，你真够义气啊！为了不让自己娶亲弟弟的女朋友，就娶了好朋友最爱的女人，你，义薄云天啊！来——”张小磊慷慨激昂地举起杯，把个“来”字的尾音拖得老长，“干一杯！”

两人的酒杯碰到一起，发出清脆的声音，像那犀利的冰棱坠入结冰的湖面。

站在旁边的老张见他们的酒见底了，于是，又给他们整了一瓶上来，比刚才的那瓶要多。他知道，这两个年轻人需要喝点酒，撒撒气，壮壮胆。醉一场，清醒了，他们还会做回原来那个无所畏惧的自己。他们与自己那混账儿子不同，都是脚踏实地的人。但是，现实又让他们堕入了比坐牢更可怕的境地。他们都被卷入了一个深不见底的漩涡，但都不甘沉入，都在想办法奋力自救。

酒是个好东西，有时候，它会救人！

两人说着说着，都意识到，虽然自己为这个地方做了很多贡献，创造了很多财富，但根本就没人把他们当成自己人，也没人有要感激他们的意思。

“我们创造的东西又带不走，他们干吗要这么对我们啊！关键时刻，没有一个人站出来替我们讲话！”张小磊意态醺醺，情绪比先前更为激动，道，“我们村的人怀疑我与那杨豪有利益牵扯，你们村的人没有一个人肯出面作证，说你与那龙奂珠没有任何关系！这就是人性！这就是人性啊！可怕，太可怕了！鲁迅啊，你救救我吧，给我一支笔，一把匕首，我要写下这人性的黑暗，然后再自杀！”

夏初阳听了，竟噗嗤一声，喷出一口酒来，直喷到张小磊的脸上。

“你笑什么？笑鲁迅也救不了我，是吧？”

夏初阳把憋红了的脸别至一边，忍不住笑，但也没说话。他从带着汽水的玻璃窗里，见到了杨莫羽的影子。他指了指玻璃窗，道：“看见没？那是我这辈子最爱的女人，但是我却不能娶她！”

“那是因为，你还不够爱她。你如果真的爱她，爱到骨头里，爱到心窝里，爱到死去活来，你就会无所顾忌地去娶她！去守护她一辈子！”张小磊红着脸，怒睁着双眼，伸出右手，用食指点着夏初阳说道。手指在食物缭绕的雾气里若隐若现，像雷公的锤子一般，直击夏初阳的额心，硬生生地给他惊出了一身冷汗。

是的，原来竟是自己不够爱杨莫羽！如果真的爱她，会娶廖静为妻？

二人直喝到天黑。天黑了，也没见杨莫羽走到餐馆里面来。

老张说，杨医生来过了，但又走了。张小磊说的话，她听到了。听到后，她还等了会儿。她也许是在等夏初阳反驳他，但他没有反驳。她走时，给了钱，但没有带走饭，应该是忘了。等回过头来发现时，她已经走远了。

听老张说完，张小磊指了指夏初阳的额头，想说什么，但没了力气。夏初阳直瞪瞪地看着他，眼睛里仿佛要滚出一个轱辘，但终究没滚出来。滚出了两滴水珠子，是泪，是酒，还是悔恨？他的眼睛是红的。

两人终于不胜酒力趴下了。几年来，这是第一次。

廖静寻了来，把夏初阳塞进了车里。走时，结了账，还另给老张几百元，要老张把张小磊送到附近的酒店去。

夏初阳在醉酒的状态下，第一次住进了老丈人家。廖静闺

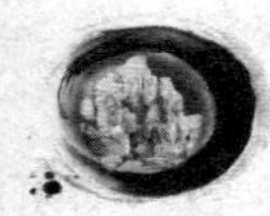

蜜给他们布置的新房，床是新的，被褥是新的，灯光是新的，婚礼没进行完，他们也还是新的。

把夏初阳弄进明晃晃的洗手间去洗澡，廖静颇费了一股劲。他醉得很厉害，也很可爱。

廖静第一次触摸到夏初阳的身体，结实，强健。

那晚，她成为了夏初阳的妻子。

夏初阳的平凡生活开始了。一切照旧。挺好的。龙奂珠也没死，过年边上，她出院了。

杨莫羽也仍然在余镇人民医院工作，不是在门诊看病，就是在实验室里搞药物研究。

夏初阳来医院看过两次廖静，也看到了杨莫羽。她很平静，像什么事都未曾发生过一样。除夕前一个晚上，杨莫羽突然出现在夏初阳去往余镇的半路上。天开始下雪，天气冷得出奇。夏初阳骑摩托车时全副武装。杨莫羽像神女一样，几乎是随着雪花，飘落在他前面的地上。一身洁白的羽绒服，包裹着她显得有些瘦弱的身躯。脸色惨淡。夏初阳心疼了。

雪天的路上，少有人通行，静悄悄的。因此，杨莫羽有些微弱的声音就显得格外洪亮。

“你不是善于侦破案件吗？”

夏初阳看着她楚楚失神的眼睛，有些惶惑。

“我想请你帮我去破个案。”

夏初阳想走近一步，却被她伸手阻止。他明明知道，她会往下说，但就是迫切地想知道，她有什么案子需要查。

“请你帮我查查，当年的事。”

夏初阳终于摘下安全帽，急切地问道：“什么事？”说实话，他有些紧张。

杨莫羽微微一笑，嘴角上堆出些许凄楚，像那里窝藏着一个逃犯。

“去帮我查查当年你弟弟最后扑入火海是为了救谁！”声

音很冷，也很坚决。她的眼里仿佛结了一层冰，以致于夏初阳看不透她的眼神。

她终究还是没能放下他的弟弟！但现在，情况有所变化。她在乎的已经不是那个救火英雄，而是他是为救谁而死的。

那个“谁”代替了他弟弟夏晓阳。她耿耿于怀的，不是夏晓阳，而是那个“谁”。

“这很重要吗？”夏初阳心中的伤口被撕开，被放在雪地里冷冻。

“这当然重要！这怎么不重要！你懂我这里吗？我这里很痛！”杨莫羽几乎是歇斯底里地、悲愤难抑地、扯着喉咙指着自己的心口说的。她眼里的冰融化了，流出了泪水。泪水不会是咸的，应该淡得如同井水。不，井水是甜的，她的泪水可一点也不甜。

“好！我帮你去查！可查到了，又能怎么样呢？”夏初阳道。

“查到了，我就放下了！”杨莫羽含泪而笑，笑得如同上空飘飞的雪花。接着又道：“我放下的，不是一个，而是两个！”

夏初阳一愣，顿时反应过来，紧跟着朝前走两步，伸出手，一把抱住杨莫羽，柔声道：“对不起！”

杨莫羽挣脱他笨拙的拥抱，转身朝余镇方向奔去。雪越下越大，在这除夕的前夜，她能去哪里？

夏初阳骑车去追，一路上都没有看到杨莫羽的影子。他感觉自己像是做了一场梦。这些天来，他或许一直都处在梦中。

廖静怀孕了。

她现在已经不是杨莫羽的徒弟了。她与她划清了界限，连情敌都不屑去做。

她住在娘家，一切都很好。婚房很好，花园很好。唯一不好的就是，她发现他的工资真的不高，真的不能给她提供优渥的生活条件。但是，他以后会变好的，等他回到县城，当了县公安局局长，一切就会好起来的。再说了，父母的一切都是她的。她也不差钱。

她已经厌烦了夏母微信上的唠唠叨叨，几乎不怎么回她的信息。夏母只不过是一座桥，助她渡过了恋爱的海。现在到岸了。

夏初阳很忙，除了大年三十那晚，和大家一起吃了一顿团年饭，几乎所有的时间都扑在工作中。她也曾怀疑，他会抽出一些时间去与杨莫羽牵扯不清，但是，那个把一切时间都花在实验室里的女人，似乎没有给予他这样的机会。

然而，她还是觉得她是个梗。于是，找个机会，让父亲把她调走了。

杨莫羽走的那天，除了带走自己的行李，还带着那个青花瓷坛，实验室里的一切，她是不能带走的。她舍不得走。廖静不明白，这个地方还有什么值得她留恋。是那个她常常起舞的后院吗？是已经成为别人丈夫的夏初阳吗？她是个天才，但实验室里从来不缺天才；她是情种，但红尘中从来不缺情种。

余镇少了杨莫羽，不觉得孤单。那个破坏她婚礼的龙奂珠，也离开了余镇，去了石岗村的避难所蜀南“永红山庄”。是张彩月接她走的，他似乎对她照顾有加。他们倒可以成为一对，他让人看着不顺眼，她也让人看着碍眼。

石岗村的人看上面没怎么在乎夏初阳婚礼上出现的闹剧，于是，又开始表现出同于往常的对他的依赖。他们已经脱贫摘帽，但他们仍需要他带领他们继续致富。家里有余粮，银行有存款，那也要看有多少余粮，有多少存款。石岗村的人很现实，多多益善。

沙岗村的那个厂子，假已经放得很长，春天的时候，那里开始冒出野草。隔着门缝，可以看见草在空坪里疯长，像是喂了特殊肥料一般。人们不再寄希望于那个厂子，该出去打工的出去打工，该在家种地搞副业的在家种地搞副业。春天到来的时候，一切按部就班。

石岗村这年又是个丰收年。最为丰收的仍是药材，廖院长亲自带着怀了孕的女儿来看药材。当然，他最在意的还是帮他种药材的女婿夏初阳。但夏初阳似乎失去了以往的朝气，多了些实干，少了些言语。他感觉到，夏初阳的心并不在廖静身上。不过，他对待那片药材基地还是用了心的。在他发展的所有种植业中，他最看重的就是这片药材地。廖家也很看重。廖院长的父亲，廖静的爷爷，就是为研制药物献出生命的。这是他们家的痛，也是他们家的志。有志在，就要化悲痛为力量。他蹲守在余镇，长期占据院长一职，不就是为了延续父亲之志么？遗志未成，哪敢挪步？

可是，自从杨莫羽走后。实验室就仿佛沙岗村的那片厂房一样，荒芜了。那些人成天不知在干些什么。还说，现在感冒药已经够多的，那些大厂家的研发团队早研制出了很多药物，都已用于临床实验，且都通卖于各大药店，他们再研究不也就是那样了吗？世上没有什么特效药，只有药效更好的药！廖院长说，他要研究的就是药效更好的药！那些人说，药效更好的药都在部队医院，别人早就研究出来了。廖院长说，那总有更好的药可以研发。那些人就说，那杨医生研制出来的，不就是更好的吗？他们最后只答应继续研究，但最终能不能研制出来，不敢打保票。这谁能打保票？廖院长说，好，不要你们打保票，只要你们用心研究就好。

直到被研发团队的人驳得步步倒退，廖院长才想起这实验室里少了点什么。在一个月亮升起的夜晚，他查房时，看到医院后面的空坪，忽然醒悟，缺了一场舞蹈，缺了一个表演舞蹈的人。杨莫羽的话很少，少到几乎不记得她说过什么。杨莫羽出现在众人面前的机会很少，少到几乎无人感觉到她的存在。但是，她是存在的，人们提起她时，总会说："杨医生在实验室

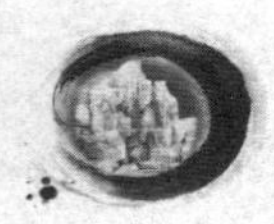

里。”

“杨医生在实验室里”这句话，对他来说，真的很受用。有人在帮他推进目标，这是给他心灵最大的安定。不止他安定，他九泉之下的老父亲也安定。

他站在自家别墅明晃晃的堂屋里，对着神龛上的廖老医生的遗像鞠一个躬后，又燃了一束香。廖静大着肚子从楼梯上走下来，叫了声“爸爸”，他没应声。他的思绪沉浸在他的爸爸那里。

好一会儿，他喃喃自语道：“弄走杨莫羽真是一件蠢事！”

他没说“调走”，而说“弄走”。杨莫羽来这里本来就是没有编制的，因此不存在调动之说。廖静懂父亲的意思，低下头去，没说话。

晚饭时间，她对仍沉默不语的父亲说：“把我师父调回来吧。”

廖医生端着饭碗的手抖了一下，道：“你不想要你的幸福了？”

廖母也说：“你没看出夏初阳还喜欢着那个杨莫羽么？”

“我怀了他的孩子，他的心该收回来了。”廖静道。

“我可没看出来！”廖院长气呼呼地说。说完，往嘴里扒了一口饭。用力地嚼着。可见，他是气愤的。他对夏初阳有气，对廖静也有气。

廖母也说：“孩子，你千万不要有这样的想法，好不容易让夏初阳眼里清净哟。这男人啊，是视觉动物，只要她不出现在他眼前，久而久之，他就会把她给忘记的。”

廖院长皱了皱眉头，又是气呼呼地道：“那也未必！”

一家人便不再说话。

杨莫羽去了哪里，没人知道。廖院长也懒得打听。与郑教授谈事情时，也没问杨莫羽的事。她是女儿的情敌，廖院长就是这么认为的。虽然为了完成父亲的遗愿，他需要她，但是为了女儿的幸福，他必须排斥她。

当年九月，廖静顺利生下一个女孩。生孩子时，夏母在，夏初阳不在。他查案去了。石岗村还有几桩案子需要查，不知他查哪桩去了。她没问夏母，问她，她也不知道。

夏初阳变得沉默寡言。张小磊也变得沉默寡言。这两个有志青年，志仍在，青春气息却逐渐远去。张小磊也很少参加派出所的秘密行动了，他觉得有些无聊。加之腿伤，他也不再适合冲锋陷阵。有时候，他就想，如果再遇到那些他制服过的歹人，他该怎么办。他的飞毛腿似的功夫已经不管用了。既是不管用，也是不敢用。受过伤的腿，走路还行，打架，真的不行。

张小磊听说廖静为夏初阳生了孩子，心里很不是滋味，于是，又去老张餐馆买了一回醉。这回醉得有些厉害，直接被老张送去了医院。廖静不在，她还在坐月子。在医院里没见到自己心爱的女人，当然有些遗憾。第二天出院，回到村子里，一忙起来，就淡忘了那些不愉快的事情。他爱这片土地，没什么可以爱的时候，爱土地是个不错的选择。他想，夏初阳也许也是这么想的。他突然记起自己很久没给夏初阳打电话了，于是，一通拨过去。对方关机。再拨。仍是关机。怎么搞的?

他对夏初阳娶廖静这事是有成见的，但如今联系不上他，心里竟觉得莫名的伤感。眼前，一片黄色的稻田在秋风下泛起波痕。一轮红日隐在云边，即将西落，光亮斜射向东边一团大如城堡的云，给它披上一件辉煌的外衣，但谁都知道，那件外衣很快就会被脱去，那云团仍将变作“裸云”，苍白惨淡的“裸云”。张小磊看着那云，想着自己做过的事情，对照自己的内心。他内心无愧。来此地三年多，对得起这里的山山水水，田田沟沟，果果蔬蔬。上面选派下来的驻村干部没有一个是孬种，他不是，夏初阳更不是。看着自己的伤腿，坐在田坎上的他有些伤感。他唯一对不起的就是自己的这条腿。他有些想回去了。回到机关去上班。上上班，散散步，娶一个媳妇，生一个孩子，

享受一下家庭的温暖。夏初阳当时或许也是这么想的，所以才那么快地娶了廖静。原来，夏初阳也只是个凡人，也只想过那简单普通的生活。放眼望去，沙岗村里大部分人过的都是这样的日子。他们以前是这样过的，现在脱贫摘帽了也是这样过的。他一心想着让别人幸福，其实，别人都或多或少地有着属于自己的幸福。真正不幸福的其实是自己。老大小小了，老大不小了！张小磊默念着这句话。

“张书记，张书记！”村里那个擅长酿酒的韩大爷隔远就大喊起来，“来我家吃晚饭啰！我新酿了葡萄酒，香甜得很哩！”

张小磊仿佛尝到了他们幸福香甜的生活。但是，怎么让这幸福香甜的生活得以保持下去呢？张小磊又陷入了沉思。

（九）

就在张小磊看着夕阳浮想联翩时，夏初阳正站在海城老化工厂所在区域的街道上，仰望高楼和高楼间的天空。

弟弟当年救火的鸿泰化工厂早已不见踪影，它已被推倒，挖空，铺平，重建。那里已经矗立起十多栋高楼，他无聊地数了下，每栋有三十五层。上面清一色的窗户，下面清一色的商铺。商业街很繁华，其热闹程度，像火在燃烧。人们早已经忘记了那场由于爆炸引起的火灾，早已忘记了那个在烈火中化为灰烬的十九岁少年。人们当时称他为英雄，可是，现在除了他和他的母亲还惦念着他，又还会有谁记得？少男们惦记着网吧里的游戏，少女们惦记着奶茶店里的奶茶，小孩子们惦记着肯德基里面的鸡翅薯条，开发商们惦记的永远都是口袋里的钱，至于政府部门大大小小的头头脑脑们，他们惦记的，无非就是政绩。夏初阳叹息一声，心想，从某方面来说，他弟弟是他们政绩的一部分，他也是，只不过，他们都只是微不足道的那部分。他仰望高楼，颇有些被世人遗忘、抛弃的感觉。

入村已经三四年了，他与城市的确有些格格不入。想起自己为破张昶经济案而与那个女子周旋的情景，又不觉哑然可笑。把自己扮成一个城里人，他是怎么做到的？然而，一想起弟弟，他就又对城市产生了反感。城市有什么好？乡下的生活少了浮华，但多了宁静，多了触目可及的春夏秋冬。

一轮夕阳停在其中一座高楼的斜截面上，照着对面写字楼那墨蓝色的玻璃。玻璃的反光，为城市制造了另一个太阳，让

下班往家赶的人们误以为天还很早。

他在这座城市里周游了三天，调查了三天，却一无所获。他弟弟究竟是为救谁而再次扑入火海，最终被大火无情吞没，惨烈牺牲这件事情，没人知道。他调查的方式是高明的，他问话的方式是富有艺术性的，他每次谈起这件事情时，态度甚至是卑微的。但是，他这个破案高手，在调查这件事情时，结果是令人遗憾的。是的，一无所获。别人所能记住的，不过就是，这里原先是一个化工厂，发生了一场火灾，死了一个救火的消防员，他很年轻。没人对死人这事表示遗憾，但他相信，他们以前是表示过的。没人在叙述这事时，表现得很激动，但他相信以前他们都是很激动的。不过是时过境迁而已。最可怕的，也就是这时过境迁。

时过境迁，沧海桑田，日升月落，花开花谢。

夏初阳在时光面前无由地产生一种深重的挫败感。他对杨莫羽的请求无能为力。他永远记得她在那个飞雪满天的下午，在无人的山间公路上拦住他，要他帮忙侦探夏晓阳究竟是为救谁而死的事情。那是她的心结。她相信，他能帮她解开。他也相信他能。可是，大半年过去，他一无所获。推断一无所获，调查也一无所获。

她也离开了。他找了她很久，也一无所获。一个专门研究药物的医学工作者会去哪里呢？弟弟的死为她留了一团谜，而她的离开又为他留了一团谜。他想帮她解开弟弟的谜之后，再去解开她离开之谜。然而，他所谓的“见面礼”，终究因为他的无能为力而没有备下。

她为什么就放不下弟弟呢？弟弟最终是为救谁而死的，对她就那么重要吗？他很疼惜这个女子，但也为她的执着感到遗憾。如果她心里不那么在意弟弟晓阳，他或许可以正大光明地爱她一生一世。但是，她对那段爱情似乎过于执着情深。让他觉得，爱她就对不起弟弟晓阳。很多时候，他都忍不住要向她示爱，甚至求婚了，弟弟就又从他们中间冒出来了。

弟弟是他们家的英雄，也是他们家的痛。抱着两个骨灰坛过日子的母亲，经不起更多的痛苦。他选择廖静，就是为了缓解母亲的痛。然而，他发现，他更痛了。他分不清失去杨莫羽与当初失去弟弟到底哪个更痛。

他在十多栋高楼之间徘徊又徘徊，不断望向那一个个铺面，希望有个女孩提着一大袋子衣服，言笑晏晏地走出来，发出青春女孩该有的笑声。然而，他知道，杨莫羽不属于那类女孩，她终年穿着一身白色的衣服，无论工作还是日常，她都缺乏过于打扮自己的心思。她也不会花大把的时间来逛街。实验室就是她的街市，她在那里获得了她想要的一切。

电话打来，里面传出女人逗孩子笑闹的声音，他立即清醒过来。他是有家的，家里有妻子、有孩子。他笑笑，有些惨淡。

“你去哪里了？孩子满月酒你回不回来？我生孩子时你不在身边，满月酒也该回来了吧，我的大侦探！”他从廖静的语气里听出了埋怨。他知道他做得不好，让她这个做妻子的失望了。于是他二话没说，答应廖静马上就回去。

在手机上买了高铁票，离发车还有两个小时，而所在地离高铁站不过半小时车程，他决心再逛逛。不远处就是一家社区医院，他想都没想，就去了那里。医院里有的是白衣天使，但都不是杨莫羽。杨莫羽一般都是呆在实验室的，他怎么会看见。于是，他就又问她们医院有没有研制药物的实验室。听他这么一问，她们倒笑了。真好笑，药房里的药有天多，还需要医院自己造药么？

没有药物研究实验室，那就一定没有杨莫羽了。他不由觉得苦恼。城市里的电子屏幕上播放着广告，楼盘广告、医疗美容广告、商城开业广告、培训学校广告，城市全是富人，城市是不存在贫困的。他突然如此想道。偶尔又看到有一两个乞丐，那一定是乡下来的。由乞丐他又想到了通缉犯，于是，他就用

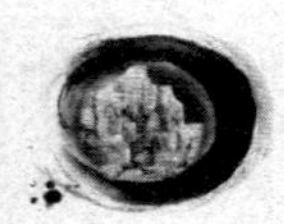

审视通缉犯的眼光去看乞丐，谁知乞丐向他递过来一个贴着二维码的纸牌子，那意思分明是要他扫码付费。他不禁哑然，原来，现在的乞丐也都懂得沉默是金的道理，并晓得用高科技行乞了。同乞丐相比，他忽而又想起了石岗村人的可爱。他们中虽然有些人还很穷，可是，他们没有一个只管伸手要的，穷也穷得有志气。他又想起，杨莫羽研制的药是无论谁都可拿来治病的，乞丐也可以。他们是不是也会伸过二维码的牌子去，不要药，只要钱呢？

夏初阳最近老爱思考，胡思乱想。这样想着，不通的地方也就想通了，难过的时光也就倏忽过去了。

离开车时间很近时，他坐上一辆公交车，往高铁站赶去。他得在孩子做满月酒时赶到余镇。

这是一辆双层观光车。他投币之后，直接上了二层。汽车穿行在街间公路上，一座繁华城市的街景，在他眼前如风景画一般地掠过。我们的社会是繁荣的，但是，边远山乡的贫穷落后也是存在的。我们的存在，就是为了消除绝对贫困，就是为了带着百姓追赶城市的脚步。他忽然觉得自己很光荣，于是，也就能理解自己的父亲与弟弟当仁不让地献出自己宝贵生命的举动了。不仅如此，他还想到了王书记，那个最后一刻都还在工作的前县委书记。由已逝的王书记，他又想起了杨莫羽，因为，那是她的亲舅舅。他本来就对王书记怀有敬意，此时，关联着杨莫羽，他便对那已逝的前县委书记，有了别样的更深一层的感情。

总有人在尘缘里奋斗着，总有人在尘缘里领受着。

他突然觉得自己与廖静是领受者。杨莫羽、王书记以及他的父亲和弟弟，才是奋斗者。把一个生者与三个逝者放在一起比较，这有点不合适。这样的忌讳使他不得不惊醒，原来自己也慢慢地老了。人老了，思想也老了。

到了高铁站，上车还需经一番周折。不过，总算上来了。

运气好，买的是靠窗位置的票，可方便观景。

车开动后不久，他看见对面天桥上，站着一个女子，身影一掠而过，好熟悉。

很像杨莫羽，但不会这么凑巧吧？可惜她换了号码，可惜没有她的其它联系方式。她是新潮的，也是传统的，竟然没有微信，没有QQ，没有微博。或许有，只是没向他开放。她的心始终只对向弟弟晓阳，对他，是关闭的。他不由散乱了思绪，无限伤感起来。

电话铃响起，是养猪的老李打来的。

“夏支书，我家的猪又感冒发烧、不吃食了，你赶紧回来帮我想想办法。杨医生——她咋调走了呢？”语气有些急促，又有些犹疑。

他絮絮了很多话。好在夏初阳还有代明的号码，那个号码让老李止住了话题。

“我知道你在外破案，是不是？”挂掉电话前，老李还是多管闲事地问了一句。

夏初阳没说话，老李便不好意思地挂了电话。他也意识到自己多嘴了。

杨医生咋就调走了呢？是啊，他也没想到杨莫羽会调走，且不知她去了哪里。代明，代明一定知道。夏初阳猛然想到。

下了高铁后，他又转了两趟车，下车便急匆匆地往老李家赶。照说，如果老李给代明打了电话，此时，他也应该到了。但是，他没见到代明。老李说代医生在外地给别人家的猪看病，要晚点回来。此时，龙奂生和周在桦也在。他们说，他们想帮老李请镇上的兽医来，可老李死活不肯。他觉得只有“王木匠能装犁”。他懂，他指的“王木匠”是代明或杨医生，八成还应是指杨医生。如果杨莫羽知道自己变成了老李心中标准的“兽医”，不知会作何感想。夏初阳看向前面的一片田园，谷子已经收得差不多了。炊烟上时，田野上弥散着一缕缕青烟。如果

不是老李家的猪闹病，让他心里有所挂碍，此时，他真想去田间走走。看看禾苲，看看还未采摘的各式蔬菜、水果、药材。

晚饭过后，代明开着车来了。他不知什么时候买了一辆宝马车开着。

“代医生，你还蛮有钱嘛！”夏初阳开玩笑似的说。

“哪里嘛，我不过是个啃老族——我爸帮我买的！”代明笑着，露出洁白的牙齿。

“上次你咋不开车呢，害我打车过来！”夏初阳指的上次，实际上已经过去快一年了。

“那时还没买车呢，我爸嫌我做兽医没出息，和我死磕呢，现在见我做得也不赖，所以，他给钱了！”说完嘿嘿地笑了。

一旁的龙奂生听了，笑笑道：“原来代医生还是个富二代啊！”

周在桦也道：“真没想到，你这个富二代竟然还热衷于干兽医这个行当。”

代明低下头，轻轻地笑了笑：“还不是因为我太痴情。”笑容里有羞涩，也有自豪。

说罢，又觉得自己不该袒露自己的心声，于是转移话题，道：“先去看看猪吧！”

两个小时后，他给猪看完了病、喂完了药，并把几包药交给了老李，要他按照他说的方法给猪喂食。

老李眼尖，在那昏黄的灯光下，竟看出了药的特别之处。

“这不是杨医生去年给猪喂的那种药吗？怎么，你也有？”老李道。

夏初阳立即敏感起来：“是啊，你怎么会有这种药呢？这不是她当时从医院里拿过来的吗？你好像没有的呀！”

代明倒不慌不忙，道：“是啊。我是没有，可自从去年她用这药治好了老李家的猪病之后，我就要她制了好多。”

“可是，她已经离开了余镇，她到哪里去制药呢？”夏初阳的语气里充满关切。

对于一个以实验室为家的人来说，把她赶出实验室，她该去哪里呢？他认为，她就是被廖院长赶出实验室的。品德高尚、公字当头的廖院长竟然也有私心，竟然因为她女儿的幸福而把杨莫羽弄走了，可见，面对私心，公器是可以助纣为虐的。

代明面对着夏初阳的紧张表情，却显得异常轻松，耸耸肩膀，表现得无所谓似的说道："谁说她离开余镇就不能制药了呢？谁说她离开余镇就没有实验室了呢？没有实验室，她怎么制药呢？"

他的反问，令在场的几个人都很惊讶。因为，他们都在乎杨医生的去向。特别是夏初阳。

联系到代明的富二代身份，他似乎明白了什么。

"你是说，你家为她投资建造了一个实验室？"夏初阳道。

"科学家没有实验室怎么行呢？室验室就是科学家的舞台！没有舞台，怎么跳舞？"说完这句话，代明凑近夏初阳的耳朵，轻声道："别以为全世界就只有你一个人在乎杨莫羽！爱一个人是需要资本的，你拿什么来爱她？"

夏初阳一震，转而轻声问他："她现在怎么样？"

代明笑笑，有些诡异地说道："她现在很好。她正在发挥她天才的特质，为人类的疾病制造克星！你最好不要过问她或打扰她，如果你真爱她，就不要去帮她查什么真相了！这也算是我对你的一点请求，不要再查了！"

夏初阳一震，看着他凑近的脸，觉得他不像是开玩笑，认真的程度不亚于一个孩子向父母说真话时的样子。

代明开着他的宝马走了。老李却还在怀念杨医生，碎碎地念道："我就说嘛，只有杨医生才能治好我家猪的病。就算杨医生不在余镇了，她还在制药，只要她还在制药，猪病就会被治好。"

由于治得及时，老李家的猪没有一头病死的，全好了。

夏初阳与龙奂生他们又在村里工作了两天之后，才赶在女儿满月那天傍晚回到了家中。而且，他还准备叫上张小磊。张小磊开始有些犹豫，但最终也没有拒绝。他如果知道廖静会摆出一副冷冰冰的面孔，他就不会去了。显然，廖静并不欢迎他的到来。她对夏初阳也没有好声气。一直嚷嚷着，说他不负责，生孩子不在她身边，孩子满月了也是漫不经心。廖静自生孩子以后，外貌发生了很大的变化，变胖了，尽管脸上敷了厚厚的一层粉，也感觉不到她以前的靓丽美好了。或许她以前也不漂亮，只是爱打扮，因为瘦，所以穿什么都好看。

廖静只是很随意地招呼了一下张小磊，便拉着夏初阳去了一边。说是孩子满月酒，其实，只叫了两桌饭菜，没有大张大罗，请的人也只有她的家人和为数不多的几位闺蜜。张小磊显然不在请客之列，不过，多一个人也就多加一条凳子而已。廖静对他有些怠慢，那是误以为夏初阳这些天一直和他在一起，认为二人之间的哥们友谊超过了他们的夫妻爱情。张小磊虽然觉得廖静认为的不全对，但他也感觉得出，她的感觉没有全错。夏初阳对待他这个哥们的确不错。当然，从旁观者角度来看，夏初阳根本就不爱廖静，他心里爱的仍是那个杨莫羽。只因为杨莫羽是他死去弟弟的女朋友，而他的弟弟又是个英雄，而他的母亲又相当忌讳，所以，才不得已放弃了她。然而，说是放弃，那也只是婚姻上的放弃，爱情上是没有放弃的。因此，他私下里认为夏初阳很虚伪，很怯懦。选择一个自己不爱的女人结婚生子，选择自己深爱却不敢爱的女人作为心底的安慰，这不是虚伪、不是怯懦么？

孩子很可爱。想到夏初阳毕竟是有家有后代的人了，张小磊心底便涌出一股失落感。他想着，自己该找一个人结婚了。他深爱着廖静，可看着廖静指着夏初阳鼻子不是鼻子、眼睛不是眼睛地挑剔、埋怨的时候，他有些难受，好像她骂的是他一样。女人都是这样的吗？廖静不是很爱夏初阳吗？她嫁给了他，给他生了孩子，不是应该感到满足吗？但是，他感觉不是这样的。只要夏初阳对工作的痴狂劲头不减，只要夏初阳心里还装着杨莫羽，这个女人就不会停止埋怨，不仅不会，而且还会变本加厉。然而，如果她嫁的是自己而不是夏初阳，说不定就不会是这样的。他能给她想要的生活。

夏初阳的头是大的，当着那么多人的面，不住地喝酒，不住地对廖静说对不起，当然，除了“对不起”这三个字，他也没有别的表达。工作中雷厉风行的他，在餐桌上显得很木讷，很被动。廖静见夏初阳认错态度诚恳，也渐渐露出了笑容。大概她也注意到自己在这样的场合有些过分了，大概她也觉得自己的哀怨发泄得差不多了，大概她也想起自己也必须维护丈夫的面子了。

夏初阳在两桌之间来回喝着酒，说着话，渐渐地就醉了。除了醉，他能怎样？

酒席散了之后，就是打牌。廖院长在附近酒店开了一个套房，让余兴未尽的亲戚朋友们打牌。打牌这事张小磊喜欢，夏初阳不喜欢。但张小磊也提出，只打不赌。他说不能知法犯法。看到张小磊这样，那些男男女女就有些兴味索然。不过，好在张小磊也是个豪爽的人，竟把不赌钱的牌局整得趣味横生。从某种程度上来说，这也是一种本事。夏初阳睡在旁边的沙发上，迷迷糊糊道：“张小磊啊张小磊，你适合去混机关，在机关单位，你一定会混得风生水起！”

张小磊这才接着说道：“不久后我就要回县机关上班了，手续正在办理中！”

“什么时候去？你小子什么时候有这想法的，怎么不对我说？”夏初阳顿时清醒过来，仿佛已经挣脱了酒精的束缚。惊讶过后是空虚。

“快了，十二月底吧。”他一边搓牌一边说道。男男女女，听说张小磊不单纯是个驻村干部，还要往县机关去工作，顿时

就产生了些兴奋的因子。特别是那些女子“张哥张哥”地叫唤起来，颇有些莺莺燕燕的感觉。她们中有两个是没结婚的，听廖静介绍过，张小磊仍是单身，开始觉得一个村干部有什么好稀奇的，可刚刚听张小磊自己说要去县机关上班，她们便觉得他是一支股，一支潜力股。她们在乡里上班，嫁一个县机关上班的老公，然后一起定居县城，也是不错的。

其中的一个女子就开始讨好抱着孩子在一旁观局的廖静，想要她凑合凑合。廖静心里却不大舒坦。她在想着，她的夏初阳什么时候回县城呢？政治是有生命的，这生命关乎年龄。他也是三十三四的人了，再不去当那个传说中的县公安局局长，人就老了，人老了，政治生命也就终结了。

她嫁他图什么？他长得帅气，这还用说？他有浑身的本事，这还用说？他有超出寻常人的人格魅力，这还用说？但是，这就是她所要的全部了吗？她想要的怕不只是这些吧，现在有了孩子，孩子需要的怕也不是这些吧？

此时的廖静变得异常清醒。牌局散去后，张小磊婉拒了廖院长要他住酒店的好意，准备骑车回沙岗村，说是还有很多事情要办。深夜十二点了，还有什么事情要办？张小磊笑而不语。夏初阳明白他的意思，他是想摆脱那两个女人的纠缠。如果他不回去，趁着酒兴，趁着那股热情，说不准就要搞出什么事情来。显然，张小磊对那两个女人不感兴趣。他感兴趣的是廖静，但廖静已经成为了夏初阳的妻子、夏初阳孩子的母亲。他暗暗对张小磊道：“兄弟，真是对不住啊！我不知你对小静有那份感情，真的！”张小磊却摇了摇头，道：“天涯何处无芳草，何必单恋一枝花！嘿嘿！”他笑得很得意，似乎还有些幸灾乐祸！

夜色已深，天气冷得令人发抖，地上似乎还降了点霜。夏初阳担心张小磊的安全问题，他刚才的表现也很像是酒未全醒。张小磊却道：“你放心！我会安全到家，回到家里也可以好好睡上一觉！只是你，今夜能睡个好觉的机率少之又少，自求多福吧！”

原来他幸灾乐祸的竟是这个！

夏初阳笑笑，不语。张小磊走后，他回转身，发现廖静抱着孩子站在身后，他被吓了一跳。赶紧对她说：“这么冷！小心孩子着凉！”“我不是在等你吗？”廖静道，语气已没了先前的烈焰，显得温柔而平和。夏初阳点点头，道：“好！我们回家！”

回到家里，他装作很困的样子，衣服也没脱就睡去。他回想着晚宴时的情景，请的人里面竟然没有自己的母亲。他当时忙于招呼客人，忙于应付廖静的埋怨，竟然没发现自己的母亲不在。他知道，廖静忌讳他的母亲。认为是母亲捧着两个骨灰坛来参加婚礼，给他们的婚礼带来了不好的预兆。她讨厌见到他父亲和弟弟的骨灰坛。作为常人可以讨厌，但作为家人，不应该讨厌。因为那两个骨灰坛装着的不仅是人们口中的英雄，更是他们最亲的家人。在母亲心里，她的丈夫和儿子根本就不曾离开，仍是家庭成员。他不由又想起了杨莫羽，她随身带着晓阳的“骨灰坛”，不离不弃。如果是她，她定然不会嫌弃母亲的行为。廖静嫌弃，非常嫌弃。自从婚礼上发生了那么一些事情之后，她几乎不理他的母亲，怀孩子、生孩子、带孩子，这一过程中的任何事都不让母亲沾手。她做得很决绝。

他深叹一口气。旁边传来廖静的声音：“就知道你没睡着，想什么呢？”语气依然温柔，与人前那个煞他威风的女人判若两人。

“是不是想到张小磊要调回县城的事了？你舍不得他？那好办呀，你也回去呗，本来你们就都是从县机关单位派下来的呀！”

“我想的不是这个？”

“那是什么？”

夏初阳本想说说母亲的事情，但看了看熟睡中的孩子，怕

这一说两人起纷争影响到孩子，便没有说。

“我和张小磊不一样。”说完又沉默起来，他的确感到很困，想睡觉。

廖静精神却好得很，又问道：“你和他有什么不一样？”

夏初阳没回答她的问题，却说道：“我还有很多事情要做，需要时间。”

廖静压制住怒火，轻声道：“你不觉得我们夫妻间缺少沟通吗？我们刚在一起时是有很多话说的，可为什么现在却没什么可聊的呢？”见夏初阳没接腔，她仍旧轻声道：“我知道，当时你是想向我打听杨莫羽的消息。你只是利用我打探她的消息，是不是？”

夏初阳愣怔了一下，仍旧没有回答。她并没有因为他的拒绝回答而停止唠叨。他累了，打着呵欠，就要睡去。迷迷糊糊中，他听见廖静唠叨了很久。

这个女人究竟图他什么呀？进入深睡眠之前，他还在想这个问题。

张小磊回县城工作之后，廖静就一直唠叨着要夏初阳回县城这事，被她唠叨得烦了，夏初阳索性就住在村里不回家。眼看马上就又要过年了，夏初阳去老家把母亲接了来。娘俩却并没有多少话说。夏母成天唉声叹气。夏初阳由于村务繁忙，也没时间陪母亲说话。终于有一天，夏母在早饭时哭了起来。夏初阳知道与廖静有关，就好言相劝，并安慰她：“一切都会好起来的！”夏母擦了一把眼泪道：“我看只会越来越糟，连孙女都不让我看！”夏初阳这才知道，母亲这些天一有空就搭车去余镇看孙女，却都被廖静拒之门外，还受了她不少冷言冷语。母亲道：“初阳，你回县城去吧！她想去县城过好日子，你就遂了她的心愿吧！”

“她对你说的？她去县城过好日子了，那石岗村老百姓的日子怎么过？”夏初阳扒一口饭菜入口，咀嚼着，发出咯咯的响声，显出很有食欲的样子。看着他咽下这口经他细细咀嚼的饭食，夏母深思一会，道："是啊，石岗村好不容易摘下贫困的帽子，可不能再返贫啰！"

夏初阳边吃饭边道："是啊！这个村子情况复杂，贫富悬殊大。富的只是少数，贫的仍是大多数。这两年，追回了张昶卷跑的那笔债，稍微缓和了贫困的状态，可那点钱毕竟有限，会计划的拿来投资做本钱，不会计划的早就用光了。这日子还得继续过下去，如果不带领他们发展点产业，穷的还是穷的。移民户每年还有点专款拨下来，可那也不够。本地人呢，就只能指望这片土地了。这两年外面的工也不好做，打工的人也陆续回来了，土地的作用就更加突出了。这两年，他们靠山吃山，种了不少作物，养了不少牲畜，增收不少。他们也有了信心。只要有人带着他们干，他们就有信心干好。所以，带头人很重要。我不能走！"

夏初阳已经吃完了饭，放下碗筷，准备去开会。村民正等着他去商量一些事。马上就要过年了，过完年，就又要开始一年的劳作了。一年之计在于春，总得先筹谋才是。

夏母理解儿子，默然站起身来收拾碗筷。待夏初阳开完会回来，已是午后两点，夏母早已蒸好红薯等着他。走进厨房，他抓起一个热红薯，边啃边道："太好了！他们总算会自己作计划，而不是全靠我点拨了。要想致富，就得主动。与其让别人推着走，不如自己主动往前奔！他们有了往前奔的劲头，我就更有信心了，这信心是双方给予的，就如同男女婚姻——"

说到这，他突然止住了话头。夏母一脸讪然地坐在近旁的火炉边，没说话。

夏初阳吃完一个红薯，又吃了一个，觉得有些饱了，就对母亲说："快过年了，咱们去镇上买点年货吧！"

"你不回家？"母亲有些难为情地说，"你成家了啊，孩子，你不能陪我过年，你得陪她，陪孩子！"

说完，母亲把手机打开，翻出微信聊天记录给他看。他浏览了一遍，觉得无比沉重压抑。

那个女人除了漫无边际地骂人，竟然还提到了“离婚”。浏览完，他长嘘了一口气。

“说实话，我对你父亲的事业向来都是支持的。一个男人干事创业，若没有背后女人的支持，那怎么行！初阳啊，我知道你也是有事业心的人，可是，没人懂你啊！”夏母满脸悔意。

夏初阳勉强笑笑，道：“妈，也许廖静就是撒撒小孩子脾气呢，毕竟她生孩子我都没在她身边，她有气也是正常的！”

“那你回去吧，别管我！我在这里过年挺好的，大不了，把敬老院的黄大姐接过来，与我作个伴儿。”夏母抓紧夏初阳的手臂，并且摇了摇，用以表示这是她深思熟虑的结果——这事就这么定了。

夏初阳看着母亲，打了一个饱嗝，摇了摇头，道：“妈，不行！不管怎么说，我们娘俩一定要在一起过年！你跟我回家！”

夏母道：“我去了，你们能有好年过？”

夏初阳沉默了会儿，夏母又道：“儿子啊，你父亲和弟弟是英雄，你也是英难，是扶贫英雄。我不愿看着我的英雄儿子，在女人面前短了志气。都怪我，怪我啊！”

“妈，我怪你什么呢？这婚姻是我自己做主的！”夏初阳道。

“你爱的人真是她，而不是杨莫羽？”夏母终于把自己压在心头深处的话说了出来。

她观察着儿子的面容，看出他刚毅的表情下含着一股难以隐藏的痛苦。夏初阳逃避着母亲的目光，一时无语。杨莫羽这个名字，深深地扎痛了他的心。他答应替她查案的，却没有任何结果。因为他，她被调离了余镇。廖院长是个有公德心的好医生、好领导，可是，为了保护自己女儿的爱情婚姻，也不能免俗地露出了自私的一面。想起廖院长一家人，夏初阳就有点发怵。廖母常常不说话，只用眼色示人。廖院长也时常板着个脸，平时不怎么说话，说起话来也像领导跟下属说话一般，架势十足，且说一半不说一半。廖静则动不动就甩脸子骂人，把夏家活着的、死去的以及与夏家无关的人都骂了一个遍。廖院长说，她女儿患了产后抑郁症。夏初阳知道，她这抑郁症多半与他不想回县城工作有关。在母亲的再三劝说下，夏初阳终于决定回那个令他发怵的家中去过年。并且答应母亲，在家中吃过团年饭后，再回来陪她吃团年饭。

母子二人去镇上置办了年货，母亲特意买了两瓶酒，两个酒杯，说夏父和晓阳在世时，她不许他们喝酒，现在她对他们没那么多要求了，她得给他们敬酒。听母亲这么一说，夏初阳心里很不是滋味。夏母又谈想了杨莫羽。夏母这两天念叨最多的也是她。说不知她怎么样了，如果晓阳在，她也是她媳妇。说早知道廖医生是这样的人，她就该让夏初阳娶杨医生的。说夏晓阳是个好孩子，好孩子看上的女人应该是好女人。而夏初阳也是个好孩子，两个好孩子看上的女人，就更不用说了。夏母说出的话，既让夏初阳觉得心酸，又让他觉得好笑。现在，他都和廖静结成夫妻了，母亲的马后炮只会给人一种凄凉的幽默感。

然而，他也必须得承认，娶廖静是他自己的主意。

然而，他也必须得坦白，他对杨莫羽曾经有一丝莫名其妙的忌惮。

他对她的忌惮，一半出自母亲，一半出自自己。他对她是有心理障碍的。那障碍像魔鬼一样，阻梗在二人之间。她对弟弟的爱，像一块石头一样梗在他心里，让他有些不舒服。这种不舒服，说不上是嫉妒还是忌讳。她太执着于实验室里的工作。对于工作他自然是支持她的，但是，这种支持似乎只限于朋友间，一旦上升到夫妻层面，他对她那种执着也感到无所适从，甚至有些一眼看不到尽头的感觉。说到底，他有些大男子主义。他自己可以为工作没日没夜，忘记春夏秋冬、寒来暑往，但他并不希望自己的妻子也是这样的状况。说到底，他对杨莫羽只有真正的钦佩，没有真正的爱慕。他希望按照母亲的心愿，找一个贤妻良母型的人为妻。龙奂珠是不错的，但他不爱，母亲也不能接受；廖静是个成家的理想人选，虽然没多少爱，但是，至少符合他和母亲的接受标准。

可是，他错了。他原来以为疯的是杨莫羽，现在才发现，真正疯狂的是廖静。怀孕后的廖静，生育后的廖静，都表现得让人不可理喻。这个时候，他才开始想象，那个在实验室里安安静静、一门心思做实验的杨莫羽，她时而沉思、时而记录的样子，一定是一道美不胜收的风景线。

只是，由于他与廖静的婚事，致使她被调离了余镇人民医院，离开了她苦心经营的实验室。而此刻，她又在哪里呢？

然而，他又遭到了良心的谴责。他反思着，是不是自己怠慢了廖静，才使她变成现在这个样子的？她以前是美好的，她变成现在这个样子，一定是他的原因。此时，他突然觉得想念杨莫羽、帮杨莫羽去完成破案的心愿，都是一件有违天理的事情。他心中是有原则的，不想做人们心中的渣男。他是有理想、有责任心的男人，他不能做伤风败俗的事情。他必须得驱逐心中的魔鬼。

他决心说服母亲，一起去廖静家过年。但母亲似乎没有商量的余地。她头摇得像秋风中的芦苇，语气像秋风扫落叶一般。母亲的态度已经很明显了，她不会去她家。现在不去，以后也不会去。

“我就是有些想孙女。”说这话时，秋风已逝，春风徐来，有花绽放。她眼中含泪，嘴唇颤动。他不明白母亲的态度为何会转变得如此之快。老人家想念幼孙女的那份心，不会掺假。他很痛。心痛。

要么，到镇上饭店办一桌年饭，到时，大家就可以在一起团年了。夏初阳知道这种想法得到实现的希望不大，但还是抱着侥幸的态度，拨下了廖静的电话。

廖静不答应，廖母不答应，廖院长不答应。

夏初阳回头望着睁大双眼看着自己的母亲，心内涌起一股寒流，既惭愧又心痛。

“要你别打，你偏不听。婚姻内的事比你在村里办事更难，你应该知道的啊！”夏母摇了摇头，又看了看手机，“她和你结婚后，就很少和我聊天了，偶尔聊，她发过来的也都是些撒泼的气话和狠话！不知是她变了，还是我错了。”

夏初阳轻叹一口气，道：“错的是我。”

夏母道：“说说看，你错在哪里？我儿子错在哪里？”

夏初阳道：“错在我对婚姻不负责任。”

夏母道：“你怎么不负责任了？”

“我在村里工作的时间过长，陪她的时间太少。她怀孕、她生育，我都不在她身边。她甚至误会我心里爱的不是她，而是另有其人。总之，是我做得不够好。关键原因在我，所以——”夏初阳轻声道，有些言不由衷，却又坦诚相见。

“所以，你就要听她的话，回县城去？放弃这里刚刚好起来的一切，回到那个无法施展拳脚的县城里去？你忘记你的初衷了吗？你不要太蠢！廖静喜欢的是那个传言，而不是你这个人。别人不总说你未来要当县公安局局长么？”夏母道，“除非你现在离开石岗村，像张小磊一样返回县城，否则，你做任何事都没用！”

夏初阳一时无语。

自从成婚以来，夏初阳对生活似乎就有些拎不清了。他摇了摇头，自叹了一回。

母子二人买东西回家的路上，竟无话可说。夏初阳的电话铃响个不停，他知道，那边在催他了。那边是什么？是妻子、孩子，是所谓的家。这边呢？是母亲。从来母亲在哪里，家就在哪里。现在，他分身乏术。

（十）

刚刚过完除夕，就收到了通知，要求实施封镇、封村、封组、封户行动。

领导说，外面流行一种传染病，类似流感，传染性很强，会人传人，且目前无药可治，已经有人死去。为了不让那种怪病传进余镇，他们将拒绝任何外面来的人进入余镇地界。这个时候，地界意识比什么时候都强。

外面的人不让进来，里面的人也不让出去。因为，出去了，别人也不让进。一时间，大家心里都感到有些惶恐。夏初阳凭直觉，觉得这事非同小可。岳父说到这病时，脸色也阴沉得可怕。

余镇人民医院，此时人满为患。只要是有感冒迹象的，就都往医院里跑。

但是，这样下去，得病的变得很危险，不得病的，也变得很危险。医生自己都觉得无所适从。他们全把自己包捂得严严实实的，一切消毒手段都用上了。

不许传谣，不许夸大事实，不许制造恐慌。廖院长在召开的紧急会议上声色俱厉。

夏初阳问起廖院长那种病的具体情况时，他神情肃穆。

“我们现在已经把入村口全封了，里面的人不许出，外面的人不许进。”夏初阳道。

“这是一场战争啊！”廖院长沉吟道，“老爷子的话竟然应验了！”

夏初阳望着廖院长，这个大自己二十岁的男人脸上，没有一丝开玩笑的迹象。这本来就不是玩笑，就如同他应该称这个叫廖院长的为岳父或爸爸一样，本来就不是玩笑。

夏初阳把岳父说的话，在会上跟村里班子成员说了。大家明白了此事的重要性，显得比任何时候都齐心。

寒风凛冽，他们在村口设了关卡，全都尽职尽责地守在那里，不停地跟过往的人们做思想工作。村里的人站在关卡里面，想出去走亲戚；村外的人想往里走，想进去走亲戚。

夏初阳大着嗓门道："此时保持距离才是最亲的关系！离谁最远，就对谁最关爱！"

村民们不懂这个，龙奂生干脆动用了最粗俗的话来驳斥他们："你去别人家，就是想害死别人，懂么？你对亲戚亲，病毒对亲戚亲么？你这不是去拜年，是去送祸！哪个喜欢你们嘛！"

周在桦也帮腔道："这时候什么最重要？命最重要！你打电话问问，你亲戚想让你们去他家么？"

村民们还要说什么，旁边的孟远程也清了清吼咙，道："哪个今天从这里走出去，就再也不要回石岗村了。我们石岗村不要害人精！"

"要不要，你说了不算！"终于还是有人与村干部吵了起来。

夏初阳眉头一皱，道："那好吧，你去走亲戚！看人家放不放你进去！"又对外头的人道："你们不是我们村的人，今天无论如何也不能放你们进去！除非你们村的干部打来证明！当然，今天这个证明谁都不敢打，就算是县长，也不敢！这是人命关天的大事，谁敢保证？"

"你们还让不让人过年了？不就是感个冒吗？有什么了不起的？哪年冬天没人感冒？感个冒还不让人过年了？我还要给我老亲家送猪肉去呢！"喂猪的老李挑着一担猪肉准备往外走。此时，他把猪肉挑子放在地上，径直往关卡这边走，边走还边

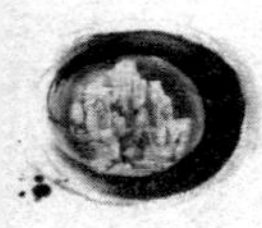

埋怨着。脸色有些横，像打了霜的皱叶子。

“年前不去送，这个时候送，真会选时间啊！”夏初阳道。

“这个时间正好啊！大年初二，不让人拜年是什么道理？”老李仍旧横着个脸，与那时候他家的猪生病时，完全两副表情，两种态度。

风继续在吹，雪也开始从天飘落，天气是越来越冷了。村口的人也越聚越多，需要应对的质疑声也越来越多。村干部们的工作越来越难做。夏初阳看这样下去也不是办法，便板了脸孔，道：“平日里跟你们讲了那么多道理，今天这事，我也不想再多费口舌了，无论是谁，都不许进出村口！谁进出村口，出了问题由谁负责！”说这话时，他的嗓子已经变得嘶哑，但声音里透着不容反驳的威严，仿佛每个吐出的字眼都结了冰。

大家还杂七杂八地说着话，但却没有人敢硬闯。夏初阳对站在关卡外，想进石岗村的外村人道：“我不知道你们是怎么出来的，但我知道，你们现在想回村里，是回不去了的！看你们村的村干部让你们进去不！”有个穿着黑棉袄、系着红围巾的女人道：“我们村才不像你们村这样哩，出来时，根本就没人拦我们！”

“你们是哪个村的？”龙奂生问。

“沙岗村的！”红围巾女人大声道。

“你是偷跑出来的吧？”夏初阳道，“你们村刚刚封村了，在余镇干部工作微信群里我看到了你们村村长发的照片！”

说着，就拿给她看。红围巾女人嘟囔了一句，悻悻道：“不会吧，我们来的时候都没封哩！”

夏初阳道：“余镇所有的村都封了，你们村会例外？”于是，把那些照片都翻了出来，一一指给他们看。

“这是什么运动啰？看起来，好像很严重！”老李嘟囔了一句。

夏初阳清了清嗓子道：“老李，当初你家的猪得了病时，是不是死了几头？如果不治疗是不是会死得更多，甚至会全部死掉？”

老李道：“是啊！是有可能！”

夏初阳道：“那现在，有种病发在了人身上，已经有人死去，且目前为止，还没有药可以治疗！并且我告诉你，就像我们之间这样讲话，如果我有那样的病，你或许已经传染上了！”

老李不由后退一步，脸上露出惊疑之色，道：“不会吧？这么厉害！”

夏初阳道：“上个世纪三四十年代，离咱们这里百里之外的咸溪村是不是得过一场瘟疫？”

老李道：“听老辈人说起过，那个村子的人后来全死光了。人传人，一个传一个，一个都没剩下！”他想了想，又道：“莫不是又是那样的瘟疫？可是，现在医学这么发达，不会有什么病是治不好的吧？”

夏初阳道：“是一种由病菌引起的病，和瘟疫差不多，而且，现在还没研制出治疗的药！也就是说，它致人死亡的概率，和当年咸溪村的差不多！不然，中央新闻联播也不会天天播报了。中央新闻都播报了，就说明这病的严重性！从上到下，现在到处都在实行封锁，这体现了上面对百姓生命的珍视，并不是为难大家，希望你们能懂上面的一片苦心！如果当初咸溪村的人逃到别的村去，那么，别的村也会染上病，一个传染一个，最后也会全死光！啊，我这不是恐吓大家——你们自己也能想到的啊！”

大家静默了一会，又有人道：“可是，我们并没有得病啊！”

夏初阳道：“在没发病之前，我们谁也不敢保证自己没带病菌！但一旦发病，凡是和你接触的人，就都被传染了。病菌是看不见，摸不着的，你敢保证自己没带病菌？你敢保证你身边的人没带病菌？刚刚我不是说了吗？如果我夏初阳身上带着病

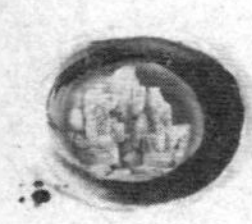

菌，那么，现在你们说不定已经被传染上了！”

老李想了想，对戴着口罩的夏初阳道：“你说得有些道理！”

旁边的龙奂生道：“那就请大家各回自家，不要到处跑，不要互相串门，就算是和自家人，也要保持距离啊！”

这时，夏初阳的手机响了，是村中一个叫张群的村民打来的，他说他和老婆去岳父家拜年，想回家来，却被告知不许回去，必须到那里待上半个月才可以回家，而他们一家四口一件换洗的衣服也没带，让他想想办法，看能不能接他们回来。

夏初阳道：“没办法可想，他们叫你怎么做，你就怎么做吧！”挂了电话，他把张群的情况跟大家说了，又对几个村干部道：“他们是怎么出去的？我们不是从大年三十后半夜开始封村的么？”

龙奂生道：“是啊，他们是怎么出去的？”

周在桦道：“他们是三十那天下午去的，在他岳父家团的年！”

夏初阳道：“那时候还没封村！唉，就让他一家子在岳父家待到元宵后再回来吧！”

大家听夏初阳他们说的事情越来越真实，便开始相信，也不再为难村干部。老李道：“我赶紧回去算了！”又突然想到了什么，道：“杨医生呢？说不定杨医生有药可以治疗那病呢！”

夏初阳一怔，道：“这病与你那猪病不同，目前为止，还无药可治！”

老李叹了一口气，道：“唉！原来除了癌症，也还有别的治不好的病啊！”

龙奂生面无表情，对他道：“人类治不好的病多着哩！”

老李又叹了口气，蹲下身子，挑着一担猪肉就准备回去。夏初阳道：“老李，你家还有多少头猪啊？”老李道：“还有二十多头哩！”夏初阳道：“暂时不要杀啊！这段时间大家都不能出去买菜，过不了几天，把家里的过年菜吃完，大家没肉吃了，你再杀猪卖给咱们村的人啊！”

老李一听，也觉得有道理，于是道：“好哩！”又道：“不过，今年猪肉本来就少，价钱会有点贵啊！”

夏初阳道：“按市面上的价格卖就行！”

老李道：“行！”说完，就挑着一担猪肉回去了。大家看到老李走了，也都挑着拜年的礼物回自家去了。倒是外村的几个人显出很为难的样子，道：“我们进不了你们村，也回不了自己村，该怎么办哦？”夏初阳道：“赶紧回去，跟你们村的村干部说明情况，你们出来的时间不长，应该会准许你们回去的！”那些人道：“那你们可以为我们作证么？”夏初阳道：“我们只能证明你们没有进入石岗村，至于你们出村以后，到哪些地方去了，谁又能证明呢？”红围巾女人听了，点了点头，道：“嗯，你说得有道里。”

村口终于没有别的人了，几个村干部围着火盆烧起火来。天真的太冷了！

杨莫羽正在分析一组研究数据，思路被代明的话语打断。他站在门口，望着她纤柔的背影，有些急促地说道：“小莫，咱们澹县人民医院死了两个染上流感病毒的人，他们是从外地回来的，瞒报了行程。现在，全县陷入紧急戒严状态。”

杨莫羽没有回头，只轻轻地说了一句：“知道了。”

代明走近她，语气仍然很急促：“现在，人民医院一片混乱，大家都很茫然，不知道里面的病人谁染上了那种病，因为没有方法证明，人人岌岌可危，护士们都不敢接近病人了。”

杨莫羽仍旧轻轻地说道：“知道了。”

代明语气更为激烈，道：“你就没什么办法可想吗？”

杨莫羽有些悲观地，语调却陡然抬高，情绪有些激动地说道：“我能有什么办法？我能有什么办法？你还看不出吗？你不看电视、报纸、手机吗？这不是一般的流感，或许，这根本

就不是流感。现在，整个国家，自上至下，大家都在想办法，都在进行分析，可到目前为止，还没有得出一致的结论，不是吗？”

代明颤抖地说道：“我认为你总得想些办法才对。因为，我相信你是那个能想出办法的人！郑教授已经跟我通过电话了，他将赶赴发病重灾区雁河市！可从形势来看，我们澹县也是发病重灾区，因为，澹县有许多人都是从那个重灾区回来的，他们都在那里务工，年前回来过春节！”

杨莫羽叹了一口气：“那还不采取隔离措施？这种人传人的病必须采取严格的隔离措施，丝毫不容许松懈！”

代明道：“那隔离了之后呢？总得治疗吧？难道就眼睁睁地看着他们死去？”

杨莫羽道：“如果你想出了治疗的法子，那就去治：如果你还没想出治疗的法子，那就去想。如果你什么都无法做，那就请不要在这里空抒情！”

她语气冰冷，像极了实验室里那些闪着冷光的瓶瓶罐罐。

代明愣住，轻声道：“这人民医院是我爸爸私人承包下来的，如果治不好这病，如果继续死人，那以后谁还会来看病啊！”

杨莫羽听后，转过脸，看着代明，说道：“这病，目前国内最好的医院、最顶级的专家、最先进的医术都无法治疗，谁还会怪你们医院？郑教授是这方面的专家，十八年前流行的X病毒，他虽然没制造出有效的药物，可提出了有效的治疗方案，及时止损，最后让死亡人数降到了最低。这次郑老爷子出面，他一定会拿出一套方案出来的。我想他的方案一定会影响到上级决策层，毕竟大家都相信他！”

代明道：“这采取隔离措施的方案就是他提出的。”

杨莫羽道：“从目前的病势发展来看，隔离是最好的方案！”

代明道："那种药，你还要多久才能研制出来？"

杨莫羽摇了摇头，摘下口罩道："我不知道。"

代明从她脸上被口罩勒出的条状痕迹，看出了她的疲惫。

他不忍心再催逼她。于是试着问她："能不能把你在余镇研制的那个药方拿出来，制造一些药出来，看能不能见效。"

杨莫羽看了他一眼，像是要看穿他一样，道："当初我离开余镇医院时，曾答应过廖院长，不泄露方子。毕竟，那是他们医院的内部用药！更何况，说实话，那药方对治疗一般感冒有用，对眼下这种病一点用都没有。"

代明道："不试试怎么知道？"

杨莫羽道："我知道，你当初收留我，帮我建造实验室，有你自己的目的，我心里也是清楚的。可我心里的原则不能不坚守！"

代明道："医者仁心！你就忍心让大家都活在病痛的折磨当中？当初，你肯拿药出来救猪，现在你却不肯拿药出来救人？"

代明说出这话后，就感到了后悔。因为，他看到杨莫羽眼中的委屈和愤怒，和因委屈和愤怒而涌出的泪花。他走过去，伸出双手，像是要拥抱她一般，但因她往后退了一步，于是只好停住，站在原地，道："对不起！小莫，我、我说话太冲了！我说得不对，深感抱歉！我知道你一直走在探索治病救人的科研之路上，没有白天，没有黑夜，没有自我，没有爱情，这一切，我都是知道的！"

杨莫羽皱了皱眉，任凭眼中的泪水滑落，也不去擦，反问代明道："你觉得我那么自私吗？你觉得我可以拯救天下苍生吗？你觉得目前这种状况都是我的错吗？你觉得一个女人穷其一生研究某种药物就可研究成功吗？"

代明被她问住。一时愣了。她已经很努力了，她没错。

"小莫，对不起，我无意伤害你！"代明道，"我只是很着急，我想治病救人！"

“谁不想治病救人？”杨莫羽有些激动，“我、廖院长、廖老爷子，哪个不想治病救人？廖老爷子为此还学神农尝百草亲自尝试新药，最后把命都奉献给了医药试验事业，他不是为了治病救人又是为了什么？”

“我、我，这我是知道的。所以，我也以他们为楷模，立志当兽医，虽不能救人，但也能实现自己的医学理想！”代明道，“这些我都知道！”

杨莫羽叹了一口气，轻声道：“知道就好！我实在是太累了，一组数据马上就要得出，却被你打断了，又得重新开始计算。你走吧！”她下了逐客令。

声音里透着疲惫，代明感到心痛。

“杨医生已经三天没合眼了，一直呆在实验室里。”站在一旁的助理，不忍心让杨莫羽再受误会，终于走过来对代明说道，“她一边做实验，一边与郑教授保持通话！郑教授对她的实验是支持的！她对目前这种病的评估，比你们要准确！她已经在制定自己的研制方案了，请给她一点时间！”

代明点了点头，看向虚着眼睛，揉搓着太阳穴的杨莫羽，默默地退了出去。本想说句“保重身体”的，但终究忍住没说。

实验室的下午是沉静的，特别是代明离开之后。一抹微黄的光从窗口射入，给冰冷的仪器涂上一丝暖色调。有着灰色表面的检测仪，也不再阴沉着脸，每一个按钮都散开来，像一张笑脸上点着的痣。

杨莫羽的时光是属于实验室的，可是，几年过去了，研究成效似乎不大，她感觉有负郑教授的期望。然而，说完全没有成效也不对。她不由想起了自己给廖院长的承诺，那就是不带走、不公开在余镇研究出的药方。如果单纯从利益方面考虑，她倒是能够理解廖院长的做法，但是，眼下病毒来袭，人命关天，他应该以救命为己任，把药方公布于众，让更多的人受益。

于是，她拿起电话，给廖院长打了过去。

“我是那么自私的人么？”廖院长声音有些疲惫，语气与她刚刚回应代明的语气别无二致。

“没用的。这药方对治疗普通呼吸道疾病是有用，但是，对眼下流行的病毒，作用微乎其微！”透过电话，杨莫羽感受到了廖院长的无奈。

“余镇医院现在有没有发现感染病毒的人？”杨莫羽问道。

“目前还没有。他们封锁及时，里面的人不出，外面的人不进，这对控制疾病传播还是有用的。”廖院长道，“但是，人们充满了恐慌，几乎所有人都把自己的感冒发烧往最坏的方面想，直到用我们的药把他们治好，他们的恐慌才有所缓解。”

杨莫羽沉吟片刻，道：“消除人们的恐慌，这对目前应对来路不明的病毒很有必要。我想，看能不能把药方公布，让更多得普通感冒的人得到治疗，以消除不必要的恐慌。”

对方一时不语，电话两端都陷入沉默。杨莫羽知道，真要说服一个大公无私的人，不需要讲太多的道理；如果那人私心满怀，就算讲再多的道理，他也会固执己见，不为所动。她希望廖院长不是。

然而，她错了。

只听对方道：“国内治疗普通感冒的药那么多，电视广告上多的是大厂制造的药，各大医院自己不知道采购？我们这药方说白了就是个偏方，别以为它有多神奇，与人家大型制药厂制造的药相比，药效差了不是一丝半点！”

廖院长亮出了他纯正的普通话，意在义正辞严地拒绝杨莫羽的要求。杨莫羽轻叹一口气。她没想到廖院长竟是个如此没有胸怀的医者。他怕她干扰他女儿的婚姻爱情，出于对他女儿幸福的考虑，把她赶出余镇人民医院，这份私心她是可以理解的。但是，眼下人命关天，全体医疗同仁都在一致对抗病毒，拯救人命，他还表现出这份私心，就有些让人不可理喻了。

她知道，她根本就无法说服一个私心满怀的人。挂断电话，

她颓丧地叹了一口气，虚着眼睛，无由地觉得疲劳。是该休息一会儿了，她累。助理小向默无声息地走过来，为她盖上一条厚厚的绒毛毯子。她于是就在当阳的沙发上，斜躺着，进入了三天以来唯一一次睡眠之中。

几年来，无论是在余镇人民医院工作室，还是在代明为她建造的私人工作室，处于疲劳至极状态的她，总是以这样的睡姿来缓解疲劳。沙发就是她的床，实验室就是她的卧室，睡去之前，她要确认自己是工作着的；醒来之后，她要确认自己是还能继续工作的。

舅舅告诉过她，工作是立身之本，要干好工作就得全力以赴。

舅舅是谁？他现在在哪里？每次入睡，她的大脑皮层里总活跃着一些问题。醒来之后，她总不忘提醒自己，舅舅已经工作过劳而死，死在了工作岗位上。现在澮县除了留有舅舅的传说，其它的，都已烟消云散。县委书记早已不叫“王书记”，而是另有其人。世上的官位，是铁打的营盘，世上的官者都是流水的兵。

当科学家好，当科学家好哇！这又是舅舅边阅文件，边对坐在一旁的她说的话。她当时不懂，现在有点懂了。科学家可以研究出一些对人民有用的东西，那东西一旦问世，就不单纯是传说般的存在，它可以发挥它的实际作用。

她的梦境往往是这样，上半场是舅舅在和她说话，内容多半是教育式的；下半场是晓阳在和她说话，内容多半是娱乐式的。上半场紧张，下半场轻松。醒来之后，她不知道自己是该谨慎小心、心怀使命地去工作，还是该放松心情、心无挂碍地去工作。她总是把自己的心搞得很矛盾。对自己影响最大的两个人，都倒在了工作岗位上，都做到了“鞠躬尽瘁、死而后已”，也都像云烟一样地逝去，除了自己的亲人和爱人，没人记得他们。他们是英雄，但也是近乎悲剧式的英雄。

做悲剧式的英雄，比做保守的英雄好，比做完美的狗熊更好。一闪念间，杨莫羽已给自己的人生定下了基调：那就做个悲剧式的英雄吧！

醒来已是深夜两点，室验大楼里，一些人已经睡去，一些人已经醒来。醒来的，都在工作。她坐起身，把毯子放在一边，双手放脸上沿两颊上下搓了搓，边搓边打呵欠，显然，她还没睡够。她从来都未曾睡够过。打呵欠可以激活脑细胞，提振精神，随呵欠而出的泪水，则可以润泽眼睛，让她清醒。

她稍微坐了下，缓了缓神，便朝洗手间走去。

从洗手间出来，她彻底清醒了。有些事，趁着清醒，她必须赶紧去做。

夏初阳已经习惯了无论白天黑夜随时接听电话，特别是疫情期间。此时，大年初三凌晨三点，他仍据守在村口关卡边的紧急救灾帆布棚里。电话响起，他顺手一接，以为是上级领导下发指示，自然也是用特有的口吻接听和应答，一句“喂，您好，我是夏初阳，有事请指示”就把他公事公办的从容心态展示了出来。可一听对方是杨莫羽，他便有些不知所措，心绪乱了，表情也有些发窘。当然，此时，除了他自己，没人能见到他的窘样。

药材，她要药材。杨莫羽打电话来，并不是向他倾诉衷肠的。她需要石岗村村民家中储放的药材，有多少，她就要多少，价钱可谈，但也不能漫天要价。除了谈论药材，自始至终，她都没有涉及半点私人感情。能让人往私人感情方面想的，唯有她问到“我不在余镇了，今年你还组织村民种那种药材吗”这句话。就这句话，让他感想万端。然而，他又提醒自己，你是有夫之妇，对于婚姻之外的异性，绝不能产生半点非分之想。

她似乎很急，急着获得药材。夏初阳知道，她和他一样，主动投入了一场没有硝烟的战争。他只能防守，她却在进攻。他在后方，她却冲在前线。夏初阳在挂断电话后，振作起精神，

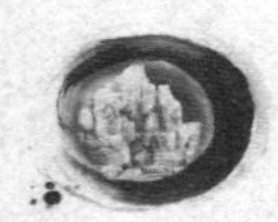

马上给药材种植户打电话，万幸的是，他们中竟然有几户还囤积了总量不下于两千斤的干药材。听说是杨医生要，他们不仅没有加价，还想主动给她送过去。夏初阳在电话中道：“送就不麻烦你们了，我会想办法的。此时，你们呆在家中，就是对我工作最大的支持，杨医生听了也会感到欣慰的。”

早晨七点，夏初阳把满满一货车干药材送到了杨莫羽的实验大楼前。接车的是代明。他穿着一身洁白的医生服，戴着口罩，眼神透露出疲惫。很显然，他也是战争中的一员。夏初阳抬头看了看外表高大上的实验大楼，感到很惊讶。他一直以为，代明说的实验室，只是一间房子，最多是一套房子，却没想到会是一整栋楼。代明看出了他的惊讶，指了指后面，道：“旁边就是制药厂，只要小莫配出药方，我们就马上收购药材，投入生产。当然，我们还有专门的药材储备库，一般的药材，我们都有库存，除了小莫认为制造某种药必需的特殊药材。”

夏初阳扯了扯口罩，点了点头，道：“看得出，你是真的支持杨医生的科研事业。”

代明笑笑，尽管戴着口罩，笑意却通过厚厚的口罩传达出来。他说道：“对于自己爱了多年的女人，我怎么可能不支持她的事业呢？更何况是在这样的特殊时期！”二人心有默契，都知道这特殊时期是怎样的生死攸关、全民动员、上下一心。代明又道：“十八年前曾发生过类似于流感的怪异疾病，一直没研究出克病之药，我那身为药材推销商的父亲痛心疾首，发誓一定要投资医药研究事业，建造了实验室，却没招到研究人才，后来又承包了县人民医院，总算达成了他治病救人的心愿。”

夏初阳点了点头，道：“都是有情怀的人啊！”又道：“可我记得你是兽医。”

“兽医治兽也治人！十八年前流行的那场怪病不是由于有些人贪吃兽类的肉么？不是说那病毒来自于野生禽兽的身上么？”代明道。

夏初阳点了点头，叹息道："是啊，有些人耽于享乐，别的人却要为他们的享乐付出代价。"又道："希望这一次不要像上次一样。"

代明道："如果我说这次的情况比上次还要糟糕，你相信么？"他的眼神透出幽蓝的光，像黑夜里草原之狼眼里透出的一样。夏初阳从他的眼神里读懂了现状。

"我们院里已经有人死去了。面对这种病我们束手无策，我们能做的就是找一种优良的疗救方案、寻一些克制病毒的药物，还有就是消毒戴口罩，像你我这样能自觉戴口罩的，就已经算是很自觉地在参与这场战争了。我们目前能克制那种病的药几乎没有。联想到小莫此前研制的药，或许它有些效果，可是，她却不肯透露方子，说是和你岳父之间有君子之约。"他看着夏初阳，注视着他口罩上方的眼睛，语气变得有些不太客气。"到了这种时刻，守那种约有必要吗？你岳父也真是，同是管理医院的，同是治病救人的，他怎么就没有一颗仁爱之心呢？"

夏初阳皱皱眉头，没说话。他能说什么呢？

"人还是要有些大是大非的观念，如果没有，那只能说明他私心太重。当然，我知道那种药并不一定对当前的传染病有效，可是，不试试怎么知道？"代明道。

看了看搬药材的工人们忙碌的身影，代明又道："我们的速度得快，得超过病毒的传播速度。这是小莫今天一早对我说的话。此时，她已经去医院了。要知道，此前她一直呆在实验室，从不去医院。这一年，她精神状态不好，你应该知道是什么原因。对于一个药学天才来说，浪费一年时间，损失有点大。不过，她的研究也不是完全没有进展，她突然提出运这批药材来，想必已经有了自己的打算。"

说着，他领夏初阳去实验大楼二楼办公室。去往办公室，得爬上十多级台阶，经过一条长长的走廊。走廊很明亮，灰色

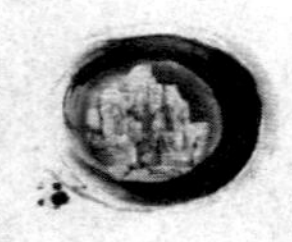

的显出高级感的瓷砖，泛出白晃晃的光。两边的砖墙上挂着一张张人物照片，下面还有简介，生卒年、求学经历、科学成就等，他们都是医药学领域的泰斗、专家。想起杨莫羽每天看着这些人物的照片，把他们当作标杆，步步努力，催逼自己奋进朝前，夏初阳就开始心潮澎湃。她是奋进者，是追梦人，对得起自己的韶华，对得起他弟弟夏晓阳。

他突然觉得惭愧。他不应该把她和晓阳捆绑在一起。她是她自己。

办公室里开着空调，温暖如春。代明给夏初阳倒了一杯茶，递到他手上，然后指着那些摆放整齐、桌上却有些杂乱的办公桌道："看见了吗？这是杨莫羽团队。这些人都是刚毕业不久的药学专业的学生。"

夏初阳喝了口热水，看着那些空桌子，只能靠发挥想象，把那些人还原出来。

"他们都被小莫叫走了。一起去了医院。"代明边说边去饮水机边，再倒了一杯水。他倒的是温水，在热水口倒了半杯，又去冷水口倒了半杯，中和一下，水就不冷不热，温的，刚好。他喝了一口，觉得水温合适，就一仰而尽。他捏着空杯，一次性塑料杯随即发出嘎嘎的响声，在空旷的办公室里，响声格外的脆。

夏初阳想着心事，仍没说话。他此时很想见到杨莫羽。不为什么，就是想见。可是，见了面又能说些什么呢？告诉她，她托他办的案子了无头绪、无从查办么？告诉她，他心里一直没放下她，觉得自己的婚姻是个错误么？告诉她，他母亲也很后悔不该排除她而选别人作儿媳妇么？

是啊，见到她，能说些什么呢？一个有了孩子的有妇之夫，见到一个守志如初的未婚女子还能说些什么呢？她在他婚礼上的表现浮在他眼前，哀怨、忧郁、难以置信，她是爱他的，他此时才深刻领悟，只有深爱一个人，才会有那种眼神，那种表情。

代明向他介绍着他崇高的理想和远大的规划，可他一个字都没听进去。他心里只有杨莫羽，那个此时正为应对眼下这场战役而忘我的女医生、女专家。

这个办公室里一定留下过她辛勤工作的痕迹，于是，他不由自主地去看每一张办公桌，希望能在哪张办公桌上看到她使用过的笔，她写下的字，她列下的分子式，她喝水的杯子，她看过的文件。

“别看这些桌子上摆的东西乱，我们还不能碰他们的呢？一碰，他们就找不着自己的东西。他们这些从事科学研究的人，就是这样的。不过，小莫不一样，她的办公室常常很有序，有序到让你得强迫症！”代明仍捏着那个塑料杯，并让它在这空旷的办公室里发出清脆的嘎嘎声。

“你是说她的办公室不在这里？”

“当然不在这里！她的办公室在三楼，也有这么大，不过，被分成了两间，一间是休息室，一间是室验室。她习惯了在办公室里休息。她常常工作、生活不分，工作就是生活，生活就是工作。”

“那她在哪里研制药物呢？”

“有专门的实验室，刚刚我们走过的长廊，两边一间一间的房子，都是实验室，她的团队平日里就分散在这些实验室里，各司其职。三楼，也是，不同的房间里摆放的是不同的仪器。一楼嘛，是我的团队。我研究兽药，不过，我感觉自己不是那块料。然而，既然选择了就得坚持，不是吗？”

夏初阳迎上代明的眼神，点了点头。从对方的眼神里，他看到了执着与坚守。想起廖院长，他心里不由一冷。同样是有追求的人，怎么老感觉他们之间差别很大呢？

有人走进办公室，送来了账单，代明示意那人交到自己手上。他看了看数据，对夏初阳道：“夏书记，您看，对得上么？”

夏初阳接过账单仔细看了看：“斤两没错。只是，这单价比

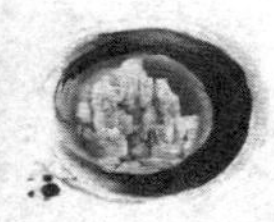

我们开出的要高。”

代明道：“如果当初廖院长的价钱开得高一点，村民手中还会有存货吗？”

沉吟片刻，代明又道：“小莫太需要这批药材了。她说了，在价钱上不能让百姓吃亏。他们把药材保管到现在，实在不容易，价钱给高点，也算是一种补偿，这对提高他们的种植积极性也是一种激励。目前你们刚刚带领大家摘掉了绝对贫困的帽子，不能因为眼下这病而让大家返贫，你说是不是？”

夏初阳沉吟着点了点头。他没想到代明会有这样的觉悟。他一直以为张小磊是最懂他的，现在遇到代明，才发现代明才是最懂他的。他这个富二代能有这样的情怀，真是难得。他不由对他刮目相看。

“钱很快就会由公司财物打到村民账户上。”

“公司？”

“是的。”代明道，“我们家公司。”

夏初阳隐隐觉得代明家不简单，但不想细问。他都承认他是富二代了，人家有公司也是正常的。凭经验，夏初阳觉得他与杨豪那样的富豪不一样。

真富豪与假富豪之间的区别在于，前者兑现承诺的速度，也就是钱款到账的速度要快得多。半个小时后，夏初阳还在与代明说话，那边村民已经打来电话，说钱到账了。夏初阳微微笑着对电话那头轻声道：“我知道了。”

他看向代明，代明也看向他。两人相视而笑。

“今天你想见到小莫怕是不可能了。她走进医院后，一时半会是出不来的，出来了，她也会立马就走入实验室。我有时想见她，都很难。”

夏初阳这才发觉自己在那里待得太久了。人家货已过秤验完，钱也已超额打入账户，自己还待在这里做什么呢？

是啊，他待在这里做什么呢？

听代明如此一说，想来他是看透他的心思了。作为一个有妇之夫，他难道还有什么非分之想不成？

“村里事务多，我得赶紧回去。看到杨医生，代我向她问好。如果她还需要什么药材，再给我打电话，我能做到的，就一定会尽力做到。”他说完就准备走。代明却拉着他的手，道：“食堂马上有人送饭过来，过了早再走。此时，县城街边上的店子都不许开放，你怕是吃不到早餐。”

夏初阳觉得有道理。他也确实有些饿了。

夏初阳和司机吃完早餐，准备往回赶，代明又让人给他们开了行程证明，道：“没有这个证明，你们怕进不了余镇地界吧？”夏初阳不由暗赞代明心思细腻。

车子驶离实验大楼后，他从车窗里看到了一个熟悉的身影。穿着一身天使服的杨莫羽正从医院大门口走出来，尽管戴着口罩，但他看得真切。就是她，没错！

思念堵在嗓子眼，无法呼出，那一刻他感觉到空气都是多余的，他实在不想要这淡薄的隔离。他清醒地意识到，自己的情感完全偏离了原来的轨道。视线早已被窗外单调的建筑物所阻挡，他却顽强地用意志力支配视线，想把那钢筋水泥构筑的障碍物穿破，直到把那个纤柔的影像摄入心魂。

弟弟最终是为救谁而甘愿再次扑入火海，燃尽自己的生命，升腾自己的灵魂，此时已无关紧要，他只想把弟弟曾经爱过的女人，好好呵护。她一个电话打来，说需要药材，他就马上行动起来。不到四个小时，药材已经由他亲自送达。他不想邀功，只想看她一眼。虽然阴差阳错，两人未能正面相见，但临别一瞥，已如翩翩惊鸿。口罩已经湿透，他只觉得闷，有种失掉氧气的感觉。这种感觉，使他想贪婪地去呼吸，想停车呼吸。但停车仅仅是为了呼吸吗？有种比呼吸更重要的东西梗塞于心，让他生不如死。

一个已婚男人，有什么资格想入非非？

单这个问题就把他击得溃不成军。沮丧带来的疲劳感，令他无法抗拒，睡眠便成了拯救他的良药。药，太重要了。现在，他需要药，全世界的人都需要药。而那个女人，注定为研究药物而生。但她也知道，有种病无药可医。

待他醒来时，也正是代明给他开的行程证明发挥作用之时。

有人设杆拦住了他们。他们不认脸熟，只认证明。用他们的话说就是，病毒不分脸生脸熟。夏初阳笑笑。这一套，他都知道。他顺利过关，却听到有吵嚷声传来，声音很大，还很耳熟。那边拦了一辆车，围了一圈人。车挂的是蜀地牌照。人戴着口罩，飙出的话却像经过过滤却还很脏的污水渣，令人反胃。夏初阳皱了皱眉头，对司机小李道："把车开到关卡那边去，靠边停一下。"司机小李道："为什么？"夏初阳道："我想下去看看。""有什么好看的？"小李道，"多一事不如少一事。"夏初阳道："你想少一事，张彩月他们不想啊！"小李与张彩月熟识，听他这么一说，惊讶道："他们回来了？"夏初阳道："对，他们都回来了！"

他们指的是往蜀南竹海或逃难或去经营"永红山庄"的几个男女青年。田维维、龙奂珠、刘迟、张彩月几个人没想到会在这样的场合碰到夏初阳。与过去一样，他们把他当成了大救星。夏初阳首先叫住了张彩月，那时他正指着拦路人的鼻子大瞪着眼睛，大骂着逞凶斗狠的话。

"你敢拦住老子？看老子开的什么车，抽的什么烟，你也配拦老子？老子回个家怎么了？还用你们管？要我们沿来路回去？没门！老子这是回家，回家！还有一个小时老子就到家了！你竟在老子家门口拦老子，想挨揍是吧？"张彩月开口一个"老子"，闭口一个"老子"，旧时作风一点不改，令夏初阳很是生气。没改的还有他的女性装扮和他的阴阳怪气，没人把他当作旧时的太监就已经很对得起主流认知了。张彩月的流氓无赖习气，他是领教过的，他以为成为老板的他已经改了，却没想到反而还变本加厉。

“张彩月！你干嘛！”

夏初阳就那么高高大大、威威武武地伫立在离他们五米开外的地方。

他戴着口罩，但是大家还是一眼就认出了他。首先认出的自然是张彩月，他如变色龙般，仰起脸，笑着摘下口罩，大声道：“呀！夏书记！您来接我们了？您来得正好，他们拦住我们，不许让我们回家哩！”

“戴上口罩，站那儿别动！”夏初阳伸出右手，手掌竖立，阻止张彩月朝这边走来。

他的军人气质和口令震慑了众人。张彩月赶忙把口罩戴上，立马又涎皮起来，道：“夏书记，你不会也以为我们携了病毒回来吧？”旁边的田维维也道：“夏书记，我们没去过重疫区，没与病人接触过。”

夏初阳看了看他们的穿着，衣服款式新颖，质地料子不错，穿在身上着实很体面，但就是有些脏，显然穿了好些天。旁边的大众途观气派是气派，但也灰尘涂面，显然是穿山越岭，经过了长途跋涉。而蜀南到这里，一路高速，断不至于把车开成这样，把人耗成这样。夏初阳心里有了底，于是冷笑道：“这样的关键时候，谁让你们回来的？都说了原地不动，原地不动，你们还是不听话！谁知道你们去过什么地方？就算我认识你们，我也不知道你们究竟是从哪里来的！”

张彩月意识到夏初阳已经识破了他们的行程，只好摊开手道：“夏书记，你就帮帮我们吧！我们真的已经无路可走了！我们本来是要去深圳玩几天的，谁知道高速收费站到处设了关卡，不让我们下高速，要我们从哪儿来回哪儿去，我们就又只好开回去。在蜀南下了高速，才发现风景区路全封了，不让外面的游客进去，生意是做不成了。我们就想，反正是过年，那就回石岗村家里去，谁知道，这回家的路也不好走，到处设卡。于

是我们就走了深山中的老路，转了一天多，好不容易快到家了，又在这里被拦了。你说惨不惨？”

夏初阳看着张彩月熬红的双眼，道：“张彩月，我告诉你，就算你在这里没被拦住，也回不了家。因为，我们村口也设了关卡，根本不会让你们这些从外地来的人进去。”

张彩月道：“夏书记，不会吧？他们不认识我们，你也不认识？”

夏初阳道：“他们说得对！我认识你们，但是我不认识病毒。你们到处窜来窜去，谁能保证你们去过的地方都是无病地带，谁能保证你们接触过的人都是无病之人？你们啊，就是不看形势！这全国上下下的都是一盘棋，你们就不动动脑子想想？就不能安安生生地呆在蜀南？现在倒好，谁也不会让你们这些外来客进去！”

刘迟道：“那我们怎么办呢？”

夏初阳道：“还能怎么办？拉你们回去隔离。”

龙奂珠早已见着了夏初阳，但把心情藏在了口罩后面，只从眼睛里投出一抹别样的神采。这个让她为之生、为之死的男人，已经成为了别人的丈夫，她现在能做的就是，忘掉他。那次跳楼未死成之后，她去了蜀南，在那里，张彩月接纳了她的落寞与孤独。他们同居了。虽然张彩月不如夏初阳这般清高与正经，但他的蛮横与野性，有时候也能治愈人心。

在夏初阳的交涉下，对方答应放行，但要他们回去后必须进行隔离。夏初阳说，这个不需要你们交代。又对张彩月道：“你们几个真是害人精，明知道村里防疫任务重，还回来添乱。”一眼又见龙奂珠和田维维分别挽着张彩月和刘迟的手，就明白他们之间是怎么回事了。但他始终不敢瞧龙奂珠的眼睛，怕她问：“你娶的为什么不是杨莫羽？”

他把他们送至镇上收纳外来回归人员的酒店，交由他们统一管理，统一安排隔离。此时，镇上的消毒测温体系已经比较完备，有专人负责消毒和量体温。量体温的不是别人，正是夏初阳的妻子廖静。廖静一见到夏初阳，眼睛就红了。夏初阳知道，她是在怪他这些天把她忽略了。可是，有什么办法呢？工作总是第一位的。但是廖静不信夏初阳全是为了工作，她一直觉得，他是在躲避她。工作只是他的避难所。当着大家的面，夏初阳也不好对廖静表示什么，廖静却把情绪写在了脸上。虽然戴着口罩，别人看不到她的表情，那一双满含怨怒的眼睛，却足以表达她所有的情绪。龙奂珠见状，故意在她面前摘下了口罩，于是，立马引来了她的大吼大叫。

“你什么意思嘛！想要害死人是吧？”廖静尖叫着，朝后跑了几米，“快把口罩戴上！快把口罩戴上！”

其他医务人员见状，也纷纷道：“你这人也太不像话了，这是违法，你知不知道？”

龙奂珠见夏初阳也铁青着脸，故意哈哈大笑，道：“原来都这么怕死啊！”

田维维觉得龙奂珠过分了，忙过来道：“别胡闹，你这是跟夏书记过不去！”张彩月也道：“现在是什么时候，你怎么能这样呢？你闹糊了别人的婚礼，别人都没找你算账，你还想胡闹？”

龙奂珠重又戴上口罩，呵呵道：“她还不是照样做夏书记的老婆，生夏书记的孩子？胡闹的是她，是她抢走了杨医生深爱的男人！”

廖静听她这么一说，火不由噌地蹿了上来，跑前几步，指着龙奂珠大骂起来。廖静的骂劲可真大，气势不比龙奂珠弱。边骂还边哭：“你以为我抢了个什么好男人么？渣男！我嫁的男人是个渣男！”他转而指向夏初阳：“你，一边与这个在社会上胡混的女人纠缠不清，一边还惦念着自己弟弟的女朋友，一边冷落为你生下孩子的妻子，不是渣男是什么？别以为凭你那点工作业迹就可以掩盖你的渣男本色！”然后又指着龙奂珠道：

“你也是生过孩子的女人，一个女人怀孩子、生孩子，男人都不在你身旁，你是什么滋味？如果你知道我的境遇，还觉得这个男人值得你去为他跳楼，那我现在马上就去离婚，把这个男人让给你！”

想来廖静已觉委屈之至，所以不计后果地当着众人的面宣泄了出来。

说完，她也扯下口罩，扔下体温测量仪，转身就走。那些医务人员瞅了瞅夏初阳等人，眼神里露出嫌恶之意，没说话，稍一迟疑，也跟着廖静走了。夏初阳见状，也顾不上张彩月他们，紧跟了上去。

“这、这是怎么回事？”张彩月在酒店门口踱着步子，指着龙奂珠道，“你、你让夏书记很难堪，知不知道？”他叉着腰，叹了一口气，仍指着龙奂珠道：“你都和我在一起了，还跟廖医生置什么气呢？还吃哪门子醋呢？人家那是夫妻，是夫妻，你懂不懂？你当初那么作，现在还那么作，到底想干吗？你非得拆散了人家，让夏书记变成渣男才甘心？要知道，他夏初阳现在凭的就是那么点口碑，你这一胡闹把他的那点口碑全闹没了，看他到时候会有多惨！你指望着他离婚，他敢离婚？他离婚，他就完了！他可是干部，一个干部作风过不了硬，就别指望他还有什么前途！他夏初阳好好的，就要被你们这些女人给毁了！你们啊，真是！”

由于他们没完成体温测量和消毒程序，所以，酒店暂时不能收留他们，也不让他们进入大堂。天气冷得人直发抖，没办法，他们就只好重又坐进车里，等待夏初阳到来。

一直不说话的刘迟开口了：“要不，我们请求夏书记让我们回去，在家里隔离吧。这样下去，也不是办法。你们看看，这街上冷清得，几乎没见人影。我们住在这酒店里，吃什么，喝什么？”

田维维道：“这点你应该不用操心，他们自有安排。我倒是觉得住酒店比住家里好。”

刘迟道：“酒店哪里有家好？还得自掏腰包！”

田维维道：“除了住酒店，我还能去哪儿，你们都有家，我没有！”

刘迟这才反应过来。田维维因大义灭亲之后，婆家不要她了，娘家也不要她了，她回到这里来，也是因为没办法，要不是眼下这疫情，怕是一辈子都不想回来。

大家沉默着。余镇各条大街和他们一样沉默。太静了，与往年情景大不相同，各家关门闭户，门上的对联呈现出一绺绺寂寞的红。他们有些饿了，想吃东西，便几乎不约而同地想起了老张的餐馆。张彩月开车过去，门关着，走近了看，门上挂着一把沉沉的铁锁。

转了好大一圈，只发现镇上最大的超市还开着门，但人也很少，一问，人家警惕地看了看他们，道：“没有村委会或居委会打的证明，一律不能进去买东西。”于是，张彩月只好又打夏初阳的电话。没接。看来，他是遇上麻烦了。龙奂珠知道自己惹了麻烦，一直都没吭声。平日里泼辣的她，听到廖静埋怨夏初阳的那番话，产生了悲哀的共鸣，心情久久不能平静。她突然哭了起来，说：“我想我儿子了！”

张彩月没好气地说道：“想就回去看，哭什么哭！”

他一踩油门，就开车往石岗村而去。大家也没说什么。一路上倒没遇到关卡，到了石岗村村口，才又被拦住。龙奂生、周在桦、孟远程三人在，问他们怎么夏初阳没来，他们谎称夏初阳有事回家，要他们先回来。他们问，真是夏书记让你们回来的？张彩月道：“夏书记爱人给我们量完体温，说我们没问题，夏书记就让我们回村里，去自家隔离。”没想到龙奂生竟相信了，道：“回来得正好。”张彩月没弄明白，龙奂生又道：“许老头没了，我们正愁着没人送他上山，你们就回来了。”张彩月道：“哪个许老头？”龙奂生道：“那个五保户。”

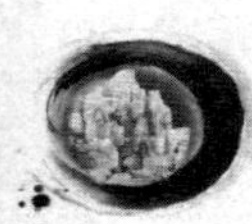

张彩月道：“你是说许放归没了？他在敬老院活得好好的，怎么就没了？”龙奂生道：“得了癌症，三个月前发现的，晚期，今早刚刚咽气。我们脱不开身，夏书记去县城送药材又还没回来。正不知如何是好，你们就回来了。”“放心，有我们在，一定把许老头的身后事办得妥妥的。”张彩月向龙奂生表明决心。眼下，只要能进村，能回家，能填饱肚子，什么样的决心都能表。

龙奂生移开设置的长木关卡，让出车道，放张彩月四人开车进村。

刘迟带着田维维去他家，张彩月和龙奂珠各回自家。四人解决完一些问题之后，又都聚在了一起，想去许老头侄子家帮忙料理许老头的后事。到了那里，才发现，果真人气不旺，仅有廖廖十多人。不久，夏初阳从镇上回来，带着十来包口罩，一个个分发给大家。他看到张彩月几人不仅没在镇上宾馆隔离，还回到村里，与大家走得很近，立马就生了气。

“这是大事情，你们别不放在心上！趁上级还没来人追责，你们赶快回各家进行隔离。”夏初阳一边说，一边还做出不跟他们讲多道理的手势。

张彩月道：“我们真没去过疫情区，我们用人格担保。”又道：“许老头摆在这屋里头，人这么少，也不像个话，总要有人来张罗张罗他的后事吧。”

夏初阳道：“非常时期，不许聚会，安排几个人守就行了，这毕竟不同于平常。阴阳先生已经选好了日子，两天后，大家再来送他上山。不是不通情理，现在情况特殊，只能这么办。”

许放归的侄子倒也通情达理，说道：“一切按照夏书记说的办。”

在场的人也劝张彩月几人回去隔离，并刻意与他们保持着距离。夏初阳道：“本来是要让你们去镇上统一隔离的，现在，要你们去自家隔离也不肯，那我就只好让防疫站的人把你们拉到镇里去。”张彩月做出拒绝的手势，道：“别、别，我们赶紧回去隔离。”回头拉着龙奂珠的手就走。刘迟也拉了田维维的手，跟在他们后面。有两个妇女，见着这两对男女，皱了皱眉头，小声道：“他们怎么凑到一起去了？”也就这么小声说了两句，没再说下去。疫情当前，大家面对的都是生死大事，有些事情，就变得很淡然。

已是下午时分，天气越来越冷，软弱无力的太阳光把乡村照得半明半暗。镇防疫站来了几个人，他们都只穿着一般的防护服，戴着口罩。他们先对办丧事的人员交代了注意事项，又对夏初阳进行了委婉的批评。想来廖静已经把上午的事情跟他们说了。不说不行，不然，她也得受处分。她已经在夏初阳面前发过一通火了，在他来村里之前，她的火还没有平息。等她的火平息，他再来工作，那不现实。夏初阳用心听着，表示虚心接受。接着，他们又要夏初阳带他们去刘迟家和张彩月家，分别对他们四人进行了体温测量和行程问讯。他们交代了自己的行程，工作人员没说相信他们，也没说不相信他们。夏初阳却要了张彩月的车钥匙，在车上呆了二十多分钟，下来后，对工作人员道：“他们倒没有撒谎。”原来，他调看了车上的行车记录仪。龙奂珠得知他看了行车记录仪，红了脸，道：“那个你也看。”夏初阳道：“我只看，没有听。”工作人员以怪异的目光看了一眼龙奂珠。龙奂珠则狠狠地剜了回去，那目光简直可以割肉。

张彩月道：“一路上她说了一些怪话，夏书记您别介意。”

夏初阳道：“我快进看的，什么也没听到。”

从张彩月家出来以后，工作人员对夏初阳道：“那个女的，就是上次搅乱你婚礼的那个吧？”

夏初阳没说话。工作人员顿感很不好意思，也闭了口，没再说话。

防疫站的工作人员留下了一些酒精和84消毒液给夏初阳，

夏初阳又返回去送给那些给许老头办丧事的人们，再三强调，要戴口罩，要注意消毒，要注意防护。大家笑着说：“有夏书记在，病毒进不来！”

第二天，防疫站的人又来给田维维他们四人测了体温。第三天，他们也来了。一切正常。他们把他们拉进一个微信群，又给他们一人一个体温计，要他们自己测量，并要求他们每天在微信群里主动报告体温。

第四天清晨，大家准备把许老头送上山。人手不够，又只好把隔离中的张彩月和刘迟叫了来。几个村干部也都加入了送葬队伍。与平常不一样的是，大伙没在许放归侄子家吃饭，都是在自家吃了饭后再来的。一场丧事，进行得简简单单，为主家节省了不少钱。事后有人开玩笑说：“要是平时都像这样，那该多好！”大家微微一笑，没有接下话去。因为，谁也不希望情况一直这样下去。他们渴望聚会，渴望自由。许家侄子拿来工钱，分发给大家。大家都没有接，纷纷道：“就算我们帮忙吧！”

大家都知道，许放归是五保户，没有任何遗产。算他侄子有良心，临了还把他接回家来办丧事。夏初阳把上面拨来的两千块钱补贴划给了许放归的侄子。许家侄子心里很感动，不断说着“谢谢夏书记、谢谢大家”。

办完许老头的丧事后，夏初阳又要张彩月和刘迟回去隔离，并要求大家也都居家不出。石岗村又恢复了平静。有些人看过电视，知道田野间并没有病毒，于是，就趁着春节期间，去野外劳动。天下起了雪，大家实在不知做什么，便又窝在家中看电视、打牌。那几个偷着跑出去拜年的，此时还没回来，人家不放他们。村与村之间的距离，从来没这么远过。

（十一）

夏初阳这些天，一直与几位干部坚守在防护第一线，牢牢守着村口，毫不松懈。然而，就在他再次去县城为杨莫羽送药材时，村里却出了事。县里领导来石岗村检查外来人员隔离情况，去到张彩月家，却发现张彩月与龙奂珠二人不在，上午去不在，下午去还不在，却在别人家的牌桌上见到了他俩，于是，就说石岗村村干部监督不力、工作无作为，要给予全镇通报批评。第二天，镇里通报情况的红头文件就下发下来了，包括石岗村在内的四个村的村干部、驻村干部以及村级医生，受到了或警告或约谈或通报批评的惩处。夏初阳被上级约谈，并说他不在岗是严重的渎职行为。

夏初阳摸了摸脑袋，没有争辩。他一脸疲惫地对约谈他的领导说："说完了吗？说完了的话，我想回村去工作了。"领导脸色顿时变得非常难看，严厉道："夏初阳，你这是什么态度！"夏初阳道："说实话，我对领导的批评虚心接受，但对领导在我一个人身上浪费这么多时间的工作方式不能接受。所以，恳请领导把我的工作时间还给我，让我用实际行动来弥补我工作上的不足，挽回因工作失误而造成的损失。"领导一时竟无语以对，回过神来，只能以"官大一级压死人"的架势来对付他。

"你这是什么态度？你怎么能这样对你的上级领导说话？凭你这样的态度能把工作干好？夏初阳啊夏初阳，别以为你做出了一些实绩就可以目中无人，告诉你，全县范围内比你强的

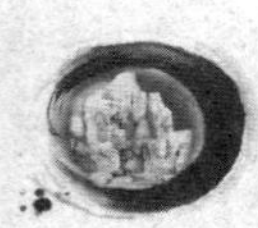

驻村第一书记多了去了，但没有一个人像你一样敢对自己的上级领导如此说话！”

夏初阳也火了，递给未戴口罩的领导一个口罩，道：“现在防疫工作这么严重，大家都服从指示戴上了口罩，领导，请你戴上口罩之后再来骂人！”说完，头也不回地走了。

晚饭时分，微信朋友圈开始转发他们受处分的内容。廖静看到了，龙菲菲看到了，张小磊看到了，荆副局长看到了，陈县长也看到了。

荆副局长正在与陈县长视频通话，二人说起了夏初阳的事情。陈县长道：“这事情全县一盘棋，全国一盘棋，夏初阳乱了规矩，自然得受罚！”荆副局长道：“我不相信他会故意乱了规矩，这其中一定有隐情。据说，他当时是为县人民医院送药材来了。”陈县长道：“送药材一定要亲自来？这么紧要的当口，他非得离开工作岗位，亲自送药材来县城？另外找个人来送不行？这本身就说明他工作方法上有问题！”荆副局长认为陈县长说得有理，于是道：“毕竟还年轻，办事有欠考虑，这次让他吃点苦头，得点教训也好！”陈县长道：“我知道你爱才心切，但也不能惯他，惯坏了可得不偿失！”荆副局长沉吟着收敛了话头，陈县长又道：“塞翁失马，焉知非福？说不定这次通报批评对他开展下一阶段的工作还有帮助！”

正如陈县长预估的那样，自夏初阳被列入通报批评的名单之后，石岗村便再也没人敢违拗村委关于防疫的命令了。村民们不仅自觉遵守，还开始互相监督。他们任何人都不希望他们的夏书记被通报批评。实际上，他们在看到那通报批评夏初阳等人的新闻之后，都感到忿忿不平，纷纷诅咒起那些不遵守规矩的人来，首当其冲的是张彩月。他们在村组微信群里，纷纷骂张彩月是“罪魁祸首”，说要不是他不坚守隔离，夏初阳也不会被批评。张彩月也很后悔，深觉对不起夏初阳，于是，在村组微信群里写了一封公开检讨信，说他做错了，要大家以他为戒。态度倒是很真诚，大家也觉得出了口气。

石岗村的人现在都知道抗疫并非儿戏，都知道要听从村干部关于抗击疫情的命令了。村里的广播已经响了好几天了，广播里反复播放着夏初阳那浑厚的男中音：“不要走出家门，不要走亲访友。你走出家门，病毒就会被你带进家门；你走亲访友，不是亲友害了你，就是你害了亲友！远离人群，远离病毒，请做到如下几点：一、要注意消毒；二、要随时戴口罩；……”夏初阳讲完，接下来听到的就是电台女播音员的声音。她讲的内容差不多，只是说法更加文雅，所说的注意事项更具有科学依据。可大家都希望听到夏初阳的声音，因为，只要他的声音还在空气中回响，下一年，就还有人带着他们发展产业，引领他们致富。

有人曾猜测过这一通报批评会给夏初阳带来怎样的后果，是撤职还是降级，抑或是调离？但观察了三天，发现夏初阳似乎还是驻村第一书记，干的事情和先前也差不多，还在村口当“把门将军”。这些现象，还是他们在自家门前观察到的，因为夏初阳除了当“把门将军”，还会当巡逻兵。他每天不止一次地在村里的大路上来回走动，检查村民自觉在家“抗疫”的情况。大家从自家堂屋门口见到了他，却不敢叫他，怕他发现自己没戴口罩。有些村民还偷偷地从玻璃窗户上看夏初阳，见他带着龙奂生在风雪中来来去去地，心中颇有些同情。于是，在村组沟通群里发一句：“夏书记，辛苦了！”一人发了，后面的人也跟着发了。

夏初阳从没回应他们的话，只问他们：“你们哪家没有柴米油盐了，到群里说一声，我们汇总后，统一去镇上采购。”开始那几天，大家都说还有。到了正月初十左右，就有人说自己家缺这样缺那样了。夏初阳于是亲自带人去镇上进行了采购，然后，挨家挨户地去送。养猪的老李还在群里说：“谁家没肉吃了，就吱一声，我家杀猪，价钱不贵，街上卖三十五一斤，我

卖三十二。”大家都沉默着，没人说。冰箱里的肉再吃十天半个月也没问题，毕竟年前大家都采购了年货，准备招待亲朋好友。结果，不准拜年，亲朋没来，于是，那些食材就只好自己消受了。那么多，够吃了。老李有些急，私下里问夏初阳，夏初阳却道："不急。这情形，一下解不了封。”然后又再三叮嘱老李千万别在群里散播“一下还解不了封”的信息，不能惑乱人心，不然，也要对他进行通报批评。老李自然听信夏初阳的话，不再发问，也没有乱说话。

外面的情势远比这偏僻的乡村严重得多，大家从电视新闻里知道了不少。很多在外打工的城里人，想逃回乡村，但都不被允许。有些人过不了车站的检测口和各地界的关卡，就干脆避开主路步行。石岗村有天夜里就潜回了三个人，他们是从县城徒步走回来的，听说村口把守得严，不让进，于是就从东边的山林摸到了村里。可是，刚走进自家，就被人举报了。

夏初阳立马通知了镇防疫站的人，并带着防疫站工作人员和村干部及临时抽调的各组组长奔赴三个村民的住所，到了那里也没进屋，先由防疫站的工作人员为他们测了体温，检测到体温正常后，又对他们周身进行了消毒处理，然后询问并记录了他们的行走轨迹和亲密接触者，在确认他们没有去过重疫区，也没有接触过感染者之后，要求他们根据各家的情况设立隔离间，及时在自家进行隔离。那些人听说不赶他们走，只在自家隔离，激动得不知怎么好，恨不得要给夏初阳磕几个响头。

“夏书记，县城情况有些严重，听说已经确认了一例，是由某重疫区来岳父家拜年的，他隐瞒了行程，所以，他岳父家的十几口人全被隔离在了县人民医院。想想都害怕，听说，外面已经死了很多人！所以，我们就跑回来了。”

那人有些心有余悸，说话有些激动不安。

夏初阳要他别信谣传谣，那人道："我哪里敢啊，只是把自己听到的说出来罢了。听说，县人民医院有个女医生很厉害，她发明的药对那病有预防作用。”

夏初阳道：“能预防到的一定不是那病，是感冒！”

边上的人听了，也都默然。谁都知道那种病的严重性，目前根本就没有预防和治疗的药物。不过，也说不定。夏初阳于是又道：“我们怎么就没想到要弄些药来预防预防呢？”

第二天，夏初阳去镇里领口罩时，到岳父廖院长那里拿了五包杨莫羽当初研制的中药回来，用热水冲了两包，让村干部和组长每人喝了一碗，他说：“我们其实也是很危险的，每天要接触那么多人，总不能自己染了病毒，再传到村里头去吧！”剩下的三包，他送给了那三个从县城逃回来的人。他那天去拿药时，也没回家，廖静一方面嫌他不顾家，一方面又不让他回家。她怕他被感染。成天与人打交道，又没穿专用防护服，会有被感染的风险。不过，偏僻也有偏僻的好处，他坚信这个地方病毒进不来。

浏览手机新闻的时候，他注意到了，那个被感染了病毒的人已由县人民医院送往市第一人民医院，陪送过去的医护人员都穿着专业的防护服，据说那一套防护服就是几千元钱，还不能重复穿。防护服背面上，还写着每个医护人员的名字。其中一个似乎写着“杨莫羽”，字迹有些潦草，但也不难认。他把视频信息看了几遍，终于确认，那上面写的就是“杨莫羽”。她终于从实验室里走了出来，重新走到了治病救人的第一线，而且是在这危难时刻。

他瞬间感到有点悲壮，又有些难过，抓起手机就给代明打了过去，但没人接听。他又拨打县人民医院的座机，值班护士告诉他，代医生与杨医生都去市第一人民医院协助治疗病毒感染者了。他紧握着手机的手，有些颤抖。他知道，那意味着什么。

过了几天，他又从新闻上得知，市人民医院那例重症患者已转重为轻，进入治疗兼观察阶段，病情得到控制。他不由舒

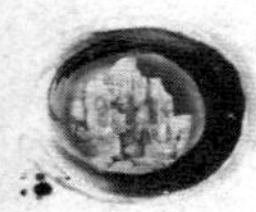

了一口气，心想，原来得了这病不一定会死，也可以得到控制啊！

只要可以控制，只要即使被感染，也不一定会死，那就看得到希望。

这时候，村中人又开始躁动不安。他们闷得太久，实在想出来走动了。于是对夏初阳道："让我们去地里干活吧！"其实，早已有人偷偷摸摸地在自家的山上干活了，除了下雪天，只要天气晴好，总有人在外面挖土、刨坑、砌坎什么的。只要他们不扎堆，村干部们也就没说他们。他们也知道，那病毒不是从自家的土里、山里、树里长出来的。开春后，他们还得依靠这土地种出庄稼来，他们还得靠庄稼来养活自己。不只他们，全国的老百姓都还指望着地里能种出庄稼来呢。病毒想让人死，可人们想让自己活。不吃不喝怎么行，不种庄稼可怎么行！

夏初阳答应了他们的请求，并再三讲关于防护的各类注意事项。有几次，他刚开口，就有人背诵了起来。他们对电视上、新闻上、广播上讲的已了然于心，简直变成了半个专家。村民们分散在田间、山头，但不允许出村。需要什么，都由村里派人专门采购。采购的人发现了一个问题，那就是街上空空的，没人拿菜来卖，更不用说猪肉了。一开始劳动，大家就都想吃肉了。这时，夏初阳要老李家开始杀猪。头一天，杀了一头猪，老李开着摩托车，来村里卖肉。还没走到村路的一半，一头猪已经卖完了。上半村吃了猪肉，下半村没肉吃。大家有了怨言。第二天老李又杀了一头，这回下半村的人，三三两两地往上半村走，你十斤，他二十斤地，不到两个小时，一头猪就分完了。无论肥肉还是精肉，大家都没讲价钱。老李叫多少，大家就出多少。而且，大家都不计较是肥肉多还是精肉多，反正老李一刀砍下就算数。大家也都清楚，再论肥论瘦的话，一头猪又没了。

有些人家冰箱里还有冻肉，听说老李家杀猪卖，想尝鲜，于是，也加入了买肉的行列。移民组有些人家年前没准备多少肉，以为开年就可以去赶集，可以去买肉，谁知由于疫情而封村了，又以为不会封多久，却没想到半个多月过去，仍没有解封的迹象，而家里，早就吃了很多天素了。此时听说有肉卖，有人早早在家门前做好准备，等着老李骑车来叫卖。谁知，两天过去，不仅没听到叫卖声，连个卖肉的人影都没见到。有两个移民组既不在上半村，也不在下半村，而在村尾巴上，老李的摩托车还没骑到下半村，肉就卖完了，哪里还用着去“村尾”。

于是有人在微信群里提出抗议，要求老李杀猪后，要留半爿给那两个移民组。老李照做了，结果，那半爿肉又被移民组最前面的十多户人家给一剁而空，后面的人家还是没吃着肉。于是，大家又都抗议，说有些人剁得太多了，没给别人留。那些人又说，家里人多，肉也吃得多，没办法。有人说，一家人剁三十斤就是一千块钱，怎么这么舍得花钱啊！那些人又说，家里缺的不是钱，是肉。于是大家纷纷附和，对呀，对呀，家里不是缺钱，而是缺肉。夏初阳看了大家的聊天内容，笑了笑，没说话。老李给他留了十多斤肉，要他给住在村部的夏母送去。夏初阳道：“我母亲吃素啊！”老李道：“你总得吃肉吧！”夏初阳笑笑，把四百块钱塞在老李手里。老李道：“这是我送你的，不要钱！是你让咱们发财的啊！年前，你不让我送猪出去，说要我到时候再杀猪卖，这会子，我一头猪赚了差不多一倍哩！”夏初阳道：“大家心甘情愿买的，与我没关系，再说了，此时街上哪里还买得到肉啊！你杀猪卖，倒是给大家解了馋！”

不管怎么样，老李就是不肯收钱。夏初阳生气了，道：“那我就告诉大家，你给村官行贿！”老李被他说得没办法，叹了叹气，道：“真是拿你没办法！”接过钱，塞进沾着猪血疙瘩的工作服外面的口袋里。

夏初阳把肉送到村部，夏母接过肉，兴奋异常，道：“终于有肉吃了。初阳，你跟我吃素吃了多久了？”转过身，又对着

那两个青花瓷坛说："今晚我做肉吃，你们也来吃啊！"夏初阳听了，没说什么，只觉得心酸。父亲和弟弟是永远吃不着肉了，但是，在母亲心里，他们还能吃。

他帮母亲把猪肉剁成块，又烧红了夹火的铁钳，烙了猪肉上的皮。之后，准备出门。见母亲在门口流泪，于是问怎么了。母亲轻声道："我想孙女了。"又问："孙女有肉吃吗？"夏初阳想了想，道："有。"但是，谁能保证呢？于是，他又给老李打了电话，说他还要十斤肉，要他明天杀猪后留点儿。老李说，没问题，他明天准备杀两头猪哩。

第二天，夏初阳去老李那里取了肉，然后，趁着去镇政府领口罩的空儿，把肉送到了岳父家门口。廖静还是不让他进门，只在二楼阳台的窗户上露出脸来，告诉他，女儿睡着了。他说："那等她醒后，让她和我视频啊！"廖静也只冷冷道："她认不得你是谁啊，我怕他见到你那样子会被吓哭！"夏初阳道："不会吧！我到时候摘下口罩！"廖静道："你被通报批评的事情，整个澹县的人都知道了，摘不摘下口罩，大家都认得你！"原来廖静还在拿那个说事。看得出来，廖静很在意那件事情。夏初阳还想说什么，见她已经回房间里去了。以为她会出来取肉，但没有。他又等了会儿，门开了，出来的是丈母娘。把肉交给丈母娘后他什么也没说，转身就走。他知道，丈母娘一定也会就那件事说他的。他给他们家抹黑了。

领了村工作人员的口罩，准备往回赶。吴镇长叫住了他，道："夏初阳啊，这口罩是越来越少了，镇里的各大药房已经没有口罩卖了，镇人民医院也进不到口罩了，你得想想办法啊！"夏初阳一听，有些懵，直问吴镇长，道："我能想什么办法啊！"吴镇长道："你把你那战友叫回来，要他到他那废弃的工厂里制造口罩！"夏初阳更觉得莫名其妙，道："五金厂造口罩？怎么可能？"吴镇长道："机器可以临时买，原材料都可以临时买，只是要有厂房，要有管理人员，要有资金，要有人手！

这造口罩成本不是很高，他制造出来，我们负责销售。你想想啊，我们一个镇每天要多少只口罩啊！临镇、临县都对口罩有需求，这销路不用愁！”夏初阳道：“可是，打他的电话打不通！”吴镇长给他一个号码，道：“打这个试试。”

夏初阳打过去，对方接了，还是个女的，不是杨豪，而是龙菲菲。夏初阳有些意外，看了看吴镇长的脸，见他露出一个怪异的笑，仿佛在说：“对吧，这个电话能打通，而且结果还出乎你的意料吧！”

当然，这样的表情让夏初阳感到难受，他有种被算计的感觉。于是，他故意当着吴镇长的面对电话那头道：“老同学，我是夏初阳，我有很重要的事情要跟你说，不过，现在我有点事要去办，咱们回头再聊。”说完，挂断了电话。然后，对吴镇长道：“她只是个医生，对她说这个有用吗？要知道，她老公才是那个办工厂的人。”镇长仍旧笑得高深莫测，道：“她早就跟她那个丈夫划清界限了。她现在就是个女商人，并跟镇里承诺，要拾起沙岗村那个烂摊子。”

“怎么拾？她？她一个人吗？”夏初阳隐隐听出了吴镇长话里的意思。

果不其然，只听吴镇长缓缓道：“她已与杨老板分道扬镳了，年前办的手续！”

夏初阳深吸一口气，不知为什么，他感到特别沉重。稍一平息，他转而对吴镇长道：“既然你对她那么熟悉，那就请你自己直接跟她联系，还用我干什么？嫌我没事做？疫情当前，作为处于最基层的干部，我们要做的事情还很多！”

听他这么一说，吴镇长立马就板起了脸孔，沉声道：“这个时候，谁不是使命在肩、枕戈待旦？”

夏初阳没接腔，他还是没想通吴镇长为什么要把这个任务交给他。他跟龙菲菲的关系，也没他想的那么好。他打心眼里不喜欢她的择偶观，进而减了对她本人的印象分。而后来，她

想利用他的关系来为杨豪开辟商路的做法，更让他怒而不发。再后来，他们夫妻二人弃厂而逃，更让他反感万分。在他心里，她与杨豪是一丘之貉，都是奸商。

“她需要民心！”吴镇长道，“她在那里失了民心，怕老百姓找她麻烦！怕还没开工就有人来闹事，她希望你能帮她赢回民心！”

夏初阳似有所悟。只听吴镇长又道：“建议把五金厂改造成口罩制造厂的就是她！她说，看到国内口罩奇缺，国外友人都在为我们捐赠口罩，为什么我们自己不加紧制造口罩呢？原有制造力有限，为什么就不知道多设工厂以提高制造力呢？我觉得她的想法有道理。她还说，外面疫情相对严重，不利于人员开工，但咱们余镇由于防疫得当，外无输入，内无病情，是片无毒之地，正可以利用在家劳动力，让他们入厂培训，成为口罩厂工人。”

见夏初阳没有说话，吴镇长又道：“关于棉麻等相关物资，你不用担心，我们能搞到。我们缺的是民心，是动员力，是号召力！要能保证老百姓愿意来工厂做事，并保证在开工之初不闹事，不算旧账！”见夏初阳还是没说话，他又道：“张小磊走了，他是失了民心之后走的！但你不一样，老百姓亲你信你！”

“我哪有你说的那么好，半个月前我还被全县通报批评呢！说不定哪天，我就被开除了，还谈什么民不民心的。他们留我，你们就会留下我？”

“哟！你还有怨言哩，这可很少听到啊！这是你来这里当驻村第一书记第一次发牢骚吧！好，有什么话尽管说。不满的话说了，心中的牢骚发了，总会想着把事给做了吧？”

回村里后，夏初阳把这事跟刚解除隔离的张彩月和刘迟说了，毕竟他们两个心里多少有点生意经。他们一致说，可行！目前国家缺啥就该造啥，有条件造为啥不造？还说，如果国家要征收永红山庄做隔离点，他们定会义不容辞地把永红山庄献出去。说这话时，龙奂珠在旁边听着，露出微微的笑意，看张彩月的目光也别有神采。夏初阳松了口气，龙奂珠总算从某个死结里面解脱出来了。

之后，夏初阳又与其他几位村干部商量了一通，大家都觉得可行。只是，这是沙岗村的事情，与他们有什么关系呢？夏初阳道，如果他来任这个厂长，就与石岗村有关系了。他给大家陈述了其中的一些利害关系，大家觉得在理。他的实干精神全镇人民有目共睹，沙岗村是邻村，听闻他夏初阳作为的人就更不在少数了，他们都羡慕石岗村有一位好驻村干部呢。张小磊也好，但比起夏初阳来说，他逊色不少。至少，夏初阳还蹲守在石岗村，没有离开。他还想着要为石岗村人民带来更好的生活哩。别人说跑得了和尚跑不了庙，夏初阳就是那个不跑的和尚，不跑的和尚想干啥？想担起责任，想把这庙护住！关键时刻见证党性、人品、官德，夏初阳就是那个能经得起关键时刻考验的人。

夏初阳让沙岗村的五金厂起死回生的事情，在村级沟通群里跟大家说了，大家纷纷表示，只要是夏书记为首去做的事情，他们都愿意去做，更何况还是可以创收的事情。再说了，现在外面工厂开不了工，他们也没法出外谋生，能在村里村外打一份工糊口，也是一件利己的大好事。石岗村村民的工作做通了，夏初阳却没去做沙岗村村民的工作。他在等。石岗村早有人把夏书记的看法透露给沙岗村的村民了，大家在村级微信群里一议，都觉得可行，于是，便去问他们村的干部，他们村的干部反过来问夏初阳，怎么他们都不知道？夏初阳于是把事情的前因后果都给他们说了，他们听说是镇领导的意见，于是又打电话去问了镇领导。镇领导只问了他们一句“现在有人来帮你们收拾烂摊子，你们愿不愿意”，他们便不敢再说半句反对意见。接下来，夏初阳又静了一天，没出声，沙岗村的村民按捺不住了，焦急地问夏初阳：“夏书记，这口罩厂什么时候开工呢？”

夏初阳说："有人要闹事，老板不敢来开工呢？我这厂长没有老板的钱做支撑，怎么开工啊！"沙岗村很多人道："谁敢闹事谁就是动了大家的饭碗，我们跟他没完！"夏初阳道："如果不闹事的话，工厂很快就能开工了！"

在夏初阳把群众基础打牢之后，龙菲菲就携带着一批设备和技术人员入厂了。厂房及厂办公区早被当地百姓修缮一新。当下的疫情让大家知道，只有齐心协力才能办成大事。沙岗村和石岗村村民踊跃报名进厂打工，大家憋闷得太久了，那股子劲不使出来，浑身不舒服。大家把工厂当成了自己的家，该修的就修，该扫的就扫，该扩的就扩，该改的就改，厕所扩宽了，食堂搭好了，机器设备也在机术人员的指挥下安装好了。没有选择良辰吉日，在万事俱备之后，口罩厂终于开工了。从镇领导做夏初阳的工作到口罩厂开工，前后不到二十天。

沙岗村口罩厂制造出来的第一批口罩，经检验，全部合格。余镇人民医院采用了这第一批口罩。订单一个又一个到来，龙菲菲跑到夏初阳前面，哭了起来。她没想到自己的心愿这么快就能实现。老李仍旧每天杀一头猪，四分之三拿到村里村外去卖，四分之一送进工厂食堂，大家没想到，在家门前就能打工，还能吃到猪肉，虽然每份菜里肉不是很多，但大家都很满足了，三十多块一斤的肉，能让大家吃到一点已经是莫大的福利。每天吃掉五十斤肉是个什么概念？是将近两千块钱啊！每只口罩能赚多少钱？大家都买过口罩的，心知肚明。大家不能让老板亏钱啊！于是，有人提议，每餐只吃素不吃肉，他们不能把老板吃空了。龙菲菲听到大家说的话，感动得不行，在就餐时，她对大家说："只要咱们好好干活，我们就一定吃得起肉！"夏初阳拿起一根胡萝卜，边啃边道："两百多人的工厂，大家一天只吃这么点肉确实太少了，等见了效益，我一定给大家加肉！说话算话！不过，现在加不起，要知道，我可是没拿厂里一分钱的工资啊！所以，我不吃肉，只吃胡萝卜！"

大家听他这么一说，不由笑了起来，道："夏书记你不吃肉我们相信，但那厨子不吃肉，我们不相信！"这时，夏母从后面走了过来，道："我一辈子吃素，我做厨子，绝不贪吃一片肉！"龙奂珠也走了出来，道："我家买了很大一块肉，我吃饱了后才来为你们炒菜的，不稀罕你们那几片肉！"老张也走了出来，擦着汗道："我开饭店那会儿，肉吃得不想吃了，也不会眼馋你们这几片肉！"张彩月和刘迟也说道："要是我们两个贪吃，你们怕是真的只能吃素了！"于是大家又都笑了一回。笑完，饭也吃完了，吃完饭，大家也都不休息，马上进入车间工作。订单太多，大家必须赶紧做。大家也明白，这不仅仅是挣钱，更是挣口罩、挣生命。

"戴口罩，戴口罩，你们也要戴上口罩！"夏初阳一声又一声地提醒大家，"这可不是闹着玩儿的，制造口罩的人不戴口罩，谁还敢用这些口罩？"

"防疫防疫，不许扎堆！咱们必须得守规矩啊！不能明知故犯，包括吃饭，我们都不能扎堆。"于是，他又在食堂前面画了很多条线，线与线之间相距一米多，大家打饭时必须站在线上，以此隔开距离。打完饭后，各自端着饭碗散去，不能在一起吃饭、说笑。大家知道防疫并非儿戏，便也照着去做，偶尔大家也会在打饭、吃饭的时候开开玩笑，但也保持着一定的距离。每天进厂之前，都要经过严格的测温和消毒，吃完饭后大家再上工，也必须净手消毒。

管控得太严了，就有人开玩笑说："病毒都在城里头，不会传到这穷乡僻壤来，夏书记你过于战战兢兢了。"也有人说："全国十多亿人，只有几千人染病，不值得这样大惊小怪。"但是，当他们晚上看了电视，知道又有地方被划为疫情高风险区时，那样的玩笑话便不敢随意说了。谁说只有城里有病毒呢？染了病毒的人走到哪里，病毒就会被带到哪里，不论是城市还是乡下，不论是沿海还是内陆，不论是草原还是山区。

口罩厂的生产力远远超出镇领导的规划，龙菲菲在作电话汇报时，当然不忘夸赞夏初阳几句。“夏初阳这人治村是一把好手，破案是一把好手，这治厂也是一把好手，真是个难得的人才啊！”吴镇长在电话那头道。

余镇人民医院已经用上了沙岗村口罩厂的口罩。使用之前，廖院长特意让检验科和质评中心的人对那批口罩进行了检测和质评，结果发现，口罩质量比平时从大厂家批发的还要好。“真是难得啊！这质量问题是相当难以把握的，他夏初阳一个外行，究竟是怎样把控这个质量关的啊！虽说有专业技术人员搞培训、做指导，但各个生产环节要做到达标，也是很难的啊！”

余镇各大药店是允许在疫情期间营业的。有段时间，大家争相来买口罩，却发现药店里没口罩买了。现在，药店里又有了口罩卖，大家心里总算踏实了些。澮县人民医院也开始用这里生产的口罩。夏初阳心想，要是杨莫羽能戴上他亲自把关造出的口罩，那该多好啊！他以一个军人的严格、严谨、严肃的作风和态度，履行自己的厂长职责，生产出来的口罩一定会令杨莫羽满意的。想象着她戴上口罩步履匆匆地穿行于医院科室之间的情景，他有些茫然，又有些欣慰，又有些担忧。他的茫然，不全出自自己已婚的事实，他也说不清楚为什么自己会有这茫然的感觉。至于欣慰，那是由她的职业引发的，她终究不像廖静说的那样是个精神有问题的人，关键时刻，她走出了小我的情感格局，迈向了崇高与伟大，做起了美丽的逆行者。然而，随着医生也有被感染的消息的传出，他也开始为她担忧。她绝对是冲在最前线的那个，她能从封闭的实验室走向战场，就绝对不会隐在后面。

天气很冷，晚班的工人仍在加班，厂房的墙把冷风挡在了外面。里面不冷。夏初阳从厂房里出来，被冰冷的风吹得打了一个寒颤。廖静打来电话，手机铃在这黑夜的冷风中突兀响起，令夏初阳有些紧张。

"小桔瓣生病了，你这个当爹的，是不是该回家看看呢？"廖静的声音有些尖利，她已经对表现温柔缺乏耐心。

听说女儿生病了，他当然紧张万分。回家，立马回家。他当机立断。

"女儿今天傍晚突然感冒发烧，已经住进医院了！你快点来！"廖静的声音里带着哭腔，这腔调令夏初阳对自己想念杨莫羽产生一种罪恶感。他骑着摩托飞驰在回余镇的马路上时，一直负有那种罪恶感。罪恶感越深重，他越感觉自己对杨莫羽的思念越深。一边是女儿，一边是杨莫羽，他着实难以取舍。而手机铃又再一次响起，在黑夜的马路上，在呼呼的山风中，听来格外瘆人。他不想接。一辆救护车从他身旁急驰而过，发出比手机铃音更为瘆人的啸音。

他到达余镇人民医院时，救护车就停在医院门口，一堆人在那些哭的哭、说的说，有家属，有医生。他听到了"无能为力""节哀顺变"这些话。他不敢看那些人的脸，不用说，那上面写着悲伤、绝望，也有愤怒。这年月，总有些人喜欢在医院里，在医生面前，表达自己的愤怒。他们从未想过医生也是人，也会生老病死。他又想起了杨莫羽，不由看了看手机，未接来电是廖静打的。当然，此时杨莫羽已冲在最前面，她是不会打电话来的。

电话拨过去，接了。他问女儿在哪个病房。廖静说女儿已经退烧回家了。他心里一阵放松，对着医院走廊的顶灯舒了一口气。此时，医院里仍是人满为患。

"都说了，一般的感冒发烧就在村医务室抓些药吃、打打针就行了，不必全往这里跑！这医院是用来治疗急症大病的。你们全往这里跑，加重了医院的负担，也得不到更好的治疗，毕竟我们人手有限！"廖院长嘶哑的声音隔着口罩和人群传来，他正在对坐在走廊里的一堆人说话。

"可是，我们发烧啊、流鼻涕啊，我们的症状与那疫病

很相似啊！我们不来医院，那怎么知道自己是不是得了那种病呢？”

“就是！就是！”

人群里有人反驳，有人就着那反驳的声音附和。

“每个村都派了防疫人员，她们对你们都进行了检测，说你们只是一般感冒，你们怎么就都不听呢？”

廖院长的声音里透露出无奈与疲惫。

他透过人群，一眼看到了夏初阳，马上朝他走了过来，拉着他的手，转身进入一间护士办公室，然后反锁上门，沉沉地往一张椅子上靠去。

“帮我倒杯水！”廖院长取下眼镜和口罩，伸出手无力地指了指旁边的饮水机。

夏初阳接了一杯掺着热水与冷水的水，递给岳父，这才发现岳父的脸被口罩给勒出了几条伤痕，鼻梁处的伤痕上隐隐有血渗出。他突然有些心疼岳父了。廖院长仰脖喝下那杯温水，捏了捏空杯，道：“再来一杯！”

岳父真的渴极了，连饮了三杯。喝完，他才轻声道：“看见了吗？那些人唯恐天下不乱，本来没什么病都往医院里跑。不用病毒来攻击他们，他们也会被自己给击倒。如果这些人最终死了，一定是被自己给吓死的！”

“您是说，那些人根本就没病？”

“有，有病！”他指了指自己的心脏位置，“他们都有心病！”

然后，他揉了揉太阳穴，深吸一口气，又道：“心态，心态太重要了！如果大家都不调整好心态，那上上下下、东南西北就会乱成一锅粥！一有风吹草动，就以为是大病到来，就往医院里跑，这怎么行？”他突然想到了什么，道：“这些天来医院就诊的都登记了姓名、家庭住址和联系电话，怎么几乎没见到你们石岗村的？”

“我们石岗村每天都安排有防疫人员和村医进行检测、消毒，还给每家发了些预防感冒的药，让他们按要求吃。有些种药材的人家，还按照当初杨医生给的方子自己配中药喝，如此一来，村里人倒是很少有人感冒发烧。”夏初阳道，“而且绝大部分人都在口罩厂上班，没空东跑西跑，毕竟挣钱要紧！”

听他这么一说，廖院长沉吟片刻，像是在思考问题。夏初阳在他没问下一个问题之前，没有再开口说话。因为，他意识到自己刚刚提到了“杨医生”，对廖院长来说，杨莫羽是个禁忌。

没想到廖院长竟主动说起了杨莫羽的事情。

“小杨啊，她现在已经走出实验室，投身治疗一线，成为了这方面的专家。真是年轻有为啊！”廖院长展开了眉头道，“送往地区医院的那例重症患者，两天前已经转出了重症室，被转入观察室进行观察，现在已经脱离了生命危险，据相关报道，这大半是杨医生的功劳。另外，地区医院原来收治的几例重症患者，除了早先死了的那例，其余也都转重为轻，脱离了生命危险。地区人民医院的院长打来电话说，杨医生的治疗方法值得推广。”

说着，他看了看夏初阳的脸色。那张脸上，写着关切与欣喜。停顿一瞬，廖院长又接着道：“地区人民医院组建了一支十人医疗队，准备开赴重疫中心区，其中就有小杨的名字。”

他看到夏初阳的脸色瞬间写满了焦虑，不由问道：“今晚省电视台播报了这条新闻，你没看到？你那么忙，没看到是正常的。不过，手机推送消息上有，你现在就可以去看。”

夏初阳捏了捏手机，想看却没看。廖院长鼓励他看，并说：“这些人都是要被载入史册的！他们都是新时代的英雄！”此时，夏初阳的手机再次响起，是廖静打来的，她尖着嗓子责问他：“你怎么还没到？你这么不关心女儿的死活？女儿哭得快断气了，你可真狠心啊！”夏初阳表现得惊恐不安起来，对岳父

说："爸，我得赶紧回去，小静还等着我哩！桔瓣病了，刚出院，我得赶紧回去！"

廖院长一愣，道："桔瓣病了？我怎么不知道？住院，什么时候的事？"

两人聊了几句，廖院长皱了皱眉头道："小静也真是唯恐天下不乱，这时候还想用这样的谎话把你骗回家来，哪有一点大局观念嘛！"

"爸，也不一定，我还是回家看看吧！"夏初阳站起身道。

"你啊，别由小静胡闹！你回家去看看，孩子准保好好的。看完孩子，你还是回厂里去。你是厂长，责任重大，分心不得，大意不得。"廖院长也站起来，"你们厂里生产的口罩很不错，看得出，你那几年特种兵不是白当的！一日为兵，终身为兵，做任何事都带着部队的作风，好得很啊！"说着拍了拍夏初阳的肩膀，一副十分赏识的样子。只是，他无法发出铿锵的声音，因为，他的嗓子几近嘶哑了。

"你做好你的驻村书记、口罩厂厂长，我当好我的医生和医院院长，咱爷俩都是不忘初心的人哪！都是好人！"走出护士办公室，廖院长一手搭在夏初阳肩膀上，一手竖起大拇指，笑着说道。

廖院长说完又戴上口罩，朝走廊那头走去，那里人群已经散去。看着廖院长那略躬的背影，夏初阳决心原谅他，决心不再计较他过去把杨莫羽调走的那件事情。

在这样的时刻，每个医务工作者，每个建设者，都秉持公心，全力以赴，为国家、为人民做出自己的贡献。

他突然又想起了父亲和弟弟，如果他们还在，遭逢这样的事情，他们会不会义无返顾地冲在最前面？会，一定会！

夏初阳打着呵欠走出医院，骑车往家赶去。回到家，门没关，他走了进去。摸到二楼，廖静扯亮了灯，对着他吼了起来。他作出嘘的动作，走到床边，见女儿已经睡去，安恬的样子。

又伸出手去摸了摸女儿的额头，没发烧。他长长地呼出一口气，然后走到沙发边，扯上一床被子，就躺倒睡去。廖静准备吼他时，屋子里已经响起了鼾声。

“小静，爸爸很累，还在加班，我也很累，让我睡会儿！”夏初阳梦呓一般轻声说道。

廖静却不想原谅他，气鼓鼓地坐在他身边，直勾勾地看着他的脸，期待他睁开眼睛来应战。然而，他始终不像是装睡的样子，没有睁开眼睛，没能如她的愿。此时的他，已经没有了战斗力。他只是一个渴睡的孩子。

她自顾自地苦笑一番，眼角淌下泪来。坐了一会儿，她的气也消散下去。当初自己只选择了自己喜欢的男人，却没想到男人的心根本就不在自己身上。主动追求的人是自己，主动提结婚的却是他，以为他终究是在意自己的，现在发现，他在意的不是她，是他母亲的意愿。或许选了她，他母亲的意愿是达到了。可是她呢？她的意愿呢？她不喜欢他母亲经常捧着两个骨灰坛晃来晃去，就连她的婚礼，他母亲都不想让那两个坛子缺席；她不喜欢他母亲对杨莫羽怀有愧疚的样子，既然自己忌讳小儿子的女朋友成为自己大儿子的媳妇，就应该断然绝然，而不是拖泥带水，欲断不断；她不喜欢他母亲支持儿子成为英雄的想法，家里已经有了两个变成骨灰的英雄，她却不改英雄情结，定要让唯一的亲人也成为英雄不可。

婚前他也喜欢夏初阳的英雄气，可是成婚以来，她才发现，那些都是虚的，只有生活才是实实在在的。她要的实实在在的生活，他给不起。他也从未想过要给她。他和他的母亲都不是想要给她实在生活的人。当初她对他的爱有多深，结婚后，她对他的怨就有多深。她怨啊！她怨他不关心自己，不关心她的孩子，不关心她的父母。唉，她轻轻地叹一口气。她知道，她和他不是一路人，杨莫羽和他才是。

想起杨莫羽，她现在也不再怨她了。她也一定不是个能在

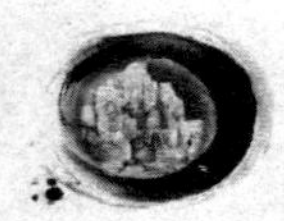

尘世获得幸福的女人。因为获不到幸福，所以，才想在别的领域找到属于自己的价值和存在感。省、市电视台都播放了她前往前线的新闻，她在十位驰援队员里是最亮眼的，因为，她是主动请缨去的，摄影师给了她特写镜头，记者也重点采访了她。她没有豪言壮语，但是大家都从她身上看到了抗疫的勇气与决心。

此时，杨莫羽已经奋战在了抗击疫情的最前线，而她守着熟睡的丈夫和孩子，岁月静好。如果她还是杨莫羽的学生，如果她还跟着她研发药物，治病救人，她会不会把她也带去抗疫前线？这个问题，有些莫须有的味道，令她苦恼。

养兵千日，用兵一时，杨莫羽绝对是有备而去，也必将取得不俗战绩。她对付呼吸道传染病有自己的一套办法，她平日里钻研的全是那些，她仿佛知道会有这样的疾病发生一样，时刻准备着。廖静望着柔和的灯光，深吸一口气。她又想起了爷爷。爷爷也曾说过，咸溪村那样的传染病还会出现，人类必须研制预防之药、治病之药，他为此付出了毕生的心血，最后还献出了自己的生命。父亲为了完成爷爷未竟的事业，也蹈迹而来，选择留在余镇人民医院工作，建立了药物研究实验室，招贤纳士，但结果总不理想，因为权威医药大学的学生毕业后根本不愿来这里，来这里的，都不是特别优秀的，对药物研究也不是特别感兴趣，因而中间许多年，药物研究基本处在停滞阶段，直到杨莫羽被郑教授指派来这里，研究才有了进展。不仅有进展，而且还有了成就。

如果不是自己与夏初阳的婚姻问题，如果不是自己心生嫉妒，杨莫羽不会被调离医院，这一年来，说不定她已经研究出了疗效更好的药物。廖静轻叹一口气，想道："她一直都是朝着我爷爷所研究的方向前进啊！她才是最有可能实现爷爷遗愿的人啊！"

这样想着，廖静感到了羞愧。

第二天醒来时，发现夏初阳不在，孩子也被她外婆抱下去吃饭了。廖静觉得自己也该在这场没有硝烟的战斗中做些什么了。

廖静重新穿起天使服走入了镇医院。廖院长没说什么，父女俩颇有默契地履行着治病救人的责任。对于杨莫羽，他们也避而不谈。这时候，不断有战斗在抗疫最前线的医生染病的消息传来，还出现了医生死亡病例。大家看到这样的新闻时，都不作声，看完后，合上手机，继续工作。廖院长带领着自己的女儿和全院医生，不分昼夜地在医院里忙碌着。万幸，偌大的余镇，二十几万人口，没有一例确诊病例，本地没有，外来的也没有。他向全镇人民免费提供了自己医院研制的“高效药”，说来也巧，竟真的在某种程度上起到了一定的预防作用。他不知道它预防的是普通感冒还是那种新的传染病，但至少可以证明，它对预防疾病的确有功效。

他给百姓用药时，总会想起杨莫羽。如果不把杨莫羽赶走，这一年来，说不定，她已经又研制出了新药。据说县人民医院也在试用一种“高效药”，效果也很好，那会是谁研制出来的？有在县人民医院治过病的人对他说：“你这种药，县人民医院也有。”这是余镇人民医院自主研发的内部用药，县人民医院怎么会有？这属于“独门绝技”，别人怎么会有？有人又说：“我们在县人民医院见过杨医生，就说啰，都不知道她去了哪里，原来是往大医院调了呀！”

“杨医生？女的？”廖院长边为病人看病，边问道。病人道：“对呀？廖院长，那个杨医生就是原来这里的那个杨医生，漂漂亮亮的，不喜欢说话的那个。”廖院长停下动作，若有所思，眉头皱成一个“川”字。那人没注意看他的表情，又道：“那么好的医生，你们也舍得放她走？听说她还是名校毕业的高材生。”说完话，那人才开始打量廖院长的表情，有种期待感，期待他回答。廖院长明显感受到，那人是知道杨莫羽调走的内幕的。不知道内幕，也听过传说。

听到传说的人曾在被疾病折磨的时候，发过牢骚。余镇人的牢骚很特别，在不经意间隐藏了愤怒。

“这医院的医生都是些土包子，不会治病，好不容易来了个科班出身的，又被赶走了。”说这话的人，语气平静得像是在叙述家长里短。

“听说是为了帮自己的女儿抢男人，才把医术高明的杨医生弄走的！”

“原来医院里的事情也这么复杂。”

“与权力有关的事情都复杂。”

“权力可以弄走人，怎么不用它弄走病毒？”

大家沉默了。这病毒还真不是权力能把它弄走的。要弄走它，得靠科学，得靠医生，得靠药物。

“我们吃的这个‘高效药’是杨医生研制出来的，她那么年轻就能制出这药，真是了不起！”

人们开始怀念杨医生，记忆中，大家见她的次数并不多，但不知为什么，大家就是记住了她的名字。对于一个在背后默默奋斗的科研人员，人们只要记住了她做出的贡献就可以记住她的名字。她离开余镇之后，余镇并未少什么，只是当人们面对疾病的时候，便觉得背后空落落的。

人们知道，余镇少了一份安全感。人对疾病有种与生俱来的恐惧，现代人之所以变得不那么恐惧，是因为科学的发展，是因为有科研人员在研究克病之药。“怕什么，现在科技这么发达。”变成了人们的口头禅。他们相信，总有一些人在与疾病做着对抗，总会从那顽强的对抗之中寻出一条路来。

研制药物的杨医生走出实验室，加入市医疗队驰援疫情重灾区的消息，经电视传播，一夕之间，整个澮县、整个余镇全都知道了。她现在已经成了人们心目中的女英雄。过去一直以为只有为人们的利益而死的人才算得上英雄，现在大家都不这么认为了。活着奉献的人也可以称为英雄。

龙菲菲打心眼里特别佩服杨莫羽。最近她得了一场重感冒，在余镇人民医院住了两天，一直都是廖静在为她打针吊水。她想向廖静打听杨莫羽以前在医院时的情况，但想归想，终究无法开口。看得出，廖静并不是个胸怀宽广的人。从格局上讲，比起杨莫羽来，她小太多。向她打听她曾经的师父和情敌的情况，这实在是不妥。就算你问得出口，她也不一定肯回答。

病房墙壁上挂着一台21英寸彩电，里面滚动播报着各地的疫情和抗疫状况，龙菲菲得知那个重疫区缺少口罩时，萌生了一个强烈的愿望。她立即打通了夏初阳的电话，把自己的想法告诉了他："你帮我准备一车口罩，我要亲自送往那个重疫区。"电话那头的夏初阳定了定神，道："好的！"龙菲菲出院后来到厂里，夏初阳已经把一百箱口罩装车完毕，并告诉她说："我们的请求得到了相关部门的批准和上级领导的首肯，但不能打着个人的名义去送，得打着余镇全镇人民的名义。是余镇全体人民去支援疫区。"龙菲菲点点头，道："好！"

夏初阳又道："代明也想和我们同去。他去送药。这些天里，他按照小莫的方子加紧制了一批药出来，准备送往疫区。"龙菲菲又点了点头，道："好！"夏初阳于是又道："代明和我，还有张小磊都与你同去！"龙菲菲道："好！"说完这三个好字，她竟然忍不住哭了起来。夏初阳问："你怎么啦？"龙菲菲深叹一口气，咬着嘴唇任由泪水滑落，哽咽得厉害。

"如果杨豪有你们这样的情怀，那该多好！"原来她想的还是杨豪。

夏初阳走过去拍了拍她的肩膀，道："人各有志！"

龙菲菲道："他在宾馆开房、背叛妻子，在沙岗村建厂骗钱、背叛人民，那也是他的志？"

夏初阳一时无言以对，他的任何回答，都不会改变龙菲菲的既定观念。她已经有了全新的是非观。从提议建设这个口罩厂开始，她已不再是那个跟着杨豪追名逐利的龙菲菲。人是会

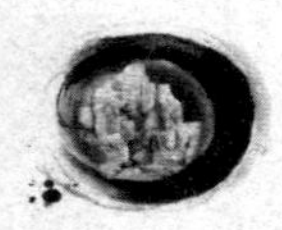

变的，龙菲菲一变再变，终于变成了她自己喜欢的人。

他们去送口罩，厂里的事就交给了张彩月和刘迟两人。沙岗村与石岗村两个村的干部忙完村务，也会去厂里转转，但基本都没啥事。镇里的领导也会来督察，但不像往日那样讲究排场，没人接待他们，他们来了，在厂子里转一圈，到处看看，了解了解情况，强调强调安全事项，很快就走。有了沙岗村的办厂经验，县工业园有几个废弃的厂子也准备整修为口罩厂，但苦于没有经验，所以也就派了些人来取经。来了又去了，去时还带走了口罩厂两个技术员。技术员上午走的，晚上就回来了。他们说："他们那些厂还是废墟一堆，垃圾都没清理好，就想开工，就想搞生产，简直太离谱。"别人问他们为什么，他们说："缺少人手呗！得不到当地百姓的支持，就凭头脑发热，能干成事？"

"县城还缺人？"

"县城怎么不缺人？常住人口要么是有单位的，要么是做生意的，平日里打工的，自己的厂子有事做，干吗去个废弃工厂，遭受那份罪？"

"那些厂不是都不准开工吗？"

"是不准开工，所以，他们也招不到人啊！"

"还是乡里好，乡里没病毒，乡里人心齐！"

"要是没有夏书记，你看心齐不心齐！"

大家便没有再说下去。把手里的活干好才是正事，这样才不辜负夏书记的一片苦心。他们再一次认识到一把手的重要性，他的治理理念会影响一片人的命运，如果前任支书张昶能有夏书记这样的治理理念和为民情怀，那就不会把那几百万的集资款和移民补贴卷走。拿着那笔钱来发展产业，发展经济，那这么多年过去了，石岗村早就换新颜了。拿着钱不仅不想为百姓办事，还一心只想着谋私利，把钱财据为己有，那样的人不仅不配为官，为人都不配。如果那笔钱放在夏书记手上，那结果绝对不一样。夏书记把那笔钱追回来了，而且把它们全还给了大家，大家很高兴，高兴有钱花了，却从没想过把这钱放在夏书记手里，让他带领大家以钱生钱。都怪村里人把夏书记逼得太狠，为了要回钱而失去了理智。如果不是龙菲菲转身投资，把废弃的五金厂重新修整，改为口罩厂，那这疫情期间，大伙儿去哪里找活干，上哪儿找钱去？连经营山庄发大财的张彩月和刘迟都不做生意回来了，连开了几十年餐馆的老张都关门大吉来厂食堂煮饭了，而种药材的老刘，养猪的老李，种枞菌的大周，依然有活干、有钱挣，看来扎根本地、依靠本地才是真正的活路啊！更何况石岗村现在已经脱贫摘帽，据说政府下一步将计划搞乡村振兴，那对农村人来说，不是件大好事吗？大家都关注国家发展大势，都喜欢看《新闻联播》，对大政方针还是有所了解的。

夏初阳在村民大会上也多次提到“乡村振兴”这个词，说到相关事项时，大家看见，他的脸上泛出别样的光泽，眼睛格外亮，整个人显得特别精神。他还建议大家下载“学习强国”APP，说是想要了解什么，可以去那上面看，那上面的内容比《新闻联播》里的多多了。于是，大家纷纷下载，看过之后，才发现里面竟然也有《新闻联播》。现在大家每天都在厂里工作，虽然没地方看电视，但也可以看《新闻联播》，也能了解外面的形势和国家的政策。他们惊喜地发现，他们能在本地“学习强国”平台上看到杨医生主动请缨出征支援疫区的场面，看到夏书记他们为疫区运送抗疫物资的消息。原来以为新闻平台上播报的只能是大人物、大英雄，现在才发现，也可以是身边的普通人、自己的熟人。英雄起自平凡，人人都可以成为英雄模范。大家被这些新闻激发得热情澎湃，干劲十足。

吃饭时，有人突然对张彩月道：“张老板，你要是能把你们的餐馆搬到石岗村来多好，我们村头河边那片竹林适合开个餐馆或民宿什么的。”说者无心或有心，听者却起了意。饭后，

张彩月对刘迟道："餐馆离我们天远地远，又没人打理，迟早会变成一堆废墟，还不如卖了变现，拿钱回家乡来搞投资。"刘迟道："除非疫情结束，除非夏书记还在石岗村当书记。"张彩月点了点头，小眼睛里投出一股精明的光，没有再说话。有些事情是得从长计议，从全考虑。

晚上工人们有的下班，有的继续加班，张彩月与刘迟轮流值上半夜和下半夜，凌晨两点二人交接工作时，刘迟显得有些沮丧，他对张彩月道："田维维家出事了。她隔壁家的李全林回来了。"张彩月道："回来就回来呗，有什么大惊小怪的。"刘迟道："田维维去找他了，问他当年她父亲杀害她妹妹的事情，李全林说了，他说的居然跟夏初阳推断的丝毫不差。"张彩月道："这个夏初阳真是厉害啊！"然后又想起了什么，道："他们为什么突然回来呢？早不回晚不回，偏偏疫情期间回来，啥意思，送病毒来了？赶紧的，得隔离！"刘迟道："现在外面到哪里都要出示身份证，扫描健康码，他啥也没有，工也打不到，住处也找不到，饭店也进不去，车也坐不了，所以，他是主动找到当地派出所，请求公安人员把他遣送回来的。现在，就被隔离在派出所。田维维父亲的案子得完善证词，就差他的了。"

张彩月"唉"了一句，看了看天空冷冷的星，沉声道："好，好啊！"刘迟对他说的这个"好"字感到有些莫名其妙。张彩月道："夏书记再也不用让公安局的去电线杆上贴通缉令了，看情形那些犯事的一个一个的都得回来。天网恢恢，疏而不漏啊！"刘迟道："一场疫情竟把那些生活在阴暗角落里的人都逼了出来，这真是天意啊！"张彩月道："那是因为他们都想活，比起染病而死、冻死饿死，他们宁肯回来认罪，宁肯回来坐牢。他们什么时候想到的都是自己的利益，比起病毒，人间的法律似乎更有人情味。"刘迟道："那些害群之马，真是可恶！这时候大家都在全心抗疫，他们却来添乱，真是可恶！"

张彩月打了个呵欠，交待了刘迟一些事情之后，就回休息室睡觉去了。他实在是太累太累。想到夏初阳平日里的坚持，他不由更加佩服。

四天后，夏初阳打来电话说他们回来了，却没人见到他们，也没看到他们的车。有人在离厂房一里多远的山坳里看到了那辆车，并看到余镇防疫站的人在为车消毒。防疫站的人说，夏初阳他们四个人被隔离了，住在余镇统一隔离安置点。张彩月提出要去看他们，那人道："去看他们？想都别想，他们可是从重疫区回来的啊！得先隔离十四天，每天都得报告体温与身体健康状况。"张彩月"哦"了一声，表示理解。夏母每天对着两个青花瓷坛碎碎念叨，祈祷儿子平安回来，终于听说儿子回来了，却又不准许回家，心里不由焦急万分："难道儿子染病了？"直到听到夏初阳的声音，并听他说明了理由，她才放下一颗心来。

这些天，廖静一直都在生气，生夏初阳的气。他只往家里打了一个电话，只简单直接地陈述了要去送口罩的事实，根本就没征求她的意见。匆匆而去，又匆匆而回。去之前，两人没见面；回来后，两人又没有见面。他心中还有她这个妻子，还有这个家吗？每每想到这里，她心中就怀有怨恨。凭女人的直觉，夏初阳去送口罩，动机绝对没有那么高尚：他一定是想去那里见见杨莫羽。他心里一直都挂念着杨莫羽，进而挂念那个疫情区，以至于义无反顾地去那里送支援物资。她知道在这特殊时期应该以大局为重，不能因男女私情而胡思乱想、胡作非为，可是，她实在是修为不够，实在是忍受不了。

听说龙菲菲、张小磊是与夏初阳一起去的，她就想着从他们二人口里套出点信息来。她清楚，隔离期间无论给谁打电话去，夏初阳都不会在旁边。到底打给谁呢？她思量再三，最终决定打给张小磊。张小磊当时正躺在床上，拿手机看时事新闻，电话一响他下意识地就接了。听出是廖静的声音，他不由紧张地坐了起来。他马上就听出了廖静的意图，知道她是犯醋意了。

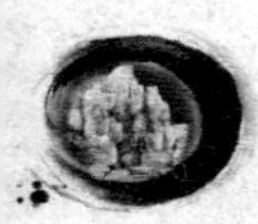

他没想到廖静的性子竟是这般直率，给一个许久没联系的人打电话既没有问候，也没有叙旧，就直奔自己谈话的主题去了。如果不从人际交往的礼节方面考虑，他倒觉得廖静没把他当成生疏的人，那么，也就是把他当成很不一般的朋友了。想到这一层，他竟有些亢奋，毕竟廖静是他爱过的女人。他必须跟这个女人讲真话。

他们是去那个重疫区送了抗疫物资，但是并没有见到杨莫羽。他们不清楚她在哪个医院。他们甚至不被允许走进那座城市，物资到了关卡上就被卸下由他们另外装车运走。他们只是和相关人员匆匆合了个影，又被一些媒体拍了些照片，其余什么事情都没做。那种状况下，去打听一个医生，简直是不可理喻的。那座城市有多少个医生在那里昼夜忙碌啊，数不清。他们都是那座城市的逆行者，是那座城市的守护神，是那座城市的英雄。

“你不知道那里的情形，一座城市全被封了，马路上见不到几个人。和你们一样，我们也只能通过电视和手机，了解医院里的相关情况。杨莫羽应该也是穿着防护服、戴着口罩的，应该也和她们一样，长时间不能喝一口水、不能上一次厕所，摘下口罩时，脸上鼻子上全都是伤痕。”张小磊说着，声音竟硬咽起来。

“你是、是哭了吗？”廖静轻声问道，语气里带着些怯懦。

“能不哭吗？我替她们感到伤心。她们得遭受多大的罪啊！有些医生染上了病毒，生命危在旦夕——”张小磊带着哭腔说。

廖静不知该说些什么好，只觉自己无论说什么都不合适，于是就匆匆挂断了电话。她怪自己想多了，人家杨莫羽公字当头，把生死置于身外，一心扑在抗疫第一线，自己却在这里纠缠男女私情，真是不应该啊！不过，又想到自己不也从家里走出来，奋战在医院里么？在这种时候，大家都是战士，只是战场不一样而已！想到此，她内心的愧疚感又减了几分。

接下来，她该给夏初阳打电话了。给他打电话，该说些什么呢？既然没什么好说的，那就不打。

夏初阳一回来先是睡了一觉，醒来就给龙奂生等村支两委干部发了通知，召集大家开了个视频会议，听取了他们这些天来对村里各项情况的汇报，知悉疫情防控上没出什么问题。接下来，他又就开春后村里将要做的工作做了安排，针对他的安排大家又进行了讨论，进一步完善了工作计划。他再三强调："抗疫仍是重中之重，但农业生产也决不能忽视，如果不能解决吃饭问题和经济作物的种植问题，乡亲们就会返贫，那我们前几年的工作就白干了。记住，一定要抗疫生产两不误！"龙奂生说："夏书记，您口罩厂那边工作也很重要，我们负责管好村里的工作，您就负责管好口罩厂的工作，我们既分工又合作，这样就真正做到了抗击疫情、农业生产和工业生产三不误了！"周在桦说："是啊，夏书记，关键时刻我们拧成一股绳，发挥最大的合力，就什么事情都能做好了。"孟远程也说："夏书记，这次疫情让我们更加看清楚了村支两委所发挥出来的巨大作用力，只要我们班子团结，力往一处用，劲往一处使，就没有什么难关是渡不过去的。"陈明辉最后表态，也表示全力协助大家一起搞好工作。夏初阳看着视频中的四个人，点了点头，有一股力量自心底涌起。

他看到龙奂生好像还有什么话说，就鼓励道："龙支书，你有什么话想说就说出来吧！"龙奂生道："有个事情我还得当着大家的面说说。"夏初阳道："你说。"龙奂生道："妇女主任这个位子空缺有一年多了，一直没找到合适人选，现在田维维又回村里来了，那些事情也过去这么久了，我看能不能让她继续担任？"停了一下又道："对了，她家隔壁那个李全林突然跑回来了，听说是因为没身份证明在外混不下去了才回来的，现在派出所隔离着。他交代了他所看到的田军误杀他小女儿田明明的过程，与你当初推断的几乎一致，与田军交代的也高度

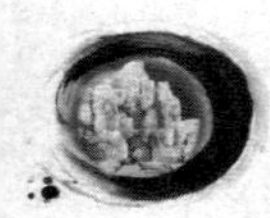

吻合。所以，田维维举报自己父亲一事也渐渐被人们理解。大家现在对她的看法有所改变，所以，看能不能让她再做妇女主任。”夏初阳道：“我这里没问题，要看她自己愿不愿意做，毕竟她这一届任期也还没满的，明年一月份换届选举，到时候上面要不要让我们再考察新的人选，也还说不定。”龙奂生道：“镇里领导的意思是，妇女主任这个位置很重要，长期空缺或找人代替都是不合适的，说如果我们认为田维维还能够胜任，他们没意见。”夏初阳道：“那你们去找田维维谈谈吧。毕竟疫情期间，她也不能出外做事，能留在村里那是最好的。”

大家很快就做通了田维维的思想工作，她愿意继续担任石岗村的妇女主任。龙奂珠听到这个消息，笑着对她说道：“如果我不跑去夏书记的婚礼上跳楼，这个妇女主任的位置就是我的。虽然我们两个都是有争议的人，但性质完全不一样。你的名誉这么快就恢复了，我呢，得背负一辈子的坏名声。”田维维道：“村里人谁不知道咱俩的情况啊！你就别损我了。你现在最需要做的事情就是，赶紧和张彩月结婚，给他生个孩子，这样你大儿子也有爸爸叫了。”龙奂珠道：“你也一样！赶紧和刘迟把婚给结了。我们俩都是二婚，嫁个未婚青年，总还不算亏。”田维维道：“这就是传说中的因祸得福吧！”龙奂珠突然想起了杨莫羽，不由叹息道：“唉！就是杨医生，现在祸福未知，我们还是为她祈祷吧！”

谈到杨莫羽，田维维也有些伤感，道：“杨医生真是个好人！可也是个不幸的人！她明明可以和我们一样嫁人生子的，却走了一条不同寻常的路。唉，这女人一旦搞上了科研，就走入了生活的另一面。我们在阳面，她在暗面，真不知她平时是怎么生活的。”龙奂珠道：“或许，那样的生活对她来说才是最好的。最爱的人年纪轻轻的就不在人世了，她得花多少时间来思念啊！半生或者一生？这也太痛苦了！所以，投身工作，对她来说，是活着的最好状态。有一段时间，我发现她活得像个平常人了，虽然我很吃醋，却也真为她感到高兴。”

田维维道：“什么情况？我怎么听不懂啊？”龙奂珠道：“两年前，她在咱们村里种药材，看得出来，那时候夏初阳是爱她的，她也是爱夏初阳的，当然，我也爱着夏初阳。”田维维睁大了眼睛，道：“这么复杂的三角恋，我怎么就没看出来？我能看出来的就是你对夏初阳犯花痴。”龙奂珠淡淡一笑，道：“我承认我是爱过夏初阳，狠狠地爱过，爱到不择手段，爱到不计后果，甚至想为他去死！但是，我知道，夏初阳爱的是杨莫羽，为此我也恨过杨莫羽。然而，我现在都没弄明白，夏初阳为何最终娶的却是廖静！廖静的确是爱夏初阳，可我明明知道夏初阳并不爱她！不爱她，却娶了她，这真让我想不明白。”“所以，你就去人家的婚礼上搞跳楼的把戏？你太过分了啊，过去我不敢说你，现在说也不迟！”田维维道，“你没死成，活过来的第一件事竟然是问夏初阳‘你为什么娶的不是杨医生’，敢情你爱的不是夏初阳，而是杨医生啊！”

龙奂珠道：“这也是我急中生智想出来的！要知道，我总不能说‘为什么你娶的不是我’。我是谁，我有自知之明，我就是个被人欺骗了糟蹋了的破落女人，我不配光明正大地去爱那么完美的夏初阳，更不配因为他娶了别人没有娶我就去寻死。如果我是真的死了，那么，随别人怎么说去，可偏偏是我没死成！你不知我醒来时有多尴尬，比死还难受！”

“原来是这样啊！这一层意思我倒从来没想到。”田维维道。

“这话我没对任何人说过，只对你说。不过，我感觉杨医生她心里是知道的，但是没说破。我自己去自杀，没死成，却把杨医生也牵扯了进来，这事的确做得不厚道。不过，我也总算替杨医生把那场婚礼给搅浑了。”

“你也差点毁了夏初阳，你知道吗？”

“知道！当然知道！——好啦，我不想说了。还是谈谈杨医生吧！”龙奂珠转了口气道。

“她现在正在疫情最严重的城市里工作，天天与病毒作殊死搏斗，争分夺秒地从死神手里抢夺生命，哪会像我们这样轻松自如地聊天啊！”田维维道。

“所以，我想哭！”

“想哭？好，想哭就哭吧！”田维维道。

龙奂珠真的流下了眼泪，接过田维维递过来的餐巾纸之后，她又说：“你和你母亲关系好点了吗？”田维维道：“她从来都不曾嫌怨过我，她还得感谢我为她小女儿破了案，只是当时无法接受而已。现在李叔回来了，他说的话更加证实了案情的真实性，我妈再无话可说。这些天，她常常打电话来，要我回去吃饭。反倒是我，得好好想想，该不该回到那个家中去。”

“为什么不回去？既然你妈不再怨你，你就该回去，那毕竟是你的家！”

“可是，我也因为那桩案子把她的私情牵出来了啊！现在李叔回来，他们该怎么相处呢？”田维维道。

“那有什么！咱们村里，男女之间的事情还少吗？我们不也被人说三道四了吗？怕啥！那些为了名声而逃出去的人，这次因为疫情原因不都跑回来了吗？生死攸关时候，谁还顾及什么名声不名声？”龙奂珠道。

田维维觉得她说的有些道理。二人说话间，太阳已快下山，田野渐渐起了冷风，口罩厂响起了吃饭的铃声，远远地听见张彩月尖着细细的嗓门在喊：“你们两个，快来吃饭！”等二人到了近前，张彩月又指着龙奂珠道：“你今天下午竟然没来煮饭？”龙奂珠指了指他胸前的围裙，道：“你不是帮我煮了吗？”张彩月道：“那是我看老张一个人忙不过来！”龙奂珠道：“你是经营餐馆的，手艺比我好，你能煮饭给大家吃，那是大家的福气！”说着还咯咯地笑了。

在她的笑声中，一朵嫩黄的迎春花趴在鑫源口罩厂的墙头盛开。春天来了！

（十二）

趁夏初阳还在隔离时，张彩月用视频聊天的方式向夏初阳说出了自己的打算。这个打算也是和刘迟商量过的，是个比较成熟的打算。他们想把远在蜀南的“永红山庄”转卖给别人，拿换回来的钱回家创业。他创业的思路是相当清晰的，描绘的蓝图是相当完善的，就像售楼部的沙盘一样，把未来的家画得有模有样，连一片树叶一棵小草一眼池塘都点缀其间，细腻而真实，让人陷入如梦似幻的境界中。

夏初阳听着，微笑地听着，边思考边听着。这表情给了张彩月很大的鼓励，他越说越激动，他的富有女性特征的嗓音开始颤抖，简直要唱起来，像唱昆曲一般地唱起来。直到夏初阳说了个“行”字，他才停下来，愣愣地，傻傻地，摸了摸自己凸成一个小包包的喉结，想咽口水，却发现口干舌燥。他傻乎乎地笑了一下，抓起旁边的一杯水，当着夏初阳的面狂饮起来。饮完迅速地擦了一下嘴，放下水杯，又继续对着摄像头说了起来。

他那样一个头脑简单的混混，被改造成如今这样一个有想法有干劲的人，着实不容易。看来，只有有事做，有希望，有奔头，顽石也可以转化为沃土。夏初阳没有多表态，只表示，他是同意的，至于最终如何决定，他必须得召开村支两委班子会议，征求大家的意见，毕竟这是件关乎石岗村未来发展的大事，他不能搞一言堂，得同大家通气。张彩月猛烈地点着头说是是是。结束视频通话，张彩月心中已经有底了。石岗村的事

只要夏初阳同意了，那就基本上通过了，相当于那板上钉钉了。

结束视频通话后，夏初阳并没有立即召开村支两委会议，刚刚开过会，做过一些近期事务的安排，他不想再一次兴师动众，扰乱大家的工作思路。他决心先和张小磊说说这事。这次张小磊答应和他一起去重疫区送医疗物资，让他寻到了当初二人在一起干事创业的感觉。张小磊回县城工作了，这让他若有所失，觉得二人不仅有了空间的距离，还有了思想的距离。可不管怎么样，有什么事情，他还是愿意找他商量。张小磊道："张彩月的饼是画得很好，可真做起来，怕没那么容易。那些搞企业的办公司的，谁开始不都轰轰烈烈的，结果呢，说不定就搞成了乱摊子，让别人为他擦屁股。这事啊，得三思而后行。那山庄生意不是一直都很好吗？地方远怎么啦？有钱赚就是硬道理！赚到了钱又不要你扛回来，转换成卡上的数字，就可以四处流通。流到你石岗村，不照旧可以用？"

见夏初阳没说话，张小磊又深入浅出地说了一大堆道理加事例，可说来说去，都缺乏建设性。夏初阳知道张小磊已经被杨豪弃厂而去那件事伤害得太深，有了一朝被蛇咬十年怕井绳的忌惮，做事有些畏首畏尾，没有了锐意进取的信心，只求安求稳求不操心。他把那穷则变、变则通的道理给忽略了。如果那永红山庄真能永远红火下去，他夏初阳会同意张彩月把它转手出去？这个月闹疫情，大家被禁足，不许外出，永红山庄已经关门大吉，员工也全被辞退，连管理者都离开大本营，回乡避疫，这行情这形势，还不足以说明没有哪个行业哪个店铺是铁打的营盘？既然管理者已经发现了问题之所在，那就得想办法变一变。实际上，让夏初阳头痛的不是变的问题，而是怎么变的问题。现在山庄被闲置在景区中，没有任何生意，你感觉到了经营危机，难道别人就没有感觉到？谁会在这个时候花大价钱接手？你是因为没有生意做没有钱赚了才想到转手的，那又有谁会在这种情况下不考虑考虑当下和未来的利害问题？刚刚夏初阳还觉得张彩月这人有头脑，经思想这么一转寰，他突然发现张彩月这人头脑还是过于简单：他没想过这时候转手相当于贱卖？他也暗暗嗔怪自己被张彩月带了节奏。

他转而又给张彩月打了电话。张彩月得知他的顾虑，却并没有那么紧张。他说他原来打工的老板，愿意接手山庄，他和刘迟原本就还欠着老板几十万旧债，两相抵销之后，老板不用出多少钱，就可以买下山庄，他和刘迟也不用再背负那么重的债务。他说："夏书记，您当初追回张昶卷走的钱时，没有把我们那份给我们，说让我们通过经营山庄取得回报，您不会忘记了吧？"夏初阳道："怎么会忘了呢？当初就该把山庄变现的，只是变现就变成死钱了，我想让你们赚些活钱，这两年你们做得不错，现在既然经营不下去了，如果有人接手，那是可以考虑。"张彩月道："张昶当初卷走的钱中，有公家的，有私人的，后来您把追回来的钱分毫不留地还给了大家，这几年我们用盈利所得，还了另外三十几个人的款子，现在就只有我们几个的和公家的没还，那些钱就全在这山庄上了。说白了，这山庄有部分钱是属于我们的，有部分钱是属于公家的。我们会把公账私账算得清清楚楚，绝不占公家半丝便宜。"

听张彩月这么一说，夏初阳又觉得自己低估了他。

不知张彩月的广东老板出于什么考虑，竟然愿意出一笔钱，购买眼下生意并不好的永红山庄。夏初阳出于稳妥起见，竟跟他老板陈俊勇通了电话。陈老板呵呵一笑，说："其实购买山庄的另有其人。我这两年生意亏得厉害，哪有钱去置办产业。倒是我的一个朋友阮老板，他看中了蜀南竹海那里的风景，想去那里置栋别墅安度晚年，但政府不批给他地。后来我就想到了张彩月他们经营的那家山庄，把它买下来不就行了么，还不用再建造房子，整修整修，改造改造，它就是住起来会令人感到舒服的别墅了。而我呢，也可以一次性把张彩月他们欠我的钱拿到手，渡过眼下的难关。"他停顿了一下又道："说实在的，

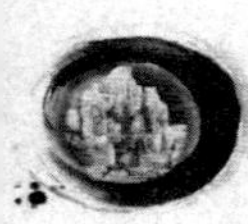

经过这波疫情，像那样的山庄是很难经营下去了。那里是景区，在景区做生意，就如同在大学校园附近做生意，完全看人流量来，见过学生上学期间周边店铺生意的红火，也见过放假期间周边店铺生意的冷清。那不是一般的冷清，是死寂，是可以关门大吉的荒凉。”

说完，听出夏初阳在沉默，他又补充道：“看吧！看那些景区年后有多少店铺会关门，那些大学城附近的店铺有多少家会倒闭，反正，我们这边已经有很多经营多年的超市和品牌店关门大吉，人去楼空了。你相信么？”夏初阳道：“我信！”陈老板又说：“我朋友买下那座山庄并非出于商业利益考虑，完全是出于居住和享受生活考虑，这个时候能拿出一大笔钱来购买房子之类的大件商品，是需要勇气的。不过，他不差钱。这点钱，对他为说，真不算什么。但出于商人的精明，他也不会多给张彩月钱，就算他确实需要钱用，也只能依物估价。”夏初阳觉得陈老板说得很有道理，且佩服他的实话实说，难怪他当初愿意借给张彩月他们那么多钱，而且还是低利息，他本身就是一个实诚的人、一个能体谅他人的人。

夏初阳把关于转卖蜀南竹海永红山庄的相关情况综合了一下，发了一段文字放在村支两委微信工作群里，征求大家的意见。他们都说没意见。对于他们来说，夏初阳当初追回张昶卷走的那笔巨款，已经是意外的惊喜，现如今又能把那远在蜀南的店子转化为钱，拿到村里来发展经济，更觉得是再好不过的事情。每个人都对村子未来的发展感到欢欣鼓舞，充满信心。这个夏初阳就是个充满正能量的财神爷，有他在，繁荣经济、发家致富就不是问题。

就在大家被疫情隔离在家的时候，广东那边的阮老板已经带人开车去了一趟蜀南竹海，已经对永红山庄进行了资产价值评估。他视频连线夏初阳，对夏初阳道：“这里已经荒芜了，看到了吗？竹叶都快把房子盖住了，周边人也没几个，我们可是经过层层审批、通过重重关卡才来到这里的。风景真心不错，是个居住的好地方！”阮老板面容上看起来并不太老，但头发白了一大半，也不知是不是故意染成那样的。“再不出手，这山庄就要废掉了。看得出，这两年你们只利用，没打理，没修缮，很多地方都已经破败了、腐朽了。再好的房屋都是要人打理的，不过，这打理费花钱也不会少。”他话里的意思，总给人接下来要狠狠压价的感觉。夏初阳已经做好了和他谈价的准备，甚至做好了拒绝的准备，如果他压价太狠，那就拒绝交易。

但是，阮老板并没有压价，他数落了山庄的缺点后，开始述说山庄的优点。然后道：“我们找专家进行了评估，你这个山庄值一百五十万，但我们愿意出两百万，你看怎么样？如果不行的话，我再加二十万。谁叫我爱上这个地方了呢？”看夏初阳无法做出决断，他轻松地笑笑道：“这样吧，你再和张老板商量商量。”说完就挂断了电话。

张彩月听夏初阳这么一说，颇有些意外，道：“夏书记，你知道吗？一般人出价一百五十万，就已经到头了，而且还是生意特别旺火的时候。旅游旺季，那是山庄；旅游淡季，那就是山房。除了几栋房子，真的什么都不是！你不信可以问问刘迟、田维维他们。”夏初阳听了他们几个的话，仍将信将疑。他思来想去，竟然想到了去问狱中的张昶。那人人品虽然不怎么样，可做生意搞经济还是有一套的。他还在隔离，自然去不了县城。于是他打电话给荆副局长，想请他帮忙去问问。荆副局长一听是夏初阳，首先打了三个哈哈，然后道：“你小子多久没给我打电话了？怎么，现在很多人被疫情逼得回来自首了，你没事干了，就打电话来闲扯了？告诉你，我可忙着哩！回来自首的那些人，可不是那么好对付的，更何况我们还要配合疾控中心进行防疫工作，每天都处于战时状态，忙得很！”夏初阳道：“我知道很久没给领导打电话，让领导记挂了，真不好意思啊！哈哈哈。”夏初阳边打哈哈边道：“明白领导的苦心，我呢，也是

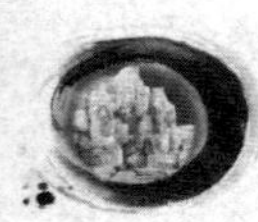

听从上面的号召，边抗疫边搞经济，既不能让疫情威胁百姓的生命，也不能让贫困影响了百姓的生存根基，两边都要顾，两边都要抓，两手都要硬！领导忙，我们也忙，这样才算得上是上下配合、团结一心，号令一下，必有行动，您说对吧？”荆副局长一听，笑笑道：“夏初阳你小子说话一套一套的，滴水不漏！好啦，说吧，到底有什么事？”

夏初阳把自己的请求跟荆副局长说了，荆副局长笑笑道：“就这事啊！你现在牛气了啊，一开口就谈经济，就谈钱，还不是小钱，看来该让你专门来搞经济。”

两人又互相扯了一些话，然后挂了电话。两个小时后，夏初阳的电话响了，是县公安局办公室唐主任打来的，唐建方现在升任为县公安局办公室副主任了。他把刘昶说的话转述给了他：“那山庄顶多值一百五十万，还不能算折旧费。山里的房子，腐起来很快，当初用的材料也不是特别好。当初作两百万抵给村里，那是抬高了价钱的。”

有了张昶的这些话，夏初阳就好做决定了。最终永红山庄以二百二十万的价格卖给了阮老板。一切手续都在网上进行，不到一个星期，所有手续全都办好了。陈老板也拿到了张彩月他们当初借他的几十万块钱，除去山庄管理者和员工的工资以及村里过去欠下的七七八八的债务，最后还剩下一百五十万，再除去张彩月和刘迟两人的五十万，最后只剩下了一百万。张彩月道：“幸亏用平时经营所得还了那三十几人的集资款和我们两个的部分款项，不然真的不会剩什么钱。这一百万纯粹是夏书记帮我们村赚回来的，如果当初不让我们去经营山庄而是直接卖了山庄，那这一百万就没得了。”龙奂生说：“要不是张昶把钱都卷跑了，我们村也不会穷成这个样子。”陈明辉道：“好在夏书记把这些钱全部追回来了，不仅追回来了，还赚了一百万。”夏初阳道：“这也算是张昶将功补过。”关于这一百万的处理办法，大家意见一致，那就是搞投资，用投资得来的钱，为村中家庭困难的老年人发点福利。但是，夏初阳并不同意搞民宿，一是这点钱太少，二是前景不太乐观。他建议建厂，建一座制药厂。听说他要拿区区一百万建药厂，代明忍不住笑了，道："你以为一百万在当下是个大数目么？办制药厂？这简直是杯水车薪！"夏初阳却不以为然，道："这一百万只是启动资金，只是一棵树，我们要用这一棵树引来金凤凰！在我心中你算不上金凤凰，银凤凰倒算得上一只！"代明道："只要你能把项目拿下来，我愿说服我父亲投资入伙！"

"一言为定？"

"一言为定！"

但是，夏初阳在这件事情上想得过于简单。建造一座制药厂，需要的经费实在太多，需要审批的程序实在太繁琐，还需要组建专业的团队，况且澹县大大小小的制药厂已经有好几家，效益也都不是很好，大家都挣扎在破产与不破产的边缘。廖院长对夏初阳的这一计划表示坚决反对。他指着自己的制药实验室与厂房道："规模很小，对吧？可是，你知道从建厂以来我前前后后投入了多少吗？几百万啊！你想不到吧？我们的实验室和制药厂根本就不赚钱，一切都是靠医院所得在支撑着。你别不信，不信的话，你可以去问问杨莫羽。就那么一瓶我们自主研制的止咳中药可以卖多少钱？三十块，三十块呀！一天卖出去三十瓶，也就九百块钱，加上下面乡村医院的批发，一年下来，统共也就一百来万。这百来万除掉药材成本后，养得起这些研制人员吗？养不起！"

岳父的话令他备受打击。他走到自己房间，看了眼女儿，眼泪就要流下来。女儿越是可爱，他就越觉得自己很失职很失败。廖静也没安慰他。二十多天没见面了，夏初阳一句温存的话也没说，这让一直工作在医院里的她感到很委屈。本来就很累，丈夫又不在身边，他出外做事，又不打电话回来，还得担心他与别的女人相会。唉，太难了！廖静找了几件干净衣服，气呼呼地快步走进洗漱间，把水开得哗哗直响。她边洗澡边生闷气。她爱这个男人，可她却不知该怎么去爱这个男人。她越来越发现，自己与这个男人不是一条道上的人。她开始反省，她究竟爱他什么？要钱没钱，要时间没时间，要温情没温情。当初看中他的长相和他的担当，现在才发现，他的担当是为事业、为别人，单单不为家庭、不为她。而所谓的长相，早就看烦了。是的，她已经看烦了他的冷漠、他的无动于衷。如果一个男人的心在别的女人那里，那么，他的皮囊自然也不会好看。

她不知道杨莫羽到底有什么好，为何能够长长久久地占据一个男人的心。在她的印象中，杨莫羽除了工作还是工作，虽然漂亮，但她的漂亮似乎是用来献给工作的，而不是用来献给爱情的。工作是一部收割机，它迟早会收割掉一个女人全部的美貌和青春。更何况，杨莫羽从事的竟然是日复一日、年复一年，容易耗费人生命的单调的科研工作。杨莫羽像个殉道者一样，投入一项工作，不论成败，执迷不悟。什么是她的原动力？了解她的人都知道，那个死去的少年，那个烈火英雄，给了她力量和勇气。

廖静突然就被杨莫羽给打败了，败得彻底。

夏初阳建制药厂的决心是那么坚定，而龙奂生他们表面表示赞同，实际上却并不支持。龙菲菲的口罩厂生意一直很不错，但所得利润却不多。她也不太赞成夏初阳建造制药厂。他去县里跟有关领导说，领导们也都表示不看好他的这一想法。拦路虎实在太多，眼看着他的计划就要夭折。他打电话给代明，诉苦道：“原来干一份实业竟然这么难啊！”诉说完之后，又道：“我想走产业扶贫、企业扶贫的路子，有错吗？”

代明道：“你没错，但也不见得对。”

夏初阳问：“为什么？”代明答：“别以为办企业如同长一茬庄稼那么简单。它需要一个过程，一个很长的筹划过程。”

办制药厂的事情就这么搁置了下来。可是，季节催人，石岗村人还得加紧种庄稼、种各类经济作物，还得搞养殖。口罩厂抽调了那么多劳动力，剩下的都是些五六十岁、六七十岁的老年人了。可是，别看他们年岁大，干起活来却不比年轻人差。夏初阳虽然心事重重，可一旦走进田间地里，人倒是蛮有精神头。大家受到他的感染，自然干劲十足。

石岗村大部分人都是外来移民，人均土地少，但是这几年经夏初阳科学规划、合理安排，土地利用率得到大幅提高，单位面积土地产值飙升，大家的钱袋子眼见着就鼓了起来。所谓吃水不忘挖井人，大家肯定是记住夏初阳了。这小伙子的确不错，如果不是出了龙奂珠跳楼事件，这人简直没得说。可是，后来大家也都清楚了，那是龙奂珠自己搞事情，与夏书记一点关系都没有。现在事情过去几年了，龙奂珠伤也好了，还与村里的张彩月好上了。张彩月倒也不嫌弃她有过私生子、单恋过夏初阳还为他跳过楼，准备要娶她呢。这事要是放在前两年，大家又有得话说，可是疫情期间，生死攸关，这点事情，大家都不放在心上了。那个把父亲送进监狱的田维维也回村里来了，不仅准备嫁给曾经的混混现在的好青年刘迟，还答应接手自己撂下的村妇女主任一职。刘迟和张彩月都是未婚青年，他们似乎也没把再婚未婚的概念放在心上。他们要的是幸福。

幸福是奋斗出来的。对于这句话，他们深有体会。这两年，他们努力经营着永红山庄，虽然生意远不如人们说的那么好，但是也不算差，每年都是赚了钱的。现在，发生疫情，生意不好做，他们卖掉了山庄，还完了旧债，回到家乡，准备跟随着夏初阳，好好地干上一把。这些年来，村里人哪个不在为幸福而奋斗呢？大家都是实干家，每个人都很了不起，都为幸福生活洒下了奋斗的汗水。

杨莫羽载誉归来，成为澹县各大新闻媒体争相报道的头条。夏初阳在微信朋友圈里看到了她的相关报道。她被大家称为和平时代的“抗疫英雄”。原来，“英雄”这个称号不全都是封

给“死去的人”，活着的人也可以被称为“英雄”。夏母也很快就知道了这个消息，她摸着夏晓阳的骨灰坛，含泪道：“晓阳，你媳妇也是英雄了呢！”夏初阳听到母亲称杨莫羽为亡弟晓阳的媳妇，心里很不是滋味，一滴清泪自眼角流下。夏母发觉，轻声道：“孩子，不该记住的就忘了吧！”夏初阳却反问母亲：“妈，什么该记住，什么该忘记呢？”夏母没有说话。她也很痛。

所有关于杨莫羽事迹的报道，都令人振奋。只有代明对夏初阳道：“兄弟，小莫自回来后，状况有些不对！”夏初阳道：“怎么啦？”代明道：“她回来后，一直躲在实验室里，不肯见人。”

夏初阳沉默片刻。一股无名的酸楚涌上心头。

代明也沉默着。终究忍不住，又道：“她把那个老问题又问了一遍。就一遍！她认为我知道答案！”

“那你知道答案么？”夏初阳结束沉默，问道。

“我知道，郑教授也知道。但是，我不能说。”代明道。

“原来你们都知道那个答案！”夏初阳喃喃道，又重复着说了一遍，“原来你们都知道答案！”

“晓阳最后救的那个人到底是谁？”这是杨莫羽心中无法剔除的疑惑。她得问，问自己，问别人，问晓阳。可是，晓阳怎么会回答她呢？因为回答不了，所以疑惑永远存在。

“她在抗疫第一线与郑教授见过面，或许，郑教授已经告诉了她答案。但是，也未可知！”代明说道。

“那答案是什么？”夏初阳问，“有那么神秘吗？需要如此保密吗？你知道她为了这个答案心都快被熬碎了吗？”

此时，夏初阳比杨莫羽更想知道那个答案。那不仅仅是一个答案，更是一个天才女人的心结。解开这个心结，那个女人才能更好地展现她的天赋。

“我不能说，”代明道，“她的精神状态实在太差了，与传说中的抗疫英雄区别很大，如果我说了，怕她会崩溃！”

“你是说，我弟弟当时确实另有所爱，确实是为了救那个女子而再次进入火海的？”夏初阳道，“如果真是这样，那你永远都不要把这个告诉她！”

代明深吸一口气，道：“作为侦探，你这次的推断不正确！”

“那作为哥哥，我有权知道事情的真相吧？”

“你不需要知道。你弟弟成了英雄，这才是事情的真相！”

二人的对话在争论中结束。过了几天，代明又给夏初阳打了个电话。这次，他没提杨莫羽的事情。他说他想出资，帮夏初阳在石岗村建一座制药厂，用他们代家制药厂的资质，算是他家开一个分厂。此时，夏初阳已经把村里那一百万资金借给几个移民户，帮他们发展养殖业去了，手中分文全无，因为在此之前他已经放弃了建造药厂的想法。这时候代明又把这事提了起来，他并没表示出很高的热情，加之代明在对待杨莫羽追寻答案那件事情上有些故作神秘，这让他对代明有些反感。他甚至认为，代明此时是在故意吊他的胃口。代明明显听出了他话音里的意懒气冷，所以，尽可能地把话说得明白具体一些，想给他营造一种真实的意境，以激起他干事创业的激情。谁知夏初阳在听他大说了一通话之后，却爆出一句“我这边很忙，没空听你隔空画饼”，然后挂了电话。再打过去，他便没接电话。

第二天，代明竟带着杨莫羽来到了石岗村。夏初阳那时正站在那片旧时种过药材的地里，指导村民种植药材，陡然看到杨莫羽身着浅色衣服站立在不远处的山路上，颇有些恍若隔世的感觉。与很多电影场面一样，他站起来，停下手中的事，望向她，呆呆地，眼睛里泛出潮湿的光。他忘了，他是有妇之夫。

村中人听说收购他们药材的杨医生来了，都激动万分。她现在不仅是医生，更是英雄，是到过抗疫第一线的英雄。而且，他们也知道了夏书记和她的关系，所以，内心里更有一层说不

出的激动，有些爱屋及乌的情愫。他们是满心满意地拥护并喜欢夏书记的，对于夏书记心里喜欢的女人，他们也表现出了非同一般的喜爱之情。这种感情过去有些模糊，现在格外清晰。

杨莫羽戴上口罩，没有要走近大家的意思。她才经过隔离，知道有必要与大家保持距离。村民们也都自觉地戴上了口罩。他们戴的口罩就是沙岗村鑫源口罩厂制造的。口罩虽小，却也让他们感受到了很大的成功。没想到，这些东西也是可以自己制造的。既然大家能造出口罩，那也就能造出治病的药。听说要在村里择址建造制药厂，他们当然表示赞成。在他们心里，夏初阳也一定不会反对。但是，他们想错了。夏初阳竟然没有同意。

大家不知道心中怀有创业热情的夏初阳为什么不同意。前些日子他东奔西跑，一心想把制药厂这个项目拿下来，结果没能如愿。现在，有人主动投资想来办厂，他却表示不同意，其中的原因很耐人寻思。

杨莫羽听说夏初阳不同意代明来石岗村建造制药分厂，倒不觉得意外。实际上，她在这件事情上并没有表什么态。她来村里的目的，无非就是指导村民们种植药材。凭借村民种出的优质药材，她研制出了一些药，且让那些药在临床实验中发挥了应有的作用。她不敢说那些药对那种新发病疫起到了预防作用，但那种药对一般呼吸道疾病的疗效的确比一些大型制药厂出品的药要好很多。经过长时间的考察论证，她觉得石岗村一带的气候和土质，确实十分适合种植她所需要的药材，而如果能在石岗村建造一座制药厂，那对于周边村镇的药材种植也是大有裨益的。她发现，药品和食品一样，都需要新鲜的原材料，就地取材能更好地保证药材的品质。这一点，余镇人民医院的廖院长应该也意识到了，而廖院长的父亲，那位为试制一种能治呼吸道传染病的特效药而竭尽一生心血的当代神农，一定也早有意识。

没有一个春天不会来临，春天来到了石岗村的田野上，杨莫羽也来到了石岗村的田野上。好久没有唱歌了，大家戴着口罩，竟然开嗓了。他们一边唱着石岗村本地的劳动号子，一边除草、挖土、掘坑、栽苗，干劲十足。那些从外地迁移过来的村民，虽听不懂他们在唱些什么，但那旋律听来也真令人快活。当然，他们的快乐很大一部分也来自杨医生带给他们的希望。只要杨医生还在坚持研制药物，那么他们种植的药材就不愁没有销路。

唱完劳动号子，他们又开始唱情歌。病毒是毒，情歌也是毒，春风吹来时，他们学会了以毒攻毒。年轻的杨医生，像一朵蒲公英，洁白轻盈，立在田野间，仿佛要随着春风飞舞而去。

夏初阳刚刚在村部与代明进行完一场谈判。他没想到，平时温文尔雅的代明，和他论起理来，竟然那么咄咄逼人。可见，人家这个富二代也不是坐享其成的人，他有把家族的富裕延续下去的本事与魄力。最值得一提的是，他竟然愿意为自己心爱的女人倾家荡产。“开分厂政府是同意的，甚至是十分支持的，你还有什么顾虑？”“我不要你投一分钱，我只要你石岗村的地，我们必须把厂建在石岗村。也不想白白占用，我们愿意付租金，”“就算倾尽所有家产，我也必须把这个厂建起来。为一个天才制药师建造一座制药厂，这是一件无上荣光的事情。”“我告诉你吧，这辈子我就爱她一个。为了她，赔上所有的家产又如何？充其量只是一个不孝子而已，毕竟这份家产不是我挣下来的。”“你不答应，只说明你心胸不够开阔，或者说，你没有真正爱过一个人！真正爱一个人，你会愿意为她付出一切！”代明的话听得夏初阳心怦怦直跳。这番话该他说才对，但他已经失去了说的资格。

代明是想为杨莫羽建造一座制药厂，帮她圆一个治病救人的梦。

夏初阳被他驳得无话可说。以龙奂生和周在桦为代表的村

支两委对代明所提出的建议也表示同意。石岗村已经脱贫摘帽，现正开始步入乡村振兴的轨道，除了要加快发展种植业，还要筹划发展制造业和加工业，既要有产业，又要有企业；既要争取短时利益，又要着眼长远关切；既要考虑到老年人有事干，又要考虑到年轻人能就业。总之，要着眼大局、考虑长远，要形成新业态、开辟新路子，要敢干、肯干、会干，要有人敢领头干。

龙奂生说："夏书记，如果你不想干，那对不起，我们'先干为敬'！"他把酒桌上那套话搬了出来，看似客气，其实毫不客气。夏初阳呵呵一笑，道："好啊！你们想干那就干吧！"

他从村部走出来，把谈判的空间让给了龙奂生和代明。来到田野间，他听着村民们的歌声，看着春风吹拂过这片他为之耕耘了五年的土地，感慨良多。他面带笑意、手插腰间，静站一旁，脑海里交织着现实与回忆的画卷。他想，他还可以展望未来，未来的石岗村的蓝图将会有更多的人来描绘。杨莫羽出现在他回忆、现实与未来的三幅画面里，像一朵跳跃的焰火，带给他希望与温暖。此时，听着歌声的杨莫羽一定想跳舞，但她没有跳。如果是他唱歌，她一定会跳！他几乎被自己突然冒出的想法吓着了。杨莫羽是不能用焰火来形容的，她忌讳火。她也不会乘着他歌声的翅膀起舞，他是有妇之夫。

如果在石岗村建造一座制药厂，那么，杨莫羽就会常常来这里，那么，他就能常常见到杨莫羽，那么，那么又能怎么样呢？他突然觉得很沮丧。

"谢谢你！"杨莫羽不知什么时候已站在了他前方两米开外的地方，戴着蓝色口罩，刘海下的眼睛星样亮闪。夏初阳有些不知所措。"你、你怎么不跳舞？"他说出来的话有些不由自主。"跳舞？这里？我为什么要在这里跳舞？出洋相么？"杨莫羽眨巴了一下眼睛，有些莫名其妙。"这里是你的舞台，你可以尽情舞蹈。看，这里天宽地阔，你大有作为！"杨莫羽指着眼前的光景，即兴说出几句具有正能量的话。夏初阳回味过来，低头一笑，笑容里竟然藏着几缕羞涩。

杨莫羽看他低着头，不由循着他的视线看向他的脚，笑着道："你那脚，多年前被洪水泡烂过的，现在该不会怕水了吧？它应该泡习惯了！""啊、啊！"夏初阳有些反应不过来。"不过，现在应该很少打赤脚了吧！至少眼下不会，天气还有些冷！"杨莫羽道。夏初阳已经反应过来，轻笑道："原来你对过去的事情还记得那么清楚啊！"杨莫羽道："从来不曾忘记！"然后指了指那边唱歌的村民，道："他们都是展望未来的人，不像我，总是回想过去！"

夏初阳听了，猛然感到心酸。眼前这个纤瘦的白衣女子，被过去的人与事牵绊着，恐怕一生都难以走出。可以做个大胆猜测，她的过去，除了夏晓阳，一定有他夏初阳的影子。如果真是这样，她苦得足以让人怜惜。晓阳是永远活不了了的，他呢，结婚了。她不应该这样子，她应该有自己的幸福与快乐。

"你也有未来啊！石岗村马上就要建造制药厂了，你可以在这里同我们一道描绘未来！"夏初阳觉得应该给她一些正能量，用正能量来对抗蹲守在她内心里的负能量。正能量一定可以获胜！

杨莫羽笑了，像迎春花般灿烂。

"你终于被代明说服了！你这欲擒故纵的方式有些阴险，不过，还算充满智慧。"杨莫羽道。

"你怎么知道我用的是'欲擒故纵'术？"

"因为我了解你啊！"

夏初阳打量着杨莫羽，道："是吗？我们很久都没打交道了，你怎么会了解我？"

杨莫羽轻轻一笑："通过这一片药材地啊！你这些年一直在鼓励乡亲们扩大药材种植面积，你热衷于这份事业，你会不同意建造制药厂？这是你梦寐以求的，不是吗？"

那边的歌声已经停止，风微微地吹着。夏初阳淡淡地笑着，没有说话。不得不承认，他被杨莫羽说中了。

此时，他们彼此的心都是澄明的，如春江之水。他们也都知道，除了事业上的默契与相互支持，不会再有别的情愫发生。这美好的年华里，有比爱情更珍贵的东西，携手并进，为这个时代做点什么，也是很幸福的，值得珍惜。

代明很快就开始了他的建厂行动。政策允许，手续齐全，资金、人员、设备到位，三个月后，一座制药厂在石岗村与沙岗村交界的地方，顺利建成并投入生产。代明是老板，杨莫羽成为研发团队中最为重要的一员。制药厂开工后，她一头钻进实验室，几乎没见她出来过。代明有些神秘地对夏初阳道："我们在研发疫苗。"夏初阳道："现在全国上下，乃至世界各国都在研发疫苗，你们也赶这个趟儿，是不是有些不切实际？"代明道："如果小莫不在我们厂，如果没有郑教授所作的方向性的指导和他的全力支持，我们是不敢赶这个趟儿。"夏初阳道："你是说，全国首席抗疫专家郑教授？"代明道："除了他还有谁？"又道："他与你岳父廖强廖院长有交情，不然也不会把小莫安排到余镇人民医院实验室搞研究。原本他是把希望寄托于廖院长的那个实验室的，谁知，廖强因为私心把小莫赶走了。现在你岳父那个新药研发实验室，如同虚设。"

夏初阳红了脸，低下头，没说话。他不得不承认，他的儿女私情几乎断送了杨莫羽的科研生涯，如果不是代明出手相助，她又要去哪里寻找自己的一方舞台呢？他得感激代明。如果不是代明，他的愧疚感无以减轻。

"郑教授也是我的老师，我和小莫是同门师兄妹。"代明不管不顾夏初阳的情绪，兀自说道，"读博那会儿，我们常在一起做实验，但我总觉得郑教授更偏爱小莫，因为她太优秀了。科研领域的优秀不是秀出来的，而是扎扎实实埋头苦干奋斗出来的。她那时候就开始研发新药，且亲自试药。那是很危险的，但她却觉得很荣光。她很久没跳那种奇怪的舞了，可自打抗疫回来后，我已见她跳过好几次了。”

“没什么奇怪的。”夏初阳突然道，“她的舞跳得很美！没人规定搞科研的女人不能跳舞！”见代明惶惑地望着自己，又道：“她是为生命起舞！那舞是火热的生命之舞！”

代明看着夏初阳说话时一本正经的样子，突然就笑了：“这话说得特不符合你驻村第一书记的身份。”夏初阳道：“有些文诌诌，是不是？可是，谁心里不怀有诗意呢？没有诗意的人能把诗写在大地上？杨莫羽心里若没有一支生命的舞蹈，她会在实验室里舞出精彩？”

代明走到夏初阳正前方，端视着他，脸上露出不可思议的表情，说：“你应该去当诗人。”夏初阳移开视线，望向不远处的河流，道：“我不想纸上谈诗，我的诗是要写在石岗村的土地上的。我想，你也不想纸上谈诗吧，你的诗是要写在一粒粒药丸子上的，对不对？你别告诉我，你以前的诗都是写在猪身上的！”代明听出他是在说自己当畜医的历史，不由笑笑道：“你还真别说，我以前许多诗真的就是写在猪身上的！”夏初阳道：“放眼这些普通劳动者，哪个心里没有一首歌，没有一首诗，没有一支舞蹈？当肚子吃饱了，身上穿暖了，袋子里有钱了，干活越发有劲了，他们就会唱出来、诵出来、舞起来！”代明道：“如果哪一天我向小莫求婚成功了，我也一定要好好地舞一曲！”说着，他边哼边舞起来，双手做出托举舞伴的姿势，眼睛微闭着，一副陶醉的样子。夏初阳心里微微有些酸，但不想破坏他的沉醉，因此没有说话。

三天后的一个傍晚，红霞满天。代明来河边散步，见着还在地里忙活的夏初阳，道：“你一个已婚男人怎么不回家陪孩子老婆呢？”夏初阳一窘，没说话。他承认自己不是一个居家好男人。代明也不理会他的窘状，自顾自地说道：“既然你这么爱工作，那也应该再做点切合实际的工作才对！”原来代明不是

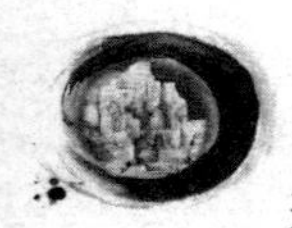

来八卦他的，于是，他问代明道："我哪一项工作不切合实际了？能不能请你指出来？"代明道："你没发现么？我们药厂附近连一个商店都没有、一家饭店都没有、一家洗车店都没有，你不觉得你们应该有所考虑？"夏初阳道："你这个药厂都还没开稳妥，也不知道能坚持多久，却这么着急地要我们村里搞配套建设，不觉得为时过早么？人家龙菲菲那个口罩厂开了这么久，也没要他们沙岗村给他们配个什么什么店！"

代明道："我只是给你提个建议，如果觉得我说得不对，你也可以不予考虑。不过，我告诉你，我们药厂马上要进行招工，除了本镇本村的，还有很多外县外省的。到时候，大家可都是要消费的。我不过就是提供一个让本村人致富的建议罢了。"夏初阳一想，觉得他说的也有道理，于是对身后的几个村民道："你们谁愿意去开商店么？"其中一个村民道："我们有地，又年富力强的，还是想搞点种植业。倒是可以让移民户中那些上了年纪的去开开店、摆摆摊。"夏初阳略一沉吟，对代明道："你们先把员工招进来，药品制起来，其它的，我们慢慢来搞。"

没过多久，代明的药厂就拉来了几大客车外来务工人员。他们都是在县城经过严格检测和隔离后来到这里的，来到之后，一边直呼山村空气清新，一边埋怨这里配套简陋，好在药厂里面有食堂，吃饭倒不成问题。他们进入工厂之后，赞美声和埋怨声就都听不到了。偶有本村务工人员出来说道："厂里制度很严，大家都在加紧工作。"

自从石岗村来了一批外来务工人员之后，整个村子的景象就不一样起来。平日里那座制药厂安安静静的，可一到下班时间，还真有一副镇上赶集的热闹相。药厂前后都有马路，下班后，马路上就有许多摆摊的人。有摆面摊的，有摆油榨饼摊的，有摆烤肉串摊的，有摆甜酒粑粑摊的，有摆水果摊的，有摆杂货摊的，有摆补衣补鞋摊的，药厂上班时间，这些摊子是都没有的，估摸着他们快要下班了，摊主会提前半个小时到达那里，铺开行头，摆好摊子。他们都戴着沙岗村制造的口罩，是见不着他们的真面目的。当然，制药厂的员工也是戴着口罩的，他们一般都不许出厂，实行封闭式管理，但鉴于余镇自始至终没有出现过一例染疫者的良好状况，工厂管理者允许本地员工下班回家，也允许外地员工下班后去马路上休闲购物。

制药厂的员工工资比口罩厂的要高，因此，他们在消费方面也更大方。他们会毫不吝啬地照顾路边摊的生意，逢上好吃的，多多少少都会买一些，饱饱口福。就算有食堂，他们也只在食堂吃个七分饱，好给胃留着能装下零碎食品的空间。吃零食又不是小孩子的专利，大人想吃的时候，也会掏钱给自己买的。这些务工人员大都在童年时没吃够零食，那时没有钱是一方面，大人管得严也是一方面，现在自己挣钱了，又有了自由，他们想吃什么，还不是自己说了算。吃零食变成成年人的任性与率性，变成了对童年缺憾的狠狠弥补，变成了对自己辛苦工作的犒劳。过去没条件吃上的东西，现在条件允许了，就补吃回来，这也算得上是一种成功。

这一两年来村里发生的变化比过去十几年的都要大。因为疫情，人们大都愿意留下来就近务工，一边找钱，一边照顾家庭，一边感受城里才有的氛围。村子里有了工厂，外地人竟也来这里打工了，这让村民感到莫大的自豪。大家觉得这生活越来越有滋味了。

这时，上面来人找夏初阳谈话，要他回县城去担任县公安局副局长。荆副局长已经退休，其中一个副局长位置空缺，上面领导想起了夏初阳。按说，他原本就是正科级，论功劳论资历论能力，是该担任县公安局局长的，但正局长两年前已有人担任，担任者同样是功绩卓著的人，名字叫刘关张。此人当年和夏初阳、张小磊一道去蜀地抗过洪、救过灾。转业到地方后，先后在外地担任过镇派出所副所长、所长、县公安局副局长等职，两年前调至澹县公安局任局长。张小磊道，如果当时夏初

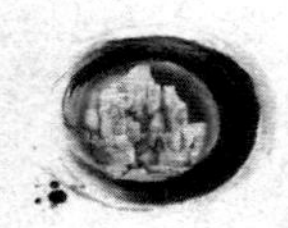

阳回县里，那正职肯定是他的。刘关张虽然优秀，但比起夏初阳来，还是略逊一筹。

这些年，夏初阳受到的表彰连他自己都不记得有多少次了，但他并没把那些虚名放在心上，正因为他不图那些，所以，也对官位不感兴趣。在他心里，这个驻村第一书记就是他平生最想当的最顶级的官。作为一个踏踏实实做事的人来说，官大一级压死人的观念大可不必放在心上。他不求官，不求禄，也就不觉得自己比别人矮多少。再说了，整个县里，包括县长在内的人都看好他，都把他当朋友看，所以，也没谁要踩他。对于一个啥也不争的人来说，根本就没有要踩他一脚的必要。他心里想的，全是怎么让老百姓过上好日子。他所做的一切，全是为民、为公，没有一点是为己、为私。

他一直住在村部，来了几年，就住了几年。两间房，一间他母亲住，一间他自己住。村部的小灶屋，就是他家的厨房。母亲做好了饭，他回村部吃。很多时候，村里那几位干部也在那里吃，不用给钱，至多平时从他们各自的家中拿些白菜、萝卜、鸡鸭鱼肉来。一般情况下，夏母是不会收荤菜的，除非他们说好要来就餐。她常年吃素。做饭时会弄些荤菜，那是给夏初阳吃的，他没日没夜的做事干活、同各类人打交道，需要精力，需要补充营养。她会去镇上买些菜来，放在冰箱，待做饭时，变着花样弄给夏初阳吃。村部周围有些茅草地，她除了草、垦了荒，分成一畦畦，论季节种上白菜、青菜、萝卜、辣椒、葱蒜、玉米、匏瓜等，基本解决了吃蔬菜的问题。他们母子俩对物质条件的要求不高，全村人也都知道。

有时候，村里人都忘记夏初阳是上面派来的驻村干部了，潜意识里都把他当成了本地人，既然是本地人，那就是不会走的。这时候，听人说要把夏初阳调回县城去当公安局副局长，都有些无法接受。致富需要领头人，这领头的走了，大家还怎么去致富呢？放眼望去，还真找不到一个像他这样心地纯粹、只想为百姓做事的人。龙奂生、孟远程、周在桦、陈明辉他们这些年已经被夏初阳带上了路，可总感觉他们没那么纯粹，没那么有远见，没那么有魄力。人说船稳要看掌舵人，的确在理，掌舵人选好了，船才能行稳致远。夏初阳无疑是个优秀的掌舵人。他在石岗村掌舵的这些年，石岗村这艘不大不小的船是真的开得稳也行得远。大家有目共睹。

找夏初阳谈话的上级领导走后，大家都静观夏初阳的行动。他会不会收拾行李？他来的时候带着两床被子，一床用来垫，一床用来盖；外加一条军用枕头，硬梆梆的，看起来有些年份了；再就是铁制水桶、铝制脸盆，牙刷、牙膏、洗脸帕、衣架子等；另外还有一牛皮袋子书，政治理论类、行侦探案类、社科哲学类，有些翻旧了，像是他的老朋友，有些新买的，与他刚刚结识。他只带了两身换洗衣服，鞋子呢，除了脚上穿的，就只带了一双拖鞋，放在铁制水桶里。他来的时候，非常简单，不知他离开的时候，会不会也同样简单。对于他房间的情况，龙奂珠最有发言权，她去过，还被锁在里面好长时间。但是，当别人问起她时，她只是摇头，说不知道。他的房间仍旧很简单，只是自从他把母亲接来之后，母亲给他添置了一些东西，让他的房间稍稍具有了一些家居的味道。母亲来之前，不用说，他的房间绝对透露出一股浓浓的军旅气息，简单到像是用粗线条勾勒的一幅几何图形。

这些年来，夏初阳总以一个军人、一个特种兵的姿态生活着，无论是在生活方面还是在工作方面，都严格要求自己，恪守本分，履行责任。他的理念就是，越纯粹越卓越，越简单越能心无旁骛地干事创业。如果说他有没有污点和短板，有，当然有！大家都知道，他在婚姻方面是不够谨慎的，在爱情方面是不够保守的。他娶了妻、生了子，但他心里却还有另一份情感。这在世俗看来，是不能容忍的，这是对婚姻的背叛，是对爱情的不忠。但不知为什么，石岗村人却都不这么看。只因

为，夏书记人太好，只因为夏书记内心深爱着的那个女人也太好。再说了，他们之间的爱情纯粹得像诗人徐志摩笔下的诗句：我挥一挥衣袖，不带走一片云彩。他们彼此有爱，有力量，但从未曾逾越人伦之矩，从未曾带来半丝让俗人们耐以嚼舌根的污言秽语。如果有，那也是龙奂珠惹出来的，如果没有龙奂珠的跳楼事件，没有她那句自以为是的“你娶的为什么不是杨医生”，大家恐怕不会往任何负面消极的方向看待他们的驻村第一书记。然而，大家也都看到了，他们的驻村第一书记在被人非议过一段时间且没有人愿意为他主持公道的情况下，挺过来了，一如既往地带领大家摆脱贫困、实干致富。

他幸不幸福，大家不知道；但大家现在都幸福了，他不可能不知道。

夏初阳没有收拾行李，也没有像电视剧中所演的那样，煞有介事地开一个告别会来跟大家叙旧话别。他每天仍早早地从村部出来、早早地下田园进农户，照常起居，照常工作，照常与制药厂的代老板谈现状、描远景。大家突然明白过来，他是不走了，不去当那个县公安局副局长了。大家又突然开窍起来，制药厂建在了石岗村，那杨医生就在制药厂里研发药物，他夏初阳会走？他舍得走？她在研究药理、制造药品，他理所当然地要为她提供药材啊！他昼夜不分地带领大家试种各类药材，又不惜以十足的诚意加重金引进栽培药材的专家来村进行种植技术指导，难道不是为了留在村里把药材种得更好，让村民致富，同时也让杨医生能早日制造出克制病毒的药物？大家都明白了，夏书记是不会走的，他要把根扎在这里。他对石岗村的感情，如同杨医生对实验室的感情。石岗村是夏书记的阵地，实验室是杨医生的舞台。

大家都知道杨医生在制药厂工作，但却很少见到她本人。听人说，她为了查资料、找数据，会连续几天不出门。制药厂安装了拥有顶级流速的网络设备，目的就是为了方便专家团队上网查询资料库里的资料和与外面的专家联络、开视频会议。别看制药厂开在石岗村，并被命名为“石岗制药厂”，但它的信息并不闭塞。它与全国绝大部分厂家都有联系，能得到顶级制药专家的指导，能实现信息互通，通得到很多先进前沿技术的支撑。据说，这一切都得归功于郑教授，因为郑教授是研究呼吸道传染病方面的首席专家，在二十年前的那次流行病疫中，作出过杰出贡献，得到过省部级领导的特别嘉奖。而郑教授过去与廖院长的父亲老廖院长是好朋友，老廖院长鞠躬尽瘁之后，又与新廖院长成为了志同道合的好朋友。因为这层关系，他才会把自己的得意高徒杨莫羽指派到廖院长的药物研究工作室去工作。据说他得知廖院长平白无故支走了杨莫羽之后，特别生气，不过，又得知杨莫羽得到他的另一个学生代明的支持，进入了条件更好的实验室工作之后，他的气终于收住，没再发出来。

郑教授是那种心怀天下苍生的医学工作者，他的格调不同于廖院长，胸襟也不是廖院长所能比的。他盛名在外，大志在胸，务实在行，带领着他的研发团队，攻克了人类呼吸道疾病的一个又一个难关。只是，他发现，人类在努力，病毒也在努力，人类在努力攻克，病毒在努力变异。所以，人类在医学领域的研究永远都不能止步，人类要生存，就必须每代都有那么一群人，以十足的学究气与不懈奋争的勇气，钻研医学，坚持试验，开拓进取，与疾病纠缠，与病毒搏斗。廖院长会因为护犊心切而开除一个医学天才，郑教授不会，他只会站在人类需要的角度安排每一个能发挥作用的人，当然，他也必须考量每个人的德行。这是前提。关键是，杨莫羽是经受住了他的考验的。她内心藏着一个已逝的英雄恋人，虽然有些儿女情长，但并未因此就消极度日。她是化悲痛为力量，把两个人的力气用在了她为之奋斗的事业中，专注、专心，专业、专行。医学研究者，需要她的这份狂、这份痴、这份专。心中没有一股熊熊燃烧的火焰，是坐不了科学研究的冷板凳的。

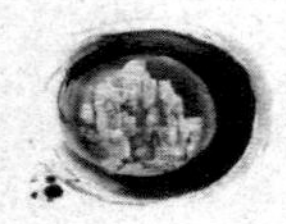

只要杨莫羽坚持得住，郑教授就义不容辞地支持到底。她在哪里工作，他就要把支持投放到哪里。这也是代明能把制药分厂顺利建成投产的一个重要原因。有了杨莫羽带领的研发团队，有了全国顶级医学专家郑教授的理论指导，代明投资画出的蓝图，才得以变成实景。石岗制药厂，绝非“石岗村制药厂”，最近由杨莫羽研发团队写出的疫苗制造研究论文，已在全国引起强烈反响，给大型制药厂研发疫苗起到了很重要的理论指引作用。郑教授发来视频，对杨莫羽的做法表示赞同，他说道：“你有这样的共享意识是很好的！在这样的特殊时期，人类是个命运共同体，站在这一角度进行观照，所有的医学成果都应该是属于全体人类的！大家都第一时间公布最新的科研成果，就可以互相借鉴，互相补充，互相促进，以促使疫苗早日研发出来！你们虽然不是第一个研究出有效疫苗的，但你们能把自己在疫苗研究方面的重大发现公布于众，也是值得人们感激的！愿你们团队继续努力，克难攻坚，早日研发出能有效预防眼下疾病的疫苗！”

郑教授在视频中所说的话，给予了杨莫羽团队极大的鼓励。大家默默领受着权威专家的嘉奖，又默默地回到各自的工作岗位上，继续开展研究。他们明白，一切都在于实干。只要坚持实干，终有一天，梦想会实现。

夏初阳既然想安安心心地留在石岗村，继续带领乡亲们做点好事、实事，也就想本本分分地做个好丈夫、好父亲。那天他召集村民开了一个“新五年发展计划”动员会，把自己心中的蓝图给大家描绘了一遍。村民们自然是很欢喜的。会议开得不长，夏初阳想早点下班，回到家里去，给廖静说说自己的事情。他想，只要自己不离开石岗村，就能就近照顾好家庭。兼顾好事业和家庭，这是一个已过而立之年男人的责任。骑着摩托车离开石岗村时，他望了一眼不远处的石岗制药厂，知道杨莫羽在里面，心中涌过一种不一样的情愫，但是，这并不能代表什么。随着车轮的转动，他离余镇越来越近，驶到中途时，他又想起了当年杨莫羽的嘱托，要他帮忙查找当年的真相，她想知道，当年夏晓阳究竟是为救谁而再一次扑入火场失掉性命的。他知道，那一直是她心中的一个结、一个梗、一个坎。当然，也是他心中的一个沟。这条沟越不过，他真的无法直面杨莫羽。每每遇见她，四目相对时，他总觉得她的眼神在向他提问，而他却无言以对。

到了余镇，他打算买点菜。说实话，他连买菜都显得不太在行。他不知道岳父一家人喜欢吃什么菜，妻子喜欢吃什么，女儿喜欢吃什么。他胡乱买了几塑料袋子，有蔬菜，也有荤菜，挂在摩托车后座两旁和前面的车把手上，再骑上车回家。说是家，可又那么陌生，以至于他到了家门口时，连大喊一声“我回来了”的勇气都没有。庭院里很安静，一楼厨房门半掩着。他稳稳当当地停好车，从车后座和前把手上取下菜，提着往厨房走去。走到门口，才发现丈母娘在里面择菜。她坐在一条小凳子上，手里拿着一把青菜，地上放着一个盆子和一个塑料袋，择好的菜扔往盆子，掐下的废料丢往塑料袋。他躬身进门，叫了一声“妈”，然后就把菜放在了靠墙的大桌子上。

“你怎么回来了？”岳母的声气显得不太友善，也没停下手中择菜的动作，对着手足无措的夏初阳白了一眼，“你让我女儿守活寡，你能耐！”

夏初阳内心有愧，所以，只能陪着小心，接受岳母的斥责。

“小静呢？”夏初阳有些尴尬地问道。

“你还知道问起小静啊！嫁出去的女，泼出去的水，我早就不想管她了！可是，我不管她，又有谁管她呢？你们夏家会管她吗？哦，对了，你们夏家一门忠烈，管的都是国家大业，又怎么会管一个小女子的死活呢？”岳母停下手中择菜的动作，一脸愤慨之色，看也不看他，只顾自己嘟囔着。

夏初阳一时无语，尴尬地摸了摸头，笑了笑，道：“妈，小

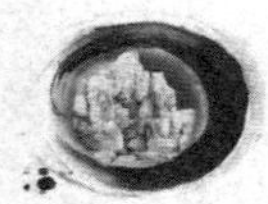

静是不是在楼上？我去看看她。”

“她还没下班。”

“那我去接她！”

“用什么去接？用摩托车吗？”

夏初阳一时愣住。只听岳母又嘀咕道：“真不知我家小静造了什么孽，嫁了你这样的人！”

她刚说完，门外就开进了一辆小车，一辆斩新的凯迪拉克。廖静从车上走了下来，看到夏初阳，脸色一沉，冷笑道：“稀客啊！”边说边从车后座上接下了女儿，女儿见到夏初阳，却热络地伸出了双手，高呼着“爸爸”。女儿的热情呼唤打消了夏初阳进屋以来的尴尬。他伸过手去，一脸慈爱地，开心地喊着：“我的宝贝，你都长这么大了，想不想爸爸？”女儿从廖静怀里转到夏初阳怀里，一脸娇笑，摸摸父亲的胡子，萌萌地说道：“爸爸，你老了，你再老一点我就不认得你了。”夏初阳哈哈一笑，道：“你再长大一点，爸爸也不认得你了。”女儿道：“那我就不长大。”夏初阳道：“那可不行！”气氛在孩子的搅扰下，变得活泼起来，夏初阳面临的那份尴尬也随之被打破。

上到房间里，廖静沉声道：“我换了一辆新车。”夏初阳道：“原来那辆不是挺好的吗？”廖静道：“旧车给爸妈开。听说你要调回县城了，我和女儿自然是要跟你去县城的，到时候回家看父母还不得要开车。”看夏初阳没作声，廖静冷笑道：“你不会告诉我，你又拒绝回城了吧？”说着，竟呜呜地哭了起来。“小静，你听我说。”夏初阳拍了拍廖静的肩膀。廖静一耸肩，搿开他的手掌，转身往沙发上一坐，道：“夏初阳，我现在才看清楚，你和杨莫羽才是一路人。”夏初阳有些莫名其妙，道：“怎么又提起她来了？”“怎么？你以前不是很喜欢打听她的情况么？你接触我不就是想通过我了解她么？为什么现在却不愿意听我提起她了？”廖静气呼呼地说道，“你不让我说她，是因为她已经在你的心里扎下了根，你不需要我来提醒你注意，对不对？”

夏日里西斜的阳光透过薄薄的窗纱，映射在廖静愤怒的带着泪花的脸上，显得有些不太谐调。女儿从楼下走上来，见母亲哭了，转而对父亲道：“爸爸，你不可以欺负妈妈。”夏初阳俯下身，抱起女儿，亲了一口，道：“爸爸从来不想欺负你妈妈，是你妈妈想多了。”廖静一听，火噌地冒了起来，凶巴巴地，脸上肌肉有些变形地，大声道：“我想多了？我怎么想多了？你敢说你心里没有杨莫羽？你敢说她在你心里是死人一个？世界上有那么多人死于新型病毒，为什么她却不染病而死呢？”夏初阳听她这么一说，气血陡地往上一涌，脸色通红，双眼怒睁，想要发火，却没发出来。女儿已经感受到了父亲心里的火，愣愣地，扁了扁嘴巴，想哭，却没哭出来。她趴在父亲肩膀上，脸紧紧地贴着他的肩，眼睛望向别处，两行泪默默地滴落下来。夏初阳感觉到女儿在哭，于是，哄女儿道：“宝贝你怎么啦？别哭，爸爸带你出去玩！”女儿却道：“我不想出去玩，我就想和爸爸妈妈在一起！”说着，紧紧地抱着他的肩膀不放。

晚饭时间，廖院长也回来了。饭桌上，他对夏初阳道：“小静对你的要求不高，就希望你回县城。这样对孩子上学有好处。”岳母见夏初阳只顾着给孩子夹菜，对岳父的话有些心不在焉，于是也正儿八经地说道：“有机会回县城，你怎么不回呢？我听说上面领导找你谈话让你去任县公安局副局长，虽然与前面所传闻的让你当正局长的话有很大的出入，但那总归也是个有头有脸的职务，你不能再拒绝了。这次拒绝了，说不定下次你就连当副局长的机会都没了，要知道，在脱贫攻坚时期，像你这样做出一些成绩的年轻干部大有人在，他们也有资本去获得一个不错的职位。现在很多大学生年纪轻轻的，一毕业就担任起了村官，在农村也干得有声有色，你能说他们的竞争力不如你吗？比起他们来，你除了年岁大以外，怕是没有别的优

势了吧？再说了，现在都提倡干部队伍年轻化，年岁大不代表资历老、贡献大，在职位晋升上，人家怕是更愿意提拔年轻人吧？你现在三十多岁了，还算年轻，但再过几年呢？你是男人，勉强还可以等，但小静呢？她是女人啊，她都三十多了，她想过自己想过的生活有错吗？再说了，她对你的要求真的不高啊！她并没有要求你去北上广对不对？她并没有要求你大富大贵对不对？她甚至也没有要求你每天下班回家陪她陪女儿对不对？小静从小到大对生活是没有多高的要求的，毕业后分配到他爸爸的医院，她也乐意。她对择偶的要求也不高，看到了你，动了心，主动追了你，这是人之常情，不管男女都有主动追求爱情的权利对不对？后来，你主动提出和她结婚，娶了她，却没能给她带来幸福，她闹过哭过，我们也劝过，好歹也让你们保留了生活的平静和家庭的完整。从我们父母的角度来看，小静还算是个大度的好孩子。但是好孩子不能总是被辜负，对不对？她盼你回县城，盼你带她去县城生活，已经盼了好几年了，眼瞅着小桔瓣都快上幼儿园了，她着急了，而你又不是没机会回县城去，你怎么就不好好考虑考虑，满足她的这一愿望呢？”

岳母说话像开专项整治会议。眼前这一桌子菜是她炒出来的，但她压根就缺乏让人吃下去的诚意。夏初阳认真听着岳母的训示，咽着口水，却不敢开小差。别人教导小孩子吃饭时要专心，要好好吃饭，好好吃菜。此时，岳母却趁吃饭时教导他别的，原来吃饭只是手段，趁吃饭时教训人才是目的。可是，做了一天事情的大男人，早就饿了，饿得有些不想拘于礼节。好不容易听出岳母有暂停的意思，也不着急接腔，赶紧夹了几样自己喜欢吃的菜，胡乱把一碗饭扒进了肚子里。他还准备去盛第二碗时，却迎上了廖静含怒的目光。那目光里不仅有怒，还有怨、有恨、有委屈、有激愤，他还看见她的嘴唇在颤抖，像一架机关枪，面对敌人，就要从里面射出无数颗子弹来。他再移目去看岳父，他也铁青着脸，态度明显偏向自己的家人。

一桌子热烘烘的菜，就被这冷冷的气氛搅成了凉拌菜。幸好此时小桔瓣正睡着，没有参与这“最后的晚餐”。

“我吃饱了。”夏初阳尴尬地自我解嘲，然后把碗放到了身后的餐边柜上。

“你聋了吗？”廖静把碗一摔，猛然自凳子上站立而起。

“你聋了？妈妈的话，你居然一句都没听进去！要么就是哑了，妈妈说了这么多，你却一句都没答！”说着她转过身来，直盯着夏初阳。她就像一把机关枪，先是朝前乱射一气，再转身瞄准目标，精准射击。

夏初阳又尴尬地笑笑，摊了摊双手，道：“妈妈的话我全听到了。只是，我不知该怎么回答，真是对不起！”

“对不起，你对不起谁？你是不是觉得要你回县城是我们全家人对你的威逼？刚刚妈妈说了那么多，无非就是想让你回县城去任职，然后顺便把我带过去，把小桔瓣送去县城好一点的幼儿园读书，这对于你来说只不过是点点头的事情，有那么难吗？”廖静说着说着眼睛里就冒出豆大的泪水来，像被对方施了催泪弹。而很显然，被她视作敌人的夏初阳几乎什么都没做。他就那么站着，形体僵直，进退不是。

英雄汉遇到家务事，如同秀才遇到悍兵。

“别以为我不知道，你又一次拒绝了上级领导的安排，人家安排你去当县公安局副局长，这么好的事情，你竟然拒绝了，你是真想在石岗村呆一辈子么？你想在那里呆一辈子，别人还不愿意呢？那些人有了钱，不仅在乡里建了别墅，还在城里买了房子，生活越过越有滋味，你呢？你怎么样？房子，房子没有！车子，车子没有！你住村部，安贫乐道，我和桔瓣，你也不管，要不是爸妈收留我们娘俩，我们只有睡大街去！夏初阳，你高尚了，我们就卑劣了！你伟大了，我们就渺小了！你光荣了，我们就悲惨了！”廖静声声泪、字字血地哭诉着。

夏初阳一时不知所措，听她这么一说，觉得自己的确对不

起她们娘俩。

“对不起，小静，我的确没让你们过上满意的生活，以后，以后我尽量弥补！”夏初阳咬紧牙关，一字一顿，像表决心一样地，语速极慢地说道。

“你想怎样弥补？你如果真想弥补，那就去跟上级领导说，你答应调回县城去任职！”廖静道。

“是啊！初阳，回县城去吧！别担心石岗村的未来，你回县城后，又会有新的驻村干部下来，他们也会像你一样，带领石岗村人民不断向前进步的！”廖院长以一种沉着稳健的长者语气缓缓地说道，“所谓长江后浪推前浪，前浪应该让出一些空间来，也好给后浪提供一个建功立业的舞台。你想啊，你来到这里都六年多了，该是功成身退的时候了。再说了，你回到县城去任公安局副局长，也不会屈了你的才。你侦探破案是一把好手，在任上也可以施展所长，建功立业。你此时不退回去，恐怕到时候进退无路啊！”

廖院长停了一下，见夏初阳正虚心在听，于是又说道：“比起正局长，副局长位置确实差了不止一点，但我们也要懂得知足。以前，不是说要让你当正局长的么？才过了几年，正的就变成副的了，再过几年，说不定副的都轮不到你了！毕竟木工活多，木匠也多！”

“人家张小磊现在已经当上水利局局长了，才任命的，不信你去看看澹县政府网！”廖静边说，边拿出手机，翻找着网页，想把自己掌握的信息找给夏初阳看。

“论政绩，论资历，论本事，张小磊都不如你，但是，他这次的确上去了！人要趁年轻，趁上级看好你，好好地经营一下自己的人生。你在石岗村这个平台上干得好，在县公局副局长那个位置上也同样能干好！”廖院长道，“明年，我就退休了。我也会去县城，帮你们带小桔瓣。过两年，你们再生个小孩，我和你妈帮你们带，你们就好好地搞事业。”

说这些话时，廖院长眼睛里绽出一朵朵希望的花朵，绚烂迷人。如果生活真能像他所说的那样，那的确是很美好。在他们看来，只要夏初阳答应领导去县城履职，离开石岗村，那样的生活图景就会变成现实。

“你看！张小磊的正式任命通知。”廖静此时由愤怒变得很兴奋，她大概从父亲对夏初阳的说话中，感觉到了夏初阳的心有所动。她把手机递到夏初阳面前，把查找到的网页指给他看。她用右手食指一点那张蓝底西装照，张小磊精神矍铄、形容端庄的照片就凸显出来，直扑入夏初阳眼帘。

“张小磊竟还有几分官样！穿上这服装，系上这领带，简直像变了一个人！”夏初阳边看边品说。

“你如果当上公安局副局长，穿上警服，形象绝对比他更好！”廖静说道，语气中充斥着热情。

“我想我迟早会再次穿上那套警服，只是，不是现在！”夏初阳把手机递给廖静，冷静地说道。

“夏初阳，你什么意思？”廖静马上意识到了他话里的意思，不禁感到阵阵凉意，语气很冲，“夏初阳，你什么意思？”

她已经知道了他的话是什么意思，但不敢承认。不敢承认，又不敢向他确认，只好重复发问。此时，她的心很痛，痛得火都发不起来！她只懒懒地对夏初阳道：“你去吧！石岗村需要你，石岗村人们需要你！”

廖父与廖母相对而视，眼睛里尽是无奈。

“爸妈，我明天一早还有事情，得赶回石岗村去。”说完，也没等他们回话，便走出门去。走到门口，又想起了什么，于是又跑到楼上，来到床边，看了看熟睡的女儿，微微一笑，然后下了楼，出了门，坐上摩托车，发动后，乘着暮色而去。

剩下三人围桌而坐，胃口全无。廖静心里有些委屈，丢下筷子，愤怒中带些嗔怪，对父母道：“我不知当初看上了他什么！”廖父道：“我从他身上看到了当初自己的影子，这是好

事，也是坏事。”“我就没看出什么好事来！”廖母余怒未消。廖父道：“我们啊，还真不能够逼他。”廖母道：“我们没逼他啊，这不是在跟他商量吗？你过两年就要从院长的位子上退下来了，县人民医院早就想让你退休后过那里去上班，到时候一家人都要去县城，不可能把小静留在这里吧？小静到时候也要调去县人民医院的。我们一家人就得团团圆圆地住在一起。到时候，我们全去了县城，夏初阳独留在石岗村，这算什么事啊！小静那个什么师父现在不也在石岗村么？她可是夏初阳念念不忘的女人！”

廖父脸上忽热忽冷，忽明忽暗，两条眉毛拧成了一撇一捺，却又看不出是“八”字，还是“人”字。

一家人沉默了一会儿。廖静忽然道：“我想跟他离婚！”

廖院长一听，双眉顿时向上挑起，拉大了间距。他厉声道：“不可以！”“我不想守着一个某某妻子的名头过日子！他想当英雄，可我不想！我理解他，但他无法理解我！我受够了！”廖静也厉声道。廖母白了廖静一眼，沉声道：“这个想法，你千万不能有。从今晚的情形来看，我倒觉得他是想和你把日子过下去的。他不是不顾你，只是不想回县城。但是我们可以先回啊！这驻村第一书记又不可能干一辈子，过两年，他还是得回！”廖静道：“我怎么没看出来？他哪里表现出想要和我把日子过下去了？再说了，刚刚你们不是也说了吗？迟回去那官位也许就没了！”廖院长叹了口气，看着廖静，道：“他当不当官是另外一回事，不管怎样你都不能提离婚！现在不能提，以后也不能提！”廖静道：“那他如果和杨莫羽好上了呢？”廖父道：“现行政策下，借给他夏初阳十个胆子，他也不敢搞婚外情！现在‘四风’抓得那么严，谁敢乱来谁就倒霉！就算他心里有，那又怎么样？他终究还是你的合法丈夫！”廖静又道：“那如果我和一个更爱我的人、前途比夏初阳更好的人好上了呢？”廖母道：“只要对方对你好，我倒不反对！”廖父白了妻子一眼，沉沉地叹了一口气。

一家人陷入思考中。桌上饭菜早已冷却，它这次的使命明显不是果人之腹。外面天色已晚，只是房间里亮着灯，大家没有察觉而已。

夏初阳心事重重地回到村部，把摩托车停在村办公楼一侧的车棚里。车棚离厨房不远，下了车，就可以看见厨房里不太明亮的灯光。夏母为了省电，安上了低度节能灯。夏初阳走进厨房，见母亲还坐在桌边吃饭，专注而细致。桌上只摆着一个碗，里面装着白菜。她吃素。猛见一个人走了进来，夏母定了定睛，问道："你是谁啊？"夏初阳道："是我，妈。""你怎么又回来了？"夏初阳的出现，打破了夏母就餐的平静。"我回来陪您吃饭啊！"夏初阳道。

"你不是说要回家里去吗？怎么又不去了？"夏母道。夏初阳道："不去了。村里还有事。"夏母叹口气，心里起了心事，但没说出来。她把碗放在桌上，站起来，慢慢地回转身去灶边。揭开灶后座的铁锅锅盖，从里面端出一碗菜来，放到桌上，再转身，端来第二碗。

夏初阳凑近一看，发现一碗是油豆腐炒肉，一碗是酸辣猪大肠。好香！他用手拈起一片猪肉就要往嘴里送，母亲小声道："看你饿得！"脸上现出暖暖的笑意。"就知道妈一定会像我们小时候一样，给我们留着好吃的菜！"一片肉已经进嘴，夏初阳边嚼边说道。夏母边去盛饭，边微微笑着，道："你和晓阳啊，都喜欢吃我炒的菜！就算炒得不好，你们两个也不嫌弃！"夏初阳道："您是世上最好的厨师，您炒什么都好吃！"夏母把饭放到夏初阳手里，又把筷子递给他，道："你爸就不喜欢吃我的菜，说还不如吃单位食堂！"夏初阳道："那是他给自己加班加点找借口罢了！"娘俩毫无忌惮地谈着往事，谈着已逝的亲人，就像他们都还活着一样，就像时光从未流逝一样。

（十三）

龙菲菲的厂子最近在搞扩建，除了生产口罩，她还准备生产医用棉被。她请夏初阳去做做参谋。夏初阳去时，镇主要领导都在。当着镇主要领导的面，夏初阳只有听的份，没有说的份。送走领导之后，龙菲菲回到办公室，对他道："你啊，真的错失了表现的机会。"夏初阳道："事是做出来的，不是靠说出来的。"龙菲菲问："那你总得说吧，不说别人怎么知道你想做些什么。"夏初阳道："你自己心中已经有主意了，干吗还要问别人？你把镇领导请过来，无非就是想争取他们的支持，把我叫过来，无非就是想增加点人气。"龙菲菲笑着道："你怎么变得老奸巨滑了？"夏初阳也笑笑道："无商不奸啊！老同学，你是越来越具有女企业家的风范了！"龙菲菲道："我只想踏踏实实做点事，其他的一概不想！"说完，叹了一口气，道："你也知道，我这口罩厂根本就不赚什么钱！但是，它至少实现了我自己独立创业的理想！原来跟着老杨，我也想做点实事的，只是，他不让我插手管事，硬要我当个什么富太太。有时候吧，他也会把我当个桥梁什么的，发挥一点联络作用。他出事后，别人把我也当成了骗子，那感觉真是不太好受！"夏初阳道："你比老杨要强！"龙菲菲本来有些伤感的，被他这么一说，情绪温度顿时被提升了两度，歪着脑袋，颇有些少女的天真气，问夏初阳道："真的吗？"夏初阳道："真的，你很了不起！我相信，你的事业会越做越强的！"龙菲菲道："谢谢你鼓励！我一定尽力而为！"说罢又叹了一口气，道："跟着老杨，我多少学了点办厂经商的经验。但是，我绝不走老杨的老路。”

她再次提起前夫，情绪又低落下来。夏初阳见此情景，又道：“你啊，也别太伤感了。他犯了错，就该承担责任。现下想来，也还庆幸，你没有受到牵连。好好珍惜这次创业的机会吧，不要老纠缠于过去的事情了，人还是要向前看才好。”龙菲菲道：“其实也没什么。我只是感慨当初我怎么就那么傻，想嫁给金钱，却嫁给了欺骗。”说到这里，她深情地抬头望向夏初阳，道：“还是你最好！”夏初阳道：“那是你没嫁给我！如果你嫁给我了，就会觉得我也不好。”他也叹了口气，摇了摇头，道：“我也不是一个好丈夫，不能给人带来幸福。小静对我失望透顶，我感觉到了，却无能为力。因为，她的要求我实在满足不了。”龙菲菲笑笑道：“不是你不好，是你们不合适。如果你和杨莫羽在一起，你们双方都会感到幸福的。婚姻是一种特殊的契约，共同遵守，才会享受其中的美好。”“什么是特殊的契约？我好像不懂！”夏初阳道。“我也不懂，是我临时想出来的。意会意会就行了，不必硬要去言传。”龙菲菲道。

两人又说了一会关于杨莫羽的事情，现在，两人都已经有一段时间没看到杨莫羽了。她从不发朋友圈，也很少主动联系工作之外的朋友。她的生活情况和工作情况处于神秘状态，不过，真想要了解她的话，可以通过网络。网上倒是常常有关于她科研情况最新进展的报道，她在科研方面取得的成就令人惊喜。

“她其实与我们根本不是一类人，我感觉。”龙菲菲道，“当然啰，我这样说也不正确，你和她倒有得一比。两个人对自己的事业都是那么专一与执着，虽然不同道，但志是一致的。只是，我觉得她似乎更有韧劲，更加心无旁骛，无论在感情方面还是事业方面。你说呢？”她看了看夏初阳，见他沉潜在思前想后的精神境遇里，不由又道：“她似乎是为了你，才拒绝谈感情的。”夏初阳却有些言不由衷地说道：“她是为了晓阳。藏

在她心底深处的那个人是晓阳，晓阳自始至终都是她最爱的那个人。”龙菲菲道：“她以前或许是放不下晓阳，但遇到你之后，她最在意的那个人就变成了你。”夏初阳浅浅一笑，道：“不是的。我也一度以为她爱上了我。后来才知道，她爱的仍然是晓阳。不然，晓阳最后一次冲进火场是为了救谁这个问题就不会成为她心里的一个结。她如此认真地对待工作，恐怕也是为了消释心中的苦闷。”

“那晓阳最后一次冲进火场究竟是为了救谁呢？”龙菲菲问道。青葱的田园吹过来一阵风，透过金属窗格，轻轻地扑向人面，让人觉出了夏日的馨香。风是有声音的，那声音像是在问话，又像是在回答。夏初阳沉默了一会儿，望向窗外，道：“我不知道。我去晓阳牺牲的地方调查过，没有任何线索。自火灾过后，那里发生了巨大的变化。化工厂早就不在了，取而代之的是一幢幢高楼大厦。面对那样的情景，有那么一瞬间，我感觉‘英雄’二字是那么的苍白无力。说实话，我宁愿我弟弟不是英雄，我宁愿他最后一次不要冲向火海，我只愿他活着。因为，只有他活着，我才有机会与他公平竞争。”

夏初阳说这话时，竟然落泪了。龙菲菲着实有些惊讶，自凳子上站起来，轻声道：“初阳，你没事吧？”夏初阳道：“我没事。”又道：“你是不是觉得我有这种想法很奇怪？”龙菲菲递给他两张餐巾纸，道：“我能够理解啊！如果你弟弟还活着，说不定杨莫羽就不会沉湎于那份爱而不能自拔，而你也有与弟弟一决雌雄，争取一次让杨莫羽爱上你的机会，我说的对吗？”夏初阳擦了擦眼睛，点点头，道：“是的，是这样的！”龙菲菲又道：“可是，如果真是那样，你和杨莫羽又怎么会见着面呢？要见面也是可以的，不过，或许是以你弟媳的身份出现在你面前吧！”

夏初阳如梦初醒，破涕为笑，大声道：“对啊！想当初见到她时，她正在那里支教，而她也是为了完成晓阳的心愿而去支教的啊！”说完又叹息一声，道：“早知会变成现在这局面，我们还不如不见面。见面又如何，她心内装着弟弟，我呢，娶了小静。”龙菲菲道：“这局面啊，全是你搞成这样的。你当初突然娶了廖静，对杨莫羽的打击有多大，你知道吗？”“我、我还真不知道。”夏初阳道。龙菲菲道：“如果我说她当时已经决定好好爱你了，你会相信么？”夏初阳有些不知所措，道：“怎么可能？”龙菲菲道：“怎么不可能？她亲口对我说的，她想放下执念，去爱一个能够懂她的人。那个人不是你那会是谁？然而你却以迅雷不及掩耳之势取了廖静，这太突然了，让她难以接受。可以说，你与你弟弟都背叛了她。一个用死别，一个用生离。经受过这两种打击的女人，还要她怎么去相信爱情哟！”

看到夏初阳悔恨交加的样子，龙菲菲觉得自己该止住话题了。正在这时，厂里的晚饭铃响起，龙菲菲道：“走，吃饭去！自你让张彩月和刘迟帮我管理厂子后，你已有好些天没来厂里了，老张做的饭菜也很久没尝到了吧？走，去看看他今晚都炒了哪些菜。”说着就领着夏初阳走出办公室，准备直奔食堂而去。刚走到门外，就碰到了龙奂珠，她格格地笑着，道：“夏书记一直等在这里，是想蹭了晚饭再走吧！想当初，你也喜欢吃我做的饭菜哩，什么时候我再帮你开个小灶呀！”夏初阳见龙奂珠现在这个样子，倒是放下心来。心想，这女人原来那么寻死觅活地缠着自己，每次见到自己都怪里怪气，一副深情款款的样子，还真令人害怕，现在嫁给了张彩月，一见面就打招呼，一副大大咧咧的样子，倒让人感到熨帖不少。见夏初阳没作声，龙奂珠又道：“夏书记，你放心，我不会再做当初的傻事了，你就放心地吃我做的饭菜，我是绝对不会往饭菜里加蒙汗药的。”龙菲菲道：“你把全厂人都蒙昏过去，厂里的活你一个人干啊！”龙奂珠哈哈大笑，道：“要是那样，我家张彩月第一个就饶不了我！”然后又道：“走吧！老张已经给你们在食堂的雅座里上好菜了，你们几个厂领导可以吃个工作餐了。”

走到食堂，工人们都戴着口罩，隔着一米的距离排队打饭，打了饭就走。那些认识夏初阳的人，见到他就高兴地打着招呼，也没多说什么。夏初阳走到雅座门口，一眼见着了往里送饭的老张，忙走过去亲切地叫着："老张！"老张忙扯下口罩，对夏初阳笑了笑。老张脸上的皱纹这些年长了不少，一个笑的表情，得从皱纹堆里挤出来，可就是挤出来的笑脸，也是那么热情友善，像极了田野中和煦温暖的春风。他笑着对夏初阳道："我今天给你做了老三样，不知你还喜不喜欢吃。"夏初阳道："爱吃，只要是您炒的菜，我都爱吃。"老张仔细端详着夏初阳的脸，感慨道："小夏，你比前几年老些了。额头上的抬头纹，一溜一溜的，像余镇米粮山后的梯田。"夏初阳听后摸了摸额头，侧脸看了看身边的龙菲菲，道："我刚刚和你说话的时候，你发现我变老了没有？"龙菲菲一脸懵，不明何意。夏初阳笑笑道："看来，真正关心我的还是给我饭吃的人啊！"龙菲菲总算弄明白了他说的是啥意思，于是尖声回应道："谁叫你把事情交给张彩月他们的？你天天来厂里上班，我天天管饭，那样的话，我就可以做到真正关心你了。"

三人说着话时，张彩月和刘迟已经从身后走来了。他们喊着夏书记，语气显得过分亲切，倒有些让夏初阳受宠若惊。再一看，他们两人都黑头土脸、满身大汗，像是赶了老远的路，且在赶路之前进过煤矿洞子似的。"机器出了点故障，刚刚同技术员一起修好了。"刘迟道。一边说着，还一边狂饮着矿泉水。夏初阳冲他们两个笑笑，转而对龙菲菲道："我把事情交给他们绝对没错。他们办事稳妥，一个顶俩，完全可以成为你的左膀右臂。"龙菲菲笑而不语。谈笑间，老张已经准备了一个脸盆，一条毛巾，一瓶洗洁精，招呼他们俩往水龙头那边走："过来，洗把脸，洗干净了好吃饭。"张彩月快步走了过去，三下两下把自己捣饬利索了，又把毛巾往刘迟手上一扔，道："好好洗洗。"刘迟朝垃圾桶扔掉手上的矿泉水瓶子，甩过毛巾，搭在肩上，弯下腰就开始挤洗洁精。他足足挤了三回洗洁精，换了三盆水，才把自己捣饬利索。洗到最后，他都不好意思了，道："真是浪费资源。"

几个人边吃饭边说着当下的工作情况，偶尔也描述描述美好的前景，听得老张情绪高涨。老张本是站着给他们服务的，却也被他们叫到一起吃饭，一高兴，还啜了一小杯白酒。听夏初阳说他儿子张昶在狱中表现良好，被减了几个月刑期，更是喜不自胜，说话也颤抖起来。他站起身来，颤抖着说道："夏书记，你是我的大恩人，是帮张昶再生的菩萨，是石岗村的大功臣，是鑫源口罩厂的贵人，我、我得感谢你！"他想敬夏初阳酒的，却被夏初阳把酒瓶给夺过来，放一边去了。夏初阳以手势示意，压住他的情绪，道："老张，老张，你坐下，你坐下来说话。"大家也都看着老张，老张只好坐下。夏初阳道："我可没老张说的那么好，不过，和大家在一起，我的确很开心，开心最重要，你们说对不对？"老张道："对！我张老汉这几年活得很开心、很踏实！这人啊，求的就是这个！"夏初阳道："老张啊，你不怨我把张昶送进监狱我就很开心了，你不怨我啊，我这心也就踏实了。"老张道："我怎么可能怨你呢？我感激你都还来不及。"龙菲菲插话道："不只老张要感激你，我们都得感激你！"说着又看了看张彩月和刘迟二人，二人皆道："是的，是的！"张彩月道："夏书记是我见过的所有干部中最靠谱的一个，受他的言传身教，我也变得靠谱起来，哈哈！"刘迟也道："我现在也变得很靠谱了，你们难道没有发觉？"龙菲菲道："发觉了，发觉了，越发觉得你们既肯干又务实了！你们啊，就安下心，踏踏实实地，在我的厂子里干下去，不要辜负你们夏书记的一片栽培之心！"说完朝夏初阳看了看，眼睛里尽是深情厚意。对于夏初阳推荐的人选，她当然是用人不疑，疑人不用。而事实证明，张、刘二人皆是有四分本事、六分忠心的，这样的人能用，用起来也放心。

张彩月与刘迟自然又向夏初阳和龙菲菲表了一回决心，作了一回承诺，说一千道一万，最后他们还是抓住了“实干”二字。说到实干，夏初阳是最具有实干精神的，所以，他们又都说了些向夏初阳学习的话。夏初阳倒是清醒得很，没被他们的赞美之词吹晕。他趁他们唱赞歌之时，赶紧扒拉了两碗饭，然后站起来，对大伙说：“我得走了，村里还有事。”龙菲菲道：“什么事这么急？”夏初阳道：“我和他们约好要去看看药材的，趁天还没黑，得赶过去看看。”龙菲菲道：“你今年带着大家扩大了药材种植面积，还把别个村的土地承包了来种药材，是够累的！”夏初阳笑笑。张彩月道：“代明把制药厂建在了石岗村，夏书记种起药材来劲头自然更大了！”夏初阳怕他们还要牵扯到别的话题上去，便没理他，在龙菲菲的陪伴下，走了出去。

走到外面，龙菲菲道：“你啊！简直就是个拼命三郎！得悠着点！”夏初阳道：“疫情仍没结束，每个人都还在努力着，我做这点事情，算不得什么！”龙菲菲叹了口气，晶亮的眼睛里露出一丝担忧，道：“不管怎么样，你都要爱惜自己的身体。”夏初阳道：“别担心我，我可是特种兵出身，耐得住打，扛得住累！”龙菲菲又道：“就说你与杨莫羽是一类人，你还不信！”夏初阳道：“我信！我信！”说完苦涩地笑了。龙菲菲也苦涩地笑笑，摇了摇头，道：“你们两个真是爱得太苦！比药还苦！”夏初阳听了，没说话，英俊的脸上闪过一丝痛苦。这是他第一次默认他心中的苦楚。

与龙菲菲告辞后，他骑着摩托车直奔邻村的药材种植基地。夕阳像个蛋黄一般，倚靠在西山顶上，不多时就要掉进看不见的天空的大海里去。他必须在太阳掉进去之前，赶到那里。他骑行的速度有些快，分不出是与太阳赛跑，还是想去拯救太阳。他真的分不清。风在耳边呼呼响着，像是大自然的啦啦队在为他喊着加油。他是有信心的，信心里装着一个太阳。那个太阳，把他浑身照得暖融融的，使他觉得自己有的是劲，每个细胞都活力十足。既然太阳在心里，那还要去哪里追，去哪里救呢？没得必要。但是，为了别人的太阳，他也必须努力一番才是。赶到药材种植基地，他见到了欢呼雀跃的种植户，也见到了被大家簇拥在中间的杨莫羽。那一刻，他的心里又升起了另一轮太阳。

其实还早，太阳是在他工作了一个多小时后才掉下去的。也不用担心它的安危，明早它一定会再一次升起，高高地挂至天宇。直到月亮高悬于西山之上，夏初阳与杨莫羽才有机会坐在一片草地上说说话。丰硕的山野此时一片寂静，风吹着药材强壮的茎叶，发出哗哗的声响，像极了演出之后观众热情高涨的掌声。这掌声淹没了二人说话的声音，彼此都不知对方说了些什么，无论说什么，都与男女私情无关。自从夏初阳结婚之后，他们谈论男女私情就变得不太合适。道德为这对苦涩相爱的男女制定了一把尺子，划出了一片雷池，理智的他们不敢越过半寸。

夏初阳谈了很多关于自己事业的话题，他的话像画师的颜料一样，泼洒在白色的画布上，构筑成一幅幅清晰的图画。他谈得最多的是乡村振兴，是要振兴石岗村的经济，进一步提高石岗村人民的生活水平，他要让物质生活得到明显改善的石岗村人民，在精神生活方面也得到相应的提升。他相信，他能做到。他要继续带领大家发展多种产业，要让大家有事做，有钱赚，有长久的事做，有长久的钱赚。他还谈到了代明的制药厂，谈到了县里正在规划中的余镇工业园的选址情况。他指着对面的石岗村，信心满满地说："工业园一定会建在那里。"借着月亮的光辉，杨莫羽看到了夏初阳眼中的未来，听到了夏初阳心中唱响的欢歌。她欣欣然地，不知不觉地站起身来，就着月色，就着田野清新的风，开始起舞。她的白色套装，虽然没有大大的裙摆，却也把夜色勾勒得婀娜多姿。她像极了唐朝壁画里舞

剑而起的的公孙大娘，以手为剑，在墨绿的夜空中划出一道星河。她是刚柔相济的，她是魅力四射的，她是令人产生缠绵遐想的。她不是嫦娥，却把嫦娥的妩媚展现得淋漓尽致；她不是武将，却把一支无形的剑舞得虎虎生威。她哪里是在舞蹈，她分明是在舞弄一团火。她最忌讳的是火，可她心中却总在燃着熊熊大火，舞出来了，那火把天地都照得明亮起来。这样的火，可以烧毁天地间一切妖魔鬼魅，包括那凶狂的致命的新型病毒。他的理想在于建设，她的理想在于消灭。他唱出的是歌，她跳出的是舞。他懂了，深深地懂了。

三个月后，龙菲菲的医用被服厂初步建成，夏初阳把村中移民户连本带利还回来的一百一十万元钱投入了她的被服厂，准备将来用分红得来的钱给村中家庭困难的老人发福利。余镇工业园选址确定，就在石岗村东边的山顶上，代明的制药厂研发出的病毒疫苗得到专家认证，并进行了临床实验，没出现副作用。据说，第一个注射该厂所制疫苗的人就是疫苗的主要研发者杨莫羽。夏初阳在知道她没事后，有些疯狂地骑着摩托车在代明的厂房周围绕了三圈。看到从厂房里走出的代明，他骑车对着他冲上去，直到他跟前才猛然刹住，让代明以为他要干掉自己，竟吓得呆若木鸡。

这个特种兵出身的驻村第一书记，并没有大家想象的那么文明。他指着文质彬彬的代明就是一顿狂吼，指责他不该让杨莫羽当试验品，代明却冷笑以对，直说夏初阳心胸狭窄，精神境界远远不如杨莫羽，并挖苦他，说杨莫羽没有嫁给她是她的福气。二人红着脸互相指责着对方，好一会儿，才又心平气和地坐在一起，说起杨莫羽的事情来。看得出，不只他夏初阳关心杨莫羽，代明同样关心她，甚至有过之而无不及。在代明看来，夏初阳对杨莫羽的关心纯属自作多情，在婚姻框架下，他对杨莫羽只能心怀有爱，却不能出格行事。在冷静的状况下，夏初阳也反省着自己的言行，觉得让代明看笑话了。他有什么资格明目张胆地来关心一位婚外的女子呢？就算心中对她有千般万般地不舍与爱恋，也只能埋藏于心，而不能显形于声色啊！幸好她没事，若真有事，他怕自己会做出有损道德人格的事情来。到时候，他不仅会毁了自己，也会伤害到廖静和小桔瓣。是啊，他是人夫人父，他是干部，他怎么能存有私情并把这私情展露出来让人洞晓呢？他深吸一口气，对自己的情不自禁心有余悸。

代明却笑了，他笑着对夏初阳说，等疫苗发挥用场后，他就向杨莫羽求婚。他相信自家厂里制造的疫苗一定能够在国内众多厂家生产的疫苗中脱颖而出，被专家选中，派上用场。虽然世界上有很多厂家研制疫苗，但效果并不是完全一样的，有些国家的疫苗在实验阶段就出过问题，殒过人命，正因为如此，杨莫羽才让自己成为第一个接种自己团队研发出的疫苗的人。说到此，代明也同样心有余悸。大家心里都清楚，不管怎么样，接种疫苗致人殒命的机率还是存在的，直到它被验证的确对预防病毒起到作用，而且也不会给人带来生命危险。但是如何得到验证，还不得用到人身上？那谁来做这第一人呢？谁来承担这最大的风险呢？不是所有的人都有这样置生死于不顾的勇气的，毕竟生死是一根线，越过去就得由生至死，没有回头路可走。但是杨莫羽好像天生就具有这样的勇气，这样的勇气从某种角度来看，其实就是一种赌的气概。这是一种豪赌，赌的是生死。她似乎也有不错的赌运，这次她赌赢了。

她获得这场赌局的胜利，给其他人带来了信心，但大家也都还在观望，直到过了试验期，她仍处于赢势，大家才开始生出参赌的勇气。代明就是大家中的一员。他成为厂里第二个试接种疫苗的人，接下来，就有了第三个、第四个、第五个，结果，大家都赌赢了。他自豪地说连郑教授都接种了杨莫羽团队研制的病毒疫苗。其实，郑教授一直都是疫苗研究团队的理论指导者，他的指导加上杨莫羽的实践，共同促成了试验的成功。

人，关键因素还是人。郑教授是目前国内研究传染病防治方面的权威医学专家，他既具有过往的经验，又具有前瞻性的预判能力，由他指导他的得意门徒杨莫羽进行疫苗研究实验，无疑是最佳的。杨莫羽早就是大家公认的药学天才和科研痴人，她的才华辅以她的执着，令郑教授对她信任有加，不惜倾囊相授。

“我相信我们厂研制的疫苗能给中国人民甚至世界人民带来福音！”代明回过头来，看着夏初阳。他眼如星样灿烂，笑容里透露出无比的自信。“我们厂目前已有两百人接种了我们自己制造的疫苗，反应良好。我相信过不了多久，我们厂研制的疫苗就会被广泛推广，并进行大规模生产，到那时，我就向小莫求婚！”

他的笑容里含着对未来美好前景的无限期许。这种笑，感染力极强，让夏初阳觉得好像是自己即将迈入那种境地一样，不自觉地也跟着笑了起来。

两人都沉浸在未来的美好图景之中，忽然，夏初阳醒转过来，他停住笑，神情变得严肃，他终于意识到自己将要失去什么了。代明心知肚明，但也知道，夏初阳无可奈何。果然，他叹了一口气，把许多话语含在了口中，没有说出。代明却等着他，想听他说。他瞪了代明几眼，有些不好意思，又有些心有不甘。表情不断变化着，一会儿风云，一会儿日月，阴晴圆缺，晦明相换。他很帅气，代明也很帅。他是石岗村的致富带领者，让别人致了富，自己却很穷；代明本身就是富二代，但他不耽于享受这物质的待遇和这满足人虚荣心的名声，从兽医做起，慢慢成为医学研究者，现在为了成全自己心仪女孩的梦想又做起了企业，当起了老板。从某种程度上来说，他们都是既帅又富的男人，两相比较，不相上下。他们都配得起杨莫羽的美貌和才华。但是，现在，夏初阳却处在劣势，作为一个已婚男人，他已经失去了核心竞争力。甚至说，他已经出列，没有了任何资格。基于这一点，代明才愿意和他交朋友，愿意和他推心置腹。他能为了杨莫羽待至如今而未婚，夏初阳却没能做到。夏初阳已然不是他的竞争对手，他的竞争对手是夏初阳的弟弟夏晓阳。

那个青涩少年的形象一直都藏在杨莫羽的心里，像白天里的太阳，像黑夜里的月亮，像春天的花朵，像夏夜的清风。如果不是那个疑惑一直存于心间，她对夏晓阳的爱将至死不渝。夏晓阳最后是为救谁而再次扑入火海而致殒命的呢？如果确定救的是个男人那也就罢了，无所谓了。可是，偏偏救的是个女的，而且据说还是他所爱的女子。夏母就是这么说的。到如今，她也只听夏母这么说过。夏母不可能编织一个谎话来骗她，那样毫无意义。既然确信不是谎话，那么，她就信了。她一直以为夏晓阳最爱的是她，可没想到还有比她更值得去爱的。为了那个女子，他愿意赌上性命。赌，谁不会？她杨莫羽也会。每次新药一出，她总是第一个试的。他赌命，她赌的也是命。他赌输了，成了死去的英雄；她侥幸赌赢了，成为暂活的英雄。活着，她就要继续奋斗，继续追问，为事业而奋斗，为爱情而追问。如果夏晓阳没有牺牲，她就可以与他当面对质，可以对着他年轻英俊的面孔大声吼叫："你救的那个人究竟是谁？你爱的到底是谁？你爱她多一点还是爱我多一点？"

可是，这样的吼问只能对着苍天与黑夜了。至多，对着她房间里的青花瓷坛。可是，对着一个青花瓷坛愤怒地追问爱情，又是多么地无聊和残忍啊！他去了，化作了一缕青烟，一抔骨灰，一个恒久的思念。他不是为私利而去，而是为心中的信念而去。他是一个消防兵，是兵就得服从命令，是兵就得自觉地为人民服务，是兵就得把群众的利益看得高于一切，是兵就得有随时献上自己生命的准备。他最终完成了一个兵该履行的使命，以一种英勇壮烈的气概，为自己所拥有的称号添上了光辉的一笔。这一笔有些浑厚，有些沉重，有些令人赞也令人叹。这一笔像极了一记鞭子，抽在了爱人的心上，抽得人抽搐，抽

得人痛不欲生。听到他牺牲的那一刻，她是多么希望自己能跟随他而去啊！但是她不能。活下来，是她的使命。她还有许多事情要去做，为自己做，也为他做。他想去山村当一名老师的，还没来得及去实现呢，得帮他实现；他想边弹边唱为她的舞蹈伴奏，才不过一两次还远远不够呢，得帮他凑够数，得唱得舞还得闻歌起舞，歌在心中，舞于身形。他走了，他对她的爱她是不知道了，但她对他的爱她是知道的。然而，爱着爱着也就恨了。恨他为救另一个女生而再次扑入火场，恨他在生命的最后一刻把爱给了别人，因为这份恨，她爱上了他的哥哥夏初阳。或许，这只是一个不太成熟的借口，因为，他的哥哥着实打动了她的心。她爱夏晓阳是真的，爱夏初阳也是真的。只是因着那份恨，她才可以爱后者爱得理所当然，爱得内心无愧。她不想让自己觉得爱夏初阳是对夏晓阳的背叛。

很多次，她起舞是为了夏晓阳，很多次她又是为了夏初阳。如果他们不是两兄弟该多好！可是，偏偏就那么凑巧，这两兄弟都在她面前展现出了吸引她、让她爱的一面。爱情到来的时候，令人情不自禁。然而，这两兄弟又都不可能完成爱她的使命，一个离世，一个结婚。上天可真会开玩笑！夏晓阳的离世让她恨，夏初阳的结婚又何尝不惹她生恨呢？爱有多深恨有多切！两份爱，两份恨，交织在一起，已经麻木了她的神经。唯有手中的事业，才可以触及她的神经，令她有痛感也有快感，而不至浑浑噩噩，行尸走肉。每个人都得有活下去的理由，她选择了事业，这个事业是一项救人的事业，她救的人未必就是自己最爱的人。每个人也都有死去的理由，夏晓阳选择了为救他人而死，他所救的人就是他最爱的人，这个人不一定就是他的爱人。杨莫羽想到这一层时，她突然豁然了。是啊，无论夏晓阳是为救谁而死，那个人都是他最爱的人啊！在他的心中，只要是群众，无论是你我，还是他她，都是他最爱的，都是他可以舍命相救的啊！

杨莫羽决定不再苦苦追问那个答案，她决定放下。

同时决定放下执念的还有一个人，那就是廖静。当廖静平静地对夏初阳说出离婚时，夏初阳并不感到意外。他感到意外的是，张小磊居然也为廖静提出离婚这件事打来了电话。

“我知道你并不爱小静，那就放手吧！你知道的，我爱小静。她和你在一起，很不快乐，但是，我能给她快乐，我会让她获得她想要的幸福。你爱的是杨莫羽，你就放开小静，去追求你所爱的人吧！我们是多年的好兄弟，我也不想夺人之爱，但是，小静并不是你所爱的，对吧？”

夏初阳苦笑笑，握着话筒的手有些抖动，此时，他说不上悲伤还是开心。

“初阳，听从你内心的评判吧！我等你回话。”

张小磊挂断电话后，夏初阳还愣在原地。他在倾听自己内心的声音。

一周后，夏初阳与廖静在县民政局和平离婚，廖静走出民政局后，向前来迎接她的张小磊走去。张小磊也不尴尬，等廖静坐上车去之后，走上前来，和夏初阳说了几句话：“你放心，我会好好对待小静和小桔瓣的，希望我们之间不要有嫌隙，还做好兄弟！”夏初阳苦笑笑，没说话，也没点头。两人挥手说再见。到了晚上，两人又见面了。在县城防洪大堤边的夜宵摊上，他们坐着喝酒、说话，谈过去，话未来，聊自己喜爱的女子，无拘无束。真男人也有假面具，硬汉子都有柔心绪。张小磊大呼自己爱廖静爱得很苦，说夏初阳抢了他最爱的女人，夏初阳仍是苦笑、喝酒。张小磊要夏初阳当着他的面给杨莫羽打电话，告诉她他离婚了。夏初阳彼时喝得有些高，但内心还是清醒的。他僵着不肯打，张小磊就抢过他的手机，替他打了过去。

电话接通了，里面传来杨莫羽温柔的声音。张小磊大声道：“小杨，我告诉你哈，夏初阳他离婚了。他不爱廖静，廖静也

不爱他，她爱的是我。他们离婚了，我马上就要娶廖静，你听着，你得嫁给夏初阳，除了夏初阳，你谁也不许嫁，不然，他这辈子就只能打光棍了！他打光棍了，我就有罪了，你是个好人，你不想看到我成为罪人吧！杨医生，你就救救我吧！你就嫁给夏初阳吧！我知道你还爱着夏晓阳，可是，他不在了。他不在了，可是夏初阳还在，夏初阳同样爱你，他一直爱着你，他会一直爱下去，他爱你就像他爱石岗村一样，一心一意，矢志不渝！”

张小磊一直讲下去，讲了十多分钟，可是，杨莫羽一直没说话。她早就挂掉了。明天，她就要和她的团队带着他们研制的疫苗，踏上去省城的征程，那里有一场新闻发布会在等着她，她得精心准备。她本来准备得好好的，可是，张小磊这一通电话，却搅乱了她的心。夏初阳离婚了，这是好事还是坏事呢？难道是为她离的婚？如果真是这样，那自己该怎么办？她看了看同她一起在办公室里工作着的代明，代明也疑惑地看着她：“谁给你打来的电话？他说了什么？你怎么啦？”杨莫羽摇了摇头，道：“没什么。”

新闻发布会很成功。杨莫羽团队研制的疫苗得到专家们的一致认可，作为一种高保护率的疫苗，专家们希望杨莫羽团队继续和其他医疗研究团队一起，多进行临床实验，待时机成熟后，将投入大规模生产，对民众进行大面积接种。

两个月后，疫苗投入大规模生产，全国有几家制药厂加入了生产行列，生产效率大大提升。大家开始一边登记接种疫苗人数，一边对特殊工作人群预先进行疫苗接种，事实证明，国内生产的疫苗保护率和安全率都是很高的，并且没有出现异常情况。

在一批疫苗即将打包运往国外时，郑教授来到了石岗制药厂。他首先在晚宴上对杨莫羽团队的工作予以肯定，然后又私下里找杨莫羽谈了话。谈话的主题竟然与事业无关，他提醒她该谈恋爱成家了。他知道她对夏晓阳还念念不忘，于是把那个她想知道的答案告诉了她。

夏晓阳最后一次冲进火海去救的女孩，名字叫做阳梦雨，也是郑教授的学生。那天上午，他让她去化工厂找他的一位工程师朋友，去时在门卫处进行了登记。所以，当全部人员都被确认出来了之后，门卫突然说还有一个叫做阳梦雨的医学院学生没出来。然后，参与救火的夏晓阳再一次扑进了火海。

听完郑教授的讲述，杨莫羽已经泣不成声。她终于明白，她的夏晓阳最爱的还是她。他是为救“她”而重返火海的。那个少年，那个像树苗一样青葱美好的少年，是怀着救她的心而被大火吞噬的。他化作了一抹星辰，伴她轻歌曼舞。

“那个女孩被救出来了吗？我想认识一下她。”杨莫羽泣咽良久，忽然说道。

“那日她早就从化工厂出来了，只是门卫没看到而已。”郑教授道，“后来，她知道了这件事，感到很愧疚，于是，就离开了那座城市，我们再无联系。再后来，听人说，她已改了名字。其实，认不认识她并不重要，重要的是，你已经知道了答案。这件事想来，与我也是有关系的，所以，我想我也应该为你做点什么。如果那日我不让与你名字读音相同的人去那座化工厂，或许晓阳的悲剧就不会发生了。”

郑教授满脸愧疚，沉重地叹了一口气。杨莫羽却停止了哭泣，反过来安慰起了郑教授：“老师不必难过，这件事情与你没关系。只是，您为何不早点告诉我呢？”郑教授道：“你本来就已经接受不了失去晓阳的现实，如果知道真相，怕你受不住。”

“我受得住，老师！”

杨莫羽竟然笑了，笑容里涕泪纵横。

送走郑教授后，她去了一趟石岗村村部。见到了对着两个青花瓷坛自言自语的夏母，她告诉夏母，晓阳那一次救的不是别人，就是她杨莫羽。夏母却抚摸着她的头发，怜惜地看着她，说着对不起。杨莫羽道："该说对不起的是我啊！"夏母道："是我拆散了你和初阳，当然是我对不起你了！我的晓阳走了，我的初阳还活着，他爱你，你也爱他，你们彼此的爱如磐石一般，无法改变，你们该在一起的啊！可是被我拆散了！"夏母声泪俱下。杨莫羽帮她擦着眼泪，轻声道："您并没有拆散我们啊，我们很快就会在一起了！"

正要进门的夏初阳和代明听到二人的对话，互相望了一眼对方，代明苦笑笑，无奈地说道："没想到你会离婚，张小磊对我说时，我还不信呢！"然后，转身离去。

两个月后，夏初阳被任命为余镇党委书记，兼任石岗村驻村第一书记。杨莫羽仍旧在石岗制药厂工作，他们知道，他们俩任重而道远。不过，他们相信只要像磐石一样，坚定不移，守住初心，努力奋斗，明天一定会更好。

有一天，人们发现，石岗村东边的工业园开始破土动工了。乡村振兴的号角已经吹响，人们向着更加幸福的生活出发。

唐竹英

动笔于 2020 年 7 月 25 日

完稿于 2021 年 2 月 24 日 18:44

修改于 2021 年 4 月 4 日 22:00